위험한 신혼부부

vol 1

the

위험한 신혼부부

vol 1

가하)

위험한 신혼부부 1

지은이 박수정
펴낸이 이형기
펴낸곳 도서출판 가하

초판인쇄 2016년 10월 27일
초판발행 2016년 11월 3일
출판등록 2008년 10월 15일 제 318-2008-00100호

주소 서울 영등포구 양평로 67, 1209 (당산동5가, 한강포스빌)
전화 02-2631-2846
팩스 02-2631-1846

www.ixbook.co.kr

ISBN 979-11-300-1167-7 04810
ISBN 979-11-300-1166-0 04810(세트)

값 12,000원

contents

01 / 나는 네 남편이야

"말세다, 말세야. 여고생이 소맥이라니!"

어두워서 한 치 앞도 제대로 보이지 않는 밤길을 타박타박 걸으며 미사는 투덜거렸다.

"학교 체육복 입고 있는 거 뻔히 보면서 술은 왜 파는데?"

무서움을 쫓기 위해 계속해서 혼잣말을 중얼거리는 미사의 양손에는 묵직한 검은 비닐봉지가 하나씩 들려 있었다. 한쪽은 소주, 또 한쪽은 맥주.

"귀신은 뭐하나 몰라, 저것들 안 잡아가고."

올해 열여덟 살, 고등학교 2학년인 미사에게는 많은 소원이 있었지만 그중에 제일 큰 것은 딱 세 가지였다. 하나는 대학에 가는 것, 또 하나는 같은 반 공주님인 정다솜 얼굴 좀 안 보고 사는 것, 그리고 세 번째는…… 뭐, 그건 나중에.

학교에서 괴롭힘을 당하는 것도 모자라 수학여행을 와서까지 정다솜이 수족처럼 부리는 일진들의 술 셔틀 신세가 되고 만 지금 이 순간, 미사에게 가장 절실한 것은 두 번째였다.

물론 소원이라는 것은 보통 이루어지지 않기 마련이다. 그렇게 쉽게 이루어질 만한 거면 애초에 소원이라고 품지도 않지.

숙소가 점점 가까워져 올수록 불안감에 심장이 쿵쿵 뛰었다.

「미사 너, 오다 쌤한테 걸려도 내 이름 불지 마. 알았냐?」

귀신 뺨치게 하얗게 화장한 얼굴로 협박을 하던 일진 중 하나의 얼굴이 떠올라서 마음이 무거워졌다. 만약에 걸리면 어떤 벌을 받을까. 어차피 대학도 못 갈 거, 고등학교만이라도 보란 듯이 모범적으로 졸업하고 싶었는데.

"하아."

미사는 길을 건너면서 캄캄한 밤하늘을 올려다보고 깊게 한숨을 내쉬었다. 오늘따라 달은커녕 별 하나 없이 막막한 게 꼭 내 인생 같구나.

그때, 순간적으로 밤하늘 한구석에서 무언가가 희미하게 반짝하고 빛났다.

"어? 별인가?"

미사는 찻길 한복판이라는 것도 잊고 걸음을 멈췄다.

새까만 비단을 활짝 펼쳐놓은 것 같은 밤하늘을 목이 아프게 올려다보며 열심히 별 하나를 찾는다. 혹시나 막막하기만 한 내 인생에도 하나쯤 작은 희망은 있지 않을까 하는 생각에.

별을 찾는 데 너무 열중한 나머지, 미사는 바로 앞에서 자동차가 달려오고 있는 것도 몰랐다.

끼이이이익!

고막을 찢는 듯한 브레이크 소리에 놀라서 정신을 차렸을 때는 이미 늦어 있었다.

"꺄악!"

시야가 밝은 빛으로 온통 가득 차는 것과 동시에 미사의 의식이 팟, 하고 꺼졌다.

　　　　　　　　✿

희미한 두통과 함께 미사는 눈을 떴다.

코끝에 끼치는 소독약 냄새. 새하얀 페인트가 칠해진 천장. 수액이 방울져 떨어지고 있는 링거. 여기는 아무리 봐도 병원이 틀림없었다.

'내가 왜 병원에 있는 거지……?'

미사는 왠지 모르게 쑤시고 아픈 몸을 겨우 일으켜 앉았다. 주위를 둘러보니 역시 병원이었다. 그것도 응급실.

'대체 내가 어쩌다 응급실에 실려 왔지?'

두통에 이맛살을 찌푸리면서 미사는 기억을 더듬어보았다.

'아, 맞다. 나 술 사오다가 차에 치였지!'

가슴이 쿵 하고 내려앉는 동시에 눈앞이 캄캄해졌다. 맙소사, 여고생이 체육복 차림으로 한 손에는 소주, 또 한 손에는 맥주가 든 비닐봉지를 들고 교통사고를 당하다니!

게다가 체육복 등에는 대문짝만 하게 학교 이름이 쓰여 있다. 어쩌면 담임이 이미 연락을 받고 병원으로 달려오는 중인지도 몰랐다.

"미치겠네!"

미사가 안절부절못하고 있는데, 문득 잔뜩 화가 난 남자의 목소리가 들려왔다.

"이것 봐요, 사람이 다쳤는데 어떻게든 해봐야 할 것 아닙니까!"

소리가 나는 쪽을 쳐다보자 키가 크고 늘씬한 남자의 뒷모습이 보였다.

"죄송합니다, 정윤하 씨. 하지만 지금은 근처에서 다중 추돌사고가 일어나는 바람에 응급 환자가 한꺼번에 너무 많이 실려 와서 선생님들이 모두 그쪽에 매달려 계세요."

간호사가 달래듯 말하는 것도 들려왔다.

"이쪽도 응급이란 말입니다. 저 사람 정신 잃고 있는 거 안 보입니까?"

"알고 있습니다. 일단 눈에 띄는 외상은 없으니 조금만 더 기다리시면……."

"기다린 지 벌써 30분째라니까!"

남자가 기어이 목소리를 높였다. 하지만 간호사는 아랑곳 않고 도망치듯 바삐 어디론가 가버리고 말았다.

"젠장!"

울화통을 터뜨리며 남자가 이쪽을 향해 몸을 돌렸다. 그때 처음으로 남자의 얼굴을 본 미사는 저도 모르게 눈을 동그랗게 떴다.

'우와!'

빛나는 피부에 시원스러운 눈매, 완벽한 옆얼굴의 선. 눈부시게 잘생긴 남자였다. 실물을 보고 있는데도 꼭 영화를 보고 있는 것 같은 느낌이 들 정도로. 마침 살풍경한 병원 응급실이 배경이다 보니 남자의 존재는 한층 더 비현실적으로 느껴졌다.

나이는 삼십 대 초반쯤 되었을 것 같은데, 아직은 잘생긴 영화배우들보다 제 또래와 비슷한 아이돌 스타에게 더 끌리는 나이인 미사의 눈으로 봐도 절로 얼굴이 달아오르게 만드는 미모였다.

뭐랄까, 보고 있는 자체로 괜히 죄책감을 들게 만드는 그런 얼굴이었다. 사실 따지고 보면 이쪽은 아무 잘못도 하지 않았는데도.

'진짜 잘생겼다…….'

자신이 처한 상황도 깜빡 잊은 채 넋을 잃고 바라보는데 남자가 갑자기 이쪽을 쳐다보는 바람에 눈이 정통으로 딱 마주치고 말았다.

앗, 들켰다! 민망해진 미사는 얼른 시선을 돌리며 딴청을 피웠다.

하지만 그다음 순간, 충격에 숨이 턱 막혔다. 갑자기 남자가 달려들어 미사를 세차게 끌어안아 왔던 것이다.

"정말, 정말 다행이야."

남자의 낮은 목소리가 심하게 떨리고 있었다.

"……?"

남자는 놀란 미사를 숨도 못 쉴 정도로 꽉 껴안고 격정적으로 속삭였다.

"네가 잘못되는 줄 알고 정말 미쳐버리는 줄 알았어."

순간적으로 든 생각은 사람을 잘못 봤나, 하는 것이었다.

"저기요, 잠깐만요! 엄마야! 꺅!"

미사가 어쩔 줄 몰라 하며 밀어내려 했지만 남자는 그럴수록 더욱더 세차게 껴안아 왔다. 절대로 놓치지 않겠다는 듯이.

"만약에 네게 무슨 일이라도 생겼더라면 나는……!"

아무리 잘생겼어도 미친놈은 곤란하다. 미사는 남자의 품에서 빠져나오려고 애쓰며 외쳤다.

"아저씬 대체 누구신데 이러시냐고요!"

그제야 포옹이 풀렸다.

남자는 한 대 얻어맞은 듯한 표정을 하고 미사의 얼굴을 뚫어져라 쳐다보았다. 미친 자인지는 모르겠지만 비주얼도 함께 미쳤구나. 미사는 급 수줍어져서 얼굴이 빨개지다가 퍼뜩 깨달았다.

아하, 알았다. 사고를 낸 사람이구나!

그렇다면 방금 이 미친 듯이 잘생긴 아저씨가 그토록 미친놈처럼 자신을 걱정했던 것도 이해가 간다. 만약에 내가 잘못되면 자기 인생도 망하는 거니까.

순간적으로 미사는 좋은 생각을 해냈다.

"저기요, 아저씨. 아니, 오빠."

미사는 살살 꾀듯 목소리를 낮춰 말했다.

"제가 몸이 여기저기 좀 쑤시긴 한데 큰 상처는 없는 것 같거든요? 정신 백퍼 멀쩡하구요."

"……?"

"그러니까 저희 학교에 연락하지 마시고 저 그냥 보내주시면 안 될까요? 제가 아저씨, 아니 오빠 차에 치였단 얘기 아무한테도 안 할게요."

찌익, 미사가 입에 지퍼 채우는 시늉을 하자 남자의 조각 같은 얼굴에 당황스러운 표정이 번졌다.

"제발요오, 네? 저 술 사러 몰래 나갔다 온 거 담임이 알면 죽는
단 말이에요."

대답이 없자 미사는 울상을 하며 손을 모아 비는 시늉을 해 보였
다.

"그러니까 저희 학교에 전화만 하지 말아주세요. 네?"

남자가 떨리는 목소리로 중얼거렸다.

"미사……?"

어, 내 이름을 어떻게 알지? 미사는 놀라서 남자의 얼굴을 다시
쳐다보았다. 하지만 다시 봐도 역시나 모르는 얼굴임에 분명했다.
이렇게 생긴 사람을 안다면 기억이 안 날 리가 없지 않은가. 한번
보면 평생 못 잊어버리게 생겼는데.

"저기, 제 이름 어떻게 아세요? 저 학생증 안 갖고 나왔는데요."

미사는 불안에 떨며 물었다.

"설마 벌써 학교에 연락하셨어요? 쌤 오신대요? 네?"

남자의 얼굴이 귀신이라도 본 것처럼 창백해졌다.

"……의사."

남자는 대답 대신에 중얼거렸다.

"네?"

"여기 빨리 의사 좀 불러줘요!"

남자가 갑자기 고함을 쳤다. 하지만 대답은 돌아오지 않았고, 결
국 남자는 미사를 남겨두고 어디론가 달려 나가버렸다.

뒤에 남은 미사는 애가 탔다.

'양손에 술을 들고 사고를 당해? 학교 망신을 시켜도 유분수지!'

'심부름 하나 제대로 못 해? 너 때문에 수학여행 다 망쳤잖아, 밍청아!'

성난 담임과 일진들의 표정이 생생하게 떠올랐다.

"으아, 진짜 미치고 팔짝 뛰겠네!"

도대체 내 인생은 왜 이 모양일까! 괴로움에 마구 제 머리를 헝클어뜨리던 미사는 문득 가슴이 철렁해서 손을 멈췄다. 잠깐, 내 머리가 왜 이래? 분명 등허리 중간까지 와야 할 머리끝이 달랑 목덜미 근처에서 만져졌다. 즉, 단발 상태다!

중학교 졸업 후부터 끄트머리 다듬는 것조차 아까워하면서 고이고이 기른 머리가, 어째서?

미사는 황급히 제 몸 여기저기를 살폈다. 그리고 다시 한 번 가슴이 철렁했다.

"뭐야, 이 옷은 또?"

사고를 당할 때 입고 있었던 옷은 분명 푸른색 학교 체육복이었다. 그런데 지금은 웬 선생님이나 입을 법한 하얀 블라우스에 검정 슬랙스 차림이 아닌가.

온몸에 소름이 쫙 끼쳤다.

'잠깐. 침착, 침착해야 해.'

미사는 애써 냉정을 찾으려고 노력했다.

자신이 교통사고를 당해 정신을 잃고 있는 사이에 누군가가 옷을 갈아입히고 머리를 싹둑 잘라놓았다. 옷이야 혹시 사고 때문에 더러워져서 그럴 수 있다 치지만 머리는 문제가 달랐다. 남의 머리를 멋대로 자르다니, 이건 변태 사이코나 할 수 있는 행동이다.

그리고 그 변태 사이코가 누구인가 하는 것을 유추해내는 데는 그리 오래 걸리지 않았다.

"이봐요! 의사들은 다 어디 간 거야!"

응급실 밖에서 필사적으로 소리치고 있는 저 남자!

등골에 식은땀이 촉촉하게 배어났다. 대체 왜, 혹은 대체 어떻게, 하는 것 따위는 생각할 겨를도 없었다.

'어떻게든 숙소로 돌아가야 돼!'

이제는 담임이고 일진들이고 무섭지도 않았다. 어찌됐든 변태 사이코보다는 나을 테니까.

미사는 이를 악물고 링거 바늘을 팔에서 뽑아냈다. 그리고 지혈하는 대신에 다른 쪽 손으로 팔을 꽉 붙잡은 채로 침대에서 내려왔다. 다행히도 침대 밑에 갈색 구두 한 켤레가 놓여 있었다. 역시 처음 보는 신발인데도 불구하고 발에 꼭 맞아서 또다시 소름이 끼쳤다.

조심스럽게 밖을 내다보자 다행히도 남자의 모습은 보이지 않았다. 의사를 부르러 어디론가 가버린 모양이었다.

그 틈을 타서 미사는 병원 밖으로 무작정 뛰쳐나갔다.

정신을 잃고 있던 사이에 날이 밝았나 보다. 한낮의 낯선 거리를, 미사는 이를 악물고 필사적으로 뛰었다. 다리가 마구 후들거렸다.

다행히도 마침 눈앞을 지나가던 택시가 손짓 한 번에 멈춰 섰다.

"어서 오십쇼, 어디로 모실까요?"

무작정 문을 열고 올라타자 기사가 쾌활하게 맞이했다. 미사는 숨을 몰아쉬며 대답했다.

"아저씨, 베토벤 콘도요!"

시내가 워낙 좁으니 콘도 이름만 대면 출발해줄 줄 알았다. 그런데 기사는 되물었다.

"무슨 콘도요?"

"있잖아요, 경포대 바닷가 근처에 있는 콘도요. 거기가 저희 학교 숙소거든요."

"경포대?"

기사 아저씨는 괴이쩍은 얼굴을 했다.

"아니, 아가씨. 여기서 거기면 하나도 안 막히고 가도 세 시간은 넘게 걸리는데. 요금만도 최소 이십만 원은 넘게 나올 텐데 괜찮아요?"

"네? 여기가 어딘데요?"

"목동이지 어딘 어디야. 아니, 자기가 어디 있었는지도 몰라요?"

소름이 쫙 끼쳤다. 어쩐지 강릉 시내치고 이상하게 건물이 높다 했더니, 어느새 서울까지 돌아와 있었을 줄이야!

"아가씨, 괜찮아요?"

기사가 룸미러 너머로 걱정스러운 듯이 미사를 쳐다보며 물었다. 물론 옷차림 때문이겠지만, 일일이 아가씨라고 부르며 어른 대접을 해주는 게 눈물이 나도록 다정하게 느껴졌다.

"사실은요, 제가 방금 변태한테 납치당했다가 도망쳐 나오는 길이에요!"

"저런, 세상에! 그럼 경찰서로 갈까요?"

그러고 싶었지만 경찰이랑 엮이는 건 평소에 원장이 딱 질색을 했다. 그렇다고 학교로 가자니 담임이나 반 애들도 아직 수학여행지에 있을 터였다.

땡전 한푼 없기도 하니까 일단은 집으로 가는 게 제일 낫겠다고 미사는 생각했다. 돌봐주시는 선생님께 택시비를 빌리고, 원장한테는 비밀로 해달라고 부탁해야겠다.

"아저씨, 대방동에 사랑의 집이라고 보육원 있거든요. 거기로 가주세요."

"내비에 안 찍히는데. 대방동 어디쯤이에요?"

"동사무소 근처요. 거기까지 가시면 제가 길 알려드릴게요."

이윽고 택시가 출발했다. 차가 움직이기 시작하자 그제야 미사는 길게 한숨을 내쉬었다. 휴우!

"표정이 안 좋은 거 보니까 뭐 안 좋은 일이라도 있었나본데, 노래라도 좀 들으면서 마음 가라앉히시고."

라디오에서 처음 듣는 노래가 흘러나왔다. 노래에 귀를 기울이다 미사는 뭔가 이상한 느낌을 받았다.

─ 너를 사랑하면 할수록 나는 더 아픈데.

특유의 호소력 짙은 목소리. 요즘 최고 인기인 아이돌 그룹 동방불패의 리드보컬, 김준서의 목소리였다. 학교에서 동방불패의 팬이 아닌 아이는 찾아보기조차 힘들었다. 물론 미사 역시 팬이었는데, 이 노래는 생전 처음 듣는 노래가 아닌가.

'내가 모르는 노래가 있을 리가 없는데?'

심지어 아무리 기다려도 다른 멤버들의 목소리는 나오지 않았다. 혹시 김준서가 솔로 앨범이라도 냈나, 하고 생각해봤지만 그랬다면 벌써 학교가 발칵 뒤집히고도 남았을 텐데.

'에이. 목소리가 비슷한 가수가 또 있나 보지, 뭐.'

지금은 그런 생각을 할 때가 아닌 것 같았다. 미사는 고개를 저어 생각을 떨쳐버리고 차의 유리창을 열었다. 찬바람이라도 쐬고 좀 진정하고 싶어서.

그런데 웬일일까. 이상하게도 창밖으로 보이는 모든 것들이 어딘가 낯설어 보였다. 건물도, 간판들도, 사람들의 옷차림도, 심지어 지나다니는 버스들마저도 알 수 없는 위화감을 풍겼다. 분명 무언가가 이상한데 그게 뭔지 정확히 딱 잡히지가 않는다.

고개를 갸웃거리던 미사는 이윽고 가슴이 철렁하는 것을 느꼈다.

'왜 모든 버스가 다 초록색이 아니면 파란색인 거지?'

불길한 예감이 들었다.

"아니 글쎄, 우리 사람 모른다니까 거참 끈질기다 해!"

하얀 조리복 차림의 주방장 겸 주인이 미사를 향해 울화통을 터뜨렸다. 택시 기사 아저씨는 이미 요금을 포기하고 가버린 지 한참이었다.

"이 아가씨 정말 사람 미치게 만든다 해!"

미사야말로 미칠 지경이었다. 분명 어제 아침까지만 해도 멀쩡히 있었던 보육원이 감쪽같이 없어졌다. 아니, 건물은 그대로 있는데 그 자리에 중국집이 들어서 있는 것이었다!

"그럴 리가 없는데요, 진짜로 여기가 사랑의 집이 맞거든요?"

울상이 된 미사가 같은 말을 되풀이했다.

"여기 사랑의 집 아니다 해! 우리 중국 사람도 읽을 줄 아는 한글, 아가씨 못 읽냐 해?"

주인이 허옇게 밀가루 묻은 손가락으로 간판을 척 가리켰다.

"자 똑똑히 봐라 해! 원, 빈! 이나영 남편!"

"네?"

그 와중에도 미사는 당황했다. 원빈도 알고 이나영도 알겠는데 문장이 이해가 안 간다.

"원빈 오빠가 왜 이나영 남편인데요?"

주인은 수상쩍은 얼굴로 미사를 쳐다보았다.

"아가씨 혹시 최근에 탈북했냐 해?"

이 아저씨 자꾸 이상한 소리만 해. 미사는 기어이 눈물이 왈칵 쏟아졌다.

상황은 대충 알겠다. 자신이 수학여행을 간 틈을 타서 보육원이 통째로 이사를 가버린 거다. 전부터 원장이 나이를 먹을 대로 먹은 미사한테는 후원자도 안 생긴다면서, 밥만 축내는 거 언젠가 확 쫓아내버리겠다고 입버릇처럼 말했었는데, 진짜로 버리고 도망가버린 것이다.

그렇다면 미사는 정말로 오갈 데가 없어진 거였다. 고아에서 또 고아가 되다니, 최악이다.

"아저씨, 제발 그러지 마시고 좀 알려주세요. 혹시 어디로 이사

갔는지 모르세요? 네?"

미사가 매달리자 주인이 주먹으로 가슴을 쾅쾅 쳤다.

"우리 사람 여기다 중국집 차린 지 벌써 7년째다 해!"

놀란 나머지 미사의 눈물이 뚝 멈췄다.

"7년이라고요……?"

대답 대신에 춘장이 군데군데 묻은 신문지가 날아왔다. 지역 신
문이었다.

"이것 봐라 해! 개업 7주년 기념해서 광고 낸다고 큰돈 썼다 해!"

그러나 미사의 눈은 중국집 광고가 아닌 신문에 적힌 날짜에 머
물렀다.

[2016년 3월 X일 금요일]

몇 번이고 눈을 다시 깜빡이고 보아도 분명 숫자는 2006년이 아
닌 2016년이었다.

말도 안 돼…….

"알았으면 썩 가봐라 해! 또 오면 왕소금 뿌린다 해!"

망연자실하게 서 있는 미사의 손에서 신문을 홱 빼앗아 들고, 주
인은 안으로 들어가버렸다.

그때, 문득 뒤에서 나지막한 목소리가 들려왔다.

"……미사."

흠칫 놀라 돌아보자 한 남자가 서 있었다. 바로 아까 병원에서 만
났던 그 남자였다.

남자는 복잡한 얼굴로 미사를 바라보고 있었다. 더 이상 그가 변태 사이코 납치범이라는 생각은 들지 않았다. 돌이켜 생각해보면, 아까 이 사람은 자신을 진심으로 걱정하고 있었던 것 같다.

"아저씬 절 아시죠?"

상대는 자신보다 최소 열 살 이상은 많아 보였다. 물론 비주얼로만 따지면 아저씨보다는 오빠가 훨씬 합당한 선택이겠지만 지금은 그렇게 부를 만한 넉살 따위는 남아 있지 않았다. 물론 상대가 기분 나빠할 수도 있다는 것까지 고려할 여유도.

호칭 때문인지, 남자는 또다시 아까처럼 당황스러운 얼굴을 했다.

"……그래."

남자는 고개를 끄덕였다. 단지 그것만으로도 미사는 펄쩍 뛰고 싶도록 반가웠다. 그래도 내 존재를 알고 있는 사람이 있기는 했구나.

금방이라도 매달리고 싶은 것을 참으며 미사는 다시 물었다.

"진짜 올해가 2016년이에요? 네?"

"맞아."

역시나 현기증이 일었지만 꾹 참고 미사는 또다시 물었다.

"아저씨는 누구세요?"

남자는 대답 대신에 미사의 얼굴을 물끄러미 바라보았다. 깊이를 알 수 없는, 그 조용하게 가라앉은 검은 눈동자로.

"저하고는 어떻게 아는 사이세요? 친한 사인가요? 네?"

대답을 재촉하는 미사의 목소리에 초조함이 섞였다.

"나는……."

그제야 남자는 입을 열었다.

"미사, 너의 남편이야."

미사는 순간적으로 멍해졌다. 분명 말을 듣고도 단어가 쉬이 머릿속에 입력되지 않았다.

물끄러미 쳐다보자 남자는 다시 말했다.

"우리는 얼마 전에 결혼했어."

그제야 말뜻을 깨달은 미사는 할 말을 잃었다. 그리고 한참만에야 겨우 말했다.

"……거짓말."

도저히 믿어지지 않았다. 하루아침에 10년이 흘러 있는 것도 받아들일까 말까인데, 심지어 결혼까지 했다고?

"제가 결혼을 했다고요? 아저씨하고요?"

"그래."

"아저씨 몇 살인데요?"

"서른셋."

어이가 없었다.

"말도 안 돼. 저 열여덟 살이거든요? 그럼 열다섯 살이나 차이……!"

말하다 말고 미사는 입을 다물었다. 진짜로 10년이 흘렀다면, 자신은 올해 스물여덟이다. 그렇다면 다섯 살 차이. 이 남자와 결혼했다고 해도 전혀 이상할 게 없었다.

미사는 남자를 뚫어져라 쳐다보았다. 그리고 마음속에 어떤 동요가 일어나기를 기다렸다. 이 사람이 정말 내 남편이라면, 기억은 나지 않더라도 최소한 어떤 감정이라도 일어나야 하지 않을까. 설렌다든가, 마음이 따뜻해진다든가, 혹은 울화통이 막 터진다든가.

하지만 아무리 기다려도 마음은 고요하기만 했다. 드는 생각이라고는 그저 처음 본 순간 느꼈던 바로 그것뿐이었다. 아, 잘생겼다.

현재까지 미사의 기준에서 우주제일미남은 동방불패 김준서였다. 참고로 2등은 강동원, 3등이 원빈. 이쯤 되면 팬심 필터의 위력을 가히 알 만할 것이다. 하지만 남자는 그 팬심 필터마저도 무력화시킬 정도의 무지막지한 비주얼의 소유자였다. 김준서의 굳건한 1위가 흔들리기 직전이었다.

그리고 몸은 어쨌거나 간에 마음만은 열여덟 살 여고생에 불과한 미사에게, 남자의 외모는 놀라운 위력을 발휘했다.

바로 상황을 새로운 관점에서 바라보게 만드는 힘이었다.

'잠깐. 이 사람이 내 남편이라고……?'

퍼뜩 떠오르는 게 있었다. 어젯밤 사고가 일어나기 직전에 봤던 그 별. 캄캄한 제 인생 같던 밤하늘에서 반짝, 하고 희망처럼 빛났던 단 하나의 별.

미사는 다짜고짜 물었다.

"저기요, 아저씨. 저 짜장면 한 그릇만 사주실래요?"

물론 배가 고파서 한 말은 아니었다. 일단은 심도 깊은 대화가 필요한 시점인데 언제까지 길바닥에 선 채로 얘기할 순 없는 노릇이었으니까.

"음?"

앞장서서 중국집 안으로 들어가는 미사를, 남편이라는 남자가 당황한 눈으로 바라보았다.

"또 장사 방해하러 왔냐 해!"

"이번엔 손님이거든요?"

미사를 보자마자 고함을 꽥 지르는 주인아저씨에게, 미사는 당당하게 대꾸하며 가게 안으로 들어섰다.

"짜장면 두 개 주세요!"

겉에서 볼 때는 몰랐는데 '원빈'은 제법 고급 중식당이었다. 홀 외에도 따로 룸이 마련되어 있어서 아무에게도 방해받지 않고 조용히 마주 앉아 이야기할 수 있었다.

"열여덟…… 살이라고 했어?"

이번에는 남자가 먼저 조심스럽게 미사에게 물었다.

"네. 고2요."

"그럼 그 후 10년 동안의 일은 전혀 기억나지 않아?"

"조금도요."

"나에 대해서도, 전혀?"

미사는 고개를 끄덕였다.

"그럼 마지막으로 기억나는 건 뭐지?"

"강릉으로 수학여행 갔는데 저희 반에 좀 노는 애들이 있거든요?

걔네들이 술 사오라고 해서 선생님들 몰래 나갔어요. 그러다 돌아오는 길에 잠깐 하늘 쳐다보고 있다가 그만 차에 치여서 정신을 잃었고요. 그리고 일어나보니까 병원이었어요. 그게 다예요.”

미사는 빠르게 대답하고는 되물었다.

“대체 저한테 무슨 일이 벌어진 건지 아세요?”

“오늘 낮에 나하고 만나기로 약속이 되어 있었어.”

이번에는 남자가 설명하기 시작했다.

“그런데 네가 길 건너편에 있는 나를 보고 급하게 길을 건너다 그만 갑자기 달려온 차에 치였어. 살짝 치인 거였는데 머리를 땅바닥에 부딪친 건지 정신을 차리지 못하더군. 그래서 그대로 업고 병원으로 뛰었지.”

그가 한숨을 쉬고는 말했다.

“한 30분 정도 기절해 있다가 눈을 뜨더니 갑자기 날 알아보지 못했던 거야.”

미사가 기억하는 사고와 남자가 말하는 사고가 전혀 다르다. 그리고 두 사고 사이의 10년이 깨끗이 날아가 있었다.

“그럼 제가 뭐 타임머신을 타고 갑자기 미래로 뿅, 하고 날아온 건 아니라는 거네요?”

“그렇지. 그냥 10년 동안의 기억을 잃은 것 같아.”

상황이 너무 비현실적이어서일까, 아니면 눈앞에 앉아 있는 남자가 영화배우 뺨치게 생겨서일까. 이젠 피식피식 웃음까지 나왔다. 꼭 영화 속 주인공이 된 것 같은 기분이었다.

“기억상실이면 고칠 방법도 없지 않나요? 영화나 드라마에서는 늘 그러던데요."

"정확한 건 병원에 가서 검사를 받아봐야겠지."

그러고 나서 남자는 위로하듯 말했다.

"너무 걱정할 것 없어. 아마 일시적인 현상일 거야."

"그랬으면 좋겠네요. 근데 아저씬 이름이 뭐예요?"

"정윤하라고 해."

정윤하, 정윤하…… 미사는 그의 이름을 입속으로 되뇌어보았다. 하지만 역시나 기억나는 것은 없었다. 아무것도.

"죄송하지만 제가 아저씨 말을 무턱대고 믿을 수는 없는 입장이거든요."

당돌하게 말하는 미사를, 윤하는 팔짱을 끼고 지그시 바라보고 있었다.

"그래서 증거가 필요해요. 제가 아저씨하고 결혼했다는 증거 말이에요."

잠시 생각하던 윤하가 자기 손을 들어 보였다.

"자, 이게 우리 결혼반지."

그의 손가락에는 희게 빛나는 단순한 모양의 반지가 끼워져 있었다.

"그런데 저는 왜 안 끼고 있는데요?"

"미사 네 것은 사이즈가 조금 크게 만들어져서 다시 조정하는 중이야."

그럴듯한 말이었지만 증거라기에는 아무래도 부족하게 느껴졌다.

"또 다른 건 없어요?"

윤하가 슈트 안주머니에서 지갑을 꺼냈다. 지갑에서는 작은 사진 한 장이 나왔다.

"자."

그가 내미는 사진을 받아 들여다본 순간, 미사는 숨을 삼켰다.

"……!"

웨딩드레스를 입고 하얀 베일을 쓴 채 카메라를 향해 미소 짓고 있는 신부. 틀림없는 미사 자신이었다.

"드레스를 고르러 갔던 날 찍었던 사진이야."

기억에 없는 자신의 웨딩드레스 차림을 보는 것은 꽤나 큰 충격이었다. 한참 동안 사진을 들여다보던 미사는 가까스로 정신을 차리고 물었다.

"혹시 결혼식 사진도 지금 갖고 계세요?"

"사정상 아직 정식으로 결혼식은 올리지 않았어. 혼인신고만 먼저 해둔 상태야."

윤하가 조용히 대답했다.

"집에 가면 웨딩촬영 사진이 있어. 혼인신고서도. 신고하면서 기념으로 사본을 남겨둔 거야."

혼인신고까지 했다면 법적으로 진짜 부부다. 더는 부정할 수도 없었다.

'맙소사, 아직 남친도 안 사귀어봤는데 남편이라니!'

충격에서 벗어나려 애쓰며, 미사는 다음 질문을 이어갔다.

"있잖아요. 저 최종학력이 어떻게 돼요?"

"한국대학교 영어교육과 졸업."

미사는 깜짝 놀랐다.

"대학을 나왔다고요? 제가요? 확실한 거예요?"

"집에 가면 졸업사진을 보여주지."

가슴이 마구 뛰었다. 바로 어제까지도 자신이 대학에 갈 수 있을 거라고 감히 상상조차 못 했었는데!

"직업은요? 저 뭐 하는 사람이에요?"

"교원자격증 취득 후에 임용 준비하면서 학원에서 아이들을 가르치고 있었어. 지금은 결혼 때문에 잠시 쉬는 중이고."

어릴 때부터 지금까지 쭉 미사의 꿈은 선생님이었다. 고아라고 은근히 차별하거나 무시하는 선생님들을 만날 때마다 오히려 꿈은 더 확고해졌다. 나는 꼭 좋은 선생님이 돼서, 나같이 어려운 학생들을 도와주어야지.

'나, 꿈을 이뤘구나.'

미사는 눈물이 날 것 같은 것을 꾹 참았다. 아직 물어야 할 것들이 더 남아 있었으니까.

"제가 자란 보육원은 어떻게 됐는지 혹시 아세요?"

"원장이 비리 혐의로 감옥에 갔고, 그 후로 없어졌다고만 말했었어, 네가."

듣던 중 반가운 소식이었다. 같이 지내던 동생들, 특히 그 중에서도 제일 어린 예지가 마음에 걸리기는 했지만 미사는 긍정적으로 생각하려 노력했다.

모두들 좋은 시설로 갔을 거야. 하기야 어딜 가더라도 우리 원장

보단 나았을 테니까.

자, 이제 가장 중요한 것들에 대해서는 모두 들었다. 그리고 미사는 결정을 내렸다. 이 상황을 어떻게 받아들일 것인가, 에 대한 결정을.

미사는 허리를 곧게 펴고 윤하를 똑바로 바라보았다.

"그러니까 우리가 부부라, 이 얘기죠?"

"그래."

확인하듯 다시 묻자 윤하가 고개를 끄덕였다.

"혼인신고 다 끝났다고도 했어요. 그러니깐 반품불가! 제가 하나도 기억 못 한다고 해서 없던 일로 하자고 하기 없기예요?"

"그렇다니까. 물론 당장은 받아들이기 힘들겠지만…… 뭐?"

말하다 말고 흠칫 놀라 쳐다보는 윤하의 얼굴을 보며, 미사는 생긋 웃었다.

"그럼 앞으로 잘 부탁드려요!"

"그럼 앞으로 잘 부탁드려요!"

미사가 생긋 웃으며 말하는 순간, 윤하는 생각했다. 아, 사고로 단순히 기억만 잃어버린 게 아닌가 보다. 정신머리도 좀 어떻게 된 게 아닐까. 그렇지 않고서야 하루아침에 열 살이나 나이를 훌쩍 먹어버린 셈이 된 여자가 저렇게 천진난만한 얼굴로 웃을 수는 없지 않을까 싶어서였다.

"병원 가자. 아무래도 검사를 받아보는 게 좋겠어."

심각하게 말했지만 미사는 순순히 따르려 하지 않았다.

"짜장면 시켜놓고 가긴 어딜 가요. 여기 주인아저씨 성격 장난 아니란 말이에요."

"너 지금 정상 아닌 것 같아서 그래."

"아뇨, 저 완전 정상인데요?"

그러더니 미사는 생각났다는 듯이 엉뚱한 소리까지 덧붙였다.

"아 참. 아까 주인아저씨가 그러던데, 원빈 오빠가 이나영이랑 결혼했다는 게 정말이에요?"

"뭐?"

"헉, 맞다. 설마 참치 오빠도 결혼한 건 아니죠? 그건 안 되는데!"

윤하는 깨달았다. 아, 머리가 어떻게 된 게 아니라 그냥 단순히 철이 없는 거구나!

"오래 기다렸다 해! 수타 짜장면 나왔다 해!"

그때, 주인아저씨가 활기차게 외치며 쟁반을 가지고 들어왔다.

김이 모락모락 나는 짜장면 두 그릇이 테이블에 놓였다. 꿀꺽, 군침 삼키는 소리가 여기까지 들렸다. 윤하는 한층 더 어이가 없어졌다.

"그럼 잘 먹겠습니다, 아저씨!"

미사는 나무젓가락을 딱 하고 쪼개더니 기세 좋게 짜장면을 비비기 시작했다. 그리고 한입 먹자마자 금세 눈이 둥그레졌다.

"우와, 대박! 짱 맛있어요!"

폭풍 흡입이 시작되었다. 입가에 짜장을 묻혀가며 열심히 먹는 미사를, 윤하는 넋을 잃고 쳐다보았다. 아무리 애가 됐어도 그렇지, 사람이 이렇게까지 변할 수가 있나? 분명 겉모습으로는 틀림없이 그 윤미사가 맞는데.

그가 아는 미사는 기본적으로 잘 웃고 쾌활한 성격이기는 했지만 한편으로는 냉정하고 강단 있는 여자이기도 했다. 그런데 눈앞에 있는 여자, 아니 애는 겉모습만 미사일 뿐 속은 완전히 딴사람이었다. 원래부터 짜장면을 좋아했던 거야 잘 알지만, 도대체가 이 상황에 음식이 목으로 넘어간단 말인가. 이런 철부지 같으니라고!

윤하가 속으로 경악에 빠져 있는데, 문득 미사가 슬그머니 이쪽의 눈치를 보았다.

"근데 아저씨는 안 드세요?"

"난 짜장면 딱 질색이니까 너나 많이 먹어."

자연스럽게 퉁명스런 말투가 흘러나왔다. 마치 진짜 열다섯 살 차이 나는 어린애한테 말하는 것처럼. 여태껏 그녀에게 이런 식으로 말해본 적은 한 번도 없었기 때문에 윤하는 스스로도 조금 놀랐다.

하지만 미사는 전혀 기죽지 않았다. 애초에 질문의 의도가 다른 곳에 있었던 모양이다.

"저기, 그럼 안 드실 거면……."

시선이 아직 손조차 대지 않은 윤하의 짜장면 그릇에 박혀 있었다. 넘겨다보니 어느새 미사의 그릇은 텅 비어버린 후였다.

가지가지 하는군. 헛웃음을 치며 윤하는 제 그릇을 밀어놓아주었다.

"자."

"고맙습니다!"

또다시 기세 좋게 짜장면을 비비기 시작하는 미사를, 윤하는 의혹의 눈초리로 쳐다보기 시작했다.

이 여자는 정말 미사가 맞을까? 혹시 지나가던 여고생과 사고로 영혼이 바뀌었다든가, 그런 건 아닐까?

윤하는 모르고 있었지만, 사실 미사가 세상에서 제일 좋아하는 음식이 바로 짜장면이었다. 물론 간짜장을 먹어봤다면 간짜장이 됐겠지만, 한 번도 못 먹어봤으니까 무효.

꼭 미사만 그런 건 아니었다. 함께 살던 동생들도 다들 짜장면이라면 사족을 못 썼다. 보육원에서 오래 살다 보면 자연히 그렇게 된다. 끼니는 안 굶어도 외식할 일이나 뭘 시켜 먹을 기회는 거의 없으니까.

어쨌든 원래도 짜장면을 좋아하는 미사였지만, '원빈'의 짜장면은 특히나 더 맛있었다. 그래서 미사는 아까 주인아저씨에게 온갖 박대와 설움을 당한 원한을 깨끗이 잊기로 마음먹었다. 하기야 남편이 누군지도 까먹은 마당에 그까짓 원한쯤이야 못 잊을 게 뭐란 말인가?

윤하가 잠시 전화를 하겠다고 밖에 나가 있는 사이에 미사는 주인아저씨와 화해했다.

"아저씨, 짜장면 완전 대박이었어요!"

"정말이냐 해?"

"네! 태어나서 먹어본 짜장면 중에 제일 맛있었다니까요?"

음식에 꽤나 자부심이 있는가 보다. 아저씨는 좋아서 금세 입이 헤벌어졌다.

"우리 사람 왕대복, 별명은 왕 서방이다 해. 아까는 화내서 미안했다 해. 대신에 다음에 오면 군만두 서비스 준다 해!"

금세 화를 풀고 호탕하게 손을 내미는 것이 역시 대국인의 풍모 다웠다.

"저는 윤미사예요. 다음에 오면 꼭 간짜장 시켜 먹을게요!"

이렇게 한중 간 극적 화해가 이루어지고, 문득 아저씨가 눈짓으로 바깥을 가리키며 물었다.

"오빠냐 해?"

"남편이래요. 아니, 남편이에요."

"진짜냐 해? 우와, 빅뉴스다 해! 정윤하 언제 결혼했냐 해?"

왕 서방 아저씨가 펄쩍 뛰며 놀라워했다. 미사는 더 깜짝 놀라서 되물었다.

"어? 아저씨 저 사람 아세요?"

"정윤하 모르는 사람도 있냐 해? 저 사람, 엄청나게 큰 과자 회사 후계자……."

왕 서방 아저씨가 거기까지 말하는데 갑자기 문이 열렸다.

"가자."

문가에 선 채로 윤하가 미사를 재촉했다.

"왕 서방 아저씨, 잘 먹었습니다. 다음에 또 올게요!"

밖으로 나가자 중국집 앞에 커다란 검은 자동차 한 대가 서 있었다. 차에 대해서는 전혀 아는 게 없는 미사였지만, 크기와 고급스러운 내부로 미루어 보아 굉장히 좋은 차라는 것만은 알 수 있었다. 단, 날아다니지 않는다는 것만 빼면.

"10년 후면 차들이 막 날아다닐 줄 알았는데."

미사가 혼잣말을 중얼거리고 있자 윤하가 차에 시동을 걸면서 말했다.

"먼저 병원으로 가는 게 좋겠어. 어디가 어떻게 잘못된 건지 검사는 받아봐야지."

"검사 받으면 기억이 돌아와요?"

"아마 그렇지는 않겠지만."

"그럼 안 갈래요."

미사는 딱 잘라 말했다. 기억상실이라는 게 병원 간다고 낫는 병이면 그 수많은 드라마나 영화가 나올 일도 없었겠지. 그러니까 어차피 의사가 기억을 되찾아줄 수 있는 게 아니라면 차라리 빨리 집에 돌아가서 익숙한 환경에서 기억을 더듬어보기라도 하고 싶었다.

현재 상황에 대해서는 긍정적으로 받아들이기로 했다. 하지만 기억을 잃은 상태로 있는 것이 결코 좋은 기분은 아니었다. 될 수 있으면 빨리 기억을 되찾고 싶다.

"저 집에 가고 싶어요. 그럼 기억나는 게 있을지도 모르잖아요."

미사가 끝내 우기자 윤하도 더는 말리지 않았다.

"그럼 병원은 내일 가는 걸로 하지."

차는 느릿하게 달려 한 시간 정도 후에 한적한 주택가로 들어섰다. 그리고 이윽고 커다란 검정 대문 앞에 멈춰 섰다.

"여기야."

차에서 내린 미사는 놀라서 입을 다물지 못했다.

위이잉, 철컥. 둔탁한 기계음과 함께 대문이 서서히 열리기 시작했다.

대문 안으로 커다란 정원과 이층집이 모습을 드러냈다. 검은색과 흰색이 섞인 세련된 느낌의 이층 건물은 실제로 사람이 살고 있는 집이라기보다는 꼭 미술관이나 고급 레스토랑처럼 보였다.

"여기서 저하고 아저씨, 둘이 산다고요?"

"그래."

그러고 보니 아까 왕 서방 아저씨가 그를 무슨 큰 회사의 후계자라고 했었다.

'대체 이런 사람이 왜 나하고 결혼을 한 거야?'

미사는 마음속에 떠오르는 의문을 애써 지웠다. 그런 건 차차 알아가도 늦지 않으니까.

'괜찮아. 다 잘될 거야.'

마치 비밀의 화원 안으로 들어서는 기분으로, 열여덟 살 미사는 활짝 열린 대문 안을 향해 한 걸음 성큼 앞으로 내딛었다.

그 순간부터, 오늘 처음 본 남자와의 결혼생활이 시작되었다.

02 / 그 남자의 비밀

"우와!"

집안에 들어서자마자 미사는 한참 동안 입을 딱 벌리고 있었다. 거실 벽에 걸려 있는 커다란 웨딩사진에 시선을 고정시킨 채.

사진은 푸르른 녹음을 배경으로, 순백의 웨딩드레스를 입은 신부와 검은 턱시도 차림의 신랑이 서로를 마주 보며 미소 짓고 있는 장면이었다. 신랑은 윤하, 그리고 신부는 물론 미사.

"저게 정말 저라고요?"

사진 속의 신부를 올려다보며, 미사가 의심스럽다는 듯이 물었다.

"그래."

미사의 등 뒤에서 윤하가 대답했다.

"생각보다 저 많이 안 늙었네요?"

"너 아직 스물여덟밖에 안 됐어."

"얼굴도 엄청 갸름해진 거 같은데 설마 뽀샵이에요?"

"가서 거울 봐. 똑같으니까."

"현대의학의 힘을 빌렸다든가, 뭐 그런 건 아니겠죠?"

"내가 알기론."

한참만에야 미사는 겨우 사진에서 눈을 떼고 신기한 듯이 집안을 둘러보기 시작했다. 천장에 매달려 있는 샹들리에, 거실에 놓인 장식장, 2층으로 이어지는 나선형의 계단에 두루 시선이 멎었다.

"뭔가 기억나는 건?"

"저거요!"

미사가 손을 들어 벽에 걸린 그림을 가리키는 바람에 윤하는 흠칫 놀랐다. 하지만 미사는 뒤이어 자랑스럽게 말했다.

"앤디 워홀 맞죠? 미술시간에 배웠거든요."

난 또 뭐라고. 맥이 탁 풀린 윤하를 두고 이윽고 미사는 집안 여기저기를 날쌘 다람쥐처럼 누비기 시작했다.

"와, 냉장고 진짜 크다!"

"헉, 이 방엔 온통 옷밖에 없네? 남자가 무슨 옷이 이렇게 많아요?"

"아, 여기가 침실인가 보다. 침대 엄청 크네요!"

계속해서 놀란 목소리가 들려오는 바람에 윤하는 혼이 다 쑥 빠져나갈 지경이었다.

"아참!"

갑자기 다다다, 소리와 함께 미사가 다시 거실로 쪼르르 달려 나왔다.

"아저씨, 근데 저 이제 어디서 자요?"

"음?"

"원래는 같이 잤을 거 아녜요. 그냥 계속 같이 자요?"

윤하는 당황해서 눈을 반짝이고 있는 미사를 쳐다보았다. 이 천

방지축과 같은 침대를 쓴다고?

"아니."

저도 모르게 단호한 대답이 튀어나왔다.

"2층에 손님용으로 쓰려고 꾸며둔 빈방이 있어. 기억이 돌아올 때까지 그 방을 쓰도록 해."

"진짜요?"

순간 미사의 눈동자가 두 배로 커졌다.

"그 방은 어디 있는데요?"

"따라와."

윤하가 2층으로 향하는 계단을 오르기 시작하자 미사가 쪼르르 그 뒤를 따랐다.

"자, 여기야."

윤하는 2층에 있는 첫 번째 방문을 열며 말했다.

"말이 손님방이지 아직 아무도 와서 묵은 적은 없어. 욕실도 딸려 있으니까 지내기는 불편하지 않을 거야."

아담한 크기의 방 안에는 원목으로 된 싱글 침대와 화장대, 그리고 옷장과 서랍까지 갖춰져 있었다.

"바로 옆방에 네 옷하고 물건들이 모두 있으니까 필요한 것들은 거기서 찾아다 쓰면 돼."

그렇게 설명하고 윤하는 덧붙였다.

"네가 이 집으로 들어온 지가 얼마 안 돼서, 아직 짐 정리가 제대로 돼 있지 않을 거야."

미사가 얼떨떨한 얼굴로 물었다.

"지금 저더러 이 방을 쓰라고요?"

"그래, 기억이 돌아올 때까지 당분간만."

아무래도 방이 너무 좁았나, 싶어서 윤하는 당분간이라는 말에 힘을 주어 대답했다. 혹시나 미사가 1층 침실이 넓으니까 같이 쓰자고 떼를 쓸까 봐 속으로 식은땀을 흘리면서.

하지만 미사는 침을 꿀꺽 삼키며 다짐하듯 다시 물었다.

"진짜죠? 정말이죠? 나중에 딴소리하기 없기예요?"

"……그래."

얼떨결에 윤하가 고개를 끄덕인 다음 순간, 미사는 환호성을 지르며 방으로 뛰어 들어갔다.

"꺄아아아!"

다짜고짜 침대 위에 올라가서 팔짝팔짝 뛰기 시작하는 미사를, 윤하는 놀라서 쳐다보았다.

"내 방이다! 진짜 내 방이야! 꺄하하하하!"

침대 위에 있던 쿠션을 꽉 끌어안고 얼굴을 비볐다가, 뽀뽀를 했다가, 천장을 향해 휙 던졌다가, 아주 난리가 났다. 그뿐인가, 팔짝팔짝 뛰면서 이상한 주문 같은 것까지 외치기 시작한다.

"아 쎄이 내! 유 쎄이 방! 내!"

미사가 손가락으로 윤하를 가리켰을 때, 윤하는 자신도 모르게 '방!' 하고 대답해버릴 뻔했다. 그리고 스스로도 화들짝 놀라서 문을 쾅 닫고 나와버렸다.

'뭐지? 방금 그건?'

윤하가 닫힌 문에 등을 기대서 놀란 마음을 진정시키는 동안에도 안에서는 계속 괴성이 들려왔다.

"꺄악! 유후! 만세! 와아!"

진심으로 윤하는 생각했다.

'정상이 아니야!'

아무리 정신적으로 열여덟 살이라 해도 사람이 저렇게까지 철이 없을 수는 없다.

가족이야 고아니까 원래 없다 치자. 하지만 보육원에서 같이 살던 동생들하고도, 또 학교 친구들하고도 죄다 연락이 끊긴 셈인데 저렇게 아무렇지 않을 수가 있을까? 게다가 여자애가, 하루아침에 제일 예쁠 시절을 훌쩍 다 뛰어넘고 10년이나 나이를 먹어버렸는데 조금도 슬프지 않단 말인가?

순간 뇌리를 스치고 지나가는 생각이 있었다.

'잠깐. 설마……?'

혹시 정말로 뇌에 손상을 크게 입은 게 아닐까 하는 생각이 들었다. 그러고 보니 기억상실 자체도 뇌의 문제 아닌가. 만약에 뇌출혈이라도 일어난 거라면? 등골이 싸늘해졌다.

윤하는 곧바로 다시 문을 활짝 열어젖혔다.

"나와. 병원 가자."

"네? 병원은 내일 가자면서요?"

그새 침대에서 내려와 옷장을 열어보고 있던 미사가 의아한 듯이 쳐다보았다.

"너 지금 헛소리하고 있어. 뇌출혈이 있는지도 몰라."

"제가 무슨 헛소리를 해요?"

"지금 하고 있는 그게 헛소리야. 잔말 말고 나와, 가서 정밀검사 받아보자."

뇌출혈이라면 일분일초라도 서둘러야 한다. 윤하는 마음이 급해 죽겠는데 미사는 못 들은 체 딴소리를 했다.

"저 멀쩡하니까 내일 가요. 오늘은 일단 방 정리부터 좀 해야겠어요."

"지금 그럴 때가 아니라니까."

"제 옷, 다 옆방에 있다고 그러셨죠?"

홧김에 윤하의 목소리가 높아졌다.

"윤미사!"

순간 미사가 화들짝 놀라며 어깨를 잔뜩 움츠렸다. 그제야 윤하는 목소리를 조금 누그러뜨렸다.

"너 지금 정상 아냐. 내 말 들어."

"저 멀쩡하다니까요. 아저씬 왜 제가 비정상이라고 생각하시는 거예요?"

"세상에 이런 상황에서 너처럼 아무렇지도 않은 사람이 어딨어?"

"그럼 어때야 하는데요?"

미사가 정말 모르겠다는 듯이 묻는 바람에 윤하는 점점 더 어이가 없어졌다.

"하루아침에 10년이나 나이를 먹었는데 슬프지도 않아?"

"그래 봤자 아직 서른 살도 안 됐잖아요. 그리고 아까 웨딩사진 보니까 별로 안 늙었던데요 뭐."

"네가 알던 사람들하고 다 헤어지게 된 건?"

"별로 아무렇지도 않은데요. 어차피 가족이 있는 것도 아니고."

"같이 살던 아이들은? 보육원 없어지고 나서 어떻게 됐는지 궁금하지 않아?"

"장담하는데 어딜 가도 사랑의 집보단 나았을 거예요. 그리고 제가 기억을 못 할 뿐이지 어디 없어졌다 갑자기 나타난 건 아니잖아요. 연락할 만한 동생들하고는 연락하고 있었을 거예요."

"그럼 친구들이나 선생님은?"

"대체 누구를 말씀하시는 건지 모르겠는데요."

미사가 한숨을 푹 쉬었다.

"수학여행까지 가서 술 사오라고 괴롭히는 일진이요? 아니면 괴롭히라고 뒤에서 조종하는 애요? 그것도 아니면 다 제 탓이라고 했던 담임선생님이요? 아님 툭하면 저 쫓아낸다고 협박하던 원장 선생님? 대체 누구요?"

윤하는 가슴이 철렁했다.

"그리고 전 아무렇지 않다고 안 했어요."

미사가 가만히 중얼거렸다.

"사실은 기뻐요."

"기쁘다고……?"

갑자기 미사가 윤하를 쏘아보듯 똑바로 쳐다보았다.

"하루아침에 제 소원이 다 이루어졌는데 기뻐하지 안 기뻐해요 그럼?"

원망스러운 듯이 쳐다보는 눈동자에 윤하의 심장이 덜컥 내려앉았다.

"이루어지지 않을 거 알면서도 자기 전마다 매일매일 하느님한테 빌었어요. 저 대학 가고 싶어요, 제발 정다솜 얼굴 좀 안 보게 해주세요, 우리 원장 꼭 벌 받게 해주세요…….'"

미사가 말하다 말고 입술을 깨물었다.

"그런데 눈 한번 떴다 감으니까 그게 다 이루어져 있어요. 대학도 벌써 졸업했다고 하고, 정다솜 그 계집애가 조종하는 일진들도 더는 절 괴롭히지 못하고, 원장님도 감옥 갔다면서요."

"……!"

"그뿐이에요? 저 같은 애들은 만 열여덟 살만 되면 보육원에서 나가야 되는 처지예요. 나갈 때 돈 이백만 원 준대요. 달랑 그거 들고 고시원 들어가서 그때부턴 혼자 알아서 공장 일을 하든지 아르바이트를 하든지 해서 살아야 되구요. 그 생각만 하면 불안해서 밤에도 잠이 안 왔어요. 그게 바로 어젯밤이었다고요, 저한텐!"

목소리가 크게 떨렸다. 미사가 울음을 참고 있다는 것을 윤하는 알았다.

"그런데 이렇게 하루아침에 엄청 좋은 집에다가, 평생 꿈이었던 제 방도 생겼고, 커다란 냉장고엔 먹을 것도 엄청 많고, 거기다 꿈꾸던 선생님까지 됐다는데…….'"

맑은 눈동자 가득 투명한 눈물을 담고, 미사는 정말로 궁금하다는 듯이 물었다.

"그런데 그까짓 열 살쯤 더 먹은 게 뭐가 큰일이라고 슬퍼해야 돼요?"

윤하는 아무 말도 하지 못했다. 할 수가 없었다.

10년 전의 너는 이렇게나 힘들어하고 있었구나. 하루아침에 열 살이나 먹어버린 걸 오히려 기뻐할 정도로, 그렇게 많이 힘들었구나. 그걸 내가 미처 헤아리지 못했구나.

"그러니까 자꾸 그렇게 미친 애 취급 하지 마세요. 저 완전 멀쩡하니까요."

기어이 뺨으로 굵은 눈물 한 방울이 또르르 흘러내렸다.

달래주고 싶어졌다. 울지 마, 내가 잘못했어. 하지만 윤하는 그렇게 다정한 말을 쉽게 입 밖으로 낼 수 있는 성격이 아니었다. 또한 그래서도 안 되는 입장이었다, 사실은.

결국 그가 할 수 있는 것은 자리를 피해주는 것뿐이었다.

"그럼 오늘은 이만 쉬도록 해."

울고 있는 미사의 얼굴을 차마 똑바로 볼 수가 없어서, 시선을 돌린 채 그렇게 말하고 윤하는 방을 나갔다.

윤하가 나가고 나서도 미사는 한참을 침대에 쓰러져 울었다.

말이야 그렇게 했지만 어떻게 아무렇지도 않을 수가 있을까. 인생의 가장 아름다울 시절의 10년이 통째로 날아가버렸는데.

그토록 꿈꾸었던 대학생활에 대한 기억도 하나도 없고, 게다가 연애는커녕 남자랑 손도 못 잡아본 상태에서 하루아침에 유부녀가 됐는데. 게다가 이 2016년의 세계에는, 오늘 처음 본 남편을 빼놓고는 자신을 아는 사람이라고는 아무도 없는데.

억울하고 허무했다. 불안하고도 슬펐다. 그래서 일부러 더 과장되게 기뻐했다. 좋은 일들만 생각해야지, 어차피 돌아갈 수 없다면. 그런데 남편이라는 사람에게서 비정상이라는 말을 들으니 눈물이 나지 않을 수 없었던 것이다.

미사는 정윤하라는 남자에 대해서 다시 생각했다. 부자에다 잘생겼지만…….

'별로 다정한 사람은 아닌 것 같아.'

그렇다고 찬바람이 쌩쌩 부는 정도까지는 아니지만 확실히 그랬다. 무엇보다 특유의 말붙이기 어렵도록 무뚝뚝한 분위기가 있었다.

미래를 꿈꿀 때마다 미사는 늘 막연히 그렇게 생각했었다. 나중에 크면 꼭 다정한 사람과 결혼해서 아이도 많이 낳고 행복하게 살아야지, 하고.

그런데 어쩌다 나는 저런 사람과 결혼까지 하게 됐을까? 문득 스물여덟 살의 자신이 궁금해졌다.

미사는 눈물을 훔치고 일어나 벽에 걸린 거울 앞으로 가서 섰다. 하지만 곧바로 거울을 들여다보지는 못했다. 아까 사진으로 보기는 했지만, 실제 스물여덟이 된 제 얼굴을 똑바로 마주 보는 데는 용기가 필요했다. 그래서 사실은 중국집에서도, 윤하의 차에서도, 거울을 볼 기회가 몇 번이나 있었지만 일부러 계속 피하고 있었다. 차마 엄두가 나지 않아서.

먼저 심호흡을 하고 마음의 준비를 한 후, 미사는 천천히 시선을 들어 거울 속의 자신을 마주 보았다.

"……."

스물여덟 살의 자신은 늙었다기보다는 어딘가 낯선 느낌이었다. 틀림없는 제 얼굴인데 느낌이 달랐다. 눈썹 모양도 달라진 것 같고, 피부도 훨씬 하얘져 있었다.

늘 고민이었던 통통한 볼 살이 완벽하게 실종되어 있고, 코에서 입가로 이어지는 팔자주름은 좀 더 도드라져 보였다. 갸름해진 얼굴은 어제보다 좀 더 예뻐 보였지만, 확실히 좀 더 나이 들어 보이기도 했다.

"있잖아."

물끄러미 거울을 들여다보며, 미사는 스물여덟 살의 자신에게 조용히 말을 걸었다.

"너 그동안…… 되게 고생 많았지?"

성당 앞에 버려져 있던 고아였기 때문에 이름마저 미사라고 붙여진 자신이었다. 혼자 힘으로 대학까지 졸업하느라 얼마나 많이 고생을 했을까. 부모도 가족도 없이 결혼 준비를 하느라 마음고생인들 얼마나 많았을까. 기억하지 못해도 충분히 짐작할 수는 있었다.

"고마워. 그리고 정말 수고 많았어."

미사는 손을 뻗어 거울 속의 제 뺨을 가만히 어루만졌다. 그리고 마음속으로 굳게 약속했다.

'나 하나도 기억나지 않지만, 그래도 열심히 할게. 네가 그동안 있는 힘껏 이루어놓은 것들을 망가뜨리지 않게 노력할게. 그리고…… 네가 사랑하는 아저씨한테도 폐가 되지 않게 할게.'

스물여덟 살의 자신이 윤하를 무척 사랑하고 있으리라고 미사는 믿어 의심치 않았다. 왜냐하면 열여덟 살인 미사에게 있어 결혼이란, 사랑하는 사람과 하는 거였으니까.

 '네가 돌아올 때까지, 나 잘하고 있을게.'

 문득 그런 의문이 들었다. 기억이 돌아온 순간, 자신은 과연 지금을 기억하고 있을까?

 드라마나 영화에서는 그렇지 않은 경우를 더 많이 보았던 것 같다. 이야기 속의 주인공들은 보통 잃어버렸던 기억을 되찾는 대신, 기억을 잃은 동안에 일어났던 일들을 모두 잊어버리곤 했다.

 만약에 그렇게 된다면 지금의 자신은 시한부 인생을 사는 거나 다름없었다. 기억이 돌아오면, 그 순간 연기처럼 사라져버릴 존재.

 그렇게 생각하자 한층 더 씁쓸해졌지만 미사는 억지로 마음을 추슬렀다.

 '당연한 거잖아, 바보.'

 어차피 열여덟 살의 자신은 이 세계에 있어야 할 존재가 아니다. 그러니까 진짜 미사가 돌아오면 사라지는 게 당연하다. 그러니 그때까지 자리를 지키고 있기만 하면 되는 거다.

 하지만 아무리 그렇게 스스로에게 다짐해도 임시라는 기분을 느끼는 게 좋을 리 없었다. 차라리 빨리 기억을 되찾고 싶었다.

 "그러니까 빨리 기억이 돌아오게, 너도 날 좀 도와줄래?"

 거울 속의 자신을 향해, 미사는 기도하는 심정으로 속삭였다.

"화가 났나?"

휴대폰을 들여다보며 현우가 고개를 갸웃거렸다.

미사가 아침부터 계속 연락이 되지 않는다. 마지막으로 통화를 했던 게 어젯밤. 그 후로는 전화를 해도 계속 꺼져 있었고, 휴대폰 메신저로 말을 걸어도 계속 미확인 상태였다.

슬슬 걱정이 되기 시작했다.

"싸운 것도 아닌데 대체 무슨 일이지……?"

휴대폰을 쳐다보며 혼잣말로 중얼거리고 있는데, 옆에서 누가 말을 걸었다.

"팀장님! 뭐 안 좋은 일이라도 있으세요? 표정이 엄청 심각하시다."

함께 야근 중인 같은 팀의 김 대리였다.

"아, 별건 아니고요."

현우는 얼른 사람 좋은 미소를 지어 보이며 대답했다.

"사실은 제 약혼녀가 하루 종일 전화를 안 받아서요."

"어머! 싸우셨나 보다."

"그런 것도 아닌데 이상하게 갑자기 연락이 안 되네요."

유부녀인 김 대리가 알겠다는 듯이 팔짱을 끼고 고개를 끄덕여 보였다.

"여자들이 원래 결혼할 때쯤 되면 다 그래요. 괜히 우울해지고, 왜 메리지 블루(marriage blue) 라는 말 있잖아요?"

"그런 걸까요?"

"그럼요. 계속 연락이 안 되면 이따 꽃다발이라도 사 들고 찾아가 보세요."

"그래야겠네요. 고마워요, 김 대리님!"

현우가 윙크를 날렸다.

☙

눈을 뜨자 예쁜 레이스 커튼 사이로 눈부신 햇살이 쏟아져 들어오고 있었다.

어젯밤엔 너무 지치고 피곤한 나머지 그대로 침대에 누워 잠들어버렸다. 아침에 눈을 뜨면 모든 것이 꿈이었던 걸로 해주세요, 하고 기도하면서. 하지만 눈을 떠도 상황은 전혀 변함이 없었다. 여전히 자신은 제 옷이 아닌 옷을 입은 채 낯선 방의 침대에 누워 있다.

미사는 일단 누운 채로 기지개를 쭉 펴보았다. 다행히 별로 아픈 데는 없는 것 같다. 푹 자고 일어나서 그런지 기분도 꽤나 밝아져 있었다.

다시 천천히 몸을 일으켜 앉아 새삼스레 방 안을 둘러보았다. 연한 민트 색 벽지도, 눈부시게 새하얀 커튼과 시트도 마음에 쏙 들었다. 평생 방 하나를 대여섯 명이 함께 쓰는 게 당연한 걸로 알고 살아왔던 미사였다. 이 예쁜 방이 진짜로 내 방, 나 혼자만의 방이라고 생각하자 또다시 가슴이 설렜다.

'참, 욕실도 딸려 있다고 했었지?'

기적이 아닐 수 없었다. 보육원 전체에 욕실 겸 화장실 딱 두 개뿐이어서 아침마다 늘 전쟁이었는데, 세상에 내 방도 모자라 내 욕실까지 생기다니.

그러고 보니 어제부터 여태까지 씻지도 못한 채였다. 빨리 몸을 씻고 옷도 좀 갈아입고 싶은 생각이 간절해졌다. 그러려면 갈아입을 옷이 있어야겠는데.

미사는 얼핏 어제 윤하가 했던 말을 떠올렸다.

「바로 옆방에는 네 옷하고 물건들이 모두 있으니까 필요한 것들은 거기서 찾아다 쓰면 돼.」

미사는 곧장 방을 나왔다.

집은 1층과 2층이 반 이상 트여 있는 구조였다. 거실 천장이 그만큼 높았다. 2층 복도에서 아래를 내려다보면 거실 한가운데 놓인 소파가 보였다. 바닥은 온통 대리석으로 깔려 있고, 통유리로 만들어진 거실 벽 밖으로는 넓은 정원이 그대로 내다보였다. 바깥에 수영장이 보이지 않는다는 것만 빼면 꼭 외국 영화에 나오는 저택 같았다.

분명히 어제 봤는데도 새삼 대단한 집이다.

아직 남편인 윤하는 일어나지 않았는지 1층에서 인기척은 들려오지 않았다. 잠시 2층 복도에 선 채로 아래를 내려다보다가 미사는 윤하가 말했던 옆방으로 향했다.

미사의 방과 비슷한 크기인 이 방은 온갖 짐으로 꽉 차 있었다. 커다란 종이 상자와 여행용 가방 등이 마구 쌓여 있는 걸로 봐서는 정말로 짐을 풀어 정리하기 전인 것 같았다. 일단은 갈아입을 옷만 가지고 나가야지, 하고 생각했는데 옷을 찾기조차 쉬운 일이 아니었다.

별수 없이 미사는 상자를 하나씩 열어보기 시작했다.

처음 열어본 상자에는 대학시절에 썼던 걸로 보이는 책과 노트 같은 것들이 꽉 차 있었다. 분명 제 글씨체로 필기가 되어 있는데 내용은 하나도 기억나지 않아서 이상한 기분이었다.

그다음 상자에는 문구용품과 화장품, CD 같은 잡동사니가 들어 있었다. 그리고 먼지 쌓인 CD 중 하나를 본 미사의 눈이 커다래졌다.

"뭐, 동방불패 4집?"

가슴이 마구 뛰었다. 미사가 살던 세계에서 동방불패는 아직 2집 가수였다!

대박도 이런 대박이 없다. 당장 듣고 싶은 마음이 굴뚝같았지만 미사는 일단 꾹 참고 CD를 챙겼다. 물론 같은 상자에 있던 3집도 함께.

다음으로 뜯어본 상자에서는 놀랄 만한 것이 나왔다. 바로 자신의 대학 졸업장과 교원자격증이었다. 분명히 제 이름이 적혀 있는데도 꼭 남의 것만 같았다. 어딘가 허탈하기도 하고, 또 뿌듯하기도 하고. 복잡한 기분이었다.

네 번째 상자에 가서야 겨우 옷이 나왔다. 하지만 상자 안을 살펴본 미사는 곧 실망하고 말았다. 옷이 별로 많지도 않았지만, 마음에 드는 옷은 정말 단 한 벌도 없었던 것이다.

생각해보면 당연한 일이었다. 미사는 2006년의 열여덟 살 여고 생 취향인데, 지금 방 안에 있는 옷들은 2016년의 스물여덟 살 선생 님의 취향이니까. 시기도, 나이도, 심지어 직업도 다르다.

미사가 기대했던 옷은 발랄하고 귀여운 미니스커트나 원피스 종 류였다. 그것도 예쁜 파스텔 톤의. 하지만 눈앞에 있는 옷들은 그 것과는 수만 광년 정도의 거리가 있었다. 선생님이라서인지 심플 하고 단정한 정장 스타일의 블라우스와 슬랙스가 대부분이었다. 서너 벌 있는 스커트는 무릎 위 길이의 H라인. 그것도 죄다 회색, 검정색, 흰색 따위뿐이고, 원하는 핑크색이나 하늘색은 눈을 씻고 찾아봐도 없었다.

실망한 미사는 마지막 상자를 열었다. 역시 내용물은 옷과 속옷 따위였다. 그나마 이번에는 편하게 입을 만한 티셔츠나 청바지 따 위가 몇 벌 보이기는 했다. 역시 디자인은 별로 마음에 안 들었지 만. 그중에 상하 한 벌로 된 빨간색 운동복이 있어서, 당장 입을 셈 으로 속옷과 함께 챙겨가지고 미사는 방을 나왔다.

샤워를 하고 나서 옷을 갈아입고 머리를 말리고 있는데 문득 노 크 소리가 들렸다.

"아직 자고 있어?"

윤하의 목소리였다.

"아뇨, 일어나 있어요!"

미사는 얼른 대답하고는 문을 열었다.

"안녕히 주무셨어요?"

활기차게 대답하는 미사를, 윤하가 조금 당황한 듯이 쳐다보았다.

"그 옷은 뭐야?"

"제 옷상자 안에 있었어요. 집이니까 편하게 입으려고요."

원래의 자신은 아무리 집에서라도 이런 복장을 하고 있지는 않았던 모양이다. 윤하는 못내 적응 안 된다는 시선으로 쳐다보다 이윽고 짧게 말했다.

"내려와. 아침 먹자."

윤하는 의외로 음식솜씨가 좋았다.

두부가 든 된장국은 따뜻했다. 새로 무쳐낸 것 같은 콩나물은 간이 딱 적당했다. 노른자를 살짝 덜 익힌 계란 프라이도, 간 생강을 살짝 얹은 연두부도 모두 입에 맞았다. 단지 식사 내내 윤하가 거의 말을 하지 않는 바람에 미사는 거의 맛을 느끼지 못했다. 원래 말수가 적은 사람인 건 알겠는데, 일부러 이쪽에서 말을 걸어도 별로 반응이 없었다.

"참, 저 아까 짐 찾다가 동방불패 4집 CD 찾았어요!"

"음."

"너무 신기한 거 있죠? 근데 동방불패 몇 집까지 나왔는지 혹시 아세요? 한 10집?"

"……글쎄."

계속 이런 식이었다.

체할 것 같은 식사가 겨우 끝나자 윤하가 말없이 빈 그릇을 정리하기 시작했다. 미사는 얼른 팔을 걷어붙이며 끼어들었다.

"제가 치울게요!"

"됐어."

"아녜요, 식사 준비는 아저씨가 하셨으니까 설거지는 제가……."

하지만 윤하는 한마디로 딱 잘라버렸다.

"식기세척기가 있으니까 필요 없어."

결국 미사는 시무룩해져서 식당을 나왔다.

거실로 나온 미사는 다시 한 번 집안을 둘러보았다. 넓은 집안은 주로 흰색과 검은색으로 단순하게 꾸며져 있었다. 거실 벽에 걸려 있는 커다란 웨딩사진을 제외하면 신혼집다운 아기자기한 분위기는 전혀 느껴지지 않았지만 미사는 그러려니 했다. 어차피 자신도 이 집에 들어온 지 얼마 안 됐다니까, 그전에는 저 사람 혼자 살고 있었나보지.

윤하는 금세 뒷정리를 마치고는 무언가를 가지고 돌아왔다.

"자, 이거."

바로 혼인신고서의 사본이었다. 날짜는 한 달 전.

서류에 선명하게 쓰여 있는 윤미사, 제 이름 석 자를 보면서 미사는 다시금 깨달았다. 도저히 믿어지지 않지만 이게 현실이었다. 자신은 이제 꼼짝없이 유부녀인 것이다.

'정신 똑바로 차려야지.'

그렇게 결심한 미사는 윤하에게 부탁했다.

"종이하고 펜 있으면 좀 주실래요?"

"그건 왜?"

의아한 얼굴을 하면서도 윤하는 곧 종이와 펜을 가져와서는 미사 옆에 앉았다.

새하얀 종이에, 미사는 큼지막하게 제목부터 썼다.

[정윤하와 윤미사의 결혼생활에 대하여]

"이게 뭐지?"

"미리 가이드라인은 잡아두는 게 좋잖아요? 아시다시피 제가 기억이 없으니까요."

그렇게 대답하며 미사는 제목 밑에 다시 썼다.

[1. 호칭]

"근데 저 원래 아저씨한테 뭐라고 불렀어요?"

"윤하 씨라고."

"그럼 계속 그렇게 부를까요? 아니면 오빠? 여보? 그것도 별로시면 자기야?"

미사는 시범 삼아 한 번씩 불러 보였다. 콧소리를 과도하게 섞어서.

"오빠앙~♡ 여보옹~♡ 자기야앙~♡"

순간 윤하가 몸을 부르르 떠는 게 눈에 보였다. 그는 이를 악물고 말했다.

"······아저씨. 그나마 그게 제일 낫군."

"좋아요. 그럼 아저씨로 낙찰."

미사는 삐져나오는 웃음을 참으며 '아저씨'라고 적어 넣었다. 사실은 일부러 노린 거였다. 이 아저씨, 얼굴은 꼭 로코 드라마 남주처럼 생겨가지고는 닭살 돋는 거에 되게 면역이 없다.

"그럼 아저씨는 저를 뭐라고 부르실래요?"

"지금까지도 미사였으니까, 앞으로도 계속 미사."

"오케이, 좋아요."

미사는 다시 제 이름을 적어 넣었다. 1번 항목이 완성되었다.

[2. 가사 분담]

"혹시 도우미 아줌마라든가, 누가 오시지 않나요?"

이렇게 커다란 집이라면 당연히 집안일을 도와주는 사람이 있을 거라고 생각하고 미사는 물었다. 게다가 부자라니까. 하지만 윤하는 딱 잘라 말했다.

"아니, 내 집에 다른 사람 들이는 거 질색이야."

미사는 조금 실망했다. 이 넓은 집을 청소할 생각을 하니 막막해졌던 것이다. 하지만 금세 생각을 고쳐먹었다. 이런 집에서 살게된 걸 고맙게 생각해야지, 바보야.

"저 설거지랑 청소랑 빨래랑 다 잘해요. 그러니까 그건 다 제가 할게요."

미사가 빼먹은 한 가지를 윤하는 놓치지 않았다.

"그러니까 요리는 못한다, 이거지?"

"네."

야채를 손질한다거나 음식이 타지 않게 계속 휘젓거나 하는 단순작업은 보육원에서도 늘 돕곤 했다. 하지만 정작 본격적으로 음식을 만드는 일 자체는 해본 적이 없었다. 그건 담당 선생님이 따로 계셨으니까.

"아까 먹어보니까 아저씨 요리 잘하시던데. 그러니까 제가 설거지, 청소, 빨래 담당, 그리고 아저씨는 밥 담당. 어때요? 콜?"

윤하는 가타부타 대꾸하지 않았다. 하지만 미사가 목록에 그렇게 적어 넣는 것을 굳이 말리지도 않았다. 싫다고 하지 않으면 좋은 거구나. 조금씩 이 아저씨의 성격이 파악되어가는 것 같았다.

[3. 일]

"저 당분간 일은 못 할 것 같아요. 자격증이 있다고 하지만 제가 아는 건 고등학교 2학년 영어까진데 애들 가르치면 사기잖아요?"

사실 그나마도 지난 중간고사에서 영어 70점 맞았다는 건 굳이 말하지 않았다. 창피하니까.

"대신 제가 집안일 더 열심히 할게요. 시간 나면 아르바이트도 할 수 있고요."

윤하는 이상하다는 듯한 눈으로 미사를 보았다.

"아무도 너한테 돈 벌어오라고 하지 않았는데."

물론 윤하는 그렇게 말하지 않았지만 세상에는 공짜가 없는 법이었다. 어디서든 제 밥값만큼은 해야 했다. 그게 미사가 여태 세상을 살아오면서 배운 거였다.

모르겠다, 사랑으로 엮인 부부 사이라면 좀 다를지도. 하지만 엄밀히 말해 윤하와 부부 사이인 것은 스물여덟 살의 미사지, 열여덟 살인 자신이 아니니까. 그러니 이 집에 있는 이상 제 몫은 하고 싶었다.

이 아저씨는 무슨 큰 회사의 후계자라고 했었다. 태어날 때부터 부자였던 사람에게, 이런 자신의 생각을 어떻게 이해시켜야 할지 모르겠다. 그래서 미사는 대답 대신에 그냥 턱없이 생글거렸다.

"제가 또 한 부지런 하거든요, 헤헤."

그런 미사를, 윤하는 또다시 신기하다는 듯이 쳐다보았다.

"참, 아저씨는 일이 많이 바쁘시겠어요."

"내가 무슨 일을 하는지 말했었나?"

윤하가 깜짝 놀란 얼굴을 했다.

"네, 어제 중국집에서 주인아저씨한테 들었어요."

"아, 그랬군."

윤하가 알았다는 듯이 고개를 끄덕였다.

"당분간은 많이 바쁘긴 할 거야. 그래도 집에는 최대한 매일 돌아올 수 있게 노력할 테니까."

미사는 놀랐다. 회사일이라는 게 자칫하면 집에 들어오기도 힘들 정도로 바쁜 거구나. 동시에 조금 반성도 했다. 부잣집에 태어났다고 해서 꼭 놀고먹는 건 아니구나, 하고.

'참, 그러고 보니 시댁 문제가 남았네?'

가슴이 콩닥콩닥 뛰기 시작했다. 나 같은 고아 소녀, 아니, 고아 처녀가 재벌가 후계자와 결혼을 했으니 집안에서 오죽이나 반대가 심했을까? 오히려 기억 못 하는 게 다행일지도 모른다고 생각하며 미사는 다음 항목을 썼다.

[4. 시부모님]

시댁 방문이라든가, 인사 문제를 의논할 생각이었다. 그러나 쓰자마자 곧바로 윤하가 펜을 빼앗아들더니 글씨 위에 금을 찍찍 그어버렸다.

"왜 그러세요?"

미사가 놀라서 묻자 윤하가 펜을 내려놓으며 간단하게 대꾸했다.

"신경 쓸 필요 없으니까."

내가 이럴 줄 알았지! 미사는 두려움에 떨며 물었다.

"설마 아저씨, 저 때문에 부모님이랑 연 끊으셨어요?"

"요즘은 드라마 작가들도 진부해서 그런 내용 잘 안 쓰는데."

부모님 얘기는 하고 싶지 않은 것일까. 그렇게만 말하고 윤하는 말을 돌렸다.

"자, 또 뭐가 남았어?"

"……있어요. 중요한 거."

미사는 다시 펜을 들어 마지막에 적어 넣었다.

[5. 결혼식]

"결혼식은 제 기억이 돌아올 때까지 미뤘으면 좋겠어요."

"이유는?"

"아마도 저, 그러니까 기억을 잃기 전의 저는 아저씨를 굉장히 좋아했을 거라고 생각해요. 그러니까 먼저 혼인신고까지 했겠죠. 하지만 지금의 저한테 아저씬 오늘 처음 본 사람인데 어떻게 결혼식을 올리겠어요?"

이유는 그것뿐만이 아니었다.

"그리고 또 있어요. 진짜 미사한테서 결혼식을 빼앗고 싶지 않아요."

윤하가 약간 눈썹을 찌푸렸다. 잘 이해되지 않는다는 표정이었다.

"왜 기억상실을 다룬 영화나 드라마에서 보면 가끔 그런 경우가 있잖아요. 잃어버렸던 기억을 되찾았을 때, 기억을 잃었던 동안의 일을 반대로 잊어버리는 경우요."

"그런데?"

"혹시 제가 그런 경우일 수도 있잖아요? 그러면 지금 결혼식을 올리게 되면, 기억을 되찾았을 때 결혼식을 했다는 사실을 잊어버릴 수도 있다고요."

미사는 조그맣게 중얼거렸다.

"그렇게 되면 진짜 미사한테 미안하잖아요. 평생에 한 번뿐인 결혼식인데."

그러니까 결혼식 같은 중대 이벤트는 자신의 몫이 되어서는 안되는 거다.

"뭐, 그렇게 하지."

윤하는 끝내 잘 이해하지 못한 것 같았지만, 그러면서도 고개는 끄덕여주었다.

"나도 미성년자하고 결혼식 올리는 취미는 없으니까."

농담인지 진담인지 헷갈리는 말을 웃지도 않고 중얼거린 후, 그는 물었다.

"이제 필요한 건 대충 끝났다고 했나?"

"네, 일단은 그런 것 같아요."

갑자기 윤하가 소파에서 몸을 일으키는 바람에 미사는 깜짝 놀랐다.

"그럼 이제 내 차례군."

윤하는 팔짱을 끼고 미사를 내려다보며 말했다.

"나는 미사 네 남편이야."

새삼스러운 말씀을. 미사는 테이블 구석에 놓아둔 혼인신고서 사본을 가리키며 대꾸했다.

"네, 여기 그렇게 쓰여 있네요."

"하지만 기억이 돌아올 때까지는 그냥 보호자라고 생각해주면 좋겠어."

"보호자요?"

"그래. 선생님, 아니면 삼촌 같은 거라고 생각해도 상관없고."

대체 무슨 말을 하는 거야. 미사는 물끄러미 윤하를 올려다보았다.

"나도 너를 아내라고 생각하지 않겠어. 내가 결혼한 여자는 스물여덟 살 아가씨지 열여덟 살 철부지는 아니니까."

철부지라는 말에 슬그머니 부아가 치밀었지만 미사는 일단 참았다.

"그러니까 기억을 찾을 때까지는 내 말에 따라줬으면 해. 외출할 때는 꼭 미리 이야기하고, 누구를 만날 때는 먼저 허락을 받고, 어디 갈 때도 행선지를 알리고."

그야말로 남편이라기보다는 선생님 같은 말투였다. 그것도 학주 스타일의.

"제가 왜 그렇게 일일이 간섭을 받아야 되는데요?"

미사는 즉시 반항을 시도했다.

"간섭이 아니라 보호야. 넌 미성년자니까."

"미성년자라뇨? 스물여덟 살이나 됐는데!"

"정신이 어린애니까 무효인 걸로."

"저 어린애 아니거든요?"

"어린애라는 말에 발끈하는 걸 보니 맞네, 어린애."

"글쎄 아니라니까요!"

"동방불패 오빠들 좋아하니까 어린애. 밥 먹을 때 김치 안 먹으니까 어린애."

미사는 그만 울화통이 터지고 말았다. 이 아저씨, 무뚝뚝한 표정으로 아무렇지도 않게 사람의 약점을 공격하는 데 뛰어난 재주가 있다. 김치 안 먹는 건 또 언제 보고 있었던 거야?

"한입은 먹었거든요?"

미사가 씩씩거리거나 말거나 윤하는 선언하듯 멋대로 결론을 내버렸다.

"어쨌든 지금부터는 내가 네 보호자야."

그러더니 얘기가 끝났다는 듯이 일방적으로 등을 돌리며 말했다.

"나갈 준비 해. 병원에 예약해뒀으니까."

그런 윤하의 넓은 등을 눈이 가자미가 되도록 흘겨보며 미사는 생각했다.

'순 독재자!'

어젯밤에도 떠올렸던 의문이 다시금 떠올랐다.

'도대체 나는 이런 사람의 어디를 좋아했던 거지?'

대답은 금세 나왔다. 그야 물론 얼굴이겠지!

'하여튼 나도 참 답 없다. 열 살이나 더 먹어서도 여전히 얼빠라니!'

미모에 한없이 약해빠진 자신을 탓하며 윤하를 따라나서는 미사였다.

"역행 기억상실(reterograde amnesia)이네요."

미사의 증상에 대해 듣고 난 후 여자 의사는 이렇게 말했다.

"사고 이전의 일들을 기억하지 못하는 증상입니다. 뇌 손상이 일어났을 경우 나타날 수 있는 일인데, 이렇게 10년씩이나 기억이 통째로 날아가는 경우는 매우 드물어요."

그 매우 드문 일이 왜 하필 내게 일어났을까. 미사는 울고 싶어졌다.

"심리적인 요인이 함께 작용하지 않았을까 싶은데, 사고 전 마지막 기억이 뭐죠?"

미사는 수학여행 가서 벌어진 사고를 이야기했다. 그러자 의사는 다시 질문했다.

"혹시 그 10년 전 사고로 윤미사 씨의 인생이 크게 바뀌었다든가, 하진 않았나요?"

"잘 모르겠어요. 말해줄 사람이 아무도 없거든요."

"아니, 가족들은요?"

"사실은 제가 고아여서요⋯⋯."

의사가 곤란한 얼굴을 했다.

"그렇다면 요즘 뭔가 큰 고민이라도 있었던 건 아니고요?"

곁에 앉아 있던 윤하가 대신 대답했다.

"결혼 준비 때문에 스트레스를 받고 있기는 했습니다."

의사가 깜짝 놀라며 되물었다.

"결혼이라고요? 어머, 설마 두 분이?"

윤하는 대답하는 대신에 빙그레 미소를 지어 보였다.

"아, 죄송합니다."

의사는 뒤늦게 진료와는 상관없는 질문이라는 것을 깨달았는지 당황한 얼굴로 사과하고는 말을 돌렸다.

"어쨌든 일단 검사부터 해보도록 하죠."

미사는 의사의 지시에 따라 몇 가지 검사를 받았다. 언어 능력과 인지 능력, 기억 능력 등 뇌의 기능을 테스트하는 검사였다. 검사 결과는 별문제 없다고 의사는 말했다. 오히려 기억력이 좋은 편이라고까지 했다.

MRI 촬영도 했다. 다행히 겉으로 보이는 구조적 손상은 없고, 뇌출혈도 보이지 않는다고 했다.

즉, 완벽하게 정상이었다. 기억을 잃어버린 것만 빼고는.

"기억을 돌아오게 하는 방법은 딱히 없습니다. 언제 돌아올 거라고도 얘기할 수가 없어요. 최대한 익숙한 환경에서 지내면서 전에 알던 사람을 많이 만나고, 예전의 자신에 대한 이야기를 많이 나누는 게 기억을 되돌리는 데 도움이 될 수도 있습니다."

의사는 그렇게 설명하고는 입원을 권했다.

"현재는 뇌출혈이 보이지 않지만 나중에 조금씩 피가 스며 나오는 경우도 있어요. 며칠 입원해서 지켜보는 게 좋을 것 같습니다."

"꼭 그래야 돼요?"

미사는 입원하고 싶지 않았다. 성격상 답답한 건 딱 질색인 데다, 하루빨리 기억을 되찾고 싶은데 병원에 틀어박혀 있는 것은 전혀 도움이 되지 않을 것 같았다.

다행히 윤하가 편을 들어주었다.

"정신적으로는 아직 어리니까 병원은 갑갑해할 겁니다. 곁에서 지켜보다 증상이 조금이라도 있거든 제가 바로 데려오겠습니다."

아직 삼십 대 중반 정도로 보이는 젊은 여의사는 얼굴을 살짝 붉히며 조그맣게 어머나, 하고 중얼거렸다.

"정윤하 씨, 무척 바쁘실 텐데 다정하시네요!"

미사는 오늘 벌써 몇 번째로 이상한 것을 느꼈다.

의사를 비롯해서 사람들이 윤하를 알아보는 건 이해하겠다. 워낙 유명한 사람이라니까. 아까도 병원 주차장에 내릴 때부터 진료실에 도착할 때까지, 마주치는 사람들마다 깜짝 놀라서 그를 쳐다보았다. 수군거리는 소리도 계속 들려왔다. 정윤하 아냐? 정윤하다, 하면서.

이상한 것은 윤하 쪽이었다. 오늘따라 평소보다 유독 태도나 말투가 부드럽게 느껴지는 것이었다. 의사에게 친절하게 웃어주는 것도 그랬고, 검사를 모두 마치고 나서도 마찬가지였다.

"저어, 정윤하 씨. 괜찮으시면 사인 좀……."

간호사가 얼굴을 붉히며 다가와 종이를 내밀자 미소를 지으며 이렇게 대답하는 것이 아닌가.

"물론이죠."

이것 봐, 이것 봐! 미사는 어이가 없어졌다. 이제 겨우 이틀 같이 있었을 뿐이지만 내기라도 걸 수 있다. 원래의 정윤하는 저런 식으로 미소 짓는 사람이 아니다.

"성함이 어떻게 되시죠?"

물론 말투도 저렇게 부드럽지 않고!

도대체 어떻게 된 남자일까. 정작 아내인 자신과 둘이 있을 때는 무뚝뚝하고 퉁명스러우면서, 밖에만 나오면 저렇게 친절해지다니.

대체 나는 이 남자의 어디를 사랑했던 걸까, 하고 미사는 또다시 의문에 빠졌다. 그래, 뭐 나는 얼굴에 반했다 치고. 그럼 이 남자는 왜 나하고 결혼한 걸까. 나는 조건도 볼 것 없고, 그렇다고 뛰어난 미인도 아닌데.

우리는 언제, 어디서, 어떻게 만나 연애했을까?

문득 잊어버린 기억이 견딜 수 없이 안타까워졌다.

아니나 다를까, 병원을 나오자마자 윤하의 태도는 평소의 무뚝뚝한 그것으로 돌아가 있었다.

"이제 집으로 가는 거예요?"

"음."

윤하는 시동을 걸며 짧게 대꾸했다. 아까 병원에서 사람들을 대하던 친절한 말투와는 전혀 달랐다.

차가 병원 주차장을 빠져나왔다. 그리고 얼마 안 가 윤하의 주머니에서 전화벨이 울렸다.

"왜 안 받아요?"

그대로 주머니에 손을 넣어 휴대폰을 꺼버리는 윤하에게, 미사가 물었다.

"쉬는 날은 원래 전화 안 받아."

"회사에서 온 전화면 어떡하고요?"

"그건 더 싫은데."

그렇게 대꾸하고 나서 윤하는 무슨 생각을 했는지 작게 한숨을 쉬었다.

"오늘까지는 일을 쉴 거야. 대신 내일부터는 정말로 바빠질 테니까 그렇게 알고 있어."

"네."

그 말을 끝으로 윤하는 다시 입을 다물어버렸다. 말보다는 침묵이 훨씬 더 익숙한 사람. 이쪽에서 먼저 말을 걸지 않으면 언제까지나 침묵만 계속될 것 같아서 미사는 먼저 입을 열었다.

"참, 아저씨. 제 물건들 말이에요, 그 방에 있는 게 다예요?"

"그럴 텐데. 왜?"

"컴퓨터가 없더라고요. 노트북도 안 보이고요."

운전대를 잡은 윤하가 어깨를 으쓱했다.

"아마 원래 없었던 걸 거야. 요즘은 컴퓨터 없이 사는 사람들도 많이 있으니까."

미사는 눈을 동그랗게 떴다. 현대인이 컴퓨터 없이 산다고?

"아니, 컴퓨터 없이 불편해서 어떻게 살아요?"

"어차피 직장에는 다들 컴퓨터 있으니까 그걸로 쓰면 되지."

"그럼 집에서 드라마나 영화 같은 건 어떻게 다운받아 보는데요?"

"TV로. 요즘은 셋톱박스가 있어서 다 TV로 보면 돼."

셋톱박스가 뭔지 모르겠지만 어쨌든 일단 넘어가고.

"그럼 미니홈피는 어떻게 해요? 그건 TV로 못 할 거 아니에요?"

"요즘 사람들은 미니홈피 안 해."

"네? 그럼 뭘 하는데요?"

"보통 트위터나 페이스북을 하지. 아니면 인스타그램이나."

미사로서는 충격의 연속이었다. 전 국민이 하던 미니홈피가 왜!

"아니 트위스트……? 하여튼 그게 뭐든지 간에 어쨌든 컴퓨터는 있어야 할 거 아니에요?"

"컴퓨터보다는 주로 스마트폰으로 하니까."

난생처음 듣는 단어였다.

"그건 또 뭔데요?"

"아, 그렇지. 너는 그게 뭔지 모르겠군."

윤하는 새삼스럽게 미사를 힐끗 쳐다보았다.

"요즘 사람들이 쓰는 휴대폰을 스마트폰이라고 해. 컴퓨터 기능이 있어."

"네?"

아니, 그 작은 휴대폰으로 무슨 컴퓨터를 한단 말인가. 글씨가 보이기는 보여?

"저도 그거 가지고 있어요?"

"그렇긴 한데, 네가 원래 쓰던 건 어제 사고가 났을 때 완전히 박살나서 못 쓰게 돼버렸어."

저런! 미사는 아쉬워서 어쩔 줄 몰랐다.

"그럼 그 안에 있던 연락처 같은 것도 다 없어졌겠네요?"

"……그렇지."

같은 반 아이들은 대부분 휴대폰을 가지고 있었다. 하지만 미사는 평생 단 한 번도 휴대폰을 가져본 적이 없었다. 그래서 휴대폰이 고장나도 그 안에 있는 전화번호들 정도는 복구할 수 있다는 사실을 까맣게 모르고 있었다. 10년 전에도 그랬고, 물론 지금도 그렇다는 것을.

"어차피 낡은 거였으니까 너무 섭섭해할 거 없어. 새 걸로 사줄 테니까."

시무룩해져 있는 미사에게, 윤하가 말했다.

"정말요?"

미사는 금세 신이 나서 어쩔 줄 몰랐다. 며칠 전까지도 꿈도 못 꾸었던 휴대폰을 드디어 가질 수 있게 되다니. 그것도 컴퓨터 기능까지 있다는 2016년 최첨단 기기를!

그와 동시에 생각나는 게 있었다. MP3 플레이어.

이 세계로 떨어지기 전까지 미사의 보물 1호는 바로 MP3 플레이어였다. 중고로 삼만 원에 산 256메가짜리지만 그걸 사기 위해서 미사는 한 달 동안이나 버스를 타지 못하고 걸어 다녀야 했다.

이어서 오늘 아침에 찾아낸 동방불패 4집이 떠오르자 듣고 싶은 마음이 굴뚝같아졌다. MP3도 갖고 싶고 휴대폰도 갖고 싶다. 하지만 둘 다 사달라고 하기에는 너무 염치가 없는데……

이마를 찌푸리고 심각하게 고민하기 시작하는 미사를 곁눈질로 힐끗 보더니, 윤하가 불쑥 말했다.

"뭘 그렇게 고민해?"

미사는 깜짝 놀랐다.

"제가 고민하는 거 어떻게 알았어요?"

"표정이 똑같아서."

"누구랑요?"

그렇게 묻다가 미사는 금세 깨달았다. 아, 나랑 똑같다는 거구나.

"원래 저 말이에요. 어떤 성격이에요?"

즉시 대답이 돌아왔다.

"잘 웃고, 상냥하고. 그래도 너보다는 훨씬 차분하고 똑똑하지."

"아, 그러세요?"

미사는 입술을 삐죽거렸다. 분명 제 칭찬인데도 왠지 듣기가 싫다. 그러다 문득 아까 병원에서부터 궁금했던 것이 떠올랐다.

"있잖아요, 우리 처음에 어디서 어떻게 만났어요?"

사실 궁금한 것은 정말로 이 남자가 나를 사랑해서 결혼한 게 맞는가, 하는 것이었다. 하지만 대놓고 그렇게 물을 수는 없으니까 우선은 연애시절부터 듣기로 했다. 사실 물으면서도 제대로 얘기해줄 거라고 기대하지는 않았다. 워낙 말이 많지 않은 사람이니까.

"3년 전이었어."

그런데 마치 미리 준비한 것처럼 대답이 돌아와서 미사는 오히려 깜짝 놀랐다.

"그때 너는 대학을 졸업한 상태였는데, 낮에는 시험공부를 하면서 밤에는 피시방에서 아르바이트를 하고 있었지."

"제가요?"

의외였다. 컴퓨터는 만질 줄도 모르는데.

"그래. 그런데 내가 볼일이 있어서 잠깐 피시방에 갔다가, 카드 결제가 안 된다는 걸 모르고 현금을 안 갖고 나간 거야. 그래서 돈을 내지 못했는데 네가 우리 집까지 따라왔어. 돈 받아야 한다고."

"그래서요?"

"집에 가서 돈을 줬지. 그런데 내가 마침 그때 몸이 많이 안 좋았거든. 하마터면 어지러워서 쓰러질 뻔했는데 네가 부축해줬어. 그러고는 일단 돌아갔는데, 차마 그냥 버리고 갈 수가 없었는지 약을 사가지고 다시 와줬던 거야."

기억은 안 나지만 그때의 자신의 심정을 알 것도 같았다. 이런 미남이 혼자 집에서 앓고 있는 꼴을 차마 볼 수가 없었겠지. 음, 나라면 충분히 그럴 수 있어. 미사는 혼자 납득했다.

"그래서 어떻게 됐는데요?"

아주 당연하다는 듯이 윤하는 말했다.

"그때부터 좋아했어, 내가."

좋아한다는 말에는 단 1그램의 설탕도 들어 있지 않았다. 그래서일까, 이렇게 잘생긴 남자가 하는 말인데도 왠지 전혀 감흥이 느껴지지 않았다. 꼭 남의 얘기를, 남이, 남에게 하는 것 같은 기분이었다.

"그때부터 계속 사귀다가 결혼한 거예요?"

"응."

얘기를 듣다 보니 어느새 집에 도착해 있었다.

"먼저 집에 들어가 있어. 금세 들어갈 테니까."

"어디 갔다 오시게요?"

72

"네 스마트폰 사러."

"와! 저도 같이 가면 안 돼요?"

"미안하지만 들를 데가 있어서."

그렇게 말하며 윤하는 미사를 차에서 내려주었다.

미사가 집안에 들어가는 것까지 확인한 후, 이윽고 윤하는 한숨을 지으며 주머니에서 휴대폰을 꺼냈다. 바로 아침에 부서졌다고 말했던 미사의 휴대폰이었다.

전원을 켜자 부재 중 통화가 다섯 개나 찍혀 있었다. 예상했던 대로 모두 같은 이름이었다.

현우 선배.

어제부터 미사와 연락이 되지 않았을 테니 지금쯤 꽤나 초조해하고 있을 것이 틀림없었다. 그리고 아마도 오늘 퇴근 후 쯤에는 그녀의 집에 찾아가겠지.

또다시 휴대폰이 울리기 시작했다. 또 서현우에게서였다. 액정에 뜨는 이름을 차가운 눈으로 잠시 쳐다보다, 윤하는 휴대폰의 배터리를 빼서 그대로 자동차의 글러브 박스 안에 던져 넣어버렸다.

병원에서 이것저것 검사를 받는 동안에 한나절이 훌쩍 지나가버렸다. 집에 돌아왔을 때는 어느덧 저녁 먹을 때가 가까워져 있었다.

혼자 나갔던 윤하는 30분쯤 후에 돌아와서 1층에서 저녁 준비를 시작했다. 그가 식사를 준비하는 동안에 미사는 2층에서 짐 정리를 했다. 옆방에 가득 쌓여 있는 짐을 조금씩 제 방으로 가져와서 정리하는 것이었다.

"내려와서 밥 먹고 해."

한 시간쯤 후, 윤하가 미사를 부르러 올라왔다. 앞치마에 무려 국자를 들고 있는 그의 차림을 보고 미사는 속으로 혀를 내둘렀다. 독재자긴 하지만 인정할 건 해야겠다. 이 아저씨는 왜 앞치마를 둘러도 멋있는 거지?

윤하가 준비한 저녁 메뉴는 쇠고기를 넣은 버섯전골이었다. 병원 때문에 점심도 거른 후라 그런지 굉장히 맛있게 느껴졌다.

"와, 아저씨 진짜 음식 잘하시네요."

반쯤은 아부, 그리고 반은 진심이었다.

"아저씨 어머님도 요리 솜씨 좋으시죠? 그죠?"

슬쩍 떠본 건데 금세 표정이 굳어진다. 역시나 부모님 얘기는 건드리면 재미없는 모양이다. 이크, 하고 미사는 얼른 말을 돌렸다.

"참, 저 말이에요. 기억이 언제 돌아올지 모른다고 의사 선생님이 그랬잖아요?"

"음."

"그래서 아까 짐 정리하면서 천천히 생각해봤는데요."

미사는 테이블에 젓가락을 내려놓았다. 그러고는 선언하듯 말했다.

"인생을 다시 살기로 했어요."

"무슨 뜻이야?"

"대학교에 가서, 선생님이 될 거예요!"

윤하는 잠시 미사를 빤히 쳐다보았다. 그러더니 일깨워주듯 말했다.

"내가 말해주지 않았었나? 미사 넌 이미 대학을 졸업했고, 교원 자격증도 있다고."

"알아요. 하지만 전혀 기억나는 게 없는데 애들을 가르칠 순 없잖아요?"

미사는 대꾸했다.

"그래서 대학교 처음부터 다시 가려고요. 고등학교 3학년 과정까지는 학원 나니면서 공부하고, 그 후에 수능 보면 되죠."

윤하는 별로 탐탁지 않은 표정이었다. 그래서 미사는 얼른 말했다.

"물론 아저씨한테 폐 끼치지는 않을 거예요. 학원비하고 대학교 등록금은 제가 아르바이트 해서 해결할게요. 집안일도 소홀히 하지 않을 거고요."

말투는 매우 당당하고도 자랑스러웠다. 당연히 그가 '잘 생각했어, 열심히 해봐' 하고 격려해주리라 생각했던 것이다. 미사는 며칠 전까지도 학생이었고, 여태껏 공부하겠다는 학생을 말리는 어른은 본 적이 없었으니까.

하지만 윤하는 표정을 딱딱하게 굳히고 대꾸했다.

"쓸데없는 짓 하지 마. 당장 내일이라도 기억이 돌아올지 모르는데 뭐 하러 그런 짓을 해?"

상상했던 것과는 정반대의 반응에 미사는 놀랐지만, 곧 또박또박 반박했다.

"내일일지도 모르지만 10년 후일지도 모른다고요. 만약에 10년 후라면, 그럼 저는 10년 동안 기억이 돌아오기만 기다리면서 허송세월하고 있어야 되나요?"

"어쨌든 안 되니까 그 생각은 접어."

"왜 안 된다고만 하시는 거예요? 이유가 있을 거 아니에요."

미사는 답답해서 미칠 것 같았다. 반대를 하더라도 이유는 말해주기를 바랐다. 이러저러해서 그건 안 된다고, 그가 논리적으로 자신을 설득해줬으면 했다. 어른이 어린아이에게 하듯, 그렇게 일방적으로 명령하는 건 싫었다. 어쨌든 부부 사이니까.

하지만 윤하는 그런 미사의 바람 따위는 무참히 짓밟아버렸다.

"안 된다면 안 되는 거야."

그는 숟가락을 소리 나게 내려놓고는 싸늘하게 말했다.

"잊었어? 기억이 돌아올 때까지, 나는 네 보호자야. 그때까지 모든 결정은 내가 해."

"보호 따윈 필요 없어요!"

미사가 목소리를 높였다.

"전 그냥 사고로 기억을 잃었을 뿐인데 왜 자꾸 어린애 취급을 하는 거예요?"

"넌 지금 네가 있는 세상에 대해서 아무것도 모르니까."

그놈의 어린애 타령! 기어이 미사는 폭발하고 말았다.

"10년 사이에 세상이 뒤집히기라도 한 게 아니잖아요!"

미사가 의자를 박차고 일어나며 소리를 지르는 순간, 윤하의 잘생긴 입술 끄트머리가 약간 비틀리는 것이 눈에 들어왔다.

"그렇게 좋아하는 동방불패가 어떻게 됐는지도 넌 모르잖아?"

순간 미사는 가슴이 철렁했다.

"동방불패한테 무슨 일이…… 있어요?"

미사는 떨리는 목소리로 물었다.

"설마 해체라도 한 거예요? 네? 그런 거예요?"

윤하가 일어나서 거실로 나갔다가 돌아왔다. 그러더니 미사에게 무언가를 건넸다.

"자. 이게 네 새 휴대폰이야. 직접 검색해봐."

전혀 휴대폰처럼 생기지 않은 네모반듯한 물건이었다. 미사는 차마 손을 내밀지 못했다.

"받으라니까."

재촉을 받고서야 미사는 떨리는 손으로 스마트폰을 받아들었다.

하지만 아무리 이리저리 살펴보아도 버튼이 없었다. 우선 전원버튼 같아 보이는 것이 있어서 누르긴 했는데, 잠시 화면이 나오는 듯하다가는 도로 꺼졌다. 그 외의 다른 버튼들은 전혀 보이지 않았다. 휴대폰이라면서 하다못해 숫자 버튼들조차 보이지 않는데 어떻게 작동시켜야 할지 알 수 없어서 초조해졌다.

"터치스크린 식이야."

새까맣기만 한 화면 유리에 조심스럽게 손가락을 살짝 갖다 댄 순간 반짝, 하며 화면이 저절로 켜졌다. 미사는 흠칫 놀랐지만 내색하지 않고 화면을 살폈다. 여러 개의 아이콘 중에 '인터넷'이라고 쓰여 있는 것이 눈에 들어왔다. 역시 살짝 터치하자 화면에 검색창이 떴다.

네이버 특유의 초록색 창이었다. 10년 전과 다름없는 게 있었구나, 하는 생각에 그 와중에도 조금은 반가운 마음이 들었다.

"자, 이제 직접 검색해봐."

문자 입력이 익숙하지 않다 보니 더듬더듬 검색창에 '동방불패' 네 글자를 입력하는 데 거의 1분 가까이 걸렸다. 그리고 드디어 검색 버튼을 누른 다음 순간, 미사는 숨을 멈췄다.

걱정했던 것과는 달리 동방불패는 해체하지 않고 여태 멀쩡히 활동하고 있었다.

……단지, 멤버가 두 명이 되어 있었을 뿐.

현우는 퇴근 후에 꽃다발을 사서 미사가 혼자 살고 있는 집으로 향했다.

"미사? 나야. 안에 있어?"

아직 잠자리에 들기에는 이른데 작은 집안에는 온통 불이 꺼져 있는 듯했다. 문을 두들기며 몇 번이나 불러보았지만 대답도 없었다.

"어딜 갔나……?"

그렇게 중얼거리며 돌아서려던 순간, 현우는 그제야 문 옆에 붙어 있는 작은 종이쪽지를 발견했다. 어두워서 금세 눈에 띄지 않았던 것이다.

휴대폰으로 라이트를 켜고 쪽지를 읽은 현우는 깜짝 놀라 숨을 멈췄다.

[당분간 멀리 여행을 갑니다. 결혼식 전까지는 돌아올 테니 찾지 말아주세요.]

특유의 동글동글한 글씨체. 틀림없는 미사의 글씨었다.

"미사……?"

현우의 얼굴이 천천히 굳어져갔다.

돌아보면 열여덟 해를 살아오는 동안 별로 좋은 기억이라고는 없었던 것 같다.

태어나자마자 성당 앞에 버려진 고아 신세가 되었다. 좋은 가정으로 입양도 되지 못하고 그대로 보육원에서 어린 동생들을 줄줄이 돌보며 자라왔다. 그것도 모자라 고등학생이 되어서는 괴롭힘에 따돌림까지 당했다.

미사도 처음부터 친구가 없지는 않았다. 아니, 고등학교 1학년 때까지만 해도 오히려 친구가 많은 편이었다. 문제는 2학년이 되어서 벌어졌다.

그날은 비가 많이 왔었다. 다른 친구들은 대부분 수업이 끝나도 학교에 남아서 야간자율학습을 했지만 미사는 수업만 끝나면 귀가하는 쪽이었다. 어차피 대학에 갈 예정이 아니었으니까.

우산을 쓰고 버스정류장으로 가는데 어떤 남학생이 비를 쫄딱 맞고 가는 게 보였다. 이름은 몰랐지만 오며 가며 본 얼굴이라 같은 학년이라는 건 알 수 있었다. 물에 빠진 생쥐 꼴이 된 게 안돼 보여서, 마침 가방 안에 하나 더 있던 우산을 꺼내주었다. 이거 너 써, 하고.

정말 아무 생각 없이 한 일이었다. 어차피 싸구려 우산이어서 돌려받을 생각도 없었다. 그런데 그 다음 날 그 남학생은 우산을 돌려주러 미사네 반 교실에 찾아왔다. 우산과 함께 초콜릿 상자를 들고.

「윤미사, 나랑 사귀어줄래?」

멀쩡할 때 보니까 꽤 잘생긴 남학생이긴 했다. 하지만 미사는 남자친구를 사귄다는 생각은 해본 적도 없었다. 무엇보다 괜히 원장의 귀에라도 들어갈까 봐 겁이 났다. 그래서 우산만 돌려받고 초콜릿은 거절했다. 물론 사귀자는 말도.

그리고 그다음 날부터 같은 반 일진들의 괴롭힘이 시작되었다. 미사의 교과서를 찢고, 가방을 쓰레기통에 버리고, 면전에서 아무렇지도 않게 욕설을 내뱉었다. 쉬는 시간이나 점심시간마다 심부름을 시키고, 듣지 않으면 한층 더 심하게 괴롭혔다.

처음에는 이유도 몰랐다. 어쩌면 그 남학생이 일진들 중 누군가와 엮여 있는지도 모른다고 막연히 짐작했을 뿐이었다.

친했던 친구들도 불똥이 튈까 봐 무서워하며 하나둘씩 미사를 멀리하기 시작했다. 그리고 마지막으로 남았던 친구 하나가, 떠나가기 직전에 미안한 얼굴로 이렇게 귀띔해주었다.

「있잖아, 정다솜이 그 남자애를 좋아한대.」

다솜은 같은 반 학생이었다. 무슨 건설회사 사장 딸인데, 성적도 좋고 행동도 얌전한 데다 학교 도서관을 재건축할 때 부모가 크게 기부를 할 정도로 학교 일에도 적극적이어서 선생님들의 귀여움을 한몸에 받았다. 즉 쉽게 말해서 공주님 같은 존재였다. 물론 일진 같은 노는 부류와도 전혀 연관이 없어서, 배후가 다솜이었을 거라고는 상상조차 못 하고 있었다.

「그래서 정다솜이 일진들한테 널 괴롭히라고 시켰나 봐. 돈 주는 걸 본 애가 있어.」

그제야 미사는 자신이 괴롭힘을 당하는 진짜 이유를 알게 되었다.

「나 그 애랑 정말 아무 일도 없었어, 다솜아. 우산 빌려줬을 뿐이지 아무 사이도 아니라고.」

그길로 미사는 다솜에게 가서 필사적으로 해명하려고 했다. 하지만 다솜은 전혀 모르는 일이라는 듯이 대꾸했다.

「무슨 소린지 모르겠네. 나한테 그런 얘기를 왜 하는데?」

말은 그렇게 하면서 표정은 노골적으로 비웃고 있었다. 아, 정말로 얘가 한 짓이 맞았구나. 미사는 울고 싶은 걸 꾹 참고 시치미를 떼는 다솜에게 매달렸다.

「그럼 대체 나한테 왜 이러는 거야? 내가 뭘 그렇게 잘못했니?」

그때 다솜이 피식 웃으며 했던 대답을, 미사는 여태 잊을 수가 없다.

「그냥, 네가 재수 없어서.」

그 후로도 괴롭힘은 계속되었다. 친구들은 모두 떠났고, 담임은 도리어 미사를 탓했다.

「미사 너한테도 문제가 있으니까 애들이 저러는 거 아니니?」

그렇게 혼자가 되어버린 미사에게 있어서 동방불패는 단순한 연예인이 아니었다. 외롭고 힘들 때마다 미사는 차비를 아껴 모아서 중고로 산 MP3 플레이어로 동방불패의 노래를 들으며 혼자 아픈 마음을 달래곤 했다.

동방불패는 미사에게 있어 오빠 같고 연인 같고 친구 같은 존재였다. 나중에 어른이 돼서 돈을 벌게 되면 꼭 콘서트에 가봐야지, 하고 꿈꾸곤 했었다. 그런데 팬들에게 늘 영원히 하나일 거라고 약속했던 동방불패가 이렇게 되다니. 미사에게는 크나큰 충격이었다.

그리고 그보다 더 큰 충격은, 남편이라는 사람이 아무렇지도 않게 그 사실을 무기로 삼았다는 것이었다.

「그렇게 좋아하는 동방불패가 어떻게 됐는지도 넌 모르잖아?」

침대 위에 작게 웅크려 앉은 미사의 입술 사이로 허탈한 웃음이 새어나왔다.

'내 인생도 참.'

하루아침에 10년이나 건너뛰어서 좀 상황이 좋아졌나 했는데,

결국 크게 다를 것도 없구나. 남편은 저렇게 차갑고 독선적인 사람이고. 게다가 자신은 이 세계에서는 아무것도 모르는 어린애 같은 존재고.

우주 한복판에서 미아가 되면 이런 기분일까.

아까 윤하의 완강한 태도로 봐서는 절대 대학에 가게 해주지 않을 것 같은 기세였다. 그러면 대체 앞으로 무슨 희망을 품고 살아야 할지 알 수가 없었다. 그냥 가만히 집에서, 기억이 돌아오는 것만 하염없이 기다리며 살아야 할까?

기분이 끝도 없이 우울해졌다.

충격에 빠진 미사의 표정을 보는 순간 윤하는 곧바로 깨달았다. 아, 내가 실수했구나. 하지만 때는 이미 늦어 있었다. 미사는 아무 말도 하지 않고 그대로 제 방으로 올라가버렸다.

윤하는 뒤늦게 후회했다. 열여덟 살 여고생에게 좋아하는 아이돌이라는 게 얼마나 큰 존재인지 미리 헤아렸어야 했는데. 겉모습이 스물여덟 살이라고 해서 속까지 어른인 게 아닌데.

미사가 가버리자 더 먹을 기분이 나지 않아서 그냥 식탁도 대충 치워버렸다.

사실 내색은 안 했지만 오늘 아침과 저녁식사가 윤하에게는 무척 특별했다. 동방불패가 어쨌다는 둥 하면서 미사가 맞은편에 앉아서 계속 말을 걸어주는 게 좋았다. 말주변이 없어서 겨우 묻는 말에 대답 정도밖에 못 해줬지만, 속으로는 무척이나 즐거웠다.

그런데 속마음과는 달리 그만 저렇게 상처를 주고 말았다.

"……휴우."

주방에서 나온 윤하는 허물어지듯 거실 소파에 털썩 주저앉았다. 거실 벽에 걸린 시계를 보자 이미 저녁 8시가 넘어 있었다.

'예상대로 집에 찾아왔다면 지금쯤 쪽지를 봤을 텐데.'

전문가가 미사의 필적을 흉내 내서 쓴 가짜 쪽지를.

"…….."

윤하는 벽에 걸려 있는 웨딩사진을 올려다보았다. 어제 전화로 주문해서 급히 만들어 가져오게 한 합성사진이었다. 물론 혼인신고서 역시 가짜. 미사의 짐 역시 어제 중국집에 있는 동안에 이리로 옮겨오게 한 것이었다. 오로지 지갑 속에 몰래 가지고 있던 미사의 웨딩드레스 사진만이 진짜였다. 물론 그를 위해 입은 드레스는 아니었지만.

만일 그녀가 스물여덟 살의 미사였다면 결코 속지 않았을 테지만, 다행히 아직 순진한 열여덟 살의 미사는 급조해낸 거짓말에도 완벽히 속아 넘어가주었다.

하지만 언제까지 거짓말을 하고 있을 수도 없는 노릇이었다. 그래서 윤하는 이 거짓말에 기한을 정해두었다. 딱, 미사의 결혼식 전까지만.

만일 그 안에 미사가 기억을 되찾게 되면 그녀가 알아서 자신의 앞날을 선택할 것이다. 그리고 만약에 그때까지도 기억이 돌아오지 않으면, 윤하는 제 입으로 진실을 고백하고 돌려보내줄 생각이었다. 그녀가 원래 있어야 할 자리로.

그리고 그 후의 일은 미사와 현우, 두 사람이 알아서 할 일이었다.

어쨌든 그때까지 자신은 미사를 철저히 지켜야 했다. 감정을 철저히 숨기고, 억누르고, 죽이고, 그저 단순히 그녀의 보호자로서.

아까 미사가 다시 공부해서 대학에 가겠다고 말했을 때 반대한 것도 그래서였다.

「그럼 저는 10년 동안 기억이 돌아오기만 기다리면서 허송세월하고 있어야 되나요?」

옳은 말이었다. 하지만 미사는 두 달 후면 본인이 진짜로 결혼을 하게 된다는 것을 미처 모르고 있다. 그렇다면 어차피 그녀가 새로 세운 인생 계획 따위는 물거품이 되고 마는데.

물론 이유를 사실대로 말할 수는 없었다. 그래서 결국 미사의 마음에 상처를 주고 말았다. 지금쯤 미사가 자신을 얼마나 원망하고 있을까 생각하니 씁쓸해졌다. 하지만 윤하는 독하게 마음을 가다듬었다.

'차라리 잘된 거지.'

함께 있는 두 달 동안, 미사로 하여금 자신에게 어떤 감정도 품게 해서는 안 된다. 기억을 잃은 상태의 그녀와의 사이에서 어떤 새로운 감정이 생겨나서는 안 되니까.

자신이 할 수 있는 것은 오로지 결혼식까지 남은 두 달 동안 미사를 잘 보호하며 데리고 있는 것이었다. 진짜 약혼자인 서현우의 눈에 띄지 않도록.

미사의 행복을 위해서라면 제 마음속에 품은 사랑 따위는 얼마든지 내색 않고 꾹꾹 눌러 참을 수 있었다. 지금까지 오랜 세월 그래왔던 것처럼.

'하나도 어려울 것 없어. 지금까지 해왔던 것처럼만 하면 되는 거야.'

다시 한 번 속으로 다짐하며 윤하는 눈을 감았다.

사랑하는 여자의 결혼식까지, 앞으로 두 달이 남아 있었다.

03 / 내 남편이 TV에 나오다니!

눈을 뜨자 어느덧 아침이었다.

"아……!"

쏟아져 들어오는 햇살에 미사는 화들짝 놀라며 몸을 일으켰다. 그러고 보니 오늘부터 윤하가 출근한다고 했던 것 같은데!

자신이 다시 공부를 해서 대학에 가겠다고 하자 윤하는 완강히 반대했다. 그 이유가 뭘까, 하고 어제 미사는 밤늦게까지 생각했다.

뒤늦게 든 생각은 어쩌면 윤하는 회사일이 무척 바쁜 사람이니까, 자신이 주부로서 가정에 충실해주기를 원했던 건지도 모른다는 것이었다. 그렇다면 그것도 나름대로 이해가 갔다. 어쨌든 결혼을 했으니 아내 역할이 먼저일 텐데, 공부를 하겠다고 제 입장만 우겨댄 자신이 이기적인 거였는지도 모른다.

그래서 미사는 우선은 일등 주부가 되어야겠다고 결심했다. 어쨌든 지금은 그의 말에 따를 수밖에 없는 입장이기도 하고, 또 집에서 가만히 놀기만 할 수는 없으니까.

'앞으로는 요리도 배우고, 집안일도 열심히 해야지!'

그렇게 다짐하며 잠들었는데, 문제는 그만 세상모르고 늦잠을 자버렸다. 요리는 아직 못하니까 아침식사 준비까지는 못 하더라도, 일찍 일어나서 출근 준비라도 도왔어야 하는 게 아닐까.

'벌써 출근해버렸으면 어쩌지?'

미사가 어쩔 줄 몰라 하고 있는데 문득 노크 소리가 났다.

"아직 자고 있어?"

이어서 윤하의 목소리가 들렸다.

"아, 아니요!"

미사는 황급히 대답하며 몸을 일으켰다. 서둘러 방문을 연 미사는 문 앞에 서 있는 윤하를 보고 눈을 크게 떴다.

어제의 그는 그냥 평범하고 무난한 차림이었다. 그런데 오늘은 산뜻해 보이는 짙은 청회색의 슈트를 차려입고 있었다. 넥타이까지 단정하게 매고.

남자 옷에 대해 잘 아는 것은 아니지만, 10년 전의 남자 양복은 이렇게 몸에 딱 맞지는 않았던 것 같다. 그때는 옷깃도 더 넓었고, 품 자체도 넉넉했었는데. 늘씬한 몸에 딱 맞는 슈트를 차려입은 윤하는, 미사의 눈에 완전히 모델처럼 보였다.

원래 잘생긴 남자가 옷까지 완벽하게 차려입고 나타나다니.

"아……."

저도 모르게 미사는 넋을 잃고 윤하를 쳐다보았다.

"미안. 자고 있는데 깨운 모양이네."

윤하의 말에 그제야 미사는 퍼뜩 정신을 차리고 화들짝 놀라 시선을 내렸다.

"저어, 어제는 화내서 죄송했어요."

자고 일어나니 마음이 확실히 많이 가라앉아 있었다. 사실 윤하가 동방불패를 두 명으로 만들어버린 것도 아닌데, 저녁식사 도중에 박차고 일어났던 건 너무했던 것 같다. 그는 일부러 나가서 새 휴대폰까지 사다 줬는데.

"아니, 별로."

하지만 윤하는 대수롭지 않다는 듯이 고개를 저었다.

"그건 그렇고, 난 이만 나가봐야 해. 혹시 나한테 전화할 일이 있거든 어제 줬던 그 휴대폰으로 하면 돼. 내 번호는 등록되어 있으니까."

"네."

뒤이어 윤하는 작은 지갑을 미사에게 건넸다.

"자, 이게 네 지갑. 사고 이후로 내가 가지고 있었는데, 돌려준다는 걸 깜빡 잊었어."

수수하게 생긴 갈색 가죽 지갑이었다.

"안에 내 카드도 한 장 넣어뒀으니까 필요하면 쓰도록 해."

미사의 눈이 동그래졌다.

"정말 제가 써도 괜찮아요?"

"그렇다니까."

"얼마나요?"

그제야 윤하가 의아한 듯이 미사를 쳐다보았다.

"왜, 뭐 필요한 거라도 있어?"

있는 정도가 아니라 사실은 끝도 없었다.

제일 먼저 속옷. 물론 이미 갖고 있는 것들이 있었지만 기억에 없는 입던 속옷은 왠지 남의 것처럼 느껴져서 기분이 찝찝했다.

다음은 외출복과 신발. 집에서는 있는 옷으로 어찌어찌 대충 입는다지만 밖에 입고 나갈 만한 옷이나 신발은 하나도 없었다. 스물여덟 살 미사의 옷들은 하나같이 도저히 입기 힘들 정도로 취향에 맞지 않았으니까. 게다가 10년이 흘렀으니 요즘 나오는 옷은 얼마나 예뻐졌을지, 또 어떤 패션이 유행하고 있을지 궁금하기도 했다.

또 필요한 게 있다면 컴퓨터. 어제 윤하가 스마트폰을 사주기는 했지만 미사에게는 아직 익숙하지 않았다. 게다가 모처럼 찾아낸 동방불패 4집 CD에서 MP3를 추출하려면 역시나 컴퓨터가 필요하기도 했다.

그리고 무엇보다도, MP3 플레이어!

하지만 필요한 것들을 다 사려면 돈이 어마어마하게 들 터였다. 그래서 엄두도 못 내고 있었는데.

"사실 이것저것 좀 많거든요, 필요한 게."

미사는 눈치를 보며 대답했다.

"뭐든지 사고 싶은 만큼 사도 돼. 그 카드, 한도 설정이 돼 있지 않으니까."

"정말로요?"

"그래."

윤하는 고개를 끄덕이고는 뒤늦게 생각났다는 듯이 덧붙였다.

"아, 자동차는 제외."

"에이, 당연하죠."

설마 그렇게 비싼 걸 사겠어요, 하는 뜻으로 대답했는데 윤하는 엉뚱한 말을 했다.

"면허는 있어도 운전하는 방법은 다 잊어버렸을 테니까, 아직 안
돼."

이유가 그거란 말이야? 미사는 정말로 놀라고 말았다.

학교에 가는 왕복 차비를 빼면 미사의 한 달 용돈은 겨우 이만 원
이었다. 그래서 매달 필요한 생리용품조차도 제일 싼 것으로 겨우
사는 형편이었다. 그런데 한도가 없는 신용카드와 함께 자동차만
빼고 사고 싶은 거 다 사라는 말을 듣다니.

이게 꿈이야 생시야? 미사는 몰래 제 볼을 꼬집어보았다. 아파서
기뻤던 것도 잠시, 그 뒤에 곧바로 김이 팍 새는 말이 이어졌다.

"이 동네가 길이 많이 복잡해. 넌 아직 지금 세상에 익숙하지 않
아서 이래저래 안심이 안 되니까, 당분간 웬만하면 혼자서는 밖에
나가지 않는 게 좋겠어."

윤하는 당부하듯 말했다.

"필요한 게 있으면 나한테 말하든지, 아니면 쉬는 날 같이 나가서
사도록 하지."

미사는 실망하고 말았다. 한도 없는 카드를 쥐놓고 사러 나가지
는 말라니, 이건 마치 도깨비방망이를 쥐여주고 나서 금 나와라 뚝
딱, 을 하지 말라고 하는 것과 뭐가 다르단 말인가.

"아까 저한테 필요한 거 다 사라고 했잖아요. 밖에 안 나가면 어
떻게 사라고요?"

"인터넷으로 사면 되잖아."

"컴퓨터가 없는데요?"

"신용카드만 있으면 요즘은 스마트폰으로도 다 돼."

그 손바닥만 한 화면으로 무슨 물건을 보고 산단 말인가. 직접 옷 가게에 가서 옷을 입어도 보고, 신발도 신어봐야 맛이지!

"멀리는 안 나갈게요. 저 길 완전 잘 찾는단 말이에요, 네? 아저 씨이이!"

일부러 콧소리를 섞어서 졸랐지만 씨알머리도 먹히지 않았다.

"아침은 식탁에 차려놨으니까 챙겨 먹고."

윤하는 그렇게만 말하더니 더는 미사를 쳐다보지도 않고 등을 돌려버렸다.

이익, 하여튼 독재자라니까! 미사는 그런 윤하의 등을 한껏 흘겨보면서도 1층으로 내려가는 그의 뒤를 황급히 따라 내려갔다. 어쨌든 남편이니까 배웅이라도 해야겠다 싶어서.

"오늘은 몇 시쯤 퇴근하시는 거예요?"

현관에서 구두를 신는 윤하에게 미사는 물었다.

"글쎄, 퇴근 시간은 따로 없는데. 회사를 다니는 게 아니니까."

"네?"

미사는 당황했다.

"회사 다니시는 거 아니라고요? 그러면요?"

윤하도 의아한 눈으로 미사를 쳐다보았다.

"내가 무슨 일 하는지 들었다면서?"

"들었어요. 저어, 엄청 커다란 과자 회사 후계자시라고…… 아니에요?"

눈치를 보며 조심스럽게 묻는 미사에게, 윤하는 이윽고 알겠다는 듯이 쓴웃음을 지었다.

"아, 그랬던 거군."

"네?"

"그게 사실은……."

그가 뭐라고 말하려 했을 때였다. 하필 그 순간에 윤하의 휴대폰 벨이 울렸다.

"지금 나가. 조금만 기다려."

누군가가 밖에서 기다리고 있는 것 같은 눈치였다. 금세 전화를 끊고 난 윤하가 빠르게 말했다.

"자세한 건 나중에 얘기하지. 아마 오늘은 많이 늦을 테니까 기다리지 말고 먼저 자."

그러더니 뒤늦게 생각난 듯이 덧붙였다.

"아, 혹시 내가 없는 동안에 누가 찾아오더라도 대답하지 말고, 그냥 돌아가게 놔둬."

그는 자기 할 말만 끝내고는 서둘러 밖으로 나가버렸다. 더 붙잡고 물어볼 겨를도 없이.

윤하가 나가자 미사는 집안에 혼자 남겨졌다.

"회사를 다니는 게 아니라고?"

혼란스러웠다. 그럼 여태 착각하고 있었단 말이야?

"뭐지? 그럼 대체 왕 서방 아저씨는 나한테 왜 그런 말을 했던 거야?"

넓은 거실을 서성거리며 미사는 고민했다. 윤하가 밥을 챙겨 먹으라고 했지만 궁금해서 넘어갈 것 같지도 않았다.

'그럼 대체 직업이 뭔데 이런 집에 사는 거야?'

새삼스레 미사는 자신이 윤하에 대해 아는 것이 아무것도 없다는 것을 깨달았다. 세상에나, 남편 직업조차 제대로 모르고 있었다니! 거실에 대문짝만 하게 걸려 있는 웨딩사진이 아니었다면 결혼했다는 사실조차도 의심스러울 판이다.

이렇게 사람 미치게 만들어놓고 휙 나가버린 윤하가 원망스러웠다.

"그까짓 거 몇 초나 걸린다고, 말 좀 해주고 가지!"

왕 서방 아저씨도 그렇고, 병원에서도 사람들이 알아봤던 걸 보면 어쨌든 유명한 사람이 맞기는 맞는데.

'검색을 해볼까?'

그런 생각도 들었지만 지금은 아예 스마트폰을 만져볼 엄두도 나지 않았다. 동방불패가 두 명이 된 마당에 또 뭐가 어떻게 변해 있을지 모르지 않은가. 제 눈으로 확인하는 것 자체가 무서웠다.

'에이, 모르겠다. 어쨌든 갔다 와서 얘기해준다고 했으니까!'

억지로 궁금증을 떨쳐버리자 이번에는 밖에 나가고 싶어서 좀이 쑤셨다. 나가지 말라는 말을 들으니까 더했다. 그냥 몰래 나갔다 올까, 하는 생각도 들었지만 미사는 꾹 참았다.

'어차피 나가봤자 돈도 못 쓰잖아?'

윤하가 준 카드를 쓰면 몰래 외출한 것을 그에게 들키고 만다. 하지만 곧이어 퍼뜩 떠오른 생각이 있었다.

'잠깐, 그러고 보니까 나도 어른이잖아? 그럼 나도 가진 돈이 있지 않을까?'

물론 있겠지! 미사는 얼른 아까 윤하가 주고 간 지갑을 열어보았다.

안에는 신분증과 현금 십만 원가량, 그리고 윤하의 이름으로 된 신용카드와 함께 이런저런 멤버십 카드 등이 들어 있었다. 그리고 생각했던 대로 미사 자신의 이름으로 된 현금카드도 한 장 있었다. 은행계좌와 연결된 체크카드 같았다.

'대체 여기 얼마가 들어 있을까?'

카드를 보며 미사는 생각했다. 하지만 직접 은행에 가서 확인해보지 않는 이상 알 수 없는 노릇이었다.

이제는 쇼핑이고 뭐고 둘째 치고 자신의 전 재산이 얼마인지 궁금해 죽을 지경이다. 한참을 안절부절못하던 미사는 결국 유혹에 지고 말았다.

"에이, 어차피 오늘 늦는다고 했잖아? 빨리 나갔다 오면 모르겠지!"

애초에 윤하가 왜 그렇게까지 걱정하는지 미사는 그 부분이 잘 이해가 가지 않았다. 걱정해주는 마음이야 고맙지만 과잉보호다. 애도 아니고, 밖에 나갔다가 설령 길 좀 잃는대도 대체 뭐가 걱정이란 말인가. 돈 있고 휴대폰 있으니까 택시를 타든지 전화를 하면 그만이지.

"좋아, 그럼 나갈 준비를 해보실까?"

이 집에 온 이후 처음으로 혼자 해보는 외출이다. 미사는 들떠서 준비를 서둘렀다.

기억을 잃기 전의 계절은 5월, 따뜻한 봄날이었는데 지금은 3월 초라 아직은 날씨가 많이 추웠다. 조심스럽게 대문을 나선 미사는 어깨를 잔뜩 움츠리고 종종걸음으로 언덕길을 내려왔다.

동네 길이 복잡하다더니 순 거짓말이었다. 윤하의 집을 비롯한 고급 주택들이 모여 있는 언덕을 내려오는 길이 좀 가파르기는 했지만, 그 외에는 어려울 게 하나도 없었다. 언덕을 내려오자마자 번화가가 바로 나왔으니까.

자신이 거래하는 은행 지점도 어렵지 않게 찾을 수 있었다. 미사는 현금카드를 ATM기계에 넣어 잔액 조회를 해보았다. 비밀번호는 다행히 10년 전에도 늘 사용하던 번호 그대로였다. 준서 오빠 생일.

이윽고 화면에 뜬 잔액을 보고 미사의 눈이 커다래졌다.

"엥? 겨우 이거야?"

계좌에 들어 있는 돈은 달랑 백만 원 남짓밖에 되지 않았다. 미사는 크게 실망했다. 지갑은 물론이고 짐 속에도 다른 통장이나 카드는 없었던 걸로 보아 이게 전 재산인 것 같은데. 대학졸업 후 학원에서 아이들을 가르쳤다니까 최소한 3, 4년은 일했을 텐데, 왜 가진 돈은 겨우 이것밖에 안 되는 걸까. 한숨이 절로 나왔다. 나, 좀 대책 없는 어른이었던 걸까.

전 재산이 겨우 백만 원 정도라는 걸 알게 되고 나니 옷이니 컴퓨터니 하는 것들은 차마 살 엄두가 나지 않았다. 언제 비상금이 필요

할 일이 있을지도 모르는데.

'일단 오늘은 MP3만 사야겠다.'

미사는 그렇게 생각하며 은행을 나와 근처의 대형 쇼핑몰로 들어가서, 눈 딱 감고 곧바로 전자제품 매장들이 모여 있는 층으로 직행했다.

"아저씨, MP3 플레이어 있어요?"

한 매장에 들어가서 그렇게 물었다가 대답을 듣고 미사는 놀라움을 감추지 못했다. 가격이 말도 안 될 정도로 쌌던 것이다.

"네? 사만 원이라고요? 사십만 원이 아니고요?"

"물론 음질에 신경 쓴 제품들은 훨씬 더 비싼 것들도 있는데, 그냥 편하게 사용하시기에는 이런 중소기업 제품도 괜찮아요. 8기가짜리가 사만 원입니다."

10년 전에는 메모리 크기가 그 반의반밖에 안 되는 것도 이삼십만 원은 했었는데!

횡재라도 한 것 같은 마음으로 미사는 MP3 플레이어를 사가지고 매장을 나와서 날아갈 듯한 걸음으로 엘리베이터로 향했다.

그러나 그 순간, 갑자기 등 뒤에서 누군가가 말했다.

－ 오케이, 거기까지.

바로 윤하의 목소리였다.

"……!"

미사는 그만 그 자리에 딱 얼어붙고 말았다. 맙소사!

순식간에 등골에 식은땀이 흘렀다. 머릿속에 별의별 생각이 다 떠올랐다. 대체 언제부터 뒤를 따라온 걸까. 집에 감시카메라라도 달아놓았던 걸까? 아니면 내가 이럴 줄 알고 일하러 가는 척 밖에서 기다리고 있었나?

「지금은 내가 네 보호자라고 말했을 텐데?」

윤하의 화난 얼굴이 눈앞에 선했다. 어쨌든 아침에 밖에 나가지 말라는 말을 듣자마자 어긴 셈이니까 제 잘못이지만.

미사는 쭈뼛거리며 돌아섰다. 그리고 고개를 푹 숙인 채 시무룩하게 변명을 시작했다.

"죄송해요, 아저씨. 사실은 지갑 속에 제 카드가 있길래, 얼마가 들었는지 너무 궁금해서……."

그러나 미사의 말이 채 끝나기도 전에 윤하가 먼저 말했다.

– 녹음 잘됐나 확인해보려고요.

응? 갑자기 이게 무슨 자다가 남의 다리 긁는 소린가 싶어 고개를 똑바로 들었다가 미사는 한층 더 당황했다. 눈앞에 윤하가 서 있지 않았던 것이다.

분명히 목소리가 들렸는데? 금세 어딜 가버린 거야? 놀란 미사는 이리저리 고개를 돌려보았다. 그리고 다음 순간, 놀란 나머지 숨을 들이켰다.

윤하가 이쪽을 바라보며 눈웃음을 보내고 있었다.

– 잘됐네요, 녹음. 자, 약속대로 사진은 돌려드릴게요.

……전자제품 매장에 전시된 TV 속에서.

미사는 그만 멍해지고 말았다.

"어……?"

눈을 몇 번이나 비비고 다시 봤지만 틀림없는 윤하였다.

내 남편이, TV에 나오고 있다!

미사의 손에서 방금 산 물건이 툭, 바닥으로 떨어졌다.

"……!"

미사는 한참 동안이나 입을 딱 벌린 채 전시용 TV 앞에 서 있었다. 겨우 충격이 조금 가신 후, 제일 처음 든 생각은 이랬다.

'내가 글쎄 이럴 줄 알았다니까!'

그래, 당연한 거 아닌가. 그 얼굴을 가지고 배우 외에 다른 걸 하면 인류의 손실이지.

미사는 그 자리에 선 채로 드라마 한 편을 끝까지 보았다. 눈 깜빡이는 것조차 잊어버리는 바람에 나중에는 눈이 아파서 눈물까지 찔끔 났다.

드라마는 로맨틱 코미디였다. 철없는 재벌 2세 도련님과 수영선수 출신의 무뚝뚝한 여자 선배 사이의 러브 스토리.

「정윤하 모르는 사람도 있냐 해? 저 사람, 엄청나게 큰 과자 회사 후계자…….」

왕 서방 아저씨가 했던 말이 뭐였는지 이제야 알 것 같았다. 아마도 '엄청니게 큰 과자 회사 후계자 역으로 드라마에 나온다 해!'라고 말하려던 거였겠지. 이래서 한국말은 끝까지 들어봐야 하는 거였다. 특히 외국인이 하는 한국말은.

드라마 속의 정윤하는 평소의 무뚝뚝한 그가 아니라 매력적인 미모의 연하남이었다.

─ 선배, 저 열 있는 것 같아요. 이마 좀 짚어봐 줄래요?

여주인공에게 눈웃음을 치면서 애교를 부릴 때마다 입이 절로 벌어졌다.

'저게 정말 아저씨 맞아?'

실제 정윤하는 잘 웃지도 않고 말수도 적은 사람인데. 그럼에도 불구하고 얼마나 자연스러운지, 도저히 눈을 뗄 수가 없었다. 아, 저래서 연기자구나! 감탄이 절로 나왔다.

– 혹시 저 여자가 그……?

남주인공과 여주인공이 백화점에서 함께 쇼핑하다 남주인공의 약혼녀에게 딱 들켜버린 장면에서 드라마는 끝났다.

"아아악! 여기서 끊으면 어떡해?"

어느새 드라마에 푹 빠져 있었던 미사는 발을 동동 굴렀다. 정신을 차려보니 한 시간이 후딱 지나가 있었다. 요즘 세상의 말로 표현하자면 예스잼, 아니 개꿀잼이었다.

충격의 드라마 시청을 마치고 나자 더는 쇼핑이고 뭐고 흥미가 없어졌다. 현재 미사에게 있어 세상에서 제일 중요한 것은 저 드라마의 다음을 보는 것이었다. 미사는 그길로 쇼핑몰을 나와 곧바로 집으로 향했다. 그리고 가는 길에 스마트폰을 꺼내 검색을 해보았다.

검색어는 물론 정윤하.

이 남자, 심지어 그 이름 그대로 활동하고 있었다. 여태 몰랐던 게 어이없을 정도였다. 이름을 넣자마자 수백 수천 개의 기사가 쏟아져 나왔다.

기사를 하나하나 읽어 내려가면서 미사는 다시금 충격에 빠져들었다.

"진짜 톱스타잖아?"

이름 정윤하, 별명 로코의 제왕. 뛰어난 비주얼 때문에 주로 로맨스 드라마의 주연을 많이 맡아서 그런 별명이 붙었다고 한다. 방금 자신이 봤던 것은 현재 인기리에 방영 중인 미니시리즈의 재방송.

['위험한 신입사원' 시청률 20퍼센트 돌파!]
[역시 정윤하, 초반부터 시청률 고공 행진]

바로 오늘 날짜로 나온 기사만 해도 벌써 몇 갠지 몰랐다.

굉장히 신기한 기분이었다. 같이 사는 사람, 아니, 내 남편이 TV에 나오는 사람이라니. 그것도 톱스타라니!

어쩐지, 그 성격을 해가지고는 밖에만 나가면 그렇게 친절한 척을 하더라니. 연예인이라서 이미지 관리하는 거였구나. 미사는 뒤늦게 납득했다. 아침에 누가 찾아오더라도 반응하지 말고 그냥 돌려보내라고 했던 것도 이제야 이해가 갔다. 집까지 찾아와서 귀찮게 구는 팬들이 있는 모양이지.

혼인신고만 하고 정식으로 결혼식을 올리지 않고 있었던 이유도 알 것 같았다. 아무래도 스타니까 이래저래 걸리는 게 많았겠지. 팬들 눈치도 봐야 했겠고.

하지만 미사는 조금도 서운하지 않았다. 동방불패 오빠들을 대입해서 생각해보자 당연하기 그지없었다. 평생 결혼식 안 올리고 숨어 살 수도 있을 것 같다. 좋아하는 스타가 결혼하면 팬들이 얼마나 상처를 받겠어?

그나저나 아까 본 드라마의 다음 내용이 궁금해 죽을 지경인데 하필이면 방금 본 게 제일 최근에 방송된 회차였다. 그다음 방송은 다음 주.

'아저씨가 오면 물어봐야지!'

미사는 주먹을 불끈 쥐고 생각했다.

'차라리 영화를 한다고 할걸.'

기약 없이 늘어지는 촬영에 초조해하며 윤하는 여태껏 몇십 번도 더 한 후회를 또다시 했다. 회사에서 차기작으로 드라마, 영화 둘 중에 고르라고 했을 때 왜 드라마를 골랐을까!

늘 그렇지만 미니시리즈 촬영은 거의 인간의 한계를 초월한 스케줄로 이루어진다. 지금껏 네 편의 미니시리즈를 했는데 그때마다 후반으로 갈수록 점점 실시간 방송이 되어갔다. 심하면 저녁에 나갈 방송을 그날 낮까지 촬영하는 경우도 있었다.

평소에야 체력적으로 힘든 것 빼고는 별문제가 없었지만 지금은 달랐다. 집에서 미사가 기다리고 있으니까!

밖에도 못 나가게 했으니 혼자 집에서 오도카니 TV나 보고 있을 생각을 하면 마음이 좋지 않았다. 물론 곁에 있다고 해도 그다지 재미있게 해줄 재주도 없긴 하지만. 새삼스럽게 윤하는 자신의 직업이 조금 원망스러워졌다. 배우가 아니라 개그맨 같은 거였더라면 좋았을 텐데. 그러면 미사한테 재미있는 얘기도 해주고, 웃게도 해줄 수 있을 텐데.

사실은 어제 속상하게 만든 게 미안해서 오늘 아침에 신용카드를 준 거였다. 사고 싶은 건 다 사도 돼, 하면서. 그게 윤하에게 있어서는 최선을 다한 사과의 표현이었다. 물론 미사는 몰랐겠지만. 하지만 결국 웃게 해주지는 못했다. 당분간 밖에 혼자 나가지 말라는 말에 미사는 크게 실망하는 기색이 역력했다.

당분간 혼자 밖에 나가지 말라고 말했던 건 물론 그녀의 진짜 약혼자인 서현우 때문이다. 지금쯤 눈에 불을 켜고 미사의 행방을 찾고 있을 텐데, 혹시나 자신을 의심한다면 불쑥 집까지 찾아올 수도 있다는 생각이 들어서였다. 집이 어딘지 알아내는 거야 그리 어렵지 않을 테니까.

자신이 없는 동안에 그가 찾아왔을까 봐 불안하다. 누가 찾아오더라도 반응하지 말라고 말은 해뒀지만, 미사가 그 말을 제대로 지킬지 알 수 없었다. 생각 같아서는 앞으로 두 달 동안은 이십사 시간 미사 곁에 꼭 붙어서 지키고 싶었다. 하지만 현실은 촬영장.

애초에 이런 일이 벌어질 줄 미리 알았더라면 영화고 드라마고 아예 안 했을 기다. 하지만 지금은 한창 드라마 방영 중이니 중도하차할 수도 없는 노릇이었다. 어찌 됐든 간에 죽어도 촬영은 마지막까지 끝내고 보아야 했다.

저만치서 누군가와 통화를 마친 매니저 민호가 난감한 얼굴로 다가왔다.

"윤하 형, 안 되겠는데요."

"뭐가?"

"동방불패 원래 멤버 중에 네 명이 군대 갔대요!"

이런. 윤하는 이맛살을 찌푸렸다. 어제 미사가 속상해하던 것이 계속 마음에 걸려서, 어떻게든 기쁘게 해주고 싶은 마음에 멤버들 사인이라도 받아다 주려고 했던 건데.

"그럼 나머지 한 명 거라도 부탁해봐."

그렇게 말했지만 민호는 얄밉게 어깨를 으쓱했다.

"제 기억에 미사 누나가 제일 좋아하는 게 아마 그 남은 한 명, 김준서긴 한데요."

"그런데?"

"김준서도 해외 공연 갔다고 기사 떴더라고요."

윤하는 홧김에 목소리를 높였다.

"받아 오라면 받아 오지 왜 말이 많아?"

민호는 찔끔해서 다시 휴대폰을 들고 저만치 가버렸다.

'젠장.'

자신도 미처 몰랐던 것을 민호가 알고 있는 것이 마음에 들지 않았다. 그러고 보면 예전부터 미사는 민호와 무척 사이가 좋아 보였다. 가끔은 은근히 질투가 날 정도로.

잔뜩 저기압이 되어 있는 윤하에게, 상대역인 이혜연이 대본을 들고 다가왔다.

"선배님, 저랑 좀 맞춰보실래요?"

일이니까 당연히 할 건 해야 한다. 하지만 이 여자를 상대로 사랑에 빠진 연기를 할 생각을 하자 새삼스럽게 짜증이 치밀었다. 뜬지 얼마나 됐다고 톱 여배우 행세 하느라 툭하면 지각하는 바람에 오늘도 촬영이 한 시간이나 늦어지지 않았는가.

"앞으로 작품 끝날 때까지 두 번 다시 늦지 마."

윤하는 싸늘하게 말했다.

"한 번만 더 지각하면 다시는 내가 하는 작품엔 캐스팅 못 하게 할 테니까."

"선배님……?"

혜연이 상처받은 얼굴로 눈물을 글썽거렸다. 그러고 보니 처음 만났던 날 인사하면서 전부터 자신의 팬이었다고 했던 것도 같다. 관심이 없어서 한 귀로 듣고 한 귀로 흘려버렸지만.

"선배님은 왜 그렇게 저한테만 늘 차가우세요?"

그야 네가 일을 그따위로 하니까, 하고 윤하는 속으로만 대꾸했다. 툭하면 지각을 하는 데다 대본도 제대로 안 외워가지고 오는 주제에 연기까지 발로 하는데 무슨 수로 따뜻하게 대해줄까.

그래서 윤하는 대꾸 대신에 차가운 눈초리로 힐끗 쳐다보고 고개를 돌려버렸다. 흑, 하고 울음을 터뜨리는 소리가 들려왔지만 그는 아무렇지도 않았다. 얼굴가죽만 예쁘장하게 생긴 여자 따위, 울든가 말든가.

하지만 그가 미처 예상하지 못한 부분도 있었다.

"정윤하 선배님이 저랑 일하기 싫으신가 봐요!"

혜연이 한바탕 울고불고 난리를 치는 바람에 촬영이 또 지연되고 말았다. 결국 감독이 나서서 어르고 달랜 끝에야 겨우 사태가 진정되었다. 그 후에도 화장을 고친다, 부은 눈을 가라앉힌다, 해서 이래저래 족히 한 시간이나 걸렸다.

늦어진 시간만큼이나 윤하의 분노 게이지는 더욱더 상승했다. 꼴도 보기 싫을 지경이다. 문제는, 카메라 앞에서는 저 여자한테 홀딱 반한 연기를 해야 한다는 사실.

"액션!

카메라가 돌아가기 시작했다. 동시에 윤하는 딱딱하게 굳어진 얼굴에 매력적인 미소를 장착하고 달콤한 대사를 입에 담았다.

"선배, 오늘 나랑 같이 있을래요?"

······알고 보면, 배우도 은근히 극한직업이었다.

결국 집에 도착한 것은 새벽 1시가 넘어서였다. 윤하는 미사가 혹시 잠을 깰까 봐 소리를 내지 않도록 조심해서 현관문을 열고 들어갔다.

"아저씨!"

그런데 웬걸. 우다다다 하는 소리가 나더니 미사가 한달음에 달려왔다.

"다녀오셨어요?"

윤하는 깜짝 놀라 물었다.

"아직도 안 자고 있었어?"

"네!"

미사가 생글거리며 대답했다. 뭐랄까, 왠지 기분이 좋아 보였다. 어딘가 들떠 있는 것처럼도 보였다. 영문은 몰랐지만 어쨌든 미사의 웃는 얼굴을 보니 윤하는 마음이 놓였다. 어제 그토록 속상해했던 얼굴이 내내 떠올라서 오늘 계속 마음이 좋지 않았던 그였다.

"일 이제 끝나신 거예요? 저녁은 드셨어요? 배고프지 않으세요?"

거실로 들어서는 윤하의 뒤를 쪼르르 쫓아오며, 미사가 계속해서 말을 걸었다.

"대충 먹었어. 너는?"

"먹었어요. 국이랑, 밥이랑 해서요."

미사는 아무렇지도 않게 대답했지만 윤하는 은근히 마음이 쓰라렸다. 아침에 해놓은 국으로 점심, 저녁까지 먹었겠구나. 요리 담당은 자신인데 지금은 촬영 때문에 스케줄이 워낙 바쁘니 어쩔 수가 없었다.

앞으로는 좀 더 신경 써야겠다고 속으로 다짐하면서 윤하는 물었다.

"그런데 왜 여태 안 자고 있었어?"

"아저씨 오실 때까지 기다리려고요!"

미사가 여전히 생글거리며 대답했다. 활짝 웃는 얼굴이 어찌나 예쁜지, 윤하는 저도 모르게 홀린 듯이 그녀를 바라보았다.

"제 얼굴에 뭐 묻었어요?"

미사가 민망한 듯이 말했을 때에야 윤하는 흠칫 놀라 제정신으로 돌아왔다.

"아, 아니. 아무것도 아니야."

그는 얼른 시선을 돌리고 괜히 헛기침을 했다. 지금 눈앞에 있는 이 미사는 겉모습만 자신이 사랑하는 그 여자일 뿐이다. 속은 겨우 열여덟 살 어린애, 어디까지나 보호해야 할 대상이다.

그러니까 설레면 안 된다. 홀린 듯이 쳐다봐서도 안 된다. 윤하는 속으로 자신을 꾸짖었다.

"늦으니까 기다리지 말고 먼저 자라고 했던 것 같은데."

괜히 퉁명스럽게 말하자 미사가 배시시 웃었다.

"헤헤. 그래도 기다려주는 사람 있으니까 좋잖아요. 그쵸?"

정곡이었다. 자지 않고 기다려줘서 기쁘다. 그래서 이렇게 자기 전에 얼굴을 볼 수 있어서 좋다. 설마하니 미사가 이렇게 집에서 자신을 기다렸다가 다녀오셨어요, 하고 말해주는 날이 오리라고는 감히 상상해본 적도 없었다.

사실은 늦게까지 기다려줘서 고마워, 하고 말하고 싶었지만, 물론 정윤하는 애초에 그런 식으로 말할 수 있게 생겨먹은 인간이 아니었다.

"앞으론 기다리지 마. 당분간은 계속 늦을 테니까."

결국은 무뚝뚝하게 그렇게 말했을 뿐이었다.

"이만 올라가서 자, 피곤할 텐데."

그렇게 말했지만 미사는 왠지 좀처럼 곁을 떠나려 하지 않았다.

"저 아저씨랑 얘기 좀 하다가 자면 안돼요?"

눈치를 보며 묻는 것이었다. 혹시 무슨 부탁이라도 있나, 싶어서 윤하는 소파에 앉았다.

"있잖아요. 저 아무리 생각해도 진짜 너무 궁금해서, 도저히 견딜 수가 없어서요."

궁금한 것. 듣기도 전에 가슴부터 덜컥 내려앉았다. 당황한 기색을 보이지 않으려고 애쓰며 윤하는 대답했다.

"뭐가?"

불안감에 가슴이 쿵쿵 뛰었다. 설마 미사가 뭔가 눈치를 챈 걸까? 하지만 다음 순간, 미사는 눈을 빛내며 물었다.

"정유림이랑 이세라랑 백화점에서 마주쳐서, 그다음엔 어떻게 돼요?"

음? 윤하는 순간적으로 멍해졌다. 어디서 많이 들은 이름인데…….

"혹시 머리끄덩이 잡고 싸워요?"

생각났다. 자신이 지금 촬영하고 있는 드라마에 등장하는 인물들의 이름이었다. 잠깐, 그렇다면? 윤하는 놀란 눈으로 미사를 보았다.

"내 드라마 봤어?"

"네!"

미사가 손뼉을 쳤다.

"어제 방송된 것까지 오늘 하루에 몰아서 다 봤어요. 세상 진짜 편해졌더라고요, 인터넷에서 일일이 다운 안 받아도 TV로 바로 다시보기 할 수 있고!"

그제야 윤하는 미사가 들떠 있었던 이유를 깨달았다. 난 또 뭐라고. 윤하는 속으로 안도의 한숨을 쉬었다.

미사는 계속해서 재잘거렸다.

"근데 진짜 너무 멋있었어요!"

진심 어린 감탄에 윤하의 입가가 조금 느슨해졌다. 음, 내가 그렇게 멋있었나?

"보는 내내 제가 막 여주인공이 된 것처럼 막 설레서 혼났어요. 어쩜……!"

윤하의 기분이 조금씩 하늘로 떠올랐다. 기억을 잃은 미사가 제게 어떤 감정도 품게 해서는 안 된다고 그렇게 다짐을 했지만, 제 연기에 설렜다는 말에는 기분이 좋아지지 않을 수가 없었다.

'영화 말고 드라마를 하길 잘했나?'

윤하가 속으로 그렇게 생각하는 순간, 갑자기 찬물 한 바가지가 날아왔다.

"근데 차승현 같은 남자는 역시 현실엔 없겠죠?"

차승현은 극중 자신의 역할 이름이었다.

"……!"

윤하의 얼굴이 굳어지는 것도 모르고, 미사는 두 손을 가슴에 모으고 꿈꾸는 듯한 눈동자를 했다.

"아, 내가 정유림이었으면 얼마나 좋을까!"

윤하는 그만 맥이 탁 풀렸다. 아, 그래. 내가 아니라 차승현이란 말이지.

"참, 근데 진짜 다음 회에 어떻게 돼요? 그거 궁금해서 여태 못 자고 기다렸단 말이에요."

슬그머니 부아가 났다. 뭐야, 결국 그래서 기다렸던 거야? 나는 오늘 하루 종일 어떻게 하면 빨리 끝내고 집에 올까, 그 궁리만 했는데. 그놈의 동방불패 사인 구하느라 매니저 시켜서 군부대에까

110

지 전화를 돌렸는데!

그런 윤하의 속을 알 리 없는 미사는 다시금 궁금해 죽겠다는 듯이 물었다.

"여자들끼리 막 싸워요? 네?"

윤하는 차갑게 대꾸했다.

"그걸 내가 어떻게 알아?"

"네?"

당황하는 미사의 얼굴에 대고, 윤하는 싸늘하게 말했다.

"그렇게 궁금하면 직접 방송으로 보든가."

실망한 마음은 심술로 변했다. 절대 모른다. 알아도 모르는 거다. 안 알려준다. 내가 그걸 왜?

"늦었어. 이만 올라가서 자."

윤하는 소파를 박차고 일어났다.

"아저씨, 내일 아침엔 몇 시에 나가세요?"

"일찍."

대꾸하자마자 쿵쿵 발소리를 울리며 제 방으로 향하는 윤하의 뒷모습을, 미사는 놀란 토끼 눈이 되어서 쳐다보았다.

"갑자기 왜 화가 났지……?"

제가 뭘 잘못했는지, 꿈에도 모르고 있는 미사였다.

"정윤하는 드라마 촬영 스케줄이 바빠서 매일같이 현장에 있습니다. 지금은 남양주에 있는 스튜디오에서 촬영 중입니다."

현우의 비서가 보고했다. 회사가 아닌, 집안에서 붙여준 그의 개인비서였다.

"그래? 그럼 진짜 둘이 같이 있지는 않은 모양인데⋯⋯."

미사의 신용카드가 방금 대구에서 사용되었다. 그저께는 정선, 어제는 속초였던 걸 보면 혼자 여기저기 여행이라도 하고 있는 것 같았다.

일단 그녀가 정윤하와 같이 있을지도 모른다는 의심은 풀렸다. 정윤하가 이 일과 아예 관계가 없다고는 아직 확신할 수 없지만.

'만약에 정윤하 때문도 아니라면 대체 갑자기 왜?'

싸운 것도 아닌데 왜 갑자기 이런 일을 벌였을까. 예비신부의 가벼운 우울증이라고 단순하게 생각하기에는, 사실은 마음 한구석에 계속 걸리는 부분이 있었다.

⋯⋯혹시나, 미사가 뭔가를 알아버린 건 아닐까.

그럴 리 없다고 생각하면서도 현우는 불안감이 점점 커지는 것을 느꼈다. 만에 하나라도 그런 거라면, 차라리 정윤하 때문인 편이 백번 낫다.

"정윤하 전화번호 좀 알아보도록 해. 웬만하면 매니저 안 통할 수 있게 개인 번호로."

"네, 현우 도련님."

"그리고 미사는 최대한 빨리 찾아내. 불법만 아니면 뭐든지 다 해도 상관없으니까."

기계적으로 지시하는 현우의 말투에는 곧 자신의 아내가 될 여자에 대한 걱정 따위는 한 조각도 묻어나지 않았다.

어떻게 생각하면 당연한 일이기도 했다. 어차피 서현우에게 있어 사랑이 결혼의 전제조건이었던 적은 단 한 번도 없었으니까.

04 / 찾았다, 내 동생.

　다음 날 아침 일찍 미사가 눈을 떠보니 윤하는 이미 나가고 없었다. 대신에 주방의 테이블 위에 식사가 차려져 있었다. 짧은 메모한 장 남겨져 있지 않은 것을 보고 미사는 그만 섭섭해졌다.

　'아저씨 나가는 거 보려고 일부러 6시에 일어났는데…….'

　그럼 대체 그는 몇 시에 일어났다는 걸까. 들어온 게 새벽 1시 넘어서였는데, 정말이지 눈만 잠깐 붙였다가 일어나서 나간 것 같았다. 테이블에 차려져 있는 음식은 아직도 따뜻했지만 별로 기쁘지도 않았다. 이런 거 차려놓을 시간 있으면 깨워서 인사라도 좀 하고 나가지.

　어제 미사는 집에 돌아와서 하루 종일 윤하가 출연한 드라마를 보았다. 그러다 보니 어느새 저도 모르게 그가 가깝게 느껴졌다. 예쁘게 눈웃음을 치고 다정한 말투로 이야기하는 드라마 속 캐릭터 탓도 있었겠지만, 어쨌든 그래서 어젯밤에 늦게 돌아온 윤하를 보고 무척이나 반가워서 이것저것 말을 걸었던 것이다.

　하지만 현실의 정윤하는 어디까지나 무뚝뚝한 정윤하 그대로였다.

　「그렇게 궁금하면 직접 방송으로 보든가.」

드라마의 다음 내용을 묻는 미사에게 그는 귀찮은 듯이 차갑게 대꾸했다. 물론 다음 내용이 궁금한 것도 사실이었지만, 꼭 그래서만은 아니었는데. 공통의 화제가 생긴 게 기뻐서, 그 빌미로 얘기를 나누면서 좀 친해져보고 싶었던 거였는데.

그렇게 단칼에 거절을 당하자 무안하기 그지없었다. 드라마 속의 연기자 정윤하와 진짜 인간 정윤하는 다르다는 게 뼈저리게 느껴졌다.

'어쩌면 아저씨는 내가 싫은 걸지도 몰라.'

문득 미사는 그런 생각이 들었다. 그야 진짜 미사와는 사랑해서 결혼했겠지만, 지금의 자신은 그냥 어린애니까. 한창 행복할 신혼인데, 사랑하는 여자는 하루아침에 어디로 사라져버리고 대신에 어린애가 집에 있으니 짜증이 날 수도 있겠지.

태생이 고아인 미사였다. 그래서 어디서나 저절로 눈치를 보는 게 습관이 되어 있었다. 버젓이 제 집인 이곳에서도 예외가 아니었다.

'앞으로는 괜히 귀찮게 굴지 말아야겠다.'

이해는 하면서도 역시나 마음이 서글펐다. 그러니 밥도 맛이 있을 리 없었다. 좀 먹는 시늉만 하다가 그냥 치워버렸다.

이른 아침을 먹고 나자 할 일이 없어졌다. 청소를 하자니 이미 어제 쓸고 닦아놓은 후라 별로 더러워지지도 않았다. 설거지는 식기세척기가 하고, 세탁 역시 둘이 사는데 매일 그렇게 빨래거리가 나올 일도 없다. 윤하가 밖에 나가는 것도 질색을 하니, 결국 할 일이라고는 TV 보는 것밖에 없었다.

문득 미사는 웃는 정윤하가 보고 싶어졌다. 연기라도 좋으니까, 웃으면서 이야기하는 모습을 보고 싶다. 하지만 어제 본 드라마인 '위험한 신입사원'은 이미 방송된 부분까지 하루에 다 몰아서 봐버린 후였다. 그래서 미사는 이미 끝난 예전 드라마에 눈을 돌리기로 했다.

"작년에 찍은 드라마도 있네?"

휴대폰으로 윤하의 출연작을 검색해서 인터넷 TV로 곧바로 다시보기를 찾아서 누른다. 요즘 애들은 팬질하기도 참 편하겠구나. 미사는 새삼 감탄했다.

곧이어 화면에 드라마의 타이틀이 떴다.

[신사의 은밀한 취향]

현재 방송되고 있는 드라마에서는 상큼한 매력의 재벌 3세 연하남 역할인데, 이 드라마에서는 자수성가한 사장님 역할이었다. 리젠트 헤어의 반듯한 엘리트 이미지는 또 다른 매력이 있어서 눈을 뗄 수가 없었다.

'참, 그러고 보니 아저씨는 대학 나왔을까? 나왔다면 전공은 뭘까? 혹시 연극영화과?'

명색이 남편인데 아는 거 참 없다. 그렇다고 이따 물어보면 또 귀찮아하겠지? 혼자 씁쓸해하며 미사는 드라마에 집중하기 시작했다.

역시 로코의 제왕이라더니 이 드라마 역시 로맨틱 코미디였다.

뚱뚱한 몸매가 콤플렉스인 귀여운 인턴 신입사원 아가씨와, 완벽한 외모와 스펙을 자랑하지만 아무도 모르는 특이한 취향을 가진 사장님의 이야기.

첫 화부터 시간 가는 줄 모르고 흥미진진하게 보고 있는데 마지막 부분에서 느닷없는 장면이 튀어나왔다. 바로 키스 신이었다.

"어머나!"

사무실 문을 잠그고 여주인공의 허리를 단단히 끌어안은 채, 상대의 고개가 뒤로 젖혀지도록 퍼붓는 정열적인 키스에 미사는 심장이 멈출 정도로 놀랐다.

이, 이건 19금, 아니 15금 정도는 되는 거 아닌가요!

화면 속의 윤하는 지그시 눈을 감고 여주인공과의 키스에 열중해 있었다. 그 한껏 도취되어 있는 표정이 지독히도 섹시해 보였다.

아저씨가 저런 표정도…… 하는구나.

눈을 가리고 살짝 손가락 틈새로 훔쳐보듯 보고 있는 미사의 심장이 금세라도 터져 나올 듯 콩닥콩닥 뛰었다. 그러다 불현듯 떠오르는 생각이 있었다.

'잠깐. 혹시 나도 아저씨랑 키스를……?'

그동안은 한 번도 그런 쪽으로 생각을 해본 적이 없었다. 저 돌부처 같은 아저씨를 상대로 그런 상상을 할 여지가 없었던 것이다. 남편이라기보다는 마치 학주나 담임 같은 느낌이었으니까.

'당연히 했겠지?'

미사는 고심했다. 아무리 생각해도 키스 정도는 했다고 보는 게 맞을 것 같다. 아니지, 결혼까지 했으니까 어쩌면 그보다 더한 것도 벌써……!

"엄마야!"

거기까지가 한계였다. 결국 미사는 얼굴이 새빨개져서는 상상을 중단하고 말았다. 사심이 들어가니 드라마도 더 볼 수가 없어서 TV도 확 꺼버렸다.

"에이, 방 정리나 해야지!"

달아오른 얼굴을 식히며 미사는 2층 제 방으로 올라갔다. 그리고 옆방에서 잡동사니가 든 상자를 하나 가져다 정리하기 시작했다. 한꺼번에 하려니 엄두가 안 나서 이렇게 틈이 날 때마다 조금씩 하고 있었다.

정리를 하다가 미사는 상자 안에서 웬 사진 하나를 발견했다. 교복을 입은 긴 머리 여학생의 사진이었다. 처음에는 제 사진인가 생각했는데 다시 보니 아니었다. 생김새도, 입고 있는 교복도 자신과는 전혀 다르다.

"누구지?"

카메라를 보며 활짝 웃고 있는 표정. 보조개가 왠지 눈에 익었다. 어디서 많이 본 것 같은 얼굴인데…… 하고 고개를 갸웃거리다 미사는 가슴이 철렁했다.

"설마, 예지?"

미사는 눈을 크게 뜨고 사진을 다시 한참 들여다보았다. 한번 그렇게 생각하고 보니까 정말 예지가 맞는 것도 같았다.

예지는 미사보다 열 살 아래인 동생이었다. 미사처럼 아주 어려서 보육원에 들어왔는데, 역시 입양이 되지 않아서 계속 함께 자랐다. 미사에게 있어서는 제 손으로 분유를 먹이고 업어 키우다시피 했기 때문에 여러 동생들 중에서도 예지가 가장 애틋했다. 예지 역시 선생님들보다 미사를 더 따랐다.

며칠 전에 마지막으로 봤을 때, 예지는 여덟 살이었다. 그런데 사진 속의 소녀는 아무리 봐도 여고생으로 보였다.

미사는 속으로 예지의 나이를 헤아려보았다. 자신과 열 살 차이니까 올해 열여덟 살이 되어 있을 거였다. 그러면 딱 고등학교 2학년. 여고생이 맞다.

반가움과 그리움, 그리고 말할 수 없는 슬픔에 미사의 눈앞이 서서히 흐려졌다.

'예지야. 정말…… 너 맞는 거니?'

활짝 웃는 소녀의 얼굴 위로 눈물방울이 툭, 하고 떨어졌다.

단지 사진 한 장일뿐이지만 미사에게 있어서는 이 세계에서 찾아낸 과거와의 첫 연결고리이자 유일한 단서였다. 남편인 윤하조차 설명해주지 못하는 부분도 예지라면 알고 있을 터였다. 어떻게든 찾아내서 만나고 싶었다.

'계속 연락을 하고 있었던 걸까?'

그럴 것 같은 생각이 들었다. 친동생처럼 생각하던 예지였으니까. 그렇다면 연락처도 갖고 있었을 테지만, 안타깝게도 예전에 사용하던 휴대폰은 이미 사고 때 못 쓰게 되어버렸다고 윤하가 말했었다.

미사는 사진을 다시 한 번 주의 깊게 들여다보았다. 다행히 단서를 찾아낼 수 있었다. 바로 사진 배경에 찍혀 있는 치킨 집 간판에 쓰인 전화번호였다.

마지막 자리 숫자가 잘려 있는 바람에 일곱 번 정도 실패한 끝에야 겨우 치킨 집에 연결되었다.

－네, 볶네치킨입니다.

"아저씨, 죄송한데요. 혹시 그 근처에 혹시 제일 가까운 고등학교가 어디예요?"

치킨 집 주인은 귀찮아하면서도 학교 이름을 가르쳐주었다. 한국여고라고.

미사는 두근거리며 인터넷으로 한국여고 교복을 검색해보았다. 검색 결과에 뜬 사진은, 미사가 갖고 있는 사진에 찍혀 있는 여학생의 교복과 정확히 일치했다.

"빙고!"

자, 이제 학교까지 찾아냈다. 미사는 가슴이 마구 뛰었다. 당장 가서 예지를 만나고 싶은데, 문제는 윤하였다. 어제도 몰래 나갔는데 오늘 또 몰래 나가도 괜찮은 걸까.

'어떻게 하지?'

미사는 잠시 고민했다. 사정을 말하고 부탁하면 윤하가 같이 가줄 수도 있겠지. 하지만 문제는 요즘처럼 바빠서는 그게 대체 언제가 될지 모른다는 거였다. 오늘 당장 보고 싶은데!

'에라, 모르겠다. 그냥 몰래 갔다 오지 뭐!'

여고생이 된 예지를 만날 생각을 하니 마음이 설렜다.

'잠깐, 선물이라도 사가야 되지 않을까?'

스물여덟 살의 미사가 예지와 가끔 만나고 있었는지는 모르겠지만, 어쨌든 열여덟인 자신이 만나는 건 처음이다. 빈손으로 찾아가고 싶지 않았다.

「미사 언니, 나도 공주인형 갖고 싶어!」

초등학교 1학년인 예지가 제 짝꿍의 인형을 보고 와서는 하루 종일 졸랐던 게 떠올라서 미사의 눈시울이 뜨거워졌다. 그 순간만은 대학이고 뭐고, 빨리 어른이 돼서 돈을 벌고 싶다고 생각했었는데.

기억 상으로는 그게 겨우 한 달도 안 된 일인데 소원대로 지금은 어른이 되어 있다. 예지는 더 이상 공주인형을 갖고 싶어 하지 않겠지만.

'그럼 뭘 사줘야 하지?'

제일 먼저 떠오른 것은 역시 MP3 플레이어였다. 예지는 지금 고등학교 2학년일 텐데, 10년 전에 딱 그 나이였던 친구들이 제일 받고 싶어 했던 선물이 바로 MP3 플레이어였다. 미사 자신도 마찬가지였고.

모르겠다, 가격이 이렇게 싸진 걸 보면 요즘은 MP3가 많이 흔해졌을지도. 하지만 지금도 시설에서 생활하고 있을 예지에게는 몇만 원 안 하는 그것조차 사기 쉽지 않을 게 틀림없었다. 한창 이것저것 갖고 싶을 나이에 늘 참기만 하고 있을 예지를 생각하자 미사는 마음이 아팠다. 자기 자신이 그랬으니까.

마침 어제 새로 산 MP3 플레이어가 생각났다. 다행히 아직 포장도 뜨지 않았으니까 이걸 예지에게 선물하고, 내 것은 나중에 시간이 나면 다시 사야겠다. 미사는 그렇게 결심했다.

후회스러운 것은 어제 나갔을 때 옷을 하나도 안 사고 그냥 왔다는 것이었다. 오랜만에 예지를 만나는 거니까 좀 예쁘게 차려입고 싶은데. 미사는 시험 삼아 가진 옷 중에서 블라우스와 스커트를 골라서 입어봤다가 거울을 보고는 금세 화들짝 놀라 벗어버렸다.

"뭐야, 진짜 어른 같아 보이잖아!"

물론 진짜 어른이 맞는데, 그렇게 보이는 자신의 모습이 적응되지 않았던 것이다. 결국 미사는 결국 후드 티셔츠에 청바지를 입고 집을 나섰다.

✺

한국여고는 미사가 사는 동네에서 버스로 30분 정도 되는 거리에 있었다. 다행히 중간에 버스를 갈아타지 않아도 돼서 길을 헤매지 않고 한 번에 찾아갈 수 있었다.

힘들게 언덕을 올라 한국여고 교문 앞에 도착했을 때는 마침 한창 점심시간 도중이었다. 밥을 먹고 나온 여고생들이 재잘거리며 삼삼오오 손을 잡고 교정을 거닐고 있었다.

미사에게는 매우 익숙한 풍경이었다. 그야 바로 며칠 전까지도 저 여고생들 중 하나였으니까. 그래서 미사는 아무 거리낌도 없이 열려 있는 교문 안으로 들어섰다.

"있잖아, 너네 혹시 윤예지라는 애 몰라? 아마 2학년일 텐데."

지나가는 학생들 몇을 붙잡고 물어보았다. 같은 또래라는 생각이 들어서 역시나 말 거는 것도 매우 자연스러웠다. 물론 돌아온 대답은 하나같이 존댓말이었지만.

"죄송해요, 잘 모르겠는데요."

"저희 반엔 없는데요, 그런 애."

열 명 넘게 붙잡고 물어보았지만 다들 모른다는 대답뿐이었다. 미사는 한숨을 쉬었다.

'교무실에 가서 물어봐야 하나?'

하지만 웬만하면 교무실은 피하고 싶었다. 학생들한테 묻는 건 쉬웠지만 상대가 교사가 되면 괜히 주눅이 들 것 같았다.

어떡하지. 망설이던 미사는 퍼뜩 떠올렸다. 아참, 사진이 있었지! 미사는 얼른 주머니에서 사진을 꺼냈다. 마침 아이스크림을 하나씩 손에 들고 먹으며 팔짱을 낀 채 지나가는 두 여학생이 있어서, 그 아이들을 붙잡고 물었다.

"잠깐만! 미안한데 너네 혹시 얘 모르니?"

동시에 대답이 나왔다.

"어? 알아요."

"저희 반 앤데요?"

두 소녀는 사진을 보더니 입을 모아 외쳤다.

"김예지요!"

귀가 번쩍 뜨였던 미사는 깜짝 놀랐다.

"윤예지가 아니라 김예지라고? 정말?"

"네. 얘 김예지 맞아요. 저희랑 베프인데요."

왜 성이 바뀌어 있는 걸까. 미사는 당황하면서도 다시 물었다.

"혹시 예지 어디 있는지 알아?"

"화장실 갔다 온다 그랬는데…… 어? 예지 저기 와요!"

갑자기 한 소녀가 손가락으로 미사의 등 뒤쪽을 가리키며 목소리를 높였다. 놀라서 뒤돌아보자 저만치에서 여학생 하나가 추운 듯이 팔짱을 끼고 걸어오고 있었다.

긴 머리에 170센티미터는 되어 보이는 훤칠한 키, 날씬한 몸에 꼭 맞는 교복. 눈이 다 환해지도록 예쁜 여학생이었다. 사진으로 봤을 때는 긴가민가했는데 실물을 보니까 바로 알겠다. 틀림없는 예지였다.

이렇게 예쁘게 자랐구나, 내 동생. 코끝이 찡해지는 것을 참으며 미사는 한 걸음 앞으로 내딛었다.

"예지야!"

떨리는 목소리로 부르자 예지가 걸음을 멈췄다.

"……!"

미사를 본 예지의 눈동자가 금세 커다래졌다. 잠시 당황한 듯하더니 다음 순간 얼굴에 반가운 표정이 확 떠올랐다. 자신을 알아본 것이 틀림없었다. 미사는 가슴이 벅차올랐다.

"쌤! 쌤이 여긴 웬일이세요?"

갑자기 예지가 얼토당토않은 소리를 하면서 팔짱을 껴 오는 바람에 미사는 깜짝 놀랐다.

"쌤?"

다른 두 학생들이 의아한 눈으로 예지와 미사를 번갈아 보았다.

"어, 우리 영어학원 쌤이셔. 학교에 볼일 있어서 오셨나 봐."

"예지야……?"

"너네 뭐 하냐? 어른을 봤으면 인사를 해야지."

미사는 놀라서 예지를 불렀지만 예지는 아랑곳하지 않고 한술 더 떴다.

"아 맞다. 안녕하세요, 예지 친구 서현이에요."

"안녕하세요! 저는 민영이에요."

아이들이 꾸벅꾸벅 인사를 했다. 미사는 어안이 벙벙해서 대꾸도 못하고 있었다.

"너네 먼저 교실에 가 있어, 나 잠깐 쌤이랑 얘기하다가 들어갈게!"

예지가 생글거리며 친구들에게 손을 흔들어 보였다. 그러고는 미사의 팔짱을 낀 채 어디론가 걷기 시작했다.

"잠깐만, 예지야. 지금 어디 가는 거야?"

미사가 놀라서 묻자 예지가 대꾸했다.

"닥치고 따라와."

방금까지와는 전혀 다른, 싸늘한 목소리였다. 미사는 가슴이 철렁해서 입을 다물었다.

예지는 그대로 미사의 팔짱을 낀 채 인적이 드문 학교 건물 뒤쪽으로 데리고 갔다. 그리고 주위에 아무도 없다는 것을 확인한 후에야 내동댕이치듯 미사의 팔을 놓았다.

"예, 예지야. 너 왜 그래……?"

미사는 떨리는 목소리로 말했다. 혹시 자신을 다른 사람과 착각

125

한 게 아닐까, 하고 생각하면서. 그렇지 않고는 그렇게 언니, 언니 하면서 졸졸 쫓아다니던 예지가 이럴 리 없지 않은가.

"나야, 미사 언니. 기억 안 나?"

하지만 예지는 조금도 누그러지지 않았다. 쏘아보는 눈빛에 미사는 저도 모르게 몸을 떨었다.

"여기가 어디라고 감히 날 찾아와?"

이윽고 예지의 예쁜 입술 사이로 험한 말이 튀어나왔다.

"미사 언니, 이 나쁜 년아!"

미사는 도저히 제 귀를 믿을 수가 없었다. 아무리 10년이 지났기로서니, 예지가 나한테 욕을 하다니.

"예지야. 내가 너한테…… 뭐 잘못이라도 했어?"

"그걸 몰라서 물으셔? 진짜 개 어이없네."

예지가 코웃음을 치고는 미사를 노려보았다.

"내가 찾아갔을 때 나한테 어떻게 했어? 내가 그렇게 울면서 빌었는데, 막무가내로 가라고 쫓아냈지? 그렇게 비가 장대같이 쏟아지는 날이었는데!"

예쁜 얼굴에서 웃음기가 싹 가셨다. 예지가 입술을 꽉 깨물었다.

"그때 나 겨우 열 살이었어. 그렇게 모질게 쫓아낼 때는 언제고 이제 와서!"

상처받은 기색이 역력했다. 하지만 전혀 기억이 없는 미사로서는 그저 당황스럽기만 했다.

"미안해, 예지야. 그런데 일단 내 말 좀 들어봐."

미사는 우선 예지를 진정시키려 했다. 기억을 잃었다고 사실대로 사정을 털어놓고 이해를 구할 생각이었다.

"됐으니까 좀 닥치고 꺼져주실래요?"

하지만 예지는 얘기할 기회조차 줄 생각이 없는 모양이었다.

"얼굴만 봐도 역겨우니까 당장 꺼지라고."

이를 악문 채 노려보는 눈빛에서 미사는 느꼈다. 예지가 자신에게서 마음의 문을 완전히 닫아버렸다는 걸.

원망스럽기보다는 그저 막막하고 슬펐다.

대체 나는 예지에게 무슨 짓을 했던 걸까. 그토록 예뻐했던 내 동생한테.

울고 싶은 것을 꾹 참고 미사는 말했다.

"그래, 그럼 갈게. 불쑥 찾아와서 미안했어."

문득 가져온 선물이 떠올랐다. 어떻게 할까, 망설이다가 미사는 주머니에서 상자를 꺼냈다. 이거라도 주고 가지 못하면 후회할 것 같았다.

"그래도 이건 받아줬으면 좋겠어."

예지가 이마를 찌푸리며 물었다.

"그건 또 뭔데?"

"MP3 플레이어야. 너 주려고 가져왔어."

예지는 말없이 미사의 손에서 상자를 확 채갔다. 그래도 선물은 받아줘서 다행이다, 하고 미사가 속으로 안도의 한숨을 쉰 다음 순간.

상자가 땅바닥에 세차게 내동댕이쳐졌다. 물론 예지가 힘껏 던진 것이었다.

"……!"

종이 상자가 터지며 안에 든 기계가 밖으로 튀어나와 땅바닥에 부딪쳐 산산조각이 나는 것을, 미사는 커다래진 눈으로 바라보았다.

"하여튼 선물도 꼭 저 같은 거 가지고 와요."

예지가 비웃듯이 말했다.

"요즘에 누가 MP3 따로 들고 다니냐? 등신."

제 발밑에 날아온 기계 조각을 발끝으로 자근자근 밟아 뭉개며, 예지는 싸늘하게 말했다.

"한 번만 더 내 눈앞에 나타나면 죽여버릴 거야."

❀

어제는 늦었으니 오늘은 웬만하면 일찍 귀가하고 싶었다. 저녁이라도 직접 차려주고 싶어서. 하지만 일이 그렇게 생각처럼 쉽게 될 리가 없었다. 어제 상대역인 이혜연이 지각했던 걸 빌미로 오늘은 제 분량부터 먼저 찍자고 요구해서 그렇게 했는데도, 결국 일을 모두 마치고 집에 돌아오자 벌써 밤 10시가 넘어 있었다.

「아저씨, 다녀오셨어요!」

그런데 어제처럼 반갑게 외치며 쪼르르 달려오는 소리가 들리지 않는다. 불이 꺼진 거실은 쥐 죽은 듯 고요하기만 했다. 얼른 불부터 켜고 둘러봤지만 미사의 모습은 보이지 않았다. 윤하의 가슴이 덜컥 내려앉았다.

"미사?"

불러봤지만 대답이 돌아오지 않았다.

윤하는 그대로 가방을 팽개치고는 단숨에 2층으로 향하는 계단을 뛰어올랐다. 그리고 노크를 할 겨를도 없이 미사의 방문을 열어젖혔다.

있었다, 미사가. 방에 불도 켜지 않은 채 침대 위에서 무릎을 끌어안고, 조그맣게, 아주 조그맣게 몸을 웅크린 채로.

"여기 있었구나."

불을 켜고 말을 걸자 그제야 미사가 화들짝 놀라며 고개를 들어 이쪽을 쳐다보았다. 울어서 새빨갛게 부은 눈이었다.

"어, 아저씨 언제 오셨어요?"

미사가 황급히 옷소매로 눈물을 훔쳐냈다.

"오늘은 일찍 오셨네요. 촬영이 일찍 끝나셨나 봐요."

젖은 눈으로 애써 웃어 보인다. 윤하의 마음 한 자락이 소리 없이 찢어졌다.

윤하는 가만히 다가가서 침대 모서리에 걸터앉았다.

"무슨 일, 있었어?"

미사가 고개를 저었다.

"아니요, 아무 일도 없었는데요?"

억지로 꾸며낸 밝은 목소리.

"얘기해봐."

"아녜요, 저 정말 괜찮은데, 아무것도 아닌데……."

아닌데, 하면서도 결국은 말끝이 울음으로 크게 떨리고 말았다.

그다음에는 입술이, 또 그다음에는 작은 어깨가. 얼굴을 감싸고 다시 울음을 터뜨리는 미사의 곁에 앉아, 윤하는 조용히 기다렸다. 그녀가 입을 열 때까지.

"저는요, 정말 아무한테도 필요 없는 사람인 것 같아요."

한참 후에야 흐느낌 사이로 미사가 띄엄띄엄 말했다.

"태어날 때부터 그랬어요. 부모님도 제가 필요 없으니까 버렸을 거고…… 원장님도 늘 저한테 아무 쓸모도 없다면서, 틈만 나면 쫓아내버리겠다고 했었구요."

"그렇지 않아."

윤하는 고개를 저으며 부정했다. 이 짧은 말에 얼마만 한 진심이 담겨 있는지 그녀가 전혀 모를 거라는 사실이 안타까웠다.

역시나 전해지지 않은 모양이었다.

"지금도 마찬가지예요. 아저씨 바쁘신데 제가 도움은 못 될망정 귀찮게만 굴고요."

미사는 울먹이며 말했다.

"어젯밤에도 피곤하실 텐데 제가 괜히 드라마 다음 내용 궁금하다고 붙들고 귀찮게 해서 화나셨잖아요. 아저씨 새벽에 몇 시간도 채 못 주무시고 나가신 거 같던데, 눈치 없이 죄송해요."

윤하는 가슴이 철렁했다. 그게 그런 게 아닌데. 네가 밤잠 안 자고 기다릴 정도로 관심을 가졌던 게 내가 아니라 극중의 내 역할이었다는 게 속상했던 건데, 그냥 그뿐이었는데. 네가 다음 내용이 궁금하다고 했던 게 생각나서 오늘은 일부러 촬영장에서 대본도 가져왔는데. 그걸 미사가 그렇게 받아들이고 있을 줄은 꿈에도 몰랐다.

이런 제 마음을 제대로 전할 수 있다면 얼마나 좋을까. 하지만 말이 서툰 윤하로서는 겨우 이렇게밖에 말할 수가 없었다.

"귀찮다고 생각하지 않아."

미사는 주먹으로 눈물을 훔치고는 힘없이 웃어 보였다.

"괜찮아요. 아저씨 입장에서 저는 불청객 같은 걸 테니까요, 이해해요."

"그렇지 않다니까."

윤하의 말이 들리지 않는 것처럼, 미사는 가만히 눈을 들어 어두운 창밖을 바라보았다.

"그냥 오늘은…… 아무도 저를 반가워하지 않는다는 생각이 들어서 되게 많이 슬펐어요."

공허한 시선으로 먼 곳을 응시하며, 미사는 조그맣게 중얼거렸다.

"저는 언제쯤 누군가에게 꼭 필요한 사람이 될 수 있을까요?"

네가 그래, 지금도 내게는. 목구멍까지 치밀어 오르는 그 말을 윤하는 억지로 꿀꺽 삼켰다. 지금의 그로서는 입 밖에 내서는 안 될 말이었으니까.

대신에 그는 감정을 억누르고 조용히 말했다.

"나도 그렇게 생각했던 적이 있었어. ……그것도 아주 오랫동안."

미사의 시선이 천천히 윤하에게로 향했다.

"어릴 때 아버지가 술을 많이 먹었거든. 그러면 꼭 엄마를 때리든지 나를 때렸어."

엄마가 맞으면 마음이 아팠고, 자신이 맞으면 몸이 아팠다. 어린 윤하에게는 어느 쪽도 지옥이었다.

"엄마는 못 견디고 결국 도망을 갔어. 그때부터 상황이 더 안 좋아졌지. 아버지가 못 가게 하니까 학교에도 잘 못 가고, 돌봐주는 사람이 없어지니까 옷도 못 빨아 입고, 잘 씻지도 못하고."

미사가 놀란 얼굴을 했다.

"학교에 잘 못 나가니까 선생님도 날 싫어하고, 냄새 나고 더러우니까 친구들도 놀리고, 괴롭히고, 툭하면 얻어맞았지."

윤하는 담담하게 말했다.

"커서도 오랫동안 진심으로 그렇게 생각했었어. 정말 이 세상에 날 필요로 하는 사람은 아무도 없구나, 나는 정말로 아무한테도 환영받지 못하는 사람이구나."

"왜 그런 슬픈 생각을 했어요."

미사의 눈에 또다시 맑은 눈물이 차오르기 시작하는 것을 보고 윤하는 소리 없이 미소 지었다.

그래, 기억을 잃었어도 결국 너는 네가 맞구나.

「왜 그런 슬픈 생각을 했어요.」

처음으로 미사에게 이 이야기를 했을 때도 그녀는 같은 말을 하면서 울어주었었으니까.

"그런데 그렇지 않았어."

지금의 자신은 누구에게나 동경과 사랑을 한몸에 받는다. 시청률 보증수표, 로코의 제왕, 누구나 동경하는 톱스타, 화려한 경력의 배우 정윤하.

"있었거든, 나 같은 녀석도 진심으로 소중하게 생각해주는 사람
이."

하지만 미사를 만나기 전까지만 해도 그렇지 않았다. 가진 것 없
고, 배운 것 없고, 기댈 곳 없고, 말더듬이까지 있었던 자신.

그런 자신을 유일하게 똑바로 바라보아준 여자가 있었다.

"그게…… 저예요?"

미사가 떨리는 목소리로 물었다.

"그래."

윤하는 힘주어 고개를 끄덕였다. 그 이상은 말할 수 없었다. 내게
는 네가 목숨보다 더 소중하다고, 네가 죽으라면 나는 웃으면서 죽
을 수도 있다고.

할 수 있는 말은 오로지 이 정도가 고작이었다.

"그러니까 너도 그렇게 슬픈 생각은 하지 마."

조심스럽게 어깨에 손을 얹자 미사는 기다렸다는 듯이 윤하의 품
에 기대며 다시금 울음을 터뜨렸다.

"아저씨……!"

작은 어깨가 흐느낌으로 물결쳤다. 차마 안아줄 수 없는 그 어깨
를, 윤하는 가만히 토닥였다.

'울지 마, 괜찮아. 내가 있잖아.'

꼭 껴안고 그렇게 말해주고 싶어 견딜 수가 없었다. 하지만 윤하
는 입술을 굳게 다물고 애틋한 감정에 치열하게 맞서 싸웠다.

'나는 미사의 보호자다. 선생님이나, 부모나 다름없다.'

결국 그 모든 위로의 말들은 하나도 입 밖으로 나오지 못하고, 그저 가슴속에서만 맴돌다 스러지고 말았다.

아침에 미사가 눈을 뜨자 이미 윤하는 곁에 없었다.

미사는 몸을 일으켜 앉아서 어젯밤에 있었던 일을 떠올려보았다. 어제 윤하는 자신이 우는 동안 묵묵히 가슴을 빌려주었다. 덕분에 입고 있던 옷이 다 젖어서 엉망이 되어버렸지만 별로 개의치 않는 듯했다. 그렇게 울다가 저도 모르게 잠들어버린 모양이었다. 윤하의 품에서.

'어쩜 좋아!'

미사는 민망해서 어쩔 줄을 몰랐다. 창피한 것도 모르고 눈물콧물 다 짜내며 울다가 기어코 잠들어버리기까지 하다니. 그렇지 않아도 어린애 취급당하는데, 이젠 정말로 어린애 확정이다.

문득 미사는 어제 윤하가 해주었던 얘기를 떠올렸다. 그렇게 힘들었던 과거를 담담한 표정으로 이야기하는 바람에 한층 더 슬펐다.

'아저씨한테 그런 과거가 있을 줄은 몰랐는데.'

화려한 외모와 현재의 부유한 환경 때문일까. 대기업 후계자라는 게 오해였다는 걸 알고 나서도 막연히 부잣집 아들 정도로 생각했었다.

그러고 보니 부모님 얘기가 나올 때마다 그가 싫어했던 것도 이제야 떠올랐다. 그의 부모님이 살아 계신지 어떤지, 거기까지는 듣지 못했다. 하지만 그런 가정환경이라면 고아인 자신보다 별로 나을 것도 없다.

대체 왜 정윤하 같은 톱스타가 나하고 결혼했을까, 하고 계속 의문이었는데 조금은 알 것도 같았다. 어쩌면 서로 닮은 부분이 있어서가 아니었을까.

일어나서 밖으로 나가보니 역시나 윤하는 이미 일하러 가고 없었다. 대신에 역시나 오늘도 테이블에 아침식사가 차려져 있고, 그 옆에 무언가가 놓여 있었다.

그가 현재 촬영 중인 드라마의 대본, 그리고 뭐라고 적힌 종이 한 장.

윤하가 메모를 남기고 갔나 싶어 들여다봤던 미사는 다음 순간 제 눈을 의심했다. 사인과 함께 메시지가 쓰여 있었다.

[to. 윤미사 님께. 늘 응원해주셔서 정말 고맙습니다. 다음에 제 공연에 꼭 한번 초대할게요!^^ 김준서 드림.]

……준서 오빠 사인이잖아!

미사는 약 1분 동안 그 자리에 붙박인 채 사인을 노려보았다. 제 눈으로 보면서도 도저히 믿을 수가 없었다. 세상에, 준서 오빠가 내 이름으로 직접 사인을 해주다니. 심지어 공연에 초대하겠다고 말해주다니!

미사의 기분이 막 하늘로 둥실둥실 떠올랐다. 어젯밤에 그토록 울었던 일 따위는 이미 저 멀리 날아가버린 후였다.

"꺄아아아아아! 우웃빛깔 김준서! 사랑해요 김준서!"

사인을 품에 꼭 껴안고 −그 와중에도 구겨질까 봐 대본 속에 소중히 끼워서− 미사는 넓은 거실 안을 팔짝팔짝 뛰어다녔다.

한참 후 흥분이 좀 가라앉고 나서야 미사는 사건의 경위에 대해 생각했다. 말할 것도 없이 윤하가 직접 부탁해서 받아다 준 사인이 틀림없었다. 그렇지 않으면 일개 팬에 불과한 자신에게 김준서가 공연에 초대해주겠다는 말을 할 리가 없으니까.

'치, 언제는 나더러 동방불패 좋아하면 어린애라고 하더니.'

질리지도 않고 계속 사인을 들여다보며 미사는 혼자 배시시 웃었다. 말은 그렇게 해놓고 자신이 속상해하는 게 마음에 걸렸던 거다, 그 아저씨.

대본도 마찬가지였다. 설명은 단 한마디도 쓰여 있지 않았지만 아무리 생각해도 굳이 이걸 놓고 갈 만한 이유는 한 가지밖에 없었다. 자신이 뒷내용이 궁금하다고 말했으니까.

이윽고 미사는 식탁 앞에 앉았다. 오늘 아침의 메뉴는 오므라이스와 샐러드. 살짝 손끝으로 만져보자 이미 차갑게 식어 있었다.

'오늘도 아침 일찍 나갔나 보구나.'

아직 해도 뜨지 않았을 시각에, 자신이 깨지 않도록 조용히 일어나서 내려와 앞치마를 두르고 식사를 준비했을 윤하의 모습이 떠올라서 문득 미사는 가슴이 뭉클해졌다. 계속되는 강행군에 자기도 무척 지쳐 있을 텐데, 잠을 줄여가면서까지 매일 아침……

미사는 오므라이스를 조금 포크로 떠서 입으로 가져갔다. 분명 차갑게 식었고, 조금 굳기까지 했는데도 무척이나 맛있게 느껴졌다. 아니, 이렇게 맛있는 음식은 난생처음이었다.

누군가가, 오로지 나 하나만을 위해서, 애써 만들어준 음식이니까.

'어쩌면 아저씨는…….'

생각했던 것보다 훨씬 상냥한 사람이 아닐까, 하고 미사는 처음으로 생각했다. 물론 드라마 속 인물의 상냥함과는 전혀 다르지만, 그래서 쉽게 알아차리기는 힘들지만.

정윤하라는 사람에 대해서 좀 더 많이 알게 된 것 같은 기분이 들었다.

미사가 접시를 거의 다 비워갈 때쯤이었다. 문득 현관에서 초인종 소리가 들려왔다.   .

"누구지?"

미사는 고개를 갸웃거렸다.

「혹시 내가 없는 동안에 누가 찾아오더라도 그냥 대답하지 말고, 돌아가게 놔둬.」

윤하기 귀띔했던 게 떠올라서 일단은 그냥 놔뒀다. 사생 팬이라도 찾아온 거라면 골치 아파지니까. 하지만 초인종 소리는 계속해서 울렸다. 어찌나 시끄러운지 무시하려고 해도 도저히 무시할 수가 없었다.

"와! 완전 끈질기네!"

결국 미사는 분통을 터뜨리며 식탁을 박차고 일어나서 씩씩거리며 거실로 향했다. 대꾸를 해줄 수는 없지만 어떻게 생겨먹은 인간인지 얼굴이라도 보자 싶었다.

"하여튼 이래서 사생들은 싹 다 감옥에 처넣어야 된다니까……
어?"

인터폰을 켜고 영상을 보는 순간, 미사의 눈이 커졌다. 현관에 설
치된 카메라에 비친 것은 아니나 다를까 교복 차림의 여고생이었
다. 그런데 문제는, 아는 여고생이다.

"예지……?"

미사는 놀라서 중얼거렸다. 예지가 여긴 어떻게 알고?

— 아이 씨, 추워 죽겠는데 빨리 안 나오고 뭐 하는 거야. 미사 언
니! 안에 없냐? 어?

예지가 투덜거리면서 발끝으로 대문을 쾅 하고 발로 찼다. 미사
는 퍼뜩 정신을 차리고 스피커에 대고 외쳤다.

"나 있어! 잠깐만 기다려, 예지야! 금방 나갈게!"

옷을 걸쳐 입는 것도 잊고 미사는 대충 신발만 꿰신고 헐레벌떡
밖으로 뛰쳐나갔다. 대문을 열고 밖으로 나가자 정말로 예지가 서
있었다. 교복을 입고, 가방까지 멘 채로.

"예지야……?"

놀라서 부르는 미사를, 교복 주머니에 추운 듯이 손을 찔러 넣은
예지가 입을 다문 채 노려보았다. 그런데 왠지 몰라도 어제에 비해
서 눈빛이 덜 매섭게 느껴졌다.

"너 여기 어떻게 알고 온 거야? 학교는 어쩌고?"

대답 대신에 예지는 불쑥 엉뚱한 말을 했다.

"우리 엄마랑 연락한다고 왜 얘기 안 했어?"

"어?"

"언니가 엄마랑 계속 연락하고 있었다며, 나 몰래! 배신감 쩔어, 진짜."

예지가 화난 듯이 내뱉었다. 하지만 미사로서는 뭐라고도 대답할 수가 없었다. 그야 기억이 안 나니까! 그나저나 고아인 예지한테 엄마라니?

미사는 황급히 물었다.

"예지 너 입양 간 거야?"

예지가 어이없다는 듯이 대꾸했다.

"뭐래, 언니 서른도 안 돼서 벌써 치매 왔냐? 그게 벌써 언제 적 일인데."

그랬구나. 어쩐지, 그래서 성이 김씨로 바뀌어 있었던 거구나……!

"그 집은 어때? 엄마가 잘해줘?"

"잘해주지 그럼 어쩔 건데."

"다행이다, 정말 다행이야. 너무 잘됐다……!"

미사는 기쁜 나머지 눈물이 핑 돌았다. 자신은 평생 가족이 생기기를 바랐지만 결국 이루지 못했다. 하지만 예지에게는 늦게나마 가족이 생긴 것이다.

미사가 기억하는 예지의 마지막 나이는 이미 여덟 살이었다. 그렇게 나이 든 아이를 입양하는 경우는 많지 않은데, 우리 예지한테 기적이 일어났구나. 제 일처럼 기뻐서 절로 눈물이 났다.

"왜 갑자기 울고 난리야?"

미사가 눈물을 보이자 예지는 당황해서 어쩔 줄을 몰랐다.

"아, 울지 말라고 좀!"

윽박지르다가 나중엔 빌다시피 하면서 달래는 것이었다.

"내가 잘못했어, 언니. 이제 화 안 낼게. 약속. 어? 내가 나쁜 년이야. 에잇, 에잇!"

예지가 제 손으로 제 뺨을 찰싹찰싹 치는 시늉까지 하는 바람에, 결국 미사는 눈물을 닦고 웃을 수밖에 없었다.

이제야 찾았다, 내 동생.

⁂

예지는 열 살 때 입양되었다고 했다. 그때 이미 미사는 대학생이었는데, 처음에 입양된 가정에 적응을 잘 못 했던 예지가 미사를 찾아와서 울고불고 언니랑 같이 살겠다고 매달렸던 모양이었다.

"언니가 나 그렇게 쫓아 보내고 나서 우리 엄마 만나서 많이 울었다며? 어제 언니가 학교에 찾아왔었다고 했더니, 엄마가 그 얘길 이제야 해주더라."

그제야 미사는 어제 예지가 그토록 화를 냈던 이유를 알았다.

"그 후로 언니가 가끔 나 몰래 엄마한테 연락해서 나 잘 있냐고 물어봤다며. 그래서 엄마가 가끔 사진 보내줬다고 하면서, 이젠 좀 가끔 만나고 그러라고 하던데."

"그랬구나……."

미사는 안도의 한숨을 쉬었다. 나, 그렇게 나쁜 어른은 아니었구

나. 사실 어제는 예지가 그렇게 화를 낸 것도 충격이었지만, 자신이 예지에게 그만큼 큰 상처를 줬다는 생각 때문에도 무척 괴로웠었다. 그런데 알고 보니 그것도 다 이유가 있었던 거다.

"근데 너 학교 가는 길 아니야? 이렇게 땡땡이쳐도 돼?"

"감기라서 병원 갔다 늦게 간다고 담임한테 뻥쳐놨어."

예지가 태연하게 대꾸했다. 미사는 새삼스럽게 예지의 학교생활이 걱정되었다. 그러고 보니 말투도 험한데, 혹시 나쁜 길로 빠진 건 아니겠지. 10년 전에도 단순히 말투가 험한 아이들은 많았지만 아무래도 동생이다 보니 걱정이 되는 건 어쩔 수 없었다.

"어휴, 얼어 죽겠네! 언니, 나 들어가서 뭐 따뜻한 거라도 한 잔 주면 안 돼?"

교복 치마를 입은 예지가 발을 동동 굴렀지만 미사는 선뜻 안으로 들어가자고 할 수가 없었다. 거실에 대문짝만 하게 걸려 있는 웨딩사진이 마음에 걸려서였다.

"집에 뭐 마실 만한 게 없어. 가자, 내가 코코아 사줄게."

미사는 예지를 데리고 집 근처의 커피숍으로 가서 마주 앉았다.

"근데 예지 너 우리 집은 어떻게 알고 온 거야?"

"어제 그러고 나서 몰래 뒤쫓아 가봤지 뭐. 어디 나랑 연 끊고 얼마나 잘 사나 볼라고."

따뜻한 코코아를 한 모금 마시고 예지가 대꾸했다.

"근데 레알 잘살길래 깜놀했지. 대체 뭐야, 언니? 로또 맞았어?"

"그게……."

미사는 대답을 망설였다. 아무리 상대가 예지라지만 사실대로 말해도 될지 알 수 없었다. 정윤하가 결혼했다는 사실이 알려지면 자칫 인기에 치명타가 될 수도 있을 텐데.

대답 대신 코코아 잔만 만지작거리고 있는 미사를 보고, 예지의 눈빛이 의심으로 물들었다.

"헐. 언니 혹시……?"

미사는 간이 콩알만 해졌다. 설마, 뭘 눈치챈 걸까?

하지만 다음 순간 예지의 입에서는 엉뚱한 말이 나왔다.

"가정부 뛰는 거지. 맞지?"

"응?"

미사는 당황해서 예지를 쳐다보았다.

"아까 언니가 나 집에 못 데리고 들어가고 커피숍으로 가자고 할 때부터 대충 눈치 깠어. 요즘 명문대 나와도 취업이 힘들다더니 언니두 마찬가지구나…… 쯧쯧."

예지는 자못 안타깝다는 듯이 혀까지 찼다.

"이래서 내가 대학을 안 가려고 하는 거라니깐."

어떻게 할까, 하다가 미사는 일단은 그냥 예지가 그렇게 생각하게 내버려두기로 했다. 사실대로 다 말하자니 이래저래 곤란했으니까.

하지만 한 가지만은 꼭 사실대로 말하고 싶었다.

"저기, 있잖아. 예지야."

미사는 침을 꿀꺽 삼키고 입을 열었다.

"뭔데?"

"사실은 내가 있지…… 너하고 동갑이야."

예지는 잠시 의아한 표정을 하더니 픽 웃었다.

"뭐래. 희망사항을 그렇게 진지하게 말해도 되는 부분?"

"희망이 아니고 정말이야! 나 진짜로 열여덟 살이란 말이야."

미사는 빠르게 그간의 일을 설명했다.

"그러니까 그게 내가 며칠 전에 수학여행 갔을 때 일인데……."

얘기를 듣는 예지의 눈이 점점 커졌다.

"……그래서 어쩔 수 없이 그 집에 얹혀살게 된 거야. 가정부 노릇 하면서."

이윽고 미사는 설명을 마쳤다. 기억을 잃은 사이에 남편이 생겨 있었다는 것과, 그 남편이 정윤하라는 것만 빼놓고.

예지는 한참 동안 눈을 깜빡이더니 불쑥 이렇게 말했다.

"언니 혹시 지금 개그 치는 거면 핵노잼이라는 건 알아둬."

"나도 개그였음 좋겠거든?"

미사가 대꾸하자 예지는 다시 한 번 확인하듯 물었다.

"그래서 언니가, 지금 정신적으로 고2라고? 나랑 동갑? 레알? 하늘에 맹세코?"

"그렇다니까."

하아아아. 예지가 하늘을 쳐다보며 길게 한숨을 내쉬었다. 미사에 대한 믿음과 일반 상식 사이에서 매우 고뇌하는 것 같은 눈치였다.

그러더니 갑자기 뭔가가 생각난 듯이 손뼉을 딱 쳤다.

"아, 참! 그러고 보니까 언니가 그 사고 당했던 게 수학여행 때가 맞긴 하네."

"그 사고?"

그 순간 미사는 퍼뜩 떠올렸다. 예지는 자신이 기억하지 못하는 그 후의 일에 대해서 알고 있을 터였다.

"맞아, 나 그 후에 어떻게 됐니?"

"별로 큰 사고는 아니어서 한 일주일인가, 열흘인가 입원했다가 무사히 나왔던 거 같아. 근데 그 사고로 언니가 대학에 가게 됐다고 했던 게 기억나."

"어떻게?"

"글쎄, 보상금이나 합의금 같은 거 아닐까?"

예지가 어깨를 으쓱했다.

"나도 그때 어렸으니까 잘은 기억 안 나는데, 하여튼 그때 사고 낸 사람이 언니 대학 등록금 대줄 거라고 들었던 거 같아. 그리고 고등학교 졸업하고 나서 진짜로 대학 갔고."

미사는 가슴이 마구 뛰었다. 드디어 잃어버린 기억의 조각을 찾아냈다!

어쩐지 자신 같은 처지에 대학까지 졸업한 게 신기하다고 생각했었는데. 그 사고가 계기였던 것이다.

「혹시 그 10년 전 사고로 윤미사 씨의 인생이 크게 바뀌었다든가, 하진 않았나요?」

의사가 했던 말이 생각났다. 그게 사실이었다니! 그렇다면 그 사고를 낸 사람은 자신에게는 은인이나 다름없었다. 대체 누굴까.

제일 먼저 떠오른 것은 남편인 윤하였지만 윤하는 그런 말을 한 적이 없었다. 게다가 그가 얘기해주었던 첫 만남과도 전혀 다르다.

"예지야. 혹시 그 사고 냈던 사람이 누군지 알아? 이름이라든가, 아님 직업이라든가."

미사는 황급히 물었다. 하지만 예지는 어이없다는 듯이 대꾸했다.

"그때 나 여덟 살이었거든? 알았어도 까먹었겠다."

미사는 크게 실망했다.

"그거야 그렇지……."

"그리고 언니 대학 가고 나서 나도 바로 입양 갔단 말이야. 그 후론 서로 거의 연락도 안 했는데 어떻게 알아?"

"……그랬구나."

재차 실망하는데 잠시 예지가 고개를 갸웃거리더니 불쑥 말했다.

"아, 그러고 보니까 하나 기억나는 게 있긴 있다."

"뭔데?"

"다른 언니 오빠들이랑 같이 언니 입원한 병원에 문병 갔을 땐데."

예지는 어깨를 으쓱하고는 말했다.

"처음 보는 잘생긴 젊은 남자가 언니한테 꽃다발을 주면서 얘기하고 있었어."

✦

비록 세대가 다르긴 하지만 기본적으로 정신연령이 동갑이었다.

오랜만에 만난 반가움까지 더해져서 미사와 예지는 금세 친한 친구처럼 죽이 맞았다. 예지는 미사의 스마트폰에 MP3 기능이 있다는 것도 알려주고, 휴대폰 메신저도 설치해주었다.

예지는 입양된 후 양아버지가 돌아가시고 지금은 양어머니와 둘이 살고 있다고 했다. 엄마가 작은 식당을 해서 생활하는 모양이었다.

"엄마 힘들게 식당일 해서 돈 버는데 나같이 공부도 못하는 애가 대학 가봤자 괜히 등록금 날리는 것밖에 더 돼? 언니같이 좋은 대학 나와도 취업 못해서 가정부 뛰는데."

"그래서 대학 안 가면 뭐 하게?"

"기획사 들어가서 연예인 될 거야. 연습생 생활 하다가 연기자로 빠지면 좋고, 아님 걸 그룹으로 데뷔해도 괜찮구."

예지같이 예쁜 소녀라면 충분히 가능한 꿈 같았다. 미사는 고개를 끄덕이며 되물었다.

"아, 샤크라나 쥬얼리 같은?"

"어우, 뭐야. 예가 왜 그 모양이야? 하다못해 소시나 원걸이라고 하든가."

"그게 뭔데?"

"헐, 이 언니 진짜네."

예지가 새삼스럽게 질린 듯한 눈으로 미사를 쳐다보았다. 그러더니 갑자기 무슨 생각을 했는지 침을 꿀꺽 삼키고 다가앉았다.

"언니, 내가 할 말이 있는데. 너무 충격 받지는 마. 사실은……."

심각한 표정에서 미사는 이미 눈치챘다.

"뭐, 동방불패 두 명 됐다고?"

"어, 벌써 아네? 언니 충격 안 먹었어?"

"먹었지만 적응해가는 중이야, 조금씩."

미사는 한숨을 쉬며 대답했다.

"근데 언니네 집주인은 어때? 막 구박하거나 부려먹고 그러진 않아?"

"음…… 괜찮은 사람이야. 무뚝뚝하긴 하지만."

대답하고 나자 미사는 문득 궁금해졌다. 예지가 윤하를 어떻게 생각하는지. 그래서 슬그머니 얘기를 꺼냈다.

"있잖아, 예지 넌 요즘 누구 제일 좋아해?"

"나? 빅뱅이랑 엑소."

둘 다 뭔지 모르겠지만 눈치로 봐서는 가수인 것 같다.

"그럼 배우는?"

예지는 한 치의 망설임도 없이 대꾸했다.

"정윤하."

맙소사, 왜 하필! 미사의 눈앞이 캄캄해질 뻔한 다음 순간, 예지가 말을 이었다.

"……만 빼고 다 좋은데?"

이번에는 다른 의미로 당황스럽다. 미사는 황급히 물었다.

"아니 정윤하가 왜 싫은데?"

"싫은데 이유가 어딨어? 그냥 싫으니까 싫은 거지. 요즘 CF니 드라마니 틀기만 하면 나오는데 아주 개 짜증이야 진짜."

분한 듯한 표정으로 예지는 말했다.

아무래도 뭔가 이유가 있어 보이는데, 분위기가 너무 살벌해서 차마 물을 수가 없다. 미사가 눈치를 보고 있는데, 예지가 의심스럽다는 듯이 물었다.

"언니 설마 정윤하한테 관심 있는 건 아니겠지?"

사실대로 말했다가는 그대로 절교선언 당할 기세였다. 어떻게 생긴 동생이자 친구인데!

"어, 없어. 관심은 무슨. 난 준서 오빠밖에 없거든?"

"진짜? 1그램도?"

"글쎄 없다니까."

저도 모르게 남편을 부정해버리고 만 미사였다.

⁂

몸은 현장에 있어도 마음은 계속 미사의 곁에 있었다. 어제 그렇게 울다 지쳐 잠든 얼굴이 계속 눈에 밟혀서, 평소에 안 내던 NG도 오늘은 몇 번이나 내는 바람에 중간에 강제 휴식시간까지 가졌다.

그나마 믿을 건 김준서 사인뿐이었다. 김준서가 해외공연을 마치고 어제 갓 돌아왔다는 소식을 듣고, 매니저인 민호를 공항까지 보내서 공수해 온 사인이었다.

물론 부탁은 윤하가 직접 했다, 전화로.

「제 가까운 친구가 10년 전부터 김준서 씨 팬입니다. 매니저를 보낼 테니 사인 한 장 부탁드립니다.」

그러자 상대는 오히려 자신이 영광이라며 흔쾌히 부탁을 들어주었다. 나중에 공연에 초대하겠다는 인사와 함께.

아침에 테이블에 놓고 나온 그 사인을 보고 미사의 기분이 조금은 밝아져 있었으면 좋겠다고 윤하는 진심으로 생각했다. 자신이 즐겁게 해줄 재주가 없으니까.

어차피 이래도 저래도 두 달 후면 헤어지게 된다. 그래도 그때까지는 웬만하면 우는 얼굴은 보고 싶지 않았다. 있는 동안은 최대한 웃게 해주고 싶은데.

미사를 데리고 있기로 한 두 달이라는 시간은, 사실 그의 인생에 있어 두 번 다시 오지 않을 소중한 시간이기도 했다. 그런데도 그 귀한 시간을 이렇게 엉뚱하게 날려 보내고 있을 수밖에 없는 상황이 답답했다.

밴에 탄 채로 대기하고 있는데 문득 주머니에서 진동이 느껴졌다. 미사인가 싶어 윤하는 얼른 휴대폰을 꺼냈다. 그러나 상대는 미사가 아니었다. 등록되지 않은 낯선 번호로부터 걸려온 전화. 불길한 예감이 뇌리를 스쳤다.

"네."

무미건조한 말투로 전화를 받자 저쪽에서도 비슷하게 딱딱한 말투가 전해져 왔다.

– 서현웁니다.

예감이 적중했다.

배우라는 직업은 이럴 때 도움이 된다. 윤하는 마음의 동요를 철저히 숨기고 침착하게 전화를 받았다.

"오랜만입니다. 제 전화번호는 어떻게 아셨는지?"

서현우는 대답 대신에 다짜고짜 용건부터 말했다.

– 미사가 갑자기 없어졌습니다. 멀리 여행을 갔다 오겠다고, 결혼식 전까지는 돌아오겠으니 찾지 말아달라고 하더군요.

어차피 이쪽 역시 길게 말 섞기 싫은 상황이다. 윤하는 두 번 묻지 않고 대꾸했다.

"아, 그렇습니까. 그런데 그게 저하고 무슨 상관이라도?"

– 거기에 대해 뭔가 아시는 게 없을까 싶어서 연락드렸습니다.

"약혼자도 모르는 일을 제가 어떻게 알겠습니까."

자연스럽게 비꼬는 말이 흘러나왔다. 미사를 늘 속상하게만 했던 남자. 오래 전부터 윤하는 서현우란 남자가 진심으로 싫었다. 물론 상대도 마찬가지겠지만.

– 아. 정윤하 씨는 전혀 모르는 일이라, 이 말씀이죠.

믿지 못하는 기색이 역력했지만 윤하는 전혀 개의치 않았다.

"물론입니다. 앞으로는 두 사람 사이의 문제로 이렇게 연락하는 일, 없었으면 좋겠군요."

대답을 기다리지 않고 윤하는 일방적으로 전화를 끊었다.

미니시리즈의 단점이자 장점이 있다면 방영기간이 짧다는 것이다. 16부작으로 치면 두 달, 거기에 성적이 좋아 연장을 한다 해도 20부를 넘기기 힘드니까 석 달이 채 되지 않는다.

방영기간이 짧으니 자연히 촬영기간도 짧다. 그만큼 살인적인 스케줄이긴 하지만, 시작한 지 얼마 안 된 것 같은 '위험한 신입사원'의 촬영도 어느새 막바지를 향해 가고 있었다.

그리고 모처럼 촬영이 한나절 내내 비게 된 날, 윤하는 미사에게 그것부터 물었다.

"어디 가고 싶은 데 있어?"

물론 서현우가 쉽게 찾아내지 못하도록 미리 손을 써 두기는 했지만 완벽하다고는 할 수 없을 터였다. 무엇보다 그쪽도 눈에 불을 켜고 미사를 찾고 있을 테니까, 섣불리 밖에 나돌아 다니게 할 수가 없었다.

하지만 미사를 집안에서만 지내게 만들고 있는 것이 마음에 걸리지 않을 리 없었다. 미사의 입장에서는 10년이나 타임 워프를 한 거나 마찬가지니까 가보고 싶은 곳도, 또 보고 싶은 것도 많을 텐데.

"정말요? 오늘 아저씨 촬영 없어요?"

"그래. 그러니까 가고 싶은 곳이 있으면 말해. 데려가줄 테니까."

"우와!"

말만으로도 설레는 모양인지 눈이 반짝반짝 빛나기 시작한다.

"음, 어딜 가지? 어딜 가지? 사람이 너무 많은 곳은 안 될 테니까 놀이공원은 일단 패스고……."

미사가 혼잣말로 중얼중얼 거리는 걸 옆에서 듣고 있자니 윤하는 괜히 마음이 찌르르해졌다. 그런 데까지도 신경을 쓰고 있구나.

성격이 밝은 데 비해서 평소 과하다 싶을 정도로 눈치를 많이 보는 미사였다. 어른일 때는 그저 배려심이 깊은 정도로 생각했었는데, 지금은 눈치를 보는 게 역력하게 느껴질 때가 많았다.

「진짜 미사한테서 결혼식을 빼앗고 싶지 않아요.」

「그렇게 되면 진짜 미사한테 미안하잖아요.」

미사는 기억나지 않는 스물여덟 살의 자신을 마치 별개의 사람처럼 말하고 있었다. 그러다 보니 여기가 자신이 있을 자리가 아닌데 얹혀 있다고 생각해서 자꾸 눈치를 보는 모양이었다.

원래 고아인 탓도 있겠지만, 어쩌면 미사의 그런 태도는 윤하 자신에게도 원인이 있는지 몰랐다. 그는 자꾸만 의식적으로 지금의 미사는 자신이 사랑하는 그 여자가 아니다, 다른 사람이다, 하고 자기 자신에게 세뇌시키다시피 하고 있었으니까.

하지만 거리를 두자고, 너무 다정하게 대하면 안 된다고 늘 스스로에게 다짐하고 있으면서도 한편으로 제 눈치를 보고 있는 미사가 안쓰러운 것은 어쩔 수 없었다.

"사람 많은 곳도 상관없으니까 어디든지 가고 싶은 곳을 말해."

윤하는 참지 못하고 불쑥 말했다.

"그래도 괜찮아요? 아저씨 곤란하신 거 아니에요?"

"마스크에 모자 쓰면 돼. 어차피 매니저도 같이 움직일 거고."

"음, 그럼……."

윤하의 허락이 떨어지고 나서야 미사는 조심스럽게 물었다.

"저, 혹시 옷 사러 가도 괜찮아요?"

"옷?"

조금 의외였다. 아직 어리니까 놀이공원이라든가, 아니면 좋아하는 가수를 보러 공연장에 가고 싶다고 할 줄 알았는데.

"네. 사실은 옷이 거의 다 제 나이, 아, 그러니까 제 정신연령하고는 안 맞는 것밖에 없어서 좀⋯⋯."

부끄러운 듯이 말하는 미사를, 윤하는 새삼스럽게 바라보았다.

미사는 수수한 티셔츠에 운동복 바지를 입고 있었다. 그야 집안이니까 편한 차림을 하고 있는 게 당연하지만, 생각해보니 볼 때마다 늘 비슷한 차림이었던 것 같다.

그제야 윤하는 가슴이 내려앉았다. 왜 미처 눈치채지 못했을까. 스물여덟 살 미사의 옷들이, 열여덟 살 미사의 마음에 들 리 없는게 당연한데. 연예인이라고 제 옷은 드레스 룸 하나 가득 채워놓고 사는 주제에, 정작 미사에게는 운동복이나 티셔츠 따위만 계속 돌려 입게 만든 게 마음이 아팠다. 진작 알았더라면 어떻게든 억지로라도 시간을 내서 옷을 사러 갔을 텐데.

"옷이 없으면 진작 말을 하지 왜 여태 가만히 있었어."

하지만 안타까운 마음과는 달리 말은 퉁명스럽게 흘러나왔다.

"죄송해요. 아저씨 그렇지 않아도 워낙 바쁘시니까⋯⋯."

미사가 말끝을 흐렸다.

미안하고 안쓰러워 죽겠는데 오히려 이쪽이 죄송하다는 말을 들어버렸다. 하여튼 말주변이라고는 없는 스스로에게 울화통이 터졌지만, 이렇게 생겨먹은 걸 이제 와서 어찌할 수도 없었다.

윤하는 앉아 있던 소파를 박차고 일어났다.

"가자, 옷 사러."

오늘 백화점을 제대로 털어주겠다, 하고 속으로 다짐하면서.

미사의 얼굴을 보자마자 민호는 저만치서부터 쏜살같이 달려왔다.

"미사 누나! 진짜 오랜만이에요!"

몸집도 커다란 남자가 껴안았다가, 어깨에 손을 얹었다가, 손을 꼭 잡았다가 하면서 요란스럽게 반가워하는데, 꼭 커다란 대형견이 사람을 보고 반가워서 마구 이리 뛰고 저리 뛰어대는 걸 보는 것 같은 느낌이었다.

물론 미사로서는 생전 처음 보는 사람이다.

"아 네, 안녕하세요……."

미사는 눈치를 보면서 어색하게 말했다.

"누나!"

순간 민호의 얼굴에 확 서운함이 번졌다.

"얘기는 들었지만 진짜 나까지 잊어버린 거예요? 예?"

상대가 두 손으로 어깨를 꽉 붙잡고 제 얼굴을 들이밀며 애절하게 호소하는 바람에 미사는 곤란해서 어쩔 줄 몰랐다.

"저라고요, 누나! 민호요! 누나의 귀염둥이! 기억 안 나요?"

윤하가 더는 못 보겠다는 듯이 툭 하고 한마디 했다.

"시간 별로 많지 않은데 그쯤 해 두고 출발하지."

그제야 민호는 찔끔 배어나온 눈물을 훔치며 중얼거렸다.

"알았어요. 하긴 윤하 형도 잊어버린 마당에 내가 뭐라구."

기억을 잃기 전에는 꽤나 친한 사이였나 보다. 얼마나 서운하면 눈물까지 다 흘릴까 싶어 미사는 미안해졌다.

"기억하지 못해서 미안해요, 오빠."

미사가 보기에 민호는 이십 대 초중반 정도로 보였다. 즉 자연스럽게 흘러나온 호칭이었는데 민호는 눈이 튀어나올 것 같은 표정을 했다.

"아, 맞다! 누나가 보기엔 지금 내가 오빠로 보이겠네요?"

"네."

"우와, 미사 누나한테 오빠 소리를 듣자니 이거 기분 되게 이상한데……?"

갑자기 민호가 헤벌쭉 웃었다.

"그래도 뭐, 기분이 나쁘진 않네요!"

"그럼 저 민호 오빠라고 불러도 되는 거예요?"

"까짓 거 뭐, 그러죠."

민호가 근육질의 넓은 가슴을 두들겨 보이며 호탕하게 말했다.

"기억을 찾을 때까진 내가 오빠 하죠, 뭐. 아니, 오빠 해줄게!"

"고마워요, 민호 오빠."

"그래, 미사야. 하하하!"

민호가 웃어서 미사도 따라 웃었다. 좋은 오빠가 생겼구나, 하는 생각에 기뻤다. 윤하와는 스타일이 전혀 다르지만, 이쪽도 꽤나 잘생긴 오빠고.

하지만 그 순간, 등 뒤에서 싸늘하기 그지없는 목소리가 들려왔다.

"출발 안 하나?"

민호가 찔끔하며 웃음을 거뒀다.

"알았어요. 갑니다, 간다고요. 차 가져올게요!"

민호가 저만치 달려가고 난 후, 미사도 조심스럽게 사과했다.

"바쁘신데 제가 깜빡했어요. 죄송해요, 아저씨."

하지만 그 순간 윤하의 표정은 더욱더 차갑게 얼어붙고 말았다.

"……?"

사과를 했는데 왜 더 화가 났을까. 영문을 몰라 고개만 갸웃거리는 미사였다.

오늘 백화점을 제대로 털어주겠다고 단단히 결심했는데, 민호가 반대하고 나섰다.

"형도 참! 백화점에 보는 눈이 얼마나 많은데 거기서 미사 누나 옷 사주다가, 예? 괜히 인터넷에 정윤하가 웬 여자를 데리고 와서 옷을 산더미같이 사주더라, 하는 목격담이라도 뜨면! 뒷감당은 어떻게 하려고 그러세요?"

듣고 보니 맞는 말이었다. 대신에 민호가 대안으로 제시한 것은 유명 스타일리스트가 강남에서 운영하는 개인 숍이었다.

"거기 가도 어려 보이고 예쁜 옷들 진짜 많아요. 요즘 뜨는 걸 그룹 멤버들 중에 그 스타일리스트 손을 안 거친 애가 없다니까요?"

살짝 아쉬웠지만 윤하도 결국 매니저의 조언에 따를 수밖에 없었다.

윤하 일행이 숍에 도착하자 매장이 발칵 뒤집어졌다. 평소에 연예인들이 많이 찾는 숍이기는 하지만, 정윤하 같은 특급 스타는 경우가 또 다른 법이었다.

"정윤하 씨가 저희 숍에를 다 와주시다니, 이게 꿈인지 생신지 모르겠네요!"

직원들을 다 제치고 오너인 스타일리스트가 직접 달려 나와서 반가워서 어쩔 줄을 몰랐다.

"처음 뵙겠습니다. 그간 말씀은 많이 들었습니다."

윤하는 머릿속에 있는 여러 가면 중에 하나를 골라서 꺼내 쓰고 미소 지었다.

오늘의 가면은 예전 출연작 중 '신사의 은밀한 취향'의 남주인공이었던 한정원. 적당히 위트 있으면서도 가볍지 않고, 예의 바르면서도 한편으로는 상대를 편안하게 해주는 성격이라 이렇게 밖에 나올 때 애용하는 편이었다.

원래 정윤하, 즉 자신의 진짜 성격으로는 사회생활을 제대로 할 수가 없다. 그래서 밖에 나와서 사람을 대해야 할 때는 거의 이런 식으로 연기를 하고 있었다. 예전에 연기했던 캐릭터 중에 그때그때 상황에 맞는 것으로 골라서. 덕분에 여태 진짜 성격을 들키지 않고, 구설수에 오르는 법 없이 관계자나 팬들 사이에서도 좋은 평을 받으며 무탈하게 활동을 이어올 수 있었다.

그래서일까, 연기를 할 때도 윤하는 실제의 자신과는 전혀 다른 캐릭터가 좋았다. 작품도 심각하고 진지한 것보다는 늘 유쾌하고 밝은 쪽으로 선택하는 편이었다.

그러다 보니 영화보다는 드라마를 하게 되는 일이 많았다. 드라마 중에서도 로맨틱 코미디를 많이 하다 보니 본의 아니게 로코의 제왕이라는 별명도 붙게 됐고. 보통 연기자가 소위 급이 올라가면 드라마 출연은 자제하고 영화에 전념하기 마련인데, 윤하는 반대인 이유가 바로 그것이었다.

"그런데 정윤하 씨, 사실은 저희 숍이 여성 전문이거든요. 서운해서 어쩌면 좋죠?"

스타일리스트가 안타까워 죽겠다는 듯이 말하자 민호가 끼어들어서 대신 대답했다.

"알고 왔습니다. 이쪽이 정윤하 씨 사촌 여동생 되시는데, 옷 좀 사주신다고요."

"어머나, 그러시구나, 동생 분 옷 해주시러 나오셨구나! 어쩜 센스 있는 오빠셔라."

스타일리스트가 손뼉을 딱 치고는 친한 체 얼른 미사의 팔짱을 꼈다.

"역시 정윤하 씨 동생 분이시라 그런가, 엄청 미인이시다. 이쪽으로 와보실까요?"

환하게 조명이 밝혀진 매장 안에 수많은 옷들이 진열되어 있는 광경을 본 순간, 미사의 얼굴이 경탄과 황홀감으로 가득 찼다.

"와아……!"

그때부터 쇼핑을 빙자한 패션쇼가 시작되었다. 스타일리스트는 부탁도 하지 않았는데 매장 문을 아예 닫아버렸다. 정윤하 씨 마음 편하게 쇼핑하시라며.

"저 옷 좀 봐도 돼요?"

미사가 손가락질하는 옷들을 보고 처음에 스타일리스트는 의아해했다.

"우리 동생 분, 워낙 동안이시라 그런가? 나이에 비해서 취향이 굉장히 영(young)하시다."

그러면서도 금세 미사의 취향에 맞춰서 그녀가 좋아할 만한 옷들만 쏙쏙 골라 눈앞에 갖다놓는 것이, 역시 유명한 스타일리스트다웠다.

"그럼 가서 이것부터 피팅해보실까요?"

"네? 괜찮아요! 저 안 입어봐도 되는데요!"

"어머, 무슨 소리? 입은 걸 보여줘야 오빠도 사준 보람이 있죠. 자, 이쪽으로."

당황해하는 미사를 스타일리스트가 억지로 끌고 어디론가 사라졌다.

그리고 잠시 후 미사가 다시 눈앞에 나타난 순간. 다리를 비스듬히 꼬고 소파에 앉아 있던 윤하는 저도 모르게 자세를 고쳐 앉으며 숨을 삼켰다.

"……!"

화사한 하늘색 블라우스에 청순한 느낌의 플레어스커트를 입고, 발랄한 느낌의 하얀 가방을 한쪽 어깨에 멘 미사는 마치…….

"정윤하 씨 놀라서 눈 커다래지신 거 봐. 동생 분 너무 예쁘시죠?"

스타일리스트가 자랑스럽게 말했다.

확실히 예뻤다. 옷이 날개라더니, 아무런 메이크업도 하지 않고 기껏해야 묶었던 머리를 푼 것뿐인데도 사람이 달라 보였다.

그러나 윤하가 놀란 이유는 다른 데 있었다. ……그녀를 처음 만났던 때와 똑같았기 때문에.

"……."

윤하는 스타일리스트의 말에 대꾸하는 것도 잊고 뚫어져라 미사를 바라보았다.

그래, 그날도 그녀는 딱 저런 차림을 하고 있었다. 어떻게 잊겠는가, 지금도 눈 감으면 그때의 장면이 생생하게 떠오르는데.

「공부하러 오셨어요?」

망설이고 있던 자신에게 처음으로 말을 걸어왔던 발랄한 목소리가 귓가에 들려오는 것만 같았다.

윤하의 심장이 빠르게 뛰기 시작했다.

"저 이거 사도 괜찮아요?"

미사가 조심스럽게 묻는 바람에 그제야 윤하는 퍼뜩 제정신으로 돌아왔다.

"그, 그래."

왠지 미사를 똑바로 쳐다볼 수가 없어서 윤하는 다른 곳으로 시선을 돌리면서 대꾸했다.

"근데 여기 좀 많이 비쌀 거 같은데……."

"그런 거 신경 쓰지 않아도 돼."

대꾸하는 목소리가 괜히 떨렸다.

신경 쓰지 않아도 된다는 말에 미사보다 스타일리스트가 더 반색을 했다.

"들었죠? 그럼 이건 초이스 끝났고, 그다음 거 갈까요?"

그 후로도 미사는 몇 번이나 옷을 갈아입고 나왔다. 대부분 이십대 초반의 아가씨들이 입을 만한 스타일이었지만 동안인 미사에게는 하나도 어색하지 않게 잘 어울렸다.

그리고 미사 본인도, 스타일리스트도 몰랐지만 윤하만은 알 수 있었다. 계속해서 미사가 고르는 옷들이, 대학시절의 그녀의 취향과 정확히 일치한다는 것을. 비록 가난한 여대생이었지만, 가끔씩 데이트가 있다면서 신경 써서 차려입을 때 미사는 꼭 이런 식으로 옷을 입곤 했었던 것이다.

'그 미사가 맞구나.'

미사가 옷을 갈아입고 나올 때마다 윤하의 심장 박동은 점점 더 커져만 갔다.

거의 두 시간 가까이 패션쇼가 진행된 후에야 쇼핑이 겨우 끝났다. 고른 옷은 총 스무 벌도 넘었다. 거기에 신발과 핸드백까지.

"헉, 이렇게 많이 골랐어요?"

미사는 산더미같이 쌓인 쇼핑백을 보고 뒤늦게 깜짝 놀란 얼굴을 했다.

"안녕히 가세요, 정윤하 씨! 찾아주셔서 너무너무 영광이었어요!"

전 직원이 주차장까지 따라 나와서 쇼핑한 물건을 실어주면서 배웅을 했다.

"공주님이 된 기분이었어요!"

숍을 나오며, 미사가 황홀한 얼굴로 길게 한숨을 내쉬었다.

윤하의 가슴 깊은 곳에서 조용한 기쁨이 피어올랐다. 돈을 벌어서 이렇게 보람 있는 데 써본 적이 지금껏 살면서 얼마나 있었을까.

지금까지 억지로 부정하고 있었다. 이 여자는 내가 사랑하는 미사가 아니라고, 그냥 미사의 모습을 한 어린애일 뿐이라고. 그게 어느 정도 효과가 있기도 했다.

그런데 눈으로 직접 보자 그간의 모든 결심이 다 무력해지고 있었다. 지금 눈앞에 있는 미사는 기억만 잃었을 뿐, 틀림없이 자신이 사랑에 빠졌던 그 여자였다.

그토록 애를 쓰며 쌓아올렸던 마음속의 벽이, 소리 없이 무너져 가고 있었다.

미사 일행이 쇼핑을 마치고 나가는 것과 동시에 숍은 다시 문을 활짝 열고 손님을 맞아들였다. 그리고 문을 열자마자 얼마 안 되어 손님이 들어왔다. 이십 대 후반의 세련되게 차려입은 아가씨였다.

"어머나, 이게 누구야! 요즘 왜 이렇게 뜸했어?"

스타일리스트가 호들갑스럽게 손님을 반가워했다.

"참, 자기 정윤하 짱 팬이었지? 방금 우리 숍에 정윤하가 왔다 갔는데."

"정윤하요?"

여자 손님이 깜짝 놀라며 되물었다.

162

"그래, 사촌동생 옷 사준다고 왔더라고. 조금만 더 일찍 왔으면 얼굴 보는 건데, 아깝다."

"못 살아. 그럼 진작 전화 주시지 그랬어요!"

손님은 발까지 굴러가며 진심으로 안타까워했다.

"담에 또 올 거야, 동생 분이 우리 옷을 너무너무 맘에 들어 했거든."

스타일리스트가 달래듯이 말했다.

"다음에 오면 내가 꼭 전화해줄게, 다솜 씨!"

그로부터 열흘 가량이 흘렀다.

사람이란 적응하는 동물이라고 했던가. 처음에는 이방인이나 불
청객같이 느껴지기만 했던 2016년의 세상에, 미사는 어느덧 조금
씩 익숙해지고 있었다.

요즘은 김준서의 솔로 곡들을 하나씩 찾아듣느라 신이 났다. 동
방불패가 그렇게 된 건 안타깝지만, 대신에 제일 좋아하는 준서 오
빠 목소리를 한 곡 내내 들을 수 있게 된 건 좋은 점이었다. 예지에
게서 새로 배운 말로 표현하자면 개이득.

세상일이라는 건 뭐든지 나쁜 면 뒤에는 좋은 면도 있는 법이구
나. 그렇게 인생을 배워가고 있는 미사였다.

이젠 스마트폰 메신저로 이야기하는 데도 도가 텄다. 움직이는
이모티콘을 돈까지 주고 샀다. 그야 하루 종일 휴대폰을 끼고 사니
까.

– 예지♡: 언니 어제 위험한 신입사원 봤음? –

말이 언니 동생이지 친구나 다름없었다. 예지 덕분에 미사는 요
즘 제 나이 또래(?)들이 쓰는 말투와 행동에 대해서 많이 배웠다.

– 봤어봤어. 어이 털림. –

164

– 예지♡ : 아오 이세라 년 진짜 김치로 싸다구를 날려야 되는데! –

– 근데 너 정윤하 싫다면서 드라마는 또 되게 열심히 챙겨본다? –

– 예지♡ : 완전 싫거든? 엄마가 켜놓으니까 어쩔 수 없이 옆에서
보는 거거든? –

미사로서는 이해가 잘 안 됐다. 나 같으면 그렇게 싫은 얼굴, 켜
놔도 안 볼 것 같은데.

예지는 이상할 정도로 배우 정윤하를 싫어했다. 그러면서도 또
관심은 많아서, 드라마뿐 아니라 다른 정보들에도 훤했다. 윤하의
새 영화가 개봉한다는 걸 알려준 것도 예지였다.

「드라마 찍느라 정신없을 텐데 영화는 또 언제 찍었대?」

「작년에 찍어놨던 거 이제 개봉한대. 언니 같이 보러 갈래?」

「너 정윤하 싫다며?」

「누가 정윤하 보러 간댔음? 여주가 한유민이라서 한유민 보러 가
는 거지.」

이런 식이라 가끔은 팬인지 안티인지 헷갈릴 지경이었다.

한편 대 인기를 기록한 윤하의 드라마도 거의 끝나가는 중이었
다. 드라마가 막바지로 치달을수록 윤하는 집에 점점 더 극단적으
로 못 들어오고 있었다. 그러면서도 미사의 식사만은 어떻게든 기
를 쓰고 자기 손으로 챙겨주려고 애를 썼다.

심지어 오늘은 이런 일까지 벌어졌다.

"아저씨!"

윤하가 귀가한 것은 오후 5시. 혼자 거실에서 TV를 보고 있던 미
사는 반가운 마음에 한달음에 현관으로 달려갔다. 피곤한 기색이

역력한 윤하가 거실로 들어서고 있었다.

"이제 오셨어요? 고생 많으셨죠?"

"음."

윤하는 지친 듯이 짧게 대답했다.

잠을 하도 못 잔 탓에 다크서클이 짙어져 오히려 눈매가 깊어 보인다. 턱선 역시 눈에 띄게 날렵해져 있었다. 덕분에 회가 거듭될수록 미모가 한층 무르익는다는 찬사가 인터넷을 온통 뒤흔들고 있지만, 곁에서 보는 미사는 마음이 아팠다. 오늘도 어제저녁에 나가서 이제야 들어오는 거였다.

겉옷을 대강 벗어 소파에 던져놓자마자 그는 소매부터 걷어붙였다.

"조금만 기다려, 저녁 준비할 테니까."

미사는 화들짝 놀라서 말렸다.

"됐어요! 어제 저녁에 카레 해주신 거 아직 남았어요, 그거 먹으면 돼요."

하지만 윤하는 앞치마를 찾아 허리에 두르며 대꾸했다.

"오늘 점심까지 계속 카레 먹었을 거 아냐."

그거야 그렇지만! 미사는 어쩔 줄을 몰랐다. 밤을 새고 오늘도 하루 종일 일하고 돌아온 사람한테 밥을 얻어먹다니 인간으로서 할 짓이 아니다.

"저 그냥 대충 알아서 챙겨 먹으면 되니까 일단 좀 주무세요, 네?"

굶어도 좋으니까 조금이라도 자게 해주고 싶었지만 돌아온 것은

166

어이없는 대답이었다.

"금세 도로 가봐야 해."

"네?"

"저녁만 차려주러 잠깐 온 거야."

미사는 기가 막혔다.

"그럼 오늘도 또 밤새 촬영한다고요? 그럼 대체 잠은 언제 자요?"

"대기하면서 차에서 틈틈이 자니까 괜찮아."

아무렇지도 않다는 듯이 대답하는 게 더 속이 터졌다.

"그럼 집에 올 시간에 조금이라도 더 자지 그랬어요!"

미사는 속이 상해 어쩔 줄을 몰랐다. 애초에 왜 이렇게 그가 기를 쓰고 밥을 챙겨주려고 하는 건지 이해가 가지 않았다. 대충 라면을 먹어도 되는 거고, 냉장고에 있는 걸로 챙겨 먹어도 그만이고, 아니면 그까짓 거 한두 끼 굶는다고 해서 죽는 것도 아닌데.

「귀찮다고 생각하지 않아.」

그렇게 말해준 윤하에게, 미사는 절대 폐를 끼치고 싶지 않았다. 그래서 청소니 정리, 세탁 같은 집안일은 정말 열심히 하고 있었다. 하지만 이러면 결국 짐이 될 뿐 아닌가. 가뜩이나 바쁜데 도움은 못 될망정.

"제가 언제 밥해달라고 했어요?"

미사가 발을 동동 구르거나 말거나 윤하는 꿋꿋이 요리를 시작했다.

"해줄 때 잠자코 먹어."

"제가 지금 아저씨가 해주는 밥이 넘어가겠느냐고요!"

"그럼 김준서가 해준 밥이라고 생각하든지."

그런 문제가 아니잖아! 가뜩이나 속상해 죽겠는데 이 아저씨, 무슨 생각을 했는지 양파를 썰면서 한술 더 뜬다.

"내 팬들은 김준서보다 내가 해준 밥을 더 먹고 싶어 할걸."

"팬들이 이 와중에 아저씨가 해준 밥을 먹고 싶어 할 거 같아요?"

미사는 기가 막혀서 목소리를 높였다. 이 아저씨는 연예인 실격이다. 팬의 마음이라는 것을 1그램도 모른다!

"당연한 거 아닌가?"

윤하는 어깨를 으쓱하고 태연하게 대꾸하더니 요리를 계속했다.

속이 상한 나머지 그만 눈물까지 핑 돌았다. 눈물 어린 눈으로 미사는 앞치마를 두른 윤하의 뒷모습을 째려보았다.

'아저씨 팬들은요, 아저씨가 밥 안 해줘도 되니까 제발 1분이라도 더 쉬기를 바랄 거라고요!'

속으로만 그렇게 외치면서.

톱스타 정윤하 씨가 한 가지 모르고 있는 게 있었다. 바로 제일 가까운 곳에 자신의 열혈 팬이 있다는 것.

하루 종일 집안에만 있자니 할 일이 없다. 그래서 미사는 최근 열흘 사이에 윤하가 데뷔 이후 출연한 모든 드라마와 영화를 거의 다 보았다. 그리고 자연스럽게 사랑에 빠지고 말았다, 배우 정윤하에게.

하지만 정작 당사자에게 덕밍아웃을 하지는 못했다. 왜냐하면 이미 처음에 한번 그가 출연한 작품에 관심을 보였다가 노골적으로 귀찮다는 듯한 반응이 돌아온 적이 있었으니까. 그때의 민망함을 생각하면 차마 말을 꺼낼 수가 없었다.

그래서 미사는 몰래 남편에 대한 팬심을 키워가고 있었다. 그것도 증세가 꽤나 심각한 편이었다. 어느 정도냐 하면, 솔직히 이제는 김준서가 더 좋은가 정윤하가 더 좋은가 물어보면 선뜻 대답을 못 하겠다!

그런데 그 정윤하가 밤을 꼴딱 새고 와서는 겨우 주방에 들어가 밥을 하고 있다. 팬으로서는 복장이 터질 노릇이었다. 그럴 시간에! 잠을! 자라고! 제발!

바짝바짝 타들어가는 팬의 속을 까맣게 모르는 스타는 이윽고 소신 있게 요리를 마쳤다. 그리고 결과물인 쇠고기덮밥과 된장국, 그리고 두부 샐러드를 테이블에 보기 좋게 세팅해놓고 손짓을 했다.

"와서 먹자."

하지만 이미 속이 상할 대로 상해버린 미사는 선뜻 와서 앉으려 하지 않았다.

"시간 없어, 빨리 먹고 나가봐야 해."

"그럼 조건이 있어요."

미사는 조금 떨어져 선 채로 말했다.

"앞으로는 제가 요리하게 해주세요."

"언제는 못 한다며?"

"인터넷에서 요리법 찾아서 해보면 되죠. 자꾸 연습해봐야 저도 늘 거 아녜요."

하지만 윤하는 한마디로 딱 잘라 기각했다. 이유라는 것도 정말

어이가 없었다.

"어린애가 불 함부로 만지는 거 아냐."

미사는 그만 울컥하고 말았다.

"뭐라고요?"

윤하에게서 어린애 취급당하는 거야 하루 이틀 일도 아니다. 그런데 전에는 화가 났다면, 지금은 속이 상했다. 스물여덟 살 대접까지는 바라지 않는다고 치자. 근데 이건 열여덟 살도 아니고, 숫제 여덟 살 취급 아닌가!

속상하다. 괜히 눈물이 날 것 같아서 참느라 미사가 입술을 꼭 깨물고 있자 윤하가 먼저 의자에 앉으며 말했다.

"얼른 와서 먹어. 좋은 거 줄 테니까."

좋은 거? 속상한 와중에도 미사는 귀가 솔깃했다.

"……뭔데요."

윤하가 대답 대신에 주머니에서 무슨 종이쪽지 같은 것을 꺼내 테이블에 올려놓았다.

"빨리 와서 밥 먹지 않으면 필요 없는 걸로 알겠어."

또 어린애 취급! 자존심이 상했지만 결국은 호기심이 이기고 말았다. 뭔가 싶어 슬쩍 곁눈질로 쳐다봤다가 미사는 놀라서 저도 모르게 소리를 냈다.

"어?"

두 장의 티켓이었다. '2016 김준서 콘서트'라고 쓰인.

"김준서 씨가 같이 오라면서 티켓을 보내줬어."

윤하가 숟가락을 들면서 무심하게 말했다.

"만약에 내가 촬영 때문에 못 가게 되면, 대기실에는 민호가 데려 가서 인사시켜줄 거야."

미사는 금세라도 심장이 멎을 것만 같았다. 준서 오빠 콘서트에 가는 것도 모자라서, 인사까지 한다고? 내가?

눈 깜빡이는 것조차 잊어버리고 미사가 한참 티켓을 쳐다보고 있는데,

"그래서."

윤하가 숟가락을 탁 하고 내려놓고는 이맛살을 살짝 찌푸리며 물었다.

"밥은 먹는 거야, 마는 거야?"

미사는 황급히 외쳤다.

"머, 먹어요! 먹는다니까요? 지금 먹는다고요!"

⋆⋆⋅≻✿⋅

식사 내내 미사는 삐쳐 있는 기색이 역력했다. 그러면서도 밥은 하나도 남기지 않고 끝까지 다 먹었다. 남기면 티켓 안 준다고 자신이 협박했으니까.

잔뜩 토라져 있으면서도 미사는 현관까지 배웅을 나와주었다.

"조심해서 다녀오세요."

부루퉁해진 뺨이 꼭 도토리를 볼에 잔뜩 넣은 다람쥐 같다.

"다녀올게."

비어져 나오는 웃음을 애써 참으며 윤하는 집을 나섰다.

「제가 언제 밥해달라고 했어요?」

미사는 화난 듯이 그렇게 말했다. 집에 올 시간이 있으면 좀 더 자라면서. 하지만 윤하가 잠까지 줄여가면서 기를 쓰고 집에 돌아오는 이유는 꼭 식사를 챙겨주기 위해서는 아니었다. 사실은 다른 이유가 더 컸다. ……얼굴이 보고 싶으니까.

식사는 오히려 핑계에 불과했다. 미사를 보러 돌아올 핑계.

「어린애가 불 함부로 만지는 거 아냐.」

말도 안 되는 이유를 대가며 미사가 요리를 배우겠다는 걸 반대하는 것도 그래서였다. 미사가 요리를 할 줄 알게 되면 그 핑계가 사라지니까.

미사는 어린애라는 말을 무척이나 싫어했다. 하지만 윤하로서는 애칭 같은 느낌이었다. 불렀다간 엄청나게 화를 내니까 자주는 못 부르지만. 티를 안 내려고 노력하고 있어서 그렇지, 사실 윤하는 속으로 미사를 매우 귀여워하고 있었다. 사랑하는 여자의 열여덟 살 때 모습이 어떻게 귀엽지 않겠는가.

현재의 미사와 기억을 잃기 전의 미사를 별개의 사람으로 생각하자는 결심은 이미 무너지고 말았다. 윤하에게는 어디까지나 똑같이 사랑하는 여자였다.

정신연령으로만 따지면 무려 열다섯 살 차이다. 그러니 윤하의 눈에는 미사가 뭘 해도 그저 귀엽게만 보였다. 철없는 소리를 해도 귀엽고, 어디서 배웠는지 모를 이상한 외계어를 써도 귀엽고, 심지어 화를 내도 귀엽게만 느껴졌다.

그런 미사가, 윤하에게는 비타민과도 같은 존재였다. 잠을 두세 시간 더 자느니 그 시간에 집에 와서 잠깐이라도 미사의 얼굴을 보고 가는 게 훨씬 피로회복에 도움이 되는 느낌이었다.

지금도 마찬가지였다. 비록 몸은 피곤에 지쳐 축축 늘어졌지만 미사를 보고 나오니 마음만은 한결 가벼워져 있었다. 콘서트 티켓을 보고 눈이 동그래지던 미사의 표정을 떠올리고, 윤하는 쿡쿡 웃으며 정원을 가로질러 대문 밖으로 나갔다.

"출발하자."

웃음을 물고 차에 올라타는 윤하를, 민호가 미친놈 보듯 쳐다보았다.

"형은 지금 웃음이 나와요?"

매니저가 화가 난 것도 당연했다. 주연배우 좀 쉬라고 감독이 배려해서 빼준 시간을, 집에 오는 데 한 시간 반, 밥하는 데 한 시간, 또 가는 데 한 시간 반, 이렇게 다 잡아먹어버릴 판이니.

그나마 자신은 오며 가며 눈을 붙일 수 있지만 운전해야 하는 민호는 그러지도 못한다. 미안한 마음이 들었지만 윤하는 그걸 솔직하게 입에 담을 수 있는 성격이 아니었다.

"그러니까 나 혼자 간다고 넌 가서 좀 자라고 했잖아."

"밤새 촬영한 사람을 어떻게 운전을 시키라고욧!"

민호가 고함을 빽 질렀다.

"감독님이 형 눈 붙이고 오라고 시간 줬지 누나 보러 가라고 시간 줬어요? 예?"

슬슬 바가지가 시작될 조짐이다. 윤하는 못 들은 체 시트에 등을 기대며 대꾸했다.

"가자. 피곤하다."

"윤하 형!"

민호가 답답하다는 듯이 목소리를 높였다가는 금세 누가 들을세라 소곤거리듯 말했다.

"대체 어쩌려고 그래요, 예? 언제까지 같이 있을 수 있는 것도 아니잖아요!"

언제까지 같이 있을 수 없다. 당연한 말에 새삼스럽게 가슴이 무너지듯 내려앉았다.

"이제 겨우 두 달, 아니, 5월이면 두 달도 채 안 남았다고요."

윤하는 조용히 대꾸했다.

"알고 있어."

알고 있으니까 조금이라도 더 같이 있고 싶은 거다. 단 1분이라도 더.

"이러면 나중에 보내고 나서 형만 더 힘들어질 텐데 왜 그건 생각 안 해요? 예?"

민호의 목소리에 안타까움이 섞였다.

생각하지 않은 게 아니다. 지금도, 매일매일 생각하고 있다. 그렇기 때문에 윤하는 현재에 더 집중하려고 노력하고 있었다.

미사가 제자리로 돌아간 후에도 자신은 그 추억에 기대서 살아갈 수 있게.

"난 괜찮으니까 걱정 마."

그렇게 말하고 윤하는 눈을 감아버렸다.

다행히도 민호는 그 이상 더 추궁하지는 않았다. 이윽고 땅이 꺼질 듯 깊은 한숨 소리와 함께 차가 출발하는 것이 느껴졌다.

차가 달리기 시작했다. 그리고 잠시 후, 민호가 툭 하고 혼잣말처럼 중얼거렸다.

"형이었으면 좋았을 텐데요."

주어도, 목적어도 없었지만 윤하는 정확히 알아들었다. 자신도 오랫동안 그 미련을 버리기가 힘들었으니까. 그녀가 사랑하는 게 나라면, 그게 나였다면 얼마나······.

하지만 세상에는 아무리 바라고 원해도 가질 수 없는 게 있는 법이었다. 또한 어릴 때부터 가진 것보다 가지지 못한 것들이 훨씬 많았던 윤하는, 놓는 법에도 어느덧 익숙해져 있었다.

그리고 지금은 그중에서도 가장 놓기 힘든 것을 놓을 준비를 하는 중이었다.

"······."

윤하는 눈을 뜨고 차창 밖으로 지나가는 풍경들을 내다보았다.

3월 중순, 겨우내 헐벗고 있던 산과 들이 이제 겨우 파릇파릇 물들기 시작하고 있었다. 그리고 저 산과 들이 완전히 푸르러지고 온갖 꽃들이 만발할 시기가 오면······

미사를 보내야 한다.

⁂

윤하가 나가고 나서 미사는 얼른 휴대폰부터 찾아들었다. 김준서의 콘서트 티켓이 생겼다는 이 엄청난 사건을 예지에게 자랑하고 싶어서였다. 대박 사건! 하면서.

그런데 웬걸. 휴대폰을 보니 그새 예지에게서 메시지가 와 있었다. 그것도 제가 보내려던 딱 그 내용으로.

– 예지♡ : 언니, 대박! 완전 대박 사건! 이거 보면 전화 좀!

뭔가 선수를 뺏긴 기분으로 미사는 예지에게 전화를 걸었다.

"뭔데 그래?"

전화 저편에서 예지가 숨넘어가게 외쳤다.

– 언니언니! 그 한유민 나오는 영화 있잖아, 프로젝트S! 내가 미리 언니 거랑 같이 예매해놨거든?

"진짜? 근데 그게 왜?"

– 오늘 공지 떴는데, 주연배우들이 그때 무대인사 온대!

미사는 가슴이 철렁했다. 뭐?

그 영화의 주연배우라면 방금 밥 먹고 나간 제 남편이다. 그걸 지금 나더러 보러 가자고?

관객 중에서 자신을 발견한 윤하의 황당해하는 표정이 머릿속에 떠올랐다. 아직 팬이라고도 말을 못 했는데!

도저히 이건 무리라고 미사는 판단했다.

"예, 예지야. 미안한데 난 그거 못 갈 것 같아."

– 아 왜! 그면 나 혼자 가라고?

"다른 친구랑 가든지 해, 진짜 미안."

– 집주인이 언니 외출하는 거 눈치 준다더니, 그래서 그래?

예지가 속상한 듯이 물었다. 차라리 그 핑계가 낫겠다 싶어서 미사는 냉큼 물었다.

"어, 맞아. 그래서 집 오래 비우기 힘들어."

- 진짜 성격 이상하네. 할 일만 똑바로 하면 됐지 왜 밖에도 못 나가게 한대?

투덜거리고 나서 예지는 아쉽다는 듯이 말했다.

- 그럼 어쩔 수 없지 뭐. 이거 지금 공지 뜨자마자 다 매진되고 난리 났는데, 아깝다.

아쉬운 마음은 미사가 더했다. 왜 보러 가고 싶지 않겠는가, 팬인데.

늘 신기하게 생각하는 것은 인간 정윤하와 배우 정윤하가 너무나 다른 사람이라는 것이었다. 집에서는 별로 말도 없고 잘 웃지도 않는 사람인데 작품 안에서는 로맨틱 가이도, 바람둥이도, 또 치명적인 매력의 연하남도 되니까. 어쩌면 그래서 배우로서의 그에게 빠져들었는지도 몰랐다. 실제 정윤하는 아내인 자신에게조차 그렇게 상냥한 말을 하거나 달콤하게 미소 짓지 않으니까.

그러고 보니 윤하가 일하는 모습을 본 적은 여태 한 번도 없었다. 한 번쯤 제 눈으로 직접 보고 싶은 마음이 슬그머니 고개를 들었다. 남편 정윤하가 아닌, 배우 정윤하를.

"영화는 재밌대?"

- 완전 쩐대! 개봉한 지 이제 겨우 이틀 됐는데, 올해 첫 천만 관객 돌파 감이라고 벌써 기사 뜨더라.

"그 정도야?"

미사는 침을 꿀꺽 삼켰다. 보러 가고 싶다. 격렬하게 보러 가고 싶다. 김준서 콘서트랑 같은 날 겹쳤다면 심각하게 고민했을 정도로 미친 듯이 보러 가고 싶다!

하지만 만에 하나 윤하에게 들켰을 때가 못내 걱정되었다.

"있잖아, 예지야. 혹시 앞에서 배우들이 볼 때 관객들 얼굴이 보일까?"

— 글쎄, 워낙 어두워서 안 보일 거 같은데. 근데 그건 왜?

미사는 얼른 말을 얼버무렸다.

"아니, 저어…… 혹시 좀 꾸미고 가야 하나 해서."

— 푸하하하!

갑자기 예지가 깔깔대고 웃었다.

— 왜, 이쁘게 하고 가면 정윤하가 언니한테 반해서 거기서 번호라도 딸까 봐?

"그런 거 아니거든?"

— 이왕 마음먹은 거, 가서 정윤하 싸대기도 한번 갈겨보든지. '내 뺨을 때린 건 네가 처음이야'! 아하하하!

"아, 그런 거 아니라고!"

— 하여튼 누가 정신연령 열여덟 살 아니랄까 봐. 오구오구 울 언니, 윤하 오빠가 그렇게 좋으셨쎄여?

"김예지, 너 진짜!"

결국 미사는 얼굴이 새빨개져서 전화를 확 끊어버리고 말았다. 그리고 잠시 후 예지에게서 메시지가 도착했다.

— 예지♡: 내일모레 오후 2시, 영등포 타임시네마 앞. 정윤하가 홀딱 반하게 하고 나와!♡ —

3월 중순에 접어들면서부터 꽃샘추위도 거의 잦아들고, 날씨가 한결 따뜻해졌다. 거리를 다니는 사람들의 옷차림 역시 한결 가벼워지고, 온통 칙칙한 색깔 위주에서 화사한 봄 빛깔로 바뀌어 있었다. 영화관 앞에서 만난 예지도 마찬가지였다.

가끔 만나긴 하지만 그때마다 늘 예지는 교복 차림이었다. 사복을 입은 예지를 오늘 처음 본 미사는 눈이 휘둥그레졌다.

"아, 왜 그렇게 빤히 쳐다보고 그래? 쪽팔리게."

화장까지 해서 영락없이 발랄한 여대생처럼 보이는 예지가 쑥스러운 듯이 말했다.

"너무 예쁘다, 예지야!"

벚꽃을 연상시키는 연한 핑크색 카디건에 하얀 블라우스, 미니스커트가 날씬한 몸매에 딱 어울렸다.

예지도 미사의 옷차림을 보고 놀란 얼굴을 했다.

"언니, 오늘 진짜 정윤하 꼬시러 온 거?"

미시 역시 얼마 전에 윤하가 사준 새 옷으로 예쁘게 싹 갈아입고 있었던 것이다.

"저번에 봤을 땐 완전 초딩처럼 입고 있더니. 집주인이 인심이라도 쓴 거야?"

"뭐, 그런 셈이지."

미사는 웃으며 예지의 팔을 끌어당겼다.

"빨리 들어가자, 영화 시작하기 전에 인사한다면서?"

미사와 예지는 팝콘과 콜라를 사서 입장을 마쳤다. 꽤나 큰 상영 관인데도 불구하고 시작 시간 10분 전이 되자 빈자리 하나 없이 관객이 꽉꽉 들어찼다.

워낙 사람이 많은 데다가 객석이 어두워서 들킬 염려는 전혀 없을 것 같았지만, 이제 곧 윤하를 볼 수 있다고 생각하니 미사는 괜히 긴장이 되었다. 잠깐씩이나마 매일 보는 얼굴이지만, 배우로서의 그를 직접 보는 건 처음이니까.

긴장이 되니까 갑자기 화장실에 가고 싶어졌다.

"나 잠깐 화장실 좀 다녀올게, 예지야."

"이제 금방 시작할 거 같으니까 빨리 갔다 와."

사람들이 다 입장을 마친 후여서 상영관 바깥은 조용했다. 미사는 빠르게 화장실로 향했다. 볼일을 마치고 나와서 손을 씻는데 거울 앞에서 화장을 고치고 있는 여자가 눈에 띄었다.

별생각 없이 힐끗 쳐다보고 그대로 나가려던 미사의 걸음이 문득 멈췄다. 거울 속에 비친 얼굴이 왠지 낯익었던 것이다.

"……?"

미사는 다시 거울에 비친 여자의 얼굴을 뒤에서 쳐다보았다. 분명히 아는 사람이 맞는 것 같은데, 누군지가 금세 떠오르지를 않는다.

시선을 느낀 것일까. 여자가 의아한 표정으로 뒤를 돌아보았다. 그리고 얼굴을 정면으로 본 순간, 미사는 상대가 누군지를 깨달았다.

그리고 깨달았을 때는 이미 상대도 자신을 알아본 후였다.

"어머."

놀란 듯이 중얼거리며 여자가 손에 들고 있던 콤팩트를 소리 나게 닫았다.

"윤미사?"

상대는…… 정다솜이었다.

고등학교 2학년 때 일진들을 조종해서 그토록 집요하게 괴롭혔던 정다솜. 미사의 학교생활을 지옥으로 만들었던 바로 그 정다솜.

온몸이 얼어붙는 듯한 기분이 들었다. 이렇게 다시 만날 줄은 꿈에도 상상하지 못했는데.

당연한 일이지만, 다솜은 어엿한 어른이 되어 있었다. 그것도 예쁜 아가씨가. 진주 장식이 달린 크림색 원피스에서, 윤기가 흐르는 머릿결에서, 옆에 놓아둔 고급 핸드백에서 부잣집 아가씨 티가 물씬 풍겼다.

미사는 눈 깜빡이는 것도 잊고 다솜을 뚫어져라 쳐다보았다. 심장이 마구 쿵쾅거렸다.

"난 또, 누가 그렇게 뒤에서 빤히 쳐다보나 했네."

갑자기 다솜이 웃으면서 반갑다는 듯이 말하는 바람에 미사는 흠칫 놀랐다.

"잘 지냈어? 얼굴 되게 좋아 보인다."

말투가 이상할 정도로 허물없이 느껴져서 당황스러웠다. 자신이 다솜을 마지막으로 본 건 겨우 한 달도 안 된 일이지만 다솜에게는 10년, 아니 고등학교 졸업 후부터 못 봤다고 해도 8, 9년 만일 텐데.

게다가 다솜은 고등학교 시절에도 미사에게 이렇게 친근하게 말을 걸었던 적이 없었다. 괴롭힘의 시발점이 된 사건 이후로는 물론이고, 그전에도 마찬가지였다. 같은 반이면서도 한 번도 인사를 한 적도, 말을 섞어본 적도 없었다. 대놓고 무시한다기보다는 아예 미사의 존재 자체를 거들떠도 보지 않는 것 같았다. 너하고 나는 애초에 신분이 달라, 하는 느낌이랄까.

그런데 어째서 10년이 지난 지금 와서 이렇게 웃으며 말을 걸어오는 걸까.

"네…… 네가 여긴 웬일이야?"

미사는 동요를 애써 감추며 겨우 대꾸했다.

"영화관에 영화 보러 왔지 웬일은."

다솜이 웃으며 대답했다.

"미사 너도 영화 보러 왔구나? 근데 오빠는, 밖에 있어?"

가슴이 철렁했다. 오빠? 미사가 머뭇거리고 있는데 질문이 또 날아왔다.

"결혼식 준비는 잘돼가고?"

미사는 그제야 깨달았다. 대체 어찌된 영문인지는 모르겠지만, 기억을 잃은 동안 자신은 다솜과 알고 지내는 사이였던 것이다.

'설마 친구였던 거야?'

도저히 믿을 수가 없지만 자신이 결혼하는 것까지 알고 있는 걸 보면 그렇다고 보는 게 옳을 것 같다. 게다가 방금 다솜이 오빠라고 부른 사람은 아마도 윤하일 테고, 그렇다면 자신과는 아주 친한 친구 사이라고밖에 생각할 수가 없다.

"그, 그래."

미사는 잘 나오지 않는 목소리를 억지로 끌어내서 대답했다.

"결혼 준비하느라 바쁜 거 알겠는데, 가끔씩은 먼저 연락도 좀 하고 그래. 고등학교 동창이라는 게 어디 보통 인연이니? 계집애."

다솜이 장난스럽게 살짝 눈을 흘겼다.

미사는 온몸에 소름이 돋는 것을 느꼈다. 생각 같아서는 스물여덟 살의 자신의 멱살을 잡고 흔들며 외치고 싶었다.

'너 미쳤어? 세상에 아무리 친구가 없어도, 어떻게 쟤하고!'

대체 기억을 잃기 전의 자신은 무슨 생각으로 저 끔찍한 애와 친하게 지냈던 걸까. 세월이 지났다고 다 잊어버린 걸까? 자기가 무슨 짓들을 당했었는지?

스물여덟 살 미사에게는 그게 가능했는지도 모른다. 하지만 지금의 미사에게는 도저히 무리였다. 미사의 기억 속에서, 그 모든 일들은 채 한 달도 되지 않았으니까.

미사는 주먹을 꽉 쥐었다. 손톱이 살갗을 파고들어가는 것이 느껴졌다.

"참, 근데 너 전화번호 바뀐 것 같던데."

그런 미사를 눈치채지 못하고, 다솜은 어전히 살갑게 말하며 제 휴대폰까지 내밀었다.

"새 번호 좀 알려줄래?"

기억을 되찾을 때까지, 자신은 진짜 미사의 빈자리를 잘 지키고만 있으리라고 맹세했었다. 미사가 그동안 이루어놓은 것들을 망가뜨리지 않게, 절대 폐가 되지 않게. 하지만 이것만은 진짜 미사가 나중에 돌아와서 화를 내더라도 어쩔 수 없다.

"난 너하고 친하게 지낼 생각 없어."

떨리는 목소리로, 미사는 단호하게 말했다.

"⋯⋯뭐?"

다솜이 흠칫 놀라며 미사의 얼굴을 쳐다보았다. 제가 뭘 잘못 들었나, 하는 표정이었다.

"넌 나한테 했던 짓들을 벌써 다 잊었는지 모르지만."

그리고 스물여덟 살의 나 역시 잊었는지 모르지만.

"나는 아니거든."

얼마 전까지 제 목숨 줄을 쥐고 좌지우지하다시피 하던 인간의 면전에 대고, 하고 싶은 말을 또박또박 다 하는 데는 큰 용기가 필요했다.

"숙제해 갈 때마다 빼앗아가서 하루가 멀다 하고 벌섰어. 남자애들 반에 걸레라고 소문 퍼뜨리는 바람에 하마터면 뒷산에 끌려가서 무서운 일 당할 뻔했어. 스승의 날 선물값, 내가 훔쳤다고 도둑으로 몰아서 담임도 날 미워했어. 나랑 얘기하는 애는 누구든지 나랑 똑같은 꼴로 만든다고 해서, 하루 종일 나한테 말 거는 사람은 아무도 없었어."

없었던 말을 하는 것도 아닌데 심장이 터질 것같이 뛰었다. 이제는 해코지를 당할 입장도 아닌데 너무 긴장한 나머지 손끝까지 다 벌벌 떨렸다. 마음의 상처라는 것은 그토록 무섭고, 낫기 힘든 것이었다.

"그래놓고 네 손으로 직접 한 짓 아니라고 해서 벌써 잊어버리면 안 되는 거잖아."

하지만 미사는 꾹 참고 다솜의 눈을 똑바로 쳐다보며 끝까지 할 말을 다 했다. 그렇지 않으면 나중에 너무 후회할 것 같아서. 바보 같은 자신이 미워질 것 같아서.

"그러니까 앞으로는 어디서 마주치더라도 두 번 다시 알은체하지 말아줬으면 좋겠다."

다솜의 얼굴에 서서히 경악이 퍼지는 것을, 미사는 똑바로 노려보았다. 그리고 얼빠진 듯한 표정을 하고 있는 다솜의 옆을 스쳐 지나 그대로 밖으로 나갔다.

아니, 나가려 했다.

"너 미쳤구나?"

문득 등 뒤에서 들려온 목소리가 미사의 발목을 붙들었다.

"……아주 정신이 나갔어. 그렇지 않고는 감히 이럴 수가 없지."

돌아보자 다솜은 어이없다는 듯이 피식거리며 웃고 있었다.

"남자 하나 잘 물었다고 네가 뭐라도 된 거 같구나?"

입가에 비웃음을 문 다솜이 갑자기 검지를 뻗었다. 그리고 미처 피할 틈도 없이, 그 손가락으로 미사의 이마를 힘주어 뒤로 떠밀며 말했다.

"윤미사, 이 불쌍한 고아 계집애야."

바로 그 순간이었다.

"야!"

갑자기 벼락같은 고함이 들리는 바람에 두 사람 다 놀라서 소리가 들린 쪽을 쳐다보았다.

언제부터 거기 있었던 걸까. 손에 팝콘 상자를 든 예지가 험악한 표정을 하고 화장실 입구에 서 있었다.

"예지야!"

"아무리 기다려도 안 오길래 찾으러 와봤더니만."

예지가 성큼성큼 화장실 안으로 들어와서 미사의 옆에 딱 붙어 섰다.

"뭐야, 이 미친 아줌만?"

턱짓으로 다솜을 가리키며 예지는 거두절미하고 물었다. 그래서 미사도 앞뒤 다 자르고 대답했다.

"얘가 정다솜이야."

"뭐?"

예지의 눈이 커다래졌다.

밤낮없이 메신저로, 통화로 수다를 떠는 사이다. 이미 정다솜에 대해서는 예지에게 다 털어놓은 지가 한참이었다.

「언니. 많이 힘들었을 텐데, 정말 잘 버텼다.」

얘기를 끝까지 들은 예지는 젖은 목소리로 그렇게 말했었다. 그러고 나서는 화려한 욕설 퍼레이드로 미사의 속을 후련하게 만들어주었다.

「내가 그때 거기 있었으면 그년을 아주 그냥 반쯤 죽여놓는 건데!」

마지막으로 확인하듯, 예지가 다시 한 번 물었다.

"그러니까 이년이 그때 언니가 말한 그년이라, 이거지?"

"응."

대답이 떨어지기 무섭게 화장실 안에 고소한 버터 냄새가 물씬

퍼졌다. 수백 개의 팝콘이 무서운 기세로 허공을 날아 다솜의 예쁘게 화장한 얼굴을 동시에 강타했다.

"꺅!"

불시에 안면에 팝콘 공격을 당한 다솜이 두 손으로 얼굴을 감싸며 그 자리에 웅크려 앉았다.

하지만 거기서 끝이 아니었다. 예지는 빈 팝콘 상자를 내팽개치더니 씩씩거리며 주위를 둘러보았다. 그러고는 화장실 구석에 세워져 있던 대걸레를 집어 들고 다솜에게 달려들었다.

"너 잘 걸렸다. 오늘 한번 나한테 죽어봐!"

　　　　　　　　　✿

배우들이 무대인사를 위해 상영관 안에 입장을 마치고, 매니저들은 경호원들과 함께 구석에서 대기했다. 그리고 민호는 잠시 담배 타임을 가지러 영화관 밖으로 나왔다.

"휴우."

뿜이내는 담배 연기에 한숨이 섞였다. 요즘 윤하 걱정에 부쩍 한숨이 늘어난 민호였다.

어느 날 갑자기 전화하더니 결혼사진을 합성해 오라는 둥, 미사의 짐을 집으로 옮겨오라는 둥 해서 대체 무슨 생각인가 했더니, 말도 안 되는 짓을 꾸미고 있었다.

물론 민호는 반대했다. 언제나 그렇듯이 윤하는 들은 척도 하지 않았지만. 결국 윤하는 일을 벌이고 말았고, 민호가 보기에는 점점 더 수습하기 힘든 쪽으로 치닫고 있는 중이었다.

친형이나 다름없는 윤하인데 걱정되지 않을 수 없었다.

"대체 어쩌려고 저러는지 원……."

민호가 담배 연기를 내뿜으며 또다시 땅이 꺼져라 한숨을 내쉬는데 갑자기 저만치서 시끌벅적한 소리가 들려왔다. 뭔가 싶어 멀거니 쳐다보자 경찰이 웬 여자들을 반강제로 경찰차에 태우는 중이었다.

"아저씨, 제 말 좀 들어보세요!"

"글쎄 서에 가서 말씀하시라니까요?"

그 와중에 여자 목소리가 이상하게 귀에 익었지만 민호는 잘못 들었으려니, 하고 그냥 고개를 돌려버렸다. 무엇보다 경찰과 얽히는 건 세상에서 제일 질색이었으니까.

그러나 경찰차가 바로 눈앞으로 지나가는 순간, 민호는 차 안에 타고 있는 여자의 얼굴을 보고 깜짝 놀라 손에 든 담배를 떨어뜨리고 말았다.

"미사 누나?"

"고등학생? 그럼 미성년자라고요?"

경찰서 안. 머리가 산발이 된 다솜이 어이없다는 듯이 헛웃음을 터뜨렸다.

"어디서 머리에 피도 안 마른 게, 하!"

그 말에 저만치 떨어져 앉아 있던 예지가 발끈해서 대들었다.

"내가 미잔데 뭐 아줌마가 보태준 거 있어?"

"예지야!"

곁에 있던 미사가 얼른 말렸지만 이미 다솜을 한층 더 자극하고 만 후였다.

"형사님! 미성년자도 고소 가능한 거 맞죠?"

"네, 폭행 사실이 CCTV로 다 확인이 되었으니까 고소 가능합니다. 단지 합의는 보호자하고 보셔야 하겠고요."

"합의라니요?"

다솜으로서는 일생일대의 굴욕이었다. 평생 부모는커녕 선생님에게조차 꽃으로도 맞아본 적이 없는데, 팝콘 공격도 모자라서 대걸레로 신나게 얻어터지다니. 그것도 고딩 따위에게!

다행히 자루가 아니라 천으로 된 걸레 부분으로 맞아서 크게 아프지는 않았지만 자존심은 이미 갈기갈기 찢어져 걸레짝이 된 후였다. 물론 더럽기도 더럽고. 지금도 온몸에서 걸레 냄새가 풍기는 것 같아서 몸서리가 절로 쳐졌다.

'내가 감히 누군 줄 알고!'

여전히 도끼눈을 뜨고 있는 예지와, 어쩔 줄 몰라 하는 미사를 노려보며 다솜은 이를 악물었다. 하필이면 화장실 복도에 CCTV가 있어서 폭행 장면이 그대로 찍혀 있는 바람에 미사까지 같이 고소할 수 없는 게 안타까웠다. 그놈의 CCTV만 아니었으면 저 계집애까지 엮어 넣는 건데!

다솜은 이를 갈며 말했다.

"저 합의 절대 안 해요, 형사님. 저 깡패 같은 애, 혼 좀 나봐야죠."

"겁나 어이없네. 누가 누구보고 깡패래?"

예지가 피식거리며 비꼬듯 대꾸했다.

"깡패는 같은 반 친구 괴롭히는 년이 깡패 아니에요, 아줌마?"

또 아줌마! 울컥 치밀었지만 다솜은 어른답게 억지로 미소를 띠며 대꾸했다.

"지금 네가 사태 파악이 잘 안 되나 본데, 너희 학교에도 연락해서 징계 받게 할 거야."

하지만 돌아온 것은 이번에도 코웃음이었다.

"맘대로 해보시든가."

"어머, 생활기록부에 기록이 남으면 대학 갈 때 지장도 있을 텐데."

"나 어차피 대학 안 갈 거거든?"

한마디도 안 지는 예지에게, 다솜은 그만 울화통이 터지고 말았다.

"형사님, 이 정도면 진술은 다 된 거죠?"

경찰이 그렇다고 대답하자 다솜이 날카롭게 말했다.

"그럼 지금 바로 고소 접수해주세요. 취하할 일 절대 없으니까 쟤 부모님한테 제 연락처 알려주지 마시고요!"

이쯤 되자 다급해진 것은 미사였다.

예지는 어릴 때나 지금이나 변함없이 언니인 자신을 따랐다. 아니, 오래 떨어져 있다 다시 만나서인지 오히려 지금이 더한 것 같았다. 이런 짓을 저지른 것도 다 자신 때문이다. 그런데 정작 자신은 중간에서 말리기만 했다는 이유로 쏙 빠지고, 예지만 고소를 당하다니.

만약에 이 일로 예지가 처벌을 받거나 학교에서 징계를 당한다면? 혹은 양어머니의 실망을 사서 자칫 집에서 찬밥 신세라도 된다면? 생각만 해도 미사는 가슴이 철렁했다.

'그렇게 만들 순 없어!'

다솜에게 아쉬운 소리를 하기는 죽기보다 싫었다. 제 일이었다면 차라리 감옥살이를 하는 편이 나을 정도다. 하지만 그게 예지라면 문제가 달라졌다.

"이쪽으로 오셔서 고소장 작성하시면 됩니다."

"다솜아, 잠깐만!"

경찰을 따라 일어나는 다솜의 앞을, 미사가 황급히 막아섰다.

"쟤가 아직 어려서 그래. 넌 어른이잖아. 그러지 말고 한 번만 너그럽게 용서해주라, 응?"

"용서?"

다솜이 어이없다는 듯이 되물었다.

"넌 아까 그 꼴을 다 보고도 나한테 용서하란 말이 나오니?"

"너무 심했지, 알아. 내가 어떻게든 사과하라고 할게. 그러니까 제발, 다솜아."

하지만 간절한 미사의 애원 따위는 아랑곳없이, 뒤에서 예지가 소리를 빽 질렀다.

"난 사과 안 할 거거든?"

"예지야!"

미사는 마음이 급한 나머지 눈물이 났다. 어쩌면 저렇게 철이 없을까.

"본인은 사과 안 한다는데?"

다솜이 비웃듯이 내뱉었다.

"그럼 내가 대신 사과할게. 예지가 나 때문에 그런 거잖아. 그러니까 내가 사과할게, 응?"

미사가 매달리듯 말했다. 하지만 다솜은 들은 체도 않으려 했다.

"누가 너한테 사과 받고 싶댔어?"

"다솜아!"

다급한 나머지 미사는 경찰서 바닥에 무릎을 꿇었다.

"내가 이렇게 빌게. 제발 예지 고소하지 말아줘, 응? 제발!"

"언니!"

예지가 소리를 지르며 달려왔다. 그리고 미사의 팔을 억지로 잡아끌어 일으키려 했다.

"언니가 뭘 잘못했다고 무릎을 꿇어? 당장 일어나, 빨리!"

"예지 넌 제발 가만히 좀 있어. 다솜아!"

"언니!"

미사가 꿈쩍도 않자 결국 예지가 발을 쾅 하고 구르며 울음을 터뜨렸다.

"아주 쇼들 하고 계시네."

미사와 예지를 번갈아 쏘아보는 다솜의 입가에 싸늘한 비웃음이 번졌다.

"형사님, 고소장 어디서 쓰면 된다고요?"

"이쪽입니다."

"다솜아!"

미사가 애타게 불렀지만 다솜은 뒤도 돌아보지 않고 경찰을 따라 나섰다.

원래 무대인사는 영화 시작 전에 하기로 되어 있었지만 몇몇 배우들의 스케줄이 맞지 않았다. 그래서 부득이하게 인사는 영화 상영 후로 미루고, 먼저 도착한 배우들은 맨 앞줄에 앉아서 관객들과 함께 영화를 관람했다.

먼저 도착한 배우들 중에는 윤하도 있었다. 다행히 오늘 낮 동안 촬영 스케줄을 뺄 수 있었던 것이다.

요즘 너무 피곤했나 보다. 영화를 찍어놓고 나서 정작 시사회 때도 보지를 못해서, 제대로 한번 보고 싶었는데 시작하자마자 그만 푹 잠이 들어버리고 말았다. 옆에 있아 있던 동료 배우기 잘 잤냐고 놀리기는 했지만 덕분에 모처럼 상쾌해진 기분으로 웃으면서 무대인사를 마칠 수 있었다.

거기까지는 좋았다. 그런데 문제는 그 후였다. 무대인사를 마치고 나오자마자 민호가 다짜고짜 윤하의 팔을 붙잡고 사람이 없는 쪽으로 이끌었다.

"윤하 형, 잠깐만요."

잔뜩 굳어진 매니저의 얼굴을 보는 순간 윤하는 가슴부터 철렁했다.

'설마, 미사에게 무슨 일이?'

제일 먼저 떠오른 것은 물론 서현우였다. 불안감에 심장 박동이 급격히 빨라졌다.

요즘 미사와 함께 지내는 나날이, 윤하에게는 더없이 행복하게 느껴졌다.

집에 돌아오면 '다녀오셨어요!' 하고 반가운 얼굴로 맞이해준다. 피곤한 제 얼굴을 보면서 왜 좀 더 쉬지 집에 왔느냐고 진심으로 안타까운 듯이 발을 동동 구른다. 식사를 하는 동안 맞은편에 앉아서 이런저런 이야기를 재잘거린다. 자신이 대꾸하지 않는 것쯤은 아랑곳없다는 듯이.

그래서 어느덧 자신도 모르게 바라게 되었다. 끝이 정해져 있는 이 시간이, 부디 조금이나마 더디 지나가주기를. 그런데 그 시간이 다하기도 전에, 갑자기 끝나버리게 된다면…….

제발, 아직은 아니기를. 기도하는 심정으로 윤하는 물었다.

"무슨 일이야?"

"미사 누나가 경찰서에 잡혀갔어요!"

윤하는 가슴이 철렁했다.

"그게 무슨 소리야. 좀 정확하게 말해봐!"

"아까 담배 피우러 잠깐 밖에 나갔는데, 미사 누나가 경찰차에 타고 가는 걸 봤어요."

"뭐? 미사가 여기 있었다고? 어째서?"

집에 있어야 할 미사가 왜 여기 왔단 말인가. 게다가 경찰차는 또 뭔가. 윤하는 퍼뜩 불길한 생각을 떠올렸다.

"혹시 실종신고 된 사람을 찾았다든가, 그런 거 아니었어?"

"글쎄요, 그런 분위기 같진 않았는데요. 뭘 잘못해서 잡혀가는 거 같은 상황이었는데……."

"그럼 쫓아가서 무슨 일인지 정확히 알아봤어야지!"

답답한 마음에 윤하는 목소리를 높였다.

"행사 중인데 매니저가 가긴 어딜 가요? ……그리고 형도 알잖아요, 저 경찰 딱 질색인 거."

민호가 우물거렸다. 속이 터졌지만 민호의 심정도 이해했기 때문에 윤하는 일단 꾹 참았다.

"어느 경찰선지는? 그것도 모르고?"

"전화해서 알아봤는데 영등포 경찰서더라고요. 정확히는 그쪽에서 무슨 일인지 말 안 해줘서 모르고요."

말을 안 해준 게 아니라 네가 거기까지 못 물어봤겠지, 하고 윤하는 생각했다. 그나마 경찰서에 전화를 해서 행선지를 알아낸 것만 도 민호 치고는 대단한 거였다.

"가자."

말하자마자 윤하는 주차장을 향해 있는 힘껏 뛰기 시작했다.

"윤하 형! 설마 경찰서로 가는 거예요? 예?"

놀란 민호가 뒤에서 부르며 헐레벌떡 쫓아왔다.

경찰서까지는 채 10분도 걸리지 않았다. 차창 밖을 내다보자 경찰서 앞까지 나와 어쩔 줄 몰라 안절부절못하고 있는 여자의 모습이 보였다. ……바로 미사였다.

윤하는 마음이 놓인 나머지 맥이 탁 풀렸다. 다행히 구속 상태도, 서현우를 만난 것도 아닌 모양이다. 만약에 그랬다면 녀석이 지금쯤 미사의 곁에 꼭 붙어 있었을 테니까.

민호가 차를 주차시키자마자 윤하는 차에서 뛰어내렸다. 그리고 귀신이라도 본 것처럼 깜짝 놀라는 미사의 팔을 잡아끌어 차에 태웠다.

"아저씨?"

"일단 타서 얘기해."

민호는 마실 것을 사러 갔다 오겠다는 핑계로 차에서 내려 자리를 피해주었다.

"여긴 어떻게 알고 오신 거예요?"

"민호가 영화관 앞에서 네가 잡혀가는 걸 봤어. 대체 거긴 왜 왔던 거야?"

"죄송해요. 사실은……."

잔뜩 풀이 죽은 미사가 말했다.

"오늘 아저씨 무대인사 하는 거 보러 갔었어요. 동생이 보러 가자고 해서……."

"뭐?"

196

윤하는 기가 막혔다. 아니, 나한테 왜 말도 없이? 하지만 그건 일단 나중 문제였다.

"동생이라니, 그게 무슨 소리야?"

"예지라고 있는데요, 저하고 같이 보육원에서 자란 동생이요."

그러고 보니 미사가 기억을 잃기 전에 그런 이야기를 한 적이 있었던 것 같다. 제 손으로 업어 키운 동생 같은 아이가 있는데, 지금은 입양을 갔다고. 가끔씩 그 애가 무척 보고 싶다고.

미사는 간단하게 예지를 만난 이야기를 들려주었다. 듣다가 윤하는 흠칫 놀라 물었다.

"잠깐. 너 혼자서 집 밖에 나갔었다고?"

"……죄송해요."

맙소사. 윤하는 손으로 이마를 감싸 쥐었다. 그러다 만약에 서현우의 눈에 띄기라도 했다면! 생각만 해도 가슴이 서늘해졌다.

어쨌든 이미 지난 일을 탓해봤자 소용이 없다. 계속하라는 뜻으로 손짓을 하자 미사가 이어서 이야기를 마쳤다.

"그렇게 다시 만나서 친하게 지내고 있어요. 친구처럼요."

어쩐지 요즘 들어 미사가 부쩍 즐거워 보였었다. 그 동생이란 아이 때문이었구나, 하고 이제야 윤하는 깨달았다.

"좋아. 그 동생하고 같이 영화를 보러 왔다는 거지?"

"네. 그런데 못 봤어요. 영화도, 무대인사도요."

"어째서?"

"시작 전에 잠깐 화장실에 갔다가 정다솜을 마주쳤거든요. 그래서 저랑 말싸움이 붙었는데, 예지가 쫓아와서 걔를 대걸레로 두들겨 패버렸어요."

정다솜, 들은 기억이 있는 이름이다. 윤하는 금세 미사가 했던 말을 떠올렸다.

「자기 전마다 매일매일 하느님한테 빌었어요. 저 대학 가고 싶어요, 제발 정다솜 얼굴 좀 안 보게 해주세요…….」

「정다솜 그 계집애가 조종하는 일진들도 더는 절 괴롭히지 못하고요.」

갑자기 미사가 분한 표정을 했다.

"걔가 아저씨한테 오빠, 오빠 한다고 속아 넘어가시면 안 돼요. 걘 정말 최악이에요, 믿으셔도 돼요. 정말 걔 때문에 저는 매일매일 확 죽어버릴까 하는 생각까지 했단 말이에요!"

오빠, 오빠 하다니, 언제? 순간적으로 윤하는 그런 의문을 떠올렸지만 금세 그러려니 하고 넘겨버리고 말았다. 그 정다솜이란 여자가 내 팬이라서 그렇게 부르는 모양이지, 하고.

그러고 보면 장소가 자신의 무대인사가 진행되는 영화관이기도 했으니까.

"지금도 가끔씩 걔가 했던 말이 꿈에 나와요."

"뭐라고 했는데?"

"대체 나한테 왜 이러냐고 울면서 물었을 때, 정다솜이 피식 웃으면서 그랬거든요."

미사가 입술을 깨물고는 조그맣게 중얼거렸다.

"……그냥, 네가 재수 없어서."

윤하의 주먹에 저도 모르게 힘이 들어갔다.

이만하면 들을 것은 다 들었다. 사태도 모두 파악했다. 자신이 해야 할 일도.

"그래서, 지금 그 여잔 어디 있는데?"

"경찰서 안에요. 고소장 쓰고 있어요. 제가 무릎 꿇고 빌었는데 들으려고도 안 해요."

미사가 울 것 같은 표정을 했다.

"예지가 고소당하면 안 돼요. 예지는 순전히 저 때문에……."

"알고 있어."

윤하는 한마디로 미사의 말을 가로막았다. 그리고 힘주어 말했다.

"내가 해결할 테니까 아무 걱정 마."

을씨년스럽기만 했던 경찰서 안이 느닷없이 환하게 밝아졌다. 흐렸던 날씨가 갑자기 맑아진 것도, 불을 켠 것도 아니었다. 단지 사람 하나가 경찰서 안으로 들어섰을 뿐.

문제는 그 사람이라는 것이 바로 오징어 제조기, 원근법의 파괴자, 양민 학살자 등등 미모에 관한한 국내 최다 별명 보유자인 배우 정윤하라는 것이었다. 그것도 방금 근처에서 스케줄을 마치고 오는 참이라 풀 메이크업에 의상까지 완벽하게 세팅된 상태의.

"자체 조명을 장착하고 다니던데. 후광이 막 비치더라."

"어디서 리베라 소년 합창단 목소리로 상투스가 들리는 것 같더라니까?"

후일 그 자리에 있던 경찰들이 입을 모아 이렇게 증언하였다.

어쨌든 지금은 그 유명한 정윤하가 경찰서 안에 들어서는데도 누구도 섣불리 다가서거나 말을 걸 생각조차 못하고 있었다. 그저 각자 제자리에서 오오 정윤하다, 헉 정윤하다, 하면서 감탄사만 연발하고 있을 뿐.

경찰서 안에 있는 모든 사람들의 시선이 일제히 그에게 쏠렸다. 그러나 정작 정윤하 본인은 곁눈질 한번 하지 않고 그 긴 다리로 성큼성큼 걸어 곧바로 한 사람 앞에 가서 섰다.

바로 방금 고소장을 접수하고 난 다솜이었다.

"안녕하세요."

정윤하가 인사를 건네 온 순간, 다솜은 그만 그 자리에 얼어붙고 말았다.

지금 정윤하가, 나한테 말하고 있는 거야……?

넋이 나가버린 다솜을 향해, 윤하가 매력적인 미소를 띠고 물었다.

"혹시, 정다솜 씨?"

그 순간 다솜은 심장마비 직전 상태에 놓였다.

사실 다솜은 윤하가 짐작했던 대로 그의 팬이 맞았다. 그것도 데뷔시절부터의 열성팬이었다. 조금 더 정확히 말하자면 정윤하의 데뷔작이었던 영화의 첫 장면을 보자마자 반해버렸다. 대사도 한마디 하기 전에.

오늘 영화관에 왔던 것도 물론 무대인사를 보기 위해서였다. 그런데 느닷없이 미친 고딩한테 봉변을 당하는 바람에 정작 정윤하의 얼굴은 보지도 못해서 한층 더 화가 나 있었던 것이다.

그런데 그 정윤하가 지금, 제 이름을 부르면서 다가와서 말을 걸고 있다!

"정윤하라고 합니다."

윤하가 빙긋 웃으며 제 소개를 했지만 다솜은 한마디도 대꾸하지 못했다. 그저 얼음 상태가 된 채 윤하를 뚫어져라 쳐다보고 있을 뿐이었다.

정윤하. 숨 쉬고 말하고 웃는 진짜 정윤하.

"사실은 제가 주연을 맡은 작품의 무대인사에서 불미스러운 일이 생겼다는 얘기를 들어서요. 놀라서 달려와봤습니다."

그 정윤하가 자신을 향해 뭐라고 말하고 있는데 귀에 잘 들리지가 않는다. 그 정도로 다솜은 혼이 완전히 빠져나가 있었다.

"어디 다치신 곳은 없으신가요?"

윤하가 걱정스럽게 물었을 때에야 다솜은 흠칫 놀라 제정신으로 돌아왔다.

"어, 없어요."

가까스로 대답하자 윤하가 달콤하게 웃었다.

"다행이네요."

그 미소에 다솜은 또 정신이 쏙 달아나버렸다.

또다시 정윤하가 뭐라고 말을 시작한다. 하지만 다솜에게는 그게 인간의 말이라기보다 천사의 노랫소리 같은 걸로 들렸다. 즉 내용은 하나도 못 알아들었다.

"……그래 줄 수 있어요?"

이윽고 윤하가 조심스럽게 물었다. 다솜은 뭔지도 모르고 무조건 고개를 끄덕였다.

"네, 당연하죠."

"보니까 아직 어린 고등학생이고, 다행히 다솜 씨도 별로 다친 곳이 없는 것 같아서."

"네, 그럼요."

"그럼 지금 바로 고소 취하해주는 거죠?"

"네…… 네?"

그제야 다솜은 깜짝 놀라 되물었다.

"고소를 취하하라고요?"

윤하가 간절한 표정을 했다.

"그래 줬으면 정말 고맙겠어요. 정윤하 팬들끼리 싸움이 붙었다고 기사라도 나면 나도 괜히 골치가 아파져서."

"하지만……!"

아무리 좋아하는 스타의 부탁이라고 해도 그건 곤란하다. 아까당한 일이 있는데!

고소 취하는커녕 가능하다면 콩밥까지 먹이고 싶은 마당이었다. 미성년자라서 실형까지 가지 않는다고 하면 학교에라도 알려서 혼쭐을 내줄 셈이었다.

어른다운 관용이나 아량, 혹은 제가 옛날에 미사에게 저질렀던 일에 대한 죄책감 따위는 다솜에게 단 1그램조차 존재하지 않았다. 물론 자칫하면 한 청소년의 인생이 망가질 수 있다는 사실 역시 제

202

알 바 아니었다. 분만 풀면 그만이지.

"저기, 아무래도 그건 좀…….."

다솜이 머뭇거리며 거기까지 말했을 때, 갑자기 윤하가 성큼 가까이 다가섰다. 그리고 흠칫 놀라는 다솜의 귓가에 대고 비밀스럽게 속삭였다.

"대신에 제가 다솜 씨에게 식사를 대접하고 싶은데요."

그걸로 게임 끝이었다. 머리가 생각하기도 전에 입이 먼저 대답하고 있었다.

"네……!"

혼이 달아난 사람은 가까이에 또 있었다. 바로 예지였다.

저만치서 윤하가 다솜과 얘기하고 있는 동안, 예지는 멍하니 윤하가 있는 쪽을 쳐다보며 연신 혼잣말을 중얼거리고 있었다.

"헐, 대박. 진짜 정윤하다."

자신이 지금 폭행죄로 고소당할 판이라는 사실조차도 정윤하의 등장과 동시에 머릿속에서 날아가고 없었다.

예지는 미사에게 늘 말하곤 했다. 정윤하 진짜 싫어, 하고. 거짓말은 아니었지만 좀 더 정확히 표현하자면 싫다기보다는 밉다고 하는 게 옳겠다. 물론 아무 이유 없이 미워하는 것은 아니고, 명확한 계기가 있었다.

그러니까 재작년, 예지가 중3 때의 일이었다.

그때 예지는 한창 잘나가던 보이그룹 세븐스타의 팬이었다. 그래서 평일에 수업을 빼먹고 사전녹화 방청을 위해 방송국에 갔었다. 그리고 경비의 눈을 피해 방송국 지하주차장에 몰래 숨어들어가서 오빠들이 도착하기를 기다리다가 의외의 인물을 마주쳤다. 바로 배우 정윤하였다.

저만치서 매니저를 대동하고 걸어오는 정윤하의 모습이 마치 영화 속 슬로모션처럼 보였다. 정윤하 외의 모든 배경과 사물과 인물이 다 자체 삭제되어 보였다. TV에서 늘 보니까 잘생긴 줄이야 진작 알고 있었지만 실물을 보고 나니 촬영 기술의 한계를 새삼 깨닫게 되었다.

열여섯 나이에 첫눈에 반한다는 말의 뜻을 처음으로 알게 된 예지였다.

「와…….」

넋을 잃고 정윤하를 쳐다보고 있던 예지는 한참 후에야 정신을 차렸다. 그리고 중딩다운 패기를 발휘해서 곁에 매니저가 있거나 말거나 정윤하를 향해 달려들었다.

「오빠! 저 팬인데요, 사진 한 번만 같이 찍어주세요!」

정윤하가 돌아보았다. 그는 눈썹을 약간 찌푸리고 예지와 예지의 손에 들린 세븐스타 로고가 쓰인 응원봉을 번갈아 쳐다보더니 불쑥 물었다.

「학교는 어쩌고?」

예지는 천연덕스럽게 대꾸했다.

「오늘 개교기념일인데요?」

하지만 정윤하는 중딩의 어설픈 거짓말 따위에 호락호락 넘어가 주지 않았다.

「개교기념일인데 교복을 입고 있어? 그 가방은 뭐고?」

「그게…….」

꿀 먹은 벙어리가 된 예지에게 정윤하는 훈계하듯 엄하게 말했다.

「중학생 같은데 벌써부터 학교 빠지고 놀러 다니면 못써.」

헐. 예지는 어이가 없었다.

TV에선 늘 멋지고 세련된 남자주인공 역할만 맡는 오빠가, 하는 말은 왜 이렇게 꼰대꼰대 열매를 먹은 거야?

「공부에도 다 때가 있는 거야. 학생이 학교에서 공부를 해야지.」

하지만 정윤하는 갈수록 한술 더 떴다. 마치 교장선생님 빙의한 것 같다.

'이런 사람이었단 말이야?'

속으로 황당해하고 있는데 갑자기 찰칵, 하는 소리가 들렸다. 깜짝 놀라 고개를 들어보니 정윤하가 자기 휴대폰을 꺼내서 예지의 사진을 찍고 있지 않은가.

「어? 제 사진은 왜 찍어요?」

연예인이 되는 게 장래희망인 예지였다. 퍼뜩 엉뚱한 생각이 들었다.

「소속사에 보여주고 저 캐스팅하시려고 그러는 거죠? 네?」

「아니.」

하지만 정윤하는 휴대폰을 주머니에 넣으며 태연하게 대꾸했다.

「세븐스타 매니저한테 사진 보여주고 출입금지 시키려고.」

「네에?」

예지로서는 마른하늘에 날벼락이었다. 얼마나 치열한 경쟁률을 뚫고 당첨된 사전녹화 방청인데, 출입금지라니!

「그러니까 지금이라도 학교 가. 앞으론 학교 빼먹고 이런 데 오지 말고.」

정윤하는 어린애를 야단치듯 무서운 목소리로 말했다. 그러고 나서 돌아서기 직전에, 마지막으로 확인사살까지 서슴지 않았다.

「다음번에 또 왔다가 걸리면 그땐 멤버들한테 직접 말할 테니까.」

물론 그때 사실 윤하는 단순히 협박을 한 것에 불과했다. 아이돌 그룹과 안면이 있는 사이도 아니거니와, 설령 있다 해도 그런 오지랖을 떨 성격도 아니다. 그저 학교 땡땡이치고 오빠들 쫓아다니는 철없는 중학생을 계도하는 게 목적이었을 뿐.

하지만 예지가 그런 사실을 알 리 없었다. 결국 그날 예지는 매니저에게 쫓겨날까 무서워서 녹화장에는 들어가지도 못하고 쓸쓸히 발길을 돌려야 했다.

그리고 그날부터 예지는 정윤하의 안티가 되었다.

어찌어찌 하다 보니 그 후로 얼마 안 가 세븐스타에게서는 관심이 식었다. 대신에 그 관심이 온통 다 정윤하에게로 쏠렸다. 전에는 그냥 잘생긴 유명배우쯤으로 생각했던 것이, 이제는 기를 쓰고 그가 나오는 작품마다 본방사수하면서 일일이 트집을 잡게 되었다. 미스캐스팅이라는 둥, 연기에 발전이 없다는 둥.

예지는 진심으로 정윤하가 미웠다. 하지만 왜 미운 건지는 잘 깨닫지 못하고 있었다. 그렇게 멋진 사람은 태어나서 처음 봤는데, 첫눈에 반했는데. 정작 그 사람에게서 어린애 취급당하고 훈계만 한바탕 들은 게 속상해서라는 건 몰랐다.

게다가 사랑과 미움은 종이 한 장 차이라는 걸 깨닫기에도, 예지는 아직 어렸다.

어쨌든 중3 때 있었던 그 사건 이후, 예지가 정윤하를 실제로 보기는 오늘이 처음이었다.

"어, 언니."

예지는 다솜과 얘기하고 있는 윤하에게 시선을 못박은 채로 미사를 불렀다.

"왜?"

어디론가 나갔다가 곁으로 돌아온 미사가 대꾸했다.

"정윤하가 여긴 왜 온 거야? 저 미친 아줌마랑 무슨 얘길 하는 거지?"

"그, 글쎄. 그걸 내가 어떻게 알겠어?"

왠지 미사의 말투가 석연치 않았지만 이미 정윤하의 존재에 정신이 팔려버린 예지는 깨닫지도 못하고 있었다.

무슨 얘긴지는 모르지만 이윽고 대화가 일단락된 모양이었다.

"정말 고맙습니다."

정윤하가 다솜을 향해 그렇게 말하며 미소를 짓는 순간, 예지는 속이 마구 뒤틀리는 것을 느꼈다.

윤하 오빠, 그 아줌마 순 나쁜 년이에요! 웃어주지 마요!

하지만 다음 순간, 정윤하의 날카로운 시선이 이쪽을 향해 날아왔다.

"가해 학생도 제 팬인 모양인데, 다솜 씨 대신에 제가 따끔하게 야단을 쳐 두도록 하죠."

다솜이 형사와 얘기하는 동안 정윤하가 예지를 향해 성큼성큼 다가왔다.

예지로서는 그저 억울할 뿐이었다. 아까 다솜을 두들겨 패준 데 대해서는 전혀 후회가 없었다. 후회되는 게 있다면 걸레 자루로도 좀 더 패줄걸 그랬다, 하는 것뿐.

별로 폭력을 좋아하지는 않았지만 법은 멀고 주먹은 가까운 법이었다. 사람 하나를 그토록 괴롭혀놓고도 저 아줌마는 여태 아무 벌도 받지 않았으니까, 예지에게 있어서 이건 말하자면 민간 차원의 정의 구현이었다.

그런데 칭찬은커녕 야단을 맞아야 하다니, 그것도 정윤하에게!

정윤하는 예지의 바로 눈앞에서 걸음을 멈췄다. 서늘한 시선이 말없이 예지를 응시했다.

예지는 기겁을 해서 눈을 내리깔았다.

"……."

전에 만나봐서 성격은 대충 아는 터다. 또 저번처럼 학생이 어쩌고저쩌고 하면서 막 야단치겠지, 알지도 못하면서.

억울한 마음에 그만 눈물이 핑 돌고 만 그 순간이었다. 갑자기 정수리에 손길이 느껴져서 예지는 깜짝 놀라 고개를 들었다.

"……?"

정윤하가 손을 뻗어 제 머리를 헝클어뜨리듯 쓱쓱 쓰다듬고 있었다. 놀란 예지의 몸이 순간적으로 뻣뻣하게 굳어졌다.

잠시 후, 정윤하는 주위에 들리지 않을 만큼 낮은 목소리로 이렇게 말했다.

"아주 잘했어."

다솜은 그 자리에서 고소를 취하했다. 한번 고소를 취하하면 같은 일로는 다시 고소하지 못한다고 형사가 귀띔해주었지만 들리지도 않았다. 바로 옆에 계속 정윤하가 서 있었으니까!

"내 부탁 들어줘서 정말 고마워요."

윤하는 그렇게 말하며 다솜을 직접 경찰서 밖까지 에스코트해주기까지 했다.

워낙 대중적인 작품을 많이 하지만, 작품 외에는 극히 노출이 적은 배우였다. 예능 같은 데 출연하지 않는 건 물론, 인터뷰조차 많이 하지 않아서 실제 성격도 잘 알려져 있지 않은 게 정윤하다.

그런데 로코의 제왕이라는 별명답게 실재로도 이렇게 상냥하고 매너 있는 사람이었구나! 다솜은 감동했다.

윤하와 나란히 경찰서에서 나오는 길이 다솜에게는 마치 꽃길처럼 느껴졌다. 예지와 미사가 보고 있어서 한층 더 어깨가 으쓱해졌다.

한편 등 뒤에서 예지와 함께 따라오고 있는 미사는 속이 상해 어쩔 줄 몰랐다.

물론 윤하가 지금 연기 중이라는 사실은 처음부터 깨닫고 있었다. 멀찍이 떨어져 있어서 다솜과 무슨 얘기를 하는지는 잘 듣지 못했지만, 표정을 보는 순간 바로 알았다. 심지어 어떤 캐릭터를 연기하는 중인지도 눈치챘다. 현재 방송되고 있는 드라마 '위험한 신입사원'의 남주인공 차승현이었다. 그야 진짜 정윤하는 저런 식으로 눈웃음을 짓는 사람이 아니었으니까.

하지만 연기라는 걸 뻔히 눈치챘으면서도 윤하가 다솜을 향해 상냥하게 웃으며 이야기하는 걸 보자 역시나 미사는 속이 상했다.

그러고 보니 아까 다솜은 윤하를 가리켜 오빠라고 말했었다. 정작 아내인 자신은 기억을 잃기 전에도 윤하 씨라고 불렀다고 했는데. 게다가 좋아서 어쩔 줄 모르는 다솜의 표정을 보니 윤하를 단순히 친구 남편으로만 보고 있지는 않은 게 분명했다.

'대체 나는 무슨 생각으로 저 애를 아저씨한테 소개시켰던 거지?'

도대체 스물여덟 살의 미사는 머릿속에 뭐가 들어 있었던 걸까. 뭔가 이유야 있었겠지만, 도대체 그 대단한 이유가 뭔데 그랬느냐고 묻고 싶어 미칠 지경이었다. 잃어버린 기억이 오늘처럼 안타까웠던 적이 없었다.

눈앞에서 윤하와 다솜이 나란히 다정하게 경찰서를 나서는 걸 보자니 미사는 속상해서 눈물이 날 것만 같았다. 아저씨는 내 남편인데!

생각 같아서는 보란 듯이 윤하와 팔짱이라도 끼고 싶었지만 그럴 수도 없었다. 곁에 예지도 있는 데다가 경찰들도 여럿 뒤따라 나와서 이쪽을 흥미진진하게 쳐다보고 있었으니까.

미사가 아무도 모르게 속상해하고 있는 가운데, 이윽고 다솜이 핸드백에서 명함을 꺼내 수줍게 윤하에게 내밀었다.

"저어, 이거 제 명함이에요."

그런데 윤하는 손을 내밀어 명함을 받는 대신에 이렇게 되물었다.

"이걸 왜 나한테?"

갑자기 말투가 무뚝뚝하게 느껴져서 다솜은 당황했지만 애써 웃으며 대답했다.

"만나서 식사하려면 서로 연락처 정도는 알고 있어야 하잖아요."

윤하는 조용히 눈살을 찌푸렸다.

"그러니까 내가 왜 그쪽하고?"

이번에야말로 다솜은 정말 당황하고 말았다. 뭐야, 이 갑자기 돌변한 태도는?

"저어, 아까 저한테 식사 대접하고 싶으시다고……."

"아, 그거."

그제야 윤하는 기억났다는 듯이 고개를 끄덕였다. 그러더니 갑자기 안주머니에서 지갑을 꺼냈다.

"자, 이걸로 뭐든지 마음대로 먹어요."

수표 한 장이 불쑥 눈앞에 내밀어졌다. 다솜은 어안이 벙벙했다.

"네……?"

"제가 식사 대접하기로 하지 않았습니까."

윤하가 더 말 섞기도 귀찮다는 듯이 되물었다.

"뭔가 문제라도?"

이쯤 되자 다솜도 겨우 알 수 있었다. 정윤하가 자신을 속였다는 사실을. 그것도 일부러 조롱하고 있다는 것을.

다솜은 지독한 모욕감과 함께 배신감에 휩싸였다. 그 와중에도 의문이 들었다.

분명 정윤하는 자신과 초면이었다. 그런데 팬이기까지 한 자신에게 대체 왜 이런 짓을?

"대체 저한테 왜 이러시는 거예요? 제가 무슨 잘못이라도 했나요?"

그렇게 묻는 다솜의 목소리가 심하게 떨렸다.

"글쎄."

윤하가 다솜을 쳐다보았다. 그리고 피식 웃고는 태연하게 대꾸했다.

"그냥, 그쪽이 재수 없어서."

경악한 나머지 굳어진 다솜에게는 더 이상 눈길조차 주지 않고, 윤하는 미사와 예지를 향해 고개를 돌렸다. 그리고 차가 세워져 있는 쪽을 턱짓으로 가리키며 단 한마디, 이렇게만 말했다.

"가자."

다정함이라고는 조금도 느껴지지 않는 말투. 무뚝뚝하기 그지없는 표정. 차승현이 아니라 정윤하 본인이었다.

하지만 그 순간, 미사의 심장은 사정없이 큰 소리를 냈다.

두근!

06 / 너무 멀리 와버렸어

"그래서 결국, 또 못 찾았다고?"

"네, 도련님. 근처 숙박시설들을 샅샅이 뒤진다고 뒤졌는데, 아시다시피 해운대가 워낙 넓다 보니……."

현우의 개인비서가 민망한 표정으로 고개를 푹 숙였다.

어제저녁 늦게, 미사 명의로 된 신용카드가 부산 해운대 근처의 식당에서 사용되었다. 급히 집안 비서들을 모두 부산으로 보냈지만 허탕만 치고 돌아온 것이었다.

이런 일이 열흘 사이에 벌써 몇 번째인지 몰랐다. 신용카드 사용 기록으로 미사의 행적이 잡힐 때마다 그쪽으로 비서들을 보냈지만, 그때마다 미사는 이미 자취를 감춘 후였다. 그리고 다음 날이나 그다음 날쯤에는 또 전혀 다른 지역에서 카드가 사용되곤 했다.

처음에는 혹시 본인이 아닌 게 아닌가, 하고 생각했지만 비서들이 입수해 온 CCTV 영상 몇 개를 보고 나서는 의심이 풀렸다.

대부분 화질이 좋지 않아서 얼굴이 정확하게 찍혀 있는 것은 없었지만, 옷차림과 헤어스타일, 키나 몸매 등으로 미루어 보아 미사 본인이 맞았다. 현우 자신이 직접 골라 선물했던 옷을 입고 찍힌 영상도 있었으니까.

"죄송합니다, 현우 도련님."

비서가 고개를 깊이 숙였다. 화가 치밀었지만 현우는 꾹 눌러 참았다. 비서는 비서지 해결사가 아니지 않은가. 경찰 협조도 없는 상황에서 한정된 정보만 가지고 사람을 찾자니 힘든 것도 당연했다.

미사 본인이 직접 여행을 다녀올 테니 찾지 말아달라고 하고 사라졌으니 경찰에 실종신고 해도 단순 가출로 볼 것이 틀림없었다. 애초에 실종신고를 하기도 힘든 사정이기도 했고.

현우의 아버지인 서 의원은 여당 소속의 원내 대표이자 4선 국회의원이었다. 그것도 차기 대권 주자로 거론되고 있는. 그런 서 의원의 예비며느리가 결혼을 앞두고 갑자기 잠적했다고 경찰에 실종신고를 했다가 기자들이 냄새라도 맡았다가는 큰일이었다.

해결사나 흥신소 등 사설 탐정에게 의뢰하기는 더더욱 꺼려졌다. 사람을 찾는 건 그들이 전문이니까 당장은 일이 쉬울지 모르겠지만, 결국은 약점을 잡힐 위험이 있었다. 그리고 정치인이라는 건 누구에게도 약점을 드러내서는 안 되는 법이었다. 특히나 그런 어둠의 일을 하는 부류들에게는 더욱더.

결국 쉬쉬하면서 집안 비서들만 가지고 찾자니 일이 느릴 수밖에 없는 거였다.

"알았으니까 나가봐."

현우는 퉁명스럽게 말했다. 그리고 비서가 방을 나가자마자 쓰레기통을 발로 걷어차며 울화통을 터뜨렸다.

"젠장!"

하루아침에 휴대폰까지 해지하고 잠수를 타버린 미사에게 분통이 치밀었다. 그녀가 잠적한 이유가 명확하지 않아서 더 그랬다.

차라리 정윤하 때문이라면 그나마 낫다. 하지만 진짜로, 알아서는 안 될 것을 알아버렸기 때문이라면?

'아니, 그건 아닐 거야. 미사가 내 약점을 잡았다면 벌써 나한테 파혼하자고 요구했겠지.'

현우는 그렇게 애써 스스로를 안심시켰다.

처음에는 분명 정윤하와 함께 있을 거라고 의심했지만 정윤하는 현재 방송 중인 드라마 때문에 밤낮없이 촬영에 매진 중이었다. 한편 미사는 홍길동 뺨치게 여기저기 전국을 돌아다니고 있는 중이고.

그러니 둘이 함께 있을 리는 없는데, 정윤하 때문이 아니라면 대체 왜 갑자기 종적을 감춰버린 것일까. 날이 갈수록 현우는 점점 더 초조해지고 있었다.

이유가 뭐든지 간에 정윤하와 연락은 하고 있을 거라는 생각이 들었다.

「약혼자도 모르는 일을 제가 어떻게 알겠습니까.」

하지만 자신이 전화해서 묻자 정윤하는 전혀 모르는 일이라는 듯이 딱 잡아뗐다.

「앞으로는 두 사람 사이의 문제로 이렇게 연락하는 일, 없었으면 좋겠군요.」

심지어 그렇게 말하고 나서 멋대로 전화를 끊어버리기까지 했다.

무심코 창밖을 바라보자 맞은편 빌딩에 설치된 대형 옥외 광고판이 보였다. 마침 그 자리에 걸려 있는 것은 정윤하가 얼마 전부터 새로 시작한 커피 광고.

창가로 다가가 광고를 쳐다보며 현우는 입속으로 중얼거렸다.

"우리 두 사람 사이의 문제라……."

미사와의 사이에 문제라면 단 하나뿐이었다. 지금 눈앞에 있는 저 배우 녀석. 저 놈이 나타나기 전까지는 아무 문제도 없었다.

부드러운 미소를 지은 채 커피 잔을 들고 이쪽을 쳐다보고 있는 정윤하를 싸늘한 시선으로 마주 쳐다보며, 현우는 결심을 다졌다.

'미사가 뭐라고 하든, 결혼식을 올리고 나면 저 녀석을 아예 끝내 버리고 말겠어.'

촤르륵!

현우가 커튼을 닫아버렸다.

⁎⁂⁎

사실 미사가 실제로 다솜에게 직접 괴롭힘을 당한 적은 한 번도 없었다.

「그냥, 네가 재수 없어서.」

하지만 미사에게는 다솜이 피식 웃으며 했던 그 말 한마디가, 그동안 당했던 모든 괴롭힘을 다 합친 것보다도 훨씬 더 아팠다. 이쪽은 죽고 싶을 만큼 절박한 심정이었으니까. 아파도 너무 아파서, 언젠가는 똑같은 말로 꼭 되돌려주고 싶었다.

물론 말도 안 되는 일이었다. 학교의 공주님인 정다솜에게, 대학 문턱도 못 가볼 고아에 불과한 자신이 그런 말을 할 만한 상황이 대체 뭐가 있을까. 그래서 미사는 그런 장면조차 상상해본 적이 없었다.

……그런데, 그 일이 실제로 벌어졌습니다.

「그냥, 그쪽이 재수 없어서.」

윤하가 다솜을 향해 그렇게 말하는 순간, 미사의 시선은 자연스럽게 다솜의 얼굴로 향했다. 그리고 당혹감과 모욕감, 그리고 굴욕감으로 범벅이 된 다솜의 표정을 보고 내심 깜짝 놀랐다.

아, 저 애도 저렇게 상처받은 얼굴을 할 수가 있구나.

「가자.」

정작 윤하 본인은 그렇게 툭 내뱉어놓고는 별일도 아니라는 듯이 쿨하게 뒤돌아섰지만, 미사는 달랐다. 경찰서에서 나와 집으로 돌아가는 길에서부터 몇 번이나 그 장면을 머릿속에서 반복재생 시키고 있었다.

역시 연기자다. 자신이 직접 했어도 그렇게 냉소적으로 말하지는 못했을 것 같았다. 예지가 다솜을 내걸레로 마구 두들겨 팼을 때보다도 훨씬 더 속이 후련했다. 게다가 윤하는 제 남편이 아닌가. 비록 제 입으로 말한 건 아니지만, 직접 한 거나 다름없었다. 부부는 일심동체니까!

거기까지 생각하다가 미사는 문득 가슴이 철렁했다.

'맞아, 아저씨는 내 남편이지.'

물론 지금까지도 알고는 있었다. 하지만 새삼스럽게 놀라웠다.

정윤하가 내 남편이라니.

"……."

언제나 그렇듯 입을 꾹 다문 채로 앞만 보며 운전하고 있는 윤하를, 미사는 힐끔 곁눈질로 훔쳐보았다. 그림 같은 옆모습이 눈에 들어오는 순간 가슴이 커다랗게 술렁였다.

'준서 오빠보다 훨씬 잘생겼잖아?'

뭐랄까, 이제야 눈이 제대로 뜨인 것 같은 기분이었다. 왜 여태 느끼지 못하고 있었을까. 김준서보다 아저씨가 열 배는 더 잘생겼는데. 미사는 넋을 잃고 윤하를 바라보았다.

너무 빤히 쳐다보았던 걸까. 문득 그가 이쪽을 힐끔 쳐다보았다.

"왜 그래?"

"아, 아무것도 아니에요!"

눈이 마주치는 순간 미사는 죄라도 지은 사람처럼 화들짝 놀라 얼른 시선을 돌렸다. 윤하는 무슨 생각을 했는지 불쑥 말했다.

"그 꼬마는 민호가 집까지 잘 데려다 줄 테니 걱정 마."

아, 예지. 그러고 보니 아까 경찰서에서 헤어진 후 예지 일은 까맣게 잊고 있었다. 윤하는 민호에게 택시로 예지를 집까지 데려다 주라고 지시한 후, 미사만 데리고 차에 탔던 것이다.

'언니! 대체 정윤하랑은 어떻게 아는 사이야?'

예지가 숨넘어가게 묻는 목소리가 귀에 선하게 들려오는 것 같아서 미사는 저도 모르게 한숨을 쉬었다. 대체 뭐라고 대답을 해야 할까. 사실대로 남편이라고 대답할 수 없는 자신의 입장이 처음으로 서운하게 느껴졌다. 지금까지는 극히 당연한 일이라고 생각했는데.

문득 다솜이 떠올랐다. 표정만 봐도 윤하가 좋아서 어쩔 줄 몰라 하는 티가 나던데.

'내가 아저씨랑 결혼한다는 말을 들었을 때 걔 표정이 어땠을까?'

자신이 그 장면을 기억하지 못하는 게 안타깝기 그지없었다.

"있잖아요, 아저씨."

"음."

아무래도 눈에 이어서 귀까지 어떻게 된 모양이다. 평소처럼 입 조차 열지 않고 하는 무뚝뚝한 대꾸가, 오늘따라 이상할 정도로 다 정하게 들렸다.

"저 말이에요, 다솜이하고 많이 친했어요?"

윤하는 영문을 모르겠다는 듯한 표정으로 되물었다.

"사이가 나빴다고 하지 않았나? 그쪽이 널 괴롭혔다면서."

"그건 고등학교 때고요. 어른이 된 후에는 친하게 지냈던 것 같은데요."

"글쎄, 난 처음 듣는 얘긴데."

미사는 고개를 갸웃거렸다.

"어, 이상하다. 걔가 우리 결혼하는 것도 알고 있던데요?"

그 순간 차가 끼익, 하고 급정거하는 바람에 하마터면 미사는 깜짝 놀라 소리를 지를 뻔했다.

"뭐라고 했다고?"

차를 길 한복판에 세워놓은 채 윤하가 물었다. 표정은 어디까지 나 평소와 다름없이 침착한데, 왠지 목소리는 조금 떨리는 것처럼

219

들렸다.

"저한테 결혼 준비는 잘돼가느냐고 물었어요. 오빠 잘 있느냐면서 아저씨 안부도 물었고요. 전에 만난 적 있었던 거 아녜요?"

윤하는 말이 없었다. 그리고 한참 후에야 불쑥 말했다.

"직접 만난 적은 없어. 아마도 내 팬이라서 오빠라고 불렀던 모양이지."

"아, 그런 거예요? 난 또!"

미사는 어이가 없었다. 말투만 들으면 꼭 되게 친한 오빠처럼 들렸는데, 한 번도 만난 적이 없단 말이야?

"그럼 걔는 제가 아저씨랑 결혼한다는 얘기 듣고 엄청 배가 아팠겠어요."

"그럴 수도."

"대체 저는 왜 그런 애랑 계속 연락하고 지냈던 걸까요?"

"글쎄."

다시 차가 출발했다. 하지만 돌아오는 대답은 왠지 모두 건성처럼 들렸다. 입술을 꾹 다문 채로 운전을 계속하던 윤하가, 갑자기 툭 하고 물었다.

"혹시 그 정다솜이라는 여자하고 다시 연락할 생각인가?"

"누구요? 저요?"

"그래."

"당근 아니죠! 제가 미쳤어요? 오늘 본 것만으로도 완전 재수털……."

말하다 말고 미사는 황급히 입을 다물었다. 아무래도 예지랑 놀다 보니 저도 모르게 험한 말투가 옮는 경향이 있다. 남편 앞이니까, 말투는 예쁘게 해야지.

"……아니, 끔찍한데요."

차디찬 경찰서 바닥에 무릎까지 꿇었던 걸 생각하면 치가 떨렸다. 그 후에 윤하가 멋지게 복수해주긴 했지만.

「그냥, 그쪽이 재수 없어서.」

또다시 아까의 그 장면이 떠올라서 미사의 얼굴이 발그레하게 달아올랐다.

이번에 새로 개봉한 작품을 빼면, 여태껏 윤하가 출연한 작품은 모두 본 미사였다. 하지만 아까의 윤하는 단언컨대 지금껏 그 어떤 드라마나 영화에서 연기했던 역할보다도 멋있었다.

그동안 계속 의문이었다. 대체 나는 이 말수 적고 재미없는 아저씨의 어디를 사랑했던 걸까. 하지만 이제는 확실히 이해할 것 같았다. 기억나지 않는 자신의 마음을.

'……나라도 좋아했을 것 같아.'

미사는 진심으로 그렇게 생각했다.

처음으로, 배우 정윤하가 아닌 진짜 성윤하 쪽으로 마음이 기울어져 가고 있었다.

⁘❀⁘

한편 민호는 예지와 함께 택시의 뒷좌석에 나란히 타고 이동 중이었다. 마침 택시 기사 아저씨가 틀어놓은 라디오에서는 흘러간

팝송이 홍겹게 울려 퍼지고 있었다.

You're just too good to be true
(당신은 정말 너무나 아름답네요)
Can't take my eyes off you
(당신에게서 눈을 뗄 수가 없어요)

가방끈이 극도로 짧아 팔자에 영어라곤 없는 민호로서는 물론 알아듣지 못했지만, 이 노래 가사야말로 현재 그의 심정을 완벽하게 대변하는 것이었다.

경찰이라면 딱 질색인 민호는 아까 윤하가 경찰서 안에 들어가 있는 동안 계속 차 안에서 기다리고 있었다. 그리고 한참 후에 나타난 윤하는 미사, 그리고 웬 처음 보는 아가씨와 함께였다.

「집이 어딘지 물어보고 택시로 데려다 줘.」

늘 말이 짧은 윤하는 눈짓으로 그 처음 보는 아가씨를 가리키며 그렇게 지시하고는, 미사만 데리고 가버렸다.

그리고 그 아가씨를 처음 본 순간, 민호는 그대로 시간이 멈추는 것을 느꼈다.

직업이 매니저다. 이 아가씨도 분명 꽤나 예쁘긴 했지만, 미모만으로 따지자면 훨씬 예쁜 여배우들도 숱하게 보고 사는 민호였다. 하지만 이 아가씨, 예지에게는 평소에 보는 여배우들에게는 없는 매력이 있었다. 톡톡 튀는 발랄함과 당당함, 그리고 천진할 정도의 순수함. 마치 온몸에서 생기가 흘러넘치는 듯한 느낌이었다.

즉 한마디로 말하자면 첫눈에 반하고 말았다는 뜻이다.

"전 김예진데요, 오빠 이름이 뭐예요?"

옆에 앉은 예지가 눈을 반짝반짝 빛내며 물었다. 민호는 차마 예지의 얼굴을 쳐다보지 못한 채 부동자세로 전방만 주시하며 대답했다.

"도, 도민호라고 합니다."

순간 예지가 까르르, 맑은 웃음을 터뜨리는 바람에 민호는 머쓱해졌다. 보나마나 '도미노'라고 놀림을 받겠구나.

민호가 그렇게 각오한 순간, 예지는 생각지도 못한 말을 했다.

"도민호면 도민준 동생이네요?"

평생 어디서 이름만 말했다 하면 도미노라고 놀림만 받아온 민호는 그만 놀라서 예지를 똑바로 쳐다보았다. 이런 신선한 반응은 처음이다!

"도 매니저! 그렇게 불러도 돼요?"

예지가 드라마 속의 전지현처럼 눈초리를 가늘게 뜨며 생긋 웃는 순간, 그만 민호는 목덜미까지 새빨개지고 말았다. 심장이 폭발할 것같이 두근거린다. 옆에 앉은 예시에게 들릴까 봐 겁이 날 지경이었다.

"근데 도 매니저."

"예?"

"도 매니저는요, 윤하 오빠랑 완전 친하겠네요?"

이 아가씨, 여대생쯤 돼 보이는데 말투는 이상하게 어린애 같다. 이미 눈에 뭐가 씌어 있는 상태인 민호로서는 그런 점이 오히려 더 매력적으로 느껴졌다.

민호는 쑥스러워하며 대답했다.

"그야 당연히……."

그냥 친한 정도가 아니다. 미사가 기억을 잃기 전까지는 사실 윤하의 집에서 둘이 같이 살고 있었으니까.

지금도 민호는 그날의 일을 생각하면 눈이 핑핑 돌 지경이었다. 하루아침에 제 짐을 다 빼고 살았던 흔적도 싹 다 지우고, 웨딩사진을 합성해다가 액자로 제작해서 걸고, 가짜 혼인신고서를 준비하고, 거기에 미사의 짐까지 다 옮겨오고…… 이 수많은 일들을 단 몇 시간 안에 처리해야 했으니까. 다행히 돈이면 뭐든지 되는 세상이라 어떻게든 해내긴 했지만, 정말이지 육이오 때 난리는 난리도 아니었다.

게다가 윤하는 자초지종을 먼저 친절하게 설명하고 나서 지시하는 타입이 아니었다. 덕분에 아닌 밤중에 홍두깨 같은 지시를 닥치고 따르느라 얼마나 답답했는지.

어쨌든 그날로 민호는 윤하의 집에서 나오게 됐고, 지금은 근처에 따로 오피스텔을 얻어서 지내고 있었다.

"저어, 미사 누나하고는 어떻게 아는 사이신지……?"

이번에는 민호가 용기를 내서 먼저 물었다.

"음…… 피만 안 섞인 친자매 같은 거?"

그렇게 대답하고 나서 예지는 자기도 우습다는 듯이 어깨를 으쓱했다.

"말이 쫌 이상하죠? 헤헤."

하지만 민호는 완벽하게 이해했다. 자신도 윤하와 그런 사이였으니까.

"아, 아닙니다. 이해했습니다."

피는 안 섞였지만 여태 한 번도 윤하를 남이라 생각해보지 않았다. 친형이나 다름없다. 그건 윤하도 마찬가지라는 데 민호는 추호도 의심이 없었다. 물론, 졸지에 집에서 쫓겨난 건 서운하지만.

"근데요. 대체 정윤하가 미사 언니를 어떻게 아는 거예요?"

문득 예지가 궁금해 죽겠다는 듯이 묻는 바람에 민호는 가슴이 철렁했다.

질문으로 미루어 보아 이 아가씨는 두 사람의 사이에 대해 전혀 모르는 모양인데, 도대체 이걸 뭐라고 대답해야 할지 모르겠다.

'둘이 부부인데요. 사실은 그게 다 거짓말이고 시한부 가짜 남편입니다.'

이렇게 곧이곧대로 대답할 수는 없지 않은가!

"그게, 저어, 그러니까……."

민호가 우물쭈물하자 예지가 갑자기 무슨 생각을 했는지 헉, 하고 정색을 했다.

"미사 언니가 가정부 일 한다는 얘기는 들었는데! 설마 집주인이 정윤하인 거 아녜요?"

"예?"

"제 말이 맞죠? 그죠?"

민호는 굉장히 당황했지만 어쩔 수 없이 고개를 끄덕이고 말았다. 지금은 그 이상의 변명이 떠오르지 않았으니까.

"아, 예……."

"대박! 와아, 미사 언니! 정윤하네 집에 살면서 나한테는 여태 말도 안 하고! 배신감 쩔어!"

감정 표현이 무척 풍부한 아가씨다. 혼자서 놀랐다가, 기뻐했다가, 화를 냈다가 하는 예지를, 민호는 당황한 눈으로 쳐다보았다.

이윽고 예지의 집 근처에 택시가 멈췄다.

"데려다 주셔서 고마워요. 그럼 나중에 또 봐요, 도 매니저!"

"자, 잠깐만요, 예지 씨."

활기차게 인사하고는 미련 없이 택시에서 내리려는 예지를, 민호는 평생의 용기를 다 쥐어짜내서 붙잡았다.

"저어, 혹시 괜찮으시면 전화번호 좀……."

식은땀을 흘리며 말했는데, 예지는 눈이 휘둥그레지며 되물었다.

"대박! 지금 제 전화번호 따는 거예요? 진짜로?"

제 손으로 민호의 휴대폰을 빼앗아서 전화번호를 입력하고, 제 휴대폰에도 민호의 전화번호가 찍히는 것까지 확인하고 나서야 예지는 휴대폰을 돌려주었다.

"그럼 도 매니저! 우리 또 봐요!"

활짝 웃으며 손을 흔들고 멀어져가는 예지의 뒷모습을, 민호는 멍하니 바라보았다.

물론, 상대가 미성년자일 거라고는 꿈에도 상상조차 못 하고 있었다.

경찰서에서 돌아오자마자 윤하는 한숨도 돌리지 못하고 드라마 촬영장으로 가야 한다며 서둘렀다. 그 바쁜 와중에도 볶음밥을 만들어 미사의 저녁식사를 챙겨주는 것은 잊지 않고.

"다녀올게."

"언제쯤 집에 돌아오세요?"

어차피 기약이 없다는 걸 알면서도 서운한 나머지 미사는 묻지 않을 수 없었다.

"글쎄, 나도 잘."

물론 돌아온 대답은 예상대로였다.

"……알았어요."

시무룩하게 대답하자 윤하는 미사가 자신을 걱정한다고 생각한 모양이었다.

"이제 2화 정도만 더 찍으면 돼. 이것만 끝나고 나면 푹 쉴 테니까."

달래듯 살짝 어깨에 손끝이 닿는 순간, 미사는 긴장해서 흠칫 몸이 굳어졌다.

"다, 다녀오세요."

심장이 너무 두근거린 나머지 목소리까지 떨린다. 그런 미사의 상태를 전혀 눈치채지 못했는지, 윤하는 말없이 고개를 끄덕여 보이고는 서둘러 집을 나갔다.

그날 밤, 집에 혼자 남은 미사는 잠도 제대로 이루지 못했다. 머릿속에는 오로지 정윤하, 정윤하, 정윤하뿐이었다. 배우 정윤하가 아니라 진짜 정윤하.

상대가 남편이기 때문일까. 이게 어떤 감정인지는 금세 깨달을 수 있었다.

……연애 감정.

열여덟 살까지 사는 동안, 미사는 여태 이성을 좋아해본 적이 없었다. 김준서 같은 연예인 말고 실제로 가까이에 존재하는 남자를 좋아해본 적은 없었다는 뜻이다. 그야 정윤하도 연예인이긴 하지만 이건 경우가 다르니까.

쉽게 말해 첫사랑이었다. 물론 기억하는 한 그렇다는 거지만. 그리고 처음으로 품은 진짜 연애 감정은, 연예인을 향한 팬심과 닮아 있으면서도 또 전혀 다른 종류의 것이었다. 최소한 여태 준서 오빠 생각에 잠 못 이루어본 적은 없었으니까.

밤새도록 미사는 잠 못 자고 윤하에 대해서 생각했다. 자신의 감정을 깨닫고 나니 상대의 감정이 궁금해졌다. 자연스러운 수순이었다.

'아저씨는 나를 좋아할까?'

그야 좋아하니까 결혼했겠지만 평소의 태도로 봐서는 느끼기가 힘들었다. 늘 무뚝뚝하고 데면데면해서 남편이라는 사실조차 깜빡깜빡 잊어버릴 정도다.

'원래 성격이 그래서? 아니면 내가 어린애가 되어버려서?'

아마도 후자일 것 같았다. 보통의 신혼부부라면 당연히 오가야 할 스킨십이라든가, 애정표현 같은 것이 자신과 윤하의 사이에는 전혀 없었으니까.

'진짜 미사한테는 이렇게 대하지 않았겠지.'

분명 키스도 하고, 사랑한다고 말하기도 했을 거였다.

'사랑해.'

그렇게 속삭이는 윤하를 상상한 순간 미사는 그만 슬퍼지고 말았다. 어린애인 자신에게는 평생 그렇게 말해주지 않을 것 같아서.

이렇게 좋아하는데 상대는 자신을 어린애 취급만 한다. 윤하가 사랑한 그 여자가 너무 부러워서 눈물이 날 것 같았다.

가장 슬픈 것은, 그 여자도 결국은 자기 자신이라는 사실이었다.

다음 날은 토요일이었다. 아침부터 초인종 소리가 시끄럽다 했더니 역시나 예지였다.

대체 어떻게 둘러대야 하나, 하고 고민했는데 결론적으로 그럴 필요가 없었다. 예지는 대문 밖으로 나온 미사의 얼굴을 보자마자 숨넘어가게 물었던 것이다.

"언니! 이 집주인이 정윤하라며?"

"응?"

"오리발 내밀 생각 하지 마. 어제 정윤하 매니저 오빠한테 다 들었거든?"

윽박지르듯 눈을 부라리더니 예지는 금세 발을 동동 굴렀다.

"언니 진짜 대박이다! 대체 어떻게 그런 일자리를 구한 거야?

응?"

"아니, 그게……."

"어쩐지, 무슨 집이 밖에서 봐도 쩔더라. 지금 윤하 오빠 안에 있어?"

"아, 아니. 촬영하러 가고 없는데."

"그래? 그럼 언니, 나 살짝 안에 좀 들어가보면 안 돼? 정윤하 집 보고 싶단 말이야."

갑자기 예지가 조르는 바람에 미사는 당황했다.

"언니이이이! 한 번마안, 응?"

하지만 아무리 졸라도 안 되는 건 안 되는 거였다. 거실에 웨딩사진이 걸려 있으니까!

"미안한데 그건 안 돼. 집주인이 외부인 들이는 거 정말 싫어한단 말이야."

"조용히 들어갔다 나오면 되잖아!"

"그래도 안 돼. 괜히 들켰다가 잘리면 나 어디 가서 뭐 먹고사니?"

그쯤 얘기하자 예지도 서운한 표정은 하면서도 더 우기지는 않았다. 미사는 가슴을 쓸어내리며 예지를 늘 가는 카페로 이끌었다.

"어젠 내가 잘못했어. 괜히 언니 무릎까지 꿇게 만들구. 그 아줌마가 경찰까지 부를 줄 알았으면 나도 성질 좀 죽이는 건데."

마실 것을 주문하자마자 예지는 사과부터 했다. 미사는 황급히 두 손을 내저었다.

"아냐, 정말 아니야! 나 속이 다 시원했는걸."

곁에서 말리기는 했지만 솔직히 한편으로는 고소했던 것도 사실이었다.

"언니가 그렇게 생각해주면 다행이구, 헤헤."

혀를 쏙 내밀어 보이며 웃는 예지를, 미사는 눈을 가늘게 뜨고 바라보았다. 얼굴도 예쁘고 마음도 예쁜 내 동생.

"참, 언니. 근데 나 어제 정윤하 매니저 오빠한테 전화번호 따였다?"

"민호 오빠?"

"응. 내 눈친데, 나 데뷔 각인 거 같아!"

"와! 진짜 그런 건가?"

미사도 충분히 가능성이 있다고 생각했다. 예지는 저렇게 예쁘니까.

"정윤하 소속사에서 데뷔하면 연기할 기회도 많이 오겠지? 그럼 언젠가 정윤하랑 같은 작품에도 끼워 넣어줄 거고. 그러면 선배니임, 하고 부르면서 친해지는 거야!"

예지가 두 손을 모으고 가슴에 갖다 대며 꿈꾸는 듯한 표정을 했다. 어디까지나 소녀다운 상상에 불과했지민 미사는 가슴이 철렁했다.

"너 언제는 정윤하 싫다면서?"

"아, 그거. 내가 어제 확실히 깨달았는데,"

요거트 스무디를 한 모금 마시고, 예지가 아무렇지도 않게 대꾸했다.

"싫은 게 아니라 좋은 거였어."

"뭐?"

"나 정윤하 좋아한다고. 완전 좋아 죽겠다고."

미사의 얼굴이 사색이 되었다. 하지만 예지는 그런 미사를 눈치 채지 못하고, 한술 더 떴다.

"두고 봐. 내가 꼭 정윤하랑 같은 회사 들어가서, 사귀고 말 테니까."

"예지 너, 아저…… 아니 정윤하가 몇 살인지는 알아?"

"서른셋."

"그럼 몇 살 차인지 알면서도 그런 말이 나와?"

"그게 무슨 상관이야? 남자 연예인들 띠동갑 정도 만나는 거 기본이지."

"띠동갑보다 더 많잖아!"

"정윤하니까 괜찮은 걸로."

"너 미성년자거든?"

"누가 지금 사귄대? 들어가서 연습생 생활 좀 하고 데뷔하려면 스무 살 금방이지 뭐."

미사가 무슨 말을 해도 예지는 태연하게 받아넘겼다. 결심이 매우 굳어 보였다.

형부를 좋아하는 처제라니, 이게 무슨 막장드라마 뺨치는 설정인가. 그렇다고 차마 사실대로 말할 수도 없고, 미사는 골치가 다 지끈거렸다.

"근데 언니. 언닌 정윤하랑 같은 집에 살면서 아무렇지도 않아?"

"어? 뭐, 뭐가?"

"잘생겼잖아. 보면 막 설레고 그렇지 않아?"

"아니! 그냥 나 월급 주는 사람이야. 워낙 바빠서 거의 보지도 못하는데 뭐."

미사는 딱 잡아뗐다. 지금 사실대로 말하면 예지가 너무 상심할 것 같아서. 저 대신 앙갚음을 해주느라 경찰서에까지 잡혀간 동생에게 차마 상처를 줄 엄두가 나지 않았다.

다행히 예지는 별로 의심 없이 그대로 믿는 눈치였다.

"그러고 보니까 언닌 남친 없어?"

남친은 없고 남편이 있지. 속으로 그렇게 생각하며 미사는 조심스럽게 말을 꺼냈다.

"저기, 사실은 있어."

"헐, 진짜? 누군데?"

"있어. 그런 사람이. 기억을 잃기 전부터 사귀던 남친인데……."

예지의 눈동자가 호기심에 반짝반짝 빛나기 시작했다.

"왜 진작 말 안 했어? 지금도 계속 만나는 거야? 기억 안 나는 사람인데도?"

"응. ……좋아하니깐."

말하는데 괜히 얼굴이 빨갛게 달아올랐다. 예지가 꺄아, 하고 탄성을 질렀다.

"너무 로맨틱하다! 같은 사람을 두 번 좋아하게 되다니, 꼭 영화 같아!"

그래, 영화였다면 다시 한 번 서로 사랑에 빠졌겠지. 로맨틱하게. 하지만 현실은 영화와는 거리가 멀었다. 불난다고 요리도 안

시킬 정도로 어린애 취급을 하는데 로맨틱은 얼어 죽을.

시무룩한 미사의 표정을 눈치챘는지 예지가 물었다.

"근데 왜, 뭐 문제 있어?"

미사는 잠시 고민했다. 이걸 예지한테 말해도 괜찮은 걸까. 하지만 결국은 누구에게라도 털어놓고 싶은 마음이 이겼다.

"사실은 있잖아……."

미사는 창피함을 무릅쓰고 입을 열었다.

"그 사람이 나를 여자가 아니라 어린애로 보는 것 같아."

"헐!"

예지가 정색을 하며 입에 물고 있던 빨대를 뺐다.

"내 손조차 잡으려고 안 해. 전혀 사귀는 사이라는 느낌이 안 들 정도야."

"그럼 언니 혼자서만 좋아하는 거라고?"

"아냐, 그 사람도 나 좋아해. 그런데 문제는 그게 어른인 나라는 거지."

"그럼 결국 짝사랑이지 뭐."

원래 예지의 말투가 저렇다는 건 알고 있지만 대놓고 들으니 미사는 한층 더 슬퍼졌다. 남편을 짝사랑하는 아내라니.

하지만 예지는 어깨를 으쓱하더니 곧 활기차게 말했다.

"근데 그게 뭐가 문제야? 다시 여자로 보게 만들면 되지."

"응?"

"언니가 정신적으로 미자라 그렇지 원래는 민증도 있는 진짜 어른이잖아? 그럼 그냥 노력만 좀 하면 다시 여자로 보게 만드는 건 문제도 아니지. 게다가 원래 좋아했던 사이라며."

미사의 귀가 번쩍 뜨였다. 여태 그런 식으로는 생각해본 적이 없었던 것이다.

"있잖아, 예지야. 그 노력이란 거, 어떻게 하면 될까?"

침을 꿀꺽 삼키며 다가앉자 예지가 새삼스럽게 미사를 아래위로 훑었다.

"음…… 일단 입은 옷부터가 에러야."

미사는 당황했다. 내 옷이 어때서?

"아냐, 이거 이래 봬도 되게 유명한 스타일리스트가 하는 숍에서 산 거거든?"

프릴이 달린 로맨틱한 블라우스에 봄기운이 물씬 풍기는 플라워 프린트의 플레어스커트. 나름 자신 있는 코디였지만 예지는 혀를 쯧쯧 찼다.

"유명한 스타일리스트 다 죽었네. 언니 나이가 몇인데 옷은 꼭 스무 살짜리 여대생 같잖아?"

날카로운 지적에 미사는 할 말을 잃었다.

"언니 남친 언니보다 나이 많아? 서른 넘었이?"

"……응."

"그럼 그렇지. 언니가 그렇게 입고 있는데 그 오빠가 퍽이나 여자로 보겠다."

예지가 혀를 찼다.

"게다가 언니 화장도 하나도 안 하잖아? 그럼 완전 애기로 보이지, 당연히."

"할 줄 모르는 걸 어떡해."

"모르면 나한테 좀 가르쳐달라고 하든가!"

예지가 답답하다는 듯이 눈을 흘겼다.

그러고 보니 학교에 가지 않는 날이어서인지 예지는 엷게 화장을 하고 있었다. 전혀 과하지 않고 자연스러우면서도 조금은 성숙해 보이는 느낌. 얼굴은 온통 새하얗게 분칠을 하고, 입술에만 시뻘건 틴트를 발라서 꼭 처녀 귀신같이 보이던 10년 전 아이들과는 화장술의 차원이 아예 달랐다.

"언니, 그 오빠 언제 만나는데?"

갑자기 예지가 눈을 빛냈다.

"아마도 오늘 밤……?"

미사가 자신 없이 대답하자 예지가 손가락을 딱, 튕겼다.

"밤이면 딱 좋네!"

그러고는 스무디를 반이나 남기고는 자리를 박차고 일어났다.

"빨리 일어나. 나랑 어디 좀 같이 가자!"

⚘

이런 치욕은 태어나서 처음이다. 다솜은 치를 떨었다.

'이래서 애초에 저런 고아 계집애 따위하고 엮이지 말았어야 했는데!'

사실 원래 다솜은 미사 따위 안중에도 없었다. 피해자는 잊지 못해도 가해자는 쉽게 잊어버리는 법이다. 다솜 역시 마찬가지여서,

236

그토록 미사를 괴롭혀놓고도 고등학교 졸업과 동시에 깨끗하게 잊어버렸다. 애초에 제 손은 더럽힌 적도 없었으니까.

그리고 다시 만났을 때 미사는 거물급 정치인의 큰아들인 서현우의 약혼녀가 되어 있었다.

건설회사를 경영하는 다솜의 아버지는 현우의 아버지인 서 의원과 오래된 사이였다. 그래서 다솜은 현우를 어릴 때부터 오빠라고 부르며 자라온 터였다.

서현우는 완벽한 남자였다. 집안이 좋고 외모가 수려한 데다 젊은 나이에 벌써 대기업 팀장으로 있다. 물론 아버지 서 의원의 후광을 입은 바도 컸겠지만 본인의 능력도 무시할 수 없는 부분이었다. 게다가 금수저 물고 태어나는 것도, 아니 그거야말로 진짜 능력이라고 다솜은 믿고 있었다.

어쨌든 서현우 같은 진짜배기 귀족 도련님이 고아 출신 계집애와 약혼까지 하다니, 그것만으로도 다솜은 도저히 용납하기가 힘들었다.

하지만 속으로는 부글부글 끓어도 어쨌든 겉으로는 친한 체할 수밖에 없었다. 다솜의 집안이 서 의원의 집안에 신세를 지고 있는 입장인 데다, 만약에 미사가 고등학교 때 일을 현우나 다른 사람들에게 얘기했다간 이래저래 입장이 곤란해질 것 같았으니까.

그래서 다솜은 자존심이 상하는 것을 꾹 참고 미사와 잘 지내보려고 나름대로 노력했던 것이다.

'그런데 감히 나한테 이따위 짓을 저질러?'

하루가 지나도 좀처럼 분이 풀리지 않았다. 게다가 정윤하에게까지 당한 걸 생각하면 몇 배로 화가 치밀었다.

'대체 그 계집애가 정윤하하고는 어떻게 아는 사이인 거지?'

그 의문이 계속해서 다솜을 괴롭히고 있었다.

사실 다솜은 어릴 때부터 현우를 동경해왔다. 아무래도 집안 차이가 났기 때문에 차마 결혼까지는 바라기 힘들었지만, 속으로 은근히 기대가 없었던 것도 아니었다. 혹시나 현우 오빠가 나한테 마음만 있다면 불가능한 일도 아니잖아, 하고.

그런데 자신조차 감히 드러내놓고 욕심을 부리지 못했던 현우가, 천애고아인 미사의 차지가 된 것이다. 그뿐인가? 오랫동안 좋아해왔던 영화배우는 연기까지 해가면서 자신을 속이고 그 계집애의 편을 들었다.

'대체 그 촌스러운 계집애가 뭐라고!'

질투와 미움에 곧 이성을 잃을 지경이었다.

생각해보면 고등학교 때도 미사는 비슷한 일로 다솜의 신경을 건드렸었다.

「나 그 애랑 정말 아무 일도 없었어, 다솜아. 우산 빌려줬을 뿐이지 아무 사이도 아니라고.」

미사는 단단히 착각을 하고 있었다. 다솜이 그때 미사를 괴롭힌 것은 그 남학생을 좋아해서가 아니라 자존심이 상해서였는데.

그 남자애하고는 학원에서 같은 반이었다. 얼굴이 잘생겨서 호감을 품고 있긴 했지만 그리 심각한 감정까지는 아니었다. 물론 좋아한다고 고백할 생각도 전혀 없었고. 하지만 그 남자애가 미사에게 초콜릿 상자를 주며 고백하는 걸 보았을 때, 다솜은 심한 굴욕감을 느꼈다. 왜 내가 있는데 하필 저 계집애한테! 그 순간 마치, 공주님처럼 자란 자신이 고아인 윤미사보다도 못한 존재처럼 느껴졌다.

다솜은 그걸 참을 수가 없었다. 그래서 다른 아이들을 이용해서 응징했다. 제 손에 직접 피를 묻히는 건 귀족 아가씨답지 못하니까.

어쨌든 지금 다솜의 기분은 딱 그때와 똑같았다. 아니, 그때보다 몇 배 더했다. 동경해왔던 오빠도 모자라서 좋아하는 배우까지 빼앗기다니!'

'도저히 그냥은 못 넘어가.'

어떻게든 열 배, 스무 배로 갚아주리라. 다솜은 속으로 칼을 갈기 시작했다.

촬영장에 복귀하자마자 투입돼서 밤새 촬영을 했다. 그래도 모자라 낮까지 계속 촬영이 이어섰다. 그리고 거우 해방된 것은 그날 밤 9시가 넘어서였다.

촬영을 마치고 나자 윤하는 거의 파김치가 되었다. 데뷔하기 전에 막노동을 오래 한 몸이라 원래부터 체력은 꽹장히 좋은 편인데, 두 달 넘게 이런 식으로 강행군이 이어지자 아무리 강철 체력이라도 배겨낼 도리가 없었다.

거의 쓰러질 것 같은 상태로 밴에 오르자 민호가 차를 출발시켰다.

"형. 아까 미사 누나 대역한테서 연락이 왔었는데요."

운전대를 잡은 민호가 조심스럽게 말을 꺼냈다. 현재 미사의 카드를 가지고 전국을 누비며 도망을 다니고 있는 여자를 가리키는 것이었다.

미사의 대역은 사기 전과 3범으로, 도피에는 도가 튼 여자였다. 게다가 키와 몸매, 나이에다 얼굴형까지 미사와 엇비슷했다. 가까이서 자세히 보면 물론 다르게 생겼지만 미사의 옷을 입고 있으면 얼핏 봐서는 구분하기 힘들 정도였다.

물론, 처음부터 그런 조건의 여자를 찾아서 고용한 거였다.

"서현우 쪽에서 점점 조여들고 있는 모양이에요. 어제는 새벽에 모텔에 들이닥치는 바람에 하마터면 잡힐 뻔했다나 봐요. 다행히 잠귀가 밝아서 겨우 빠져나가긴 했대요."

윤하는 초조함을 애써 억눌렀다. 대역이 벌써 붙잡혔다간 곤란하다. 아직 미사의 결혼식까지는 한 달도 넘게 남아 있는데.

"어제 보니까 미사 누나는 전혀 기억이 돌아올 기미가 없어 보이던데 큰일이네요."

"……그래."

윤하는 복잡한 심정으로 대꾸했다.

사실은 미사의 기억이 빨리 돌아오기를 바라는 게 맞다. 처음부터 그걸 기다리느라 남편이라고 거짓말을 하고 데리고 있는 거니까. 하지만 마음은 이미 정반대를 향해 치달은 지 한참이었다. 부디 미사의 기억이 돌아오지 말아줬으면 좋겠다. 아니, 결혼식 날짜가 거의 다가왔을 때에나 돌아왔으면.

그게 윤하의 솔직한 심정이었다. 하지만 대역이 점점 궁지에 몰리고 있다는 얘기를 듣자 어쩔 수 없이 현실을 직시하게 되었다.

대역이 붙잡히면 의심은 곧바로 자신에게로 향하게 될 것이다. 그리고 만일 미사가 계속 자신과 함께 지냈다는 걸 서현우가 알게 되면 결국 미사의 입장이 곤란해진다. 그녀는 결혼을 앞둔 신부인데다 현우는 전부터 자신과 미사의 사이를 경계하고 있었으니까.

일이 점점 위험해진다. 이제는 미사의 기억이 하루 빨리 돌아오기를 바랄 수밖에 없었다. 그런데도 이기적인 마음은 자꾸만 미련을 떨쳐버리지 못했다. 최소한, 오늘만은 아니었으면.

'아저씨!'

활짝 웃는 그 얼굴을, 부디 오늘 한 번만 더 볼 수 있었으면.

'······그러면 내일부터는 더 이상 욕심 부리지 않겠습니다.'

속으로 그렇게 다짐하며 윤하는 집에 도착했다.

민호를 보내고 나서 윤하는 대문 안으로 들어섰다. 빨리 미사를 보고 싶은 마음에 정원을 가로지르는 발걸음이 저절로 빨라졌다.

그리고 현관문을 열고 집안으로 들어서는 순간, 윤하는 그 자리에 얼어붙었다.

'다녀오셨어요!'

그가 기대했던 대로 활기차게 외치며 쪼르르 달려와서 활짝 웃는 소녀는 없었다. 대신에 거실에 웬 여자가 우두커니 서서 이쪽을 바라보고 있었다.

단정하고 성숙한 느낌의 검은색 원피스를 입고, 아름답게 화장한 여자.

분명 미사다. 하지만 어제 집을 나갈 때 본 미사와는 전혀 다른 사람이었다. 옷차림이나 화장을 떠나서 일단 표정부터가 달랐다. 생기에 가득 차서 반짝거리는 눈동자가 아닌, 차분하게 이쪽을 응시해 오는 눈빛에 숨이 막혔다.

이윽고 그녀의 입술에서 조용한 목소리가 흘러나왔다.

"……윤하 씨."

윤하는 심한 현기증을 느꼈다.

미사의 기억이 돌아온 것이 틀림없다. 남편이라고 거짓말을 하고 있었던 자신을, 그녀는 뭐라고 질책할까. 그럴 수밖에 없었다고, 널 위해서였다고 말하면 과연 이해해줄까.

윤하는 떨리는 목소리로 가까스로 입을 열었다.

"……미사."

제발 부탁이니까 먼저 내 얘기부터 들어줘, 하고 말할 생각이었다.

"저녁은 먹었어요, 윤하 씨?"

그런데 미사는 갑자기 엉뚱한 말을 꺼냈다.

"촬영하느라 많이 힘들었겠어요. 우선 가서 식사부터 해요."

그렇게 말하고 미사는 등을 돌려 먼저 주방으로 향했다. 이 와중에 식사라니? 무척이나 당황스러웠지만 일단 윤하는 미사의 뒤를 따랐다.

테이블 위에는 이미 식사가 마련되어 있었다.

"……?"

차려진 음식을 보고 윤하는 또다시 당황했다. 이게 다 뭐야?

일단 명색은 스테이크와 샐러드였다. 그런데 모양새가 참혹하기 그지없었다.

한쪽 접시에 담긴 스테이크는 반쯤 새카맣게 탔고, 또 한쪽 접시의 스테이크는 반대로 덜 익어서 새빨간 핏물이 흘러나오고 있었다. 곁들여져 있는 아스파라거스와 파프리카는 양쪽 다 너무 익혀서 보기에도 흐물흐물해 보였다.

그뿐인가. 샐러드는 미리 드레싱을 부어두었는데, 그게 하필이면 간장 베이스의 오리엔탈 드레싱이었다. 덕분에 양상추와 상추 등 야채들이 모두 드레싱에 푹 절어 샐러드라기보다는 파김치에 가깝게 되어 있었다.

아무리 봐도 요리라고는 태어나서 처음 해보는 사람이 차린 식탁이 분명했다.

문제는 기억을 잃기 이전의 미사는 요리를 곧잘 했다는 것이었다. 특히나 고기 하나는 기막히게 잘 구웠었는데.

문득 윤하의 가슴속에서 의문이 피어올랐다. 설마……?

"얼른 앉아서 먹어요, 윤하 씨."

여전히 차분한 목소리로 미사가 재촉했다.

"……너."

윤하는 도박하는 심정으로 미사를 향해 돌아섰다. 그리고 연기력을 최대치로 발휘해서 할 수 있는 한 가장 무서운 표정을 짓고, 착 가라앉은 목소리로 말했다.

"내가 불 만지지 말랬지."

그 순간, 미사의 얼굴에서 차분한 표정이 싹 달아났다.

"잘못했어요!"

방금까지 어른스럽기만 했던 얼굴이 언제 그랬냐는 듯이 금세 천진함을 간직한 울상으로 변한다.

"전 그냥, 아저씨 피곤하신데 또 들어와서 밥 차리느라 고생하는 게 싫어서…….."

안절부절못하는 모습이 영락없는 열여덟 살 여고생이었다.

기억이 돌아온 게 아니었어!

……하느님. 윤하는 한순간에 긴장이 풀려 하마터면 그 자리에 털썩 주저앉아버릴 뻔했다.

"아저씨, 화 많이 나셨어요?"

미사는 어쩔 줄 몰라 하며 윤하의 눈치를 보았다.

긴장이 풀리자 서서히 분노가 밀려왔다. 윤하는 이를 꽉 악물고 말했다.

"대체 옷은 왜 그렇게 입고 있는 거야. 그 화장은 다 뭐고?"

"저어, 이건……."

미사는 쉬이 대답하지 못했다. 그런 미사를, 윤하는 더욱더 몰아붙였다.

"대체 왜 날 갑자기 윤하 씨라고 불렀지?"

"……."

미사는 대답 대신에 고개를 푹 숙였다. 저도 모르게 목소리가 높아졌다.

"대답해!"

고함을 치다시피 말하자 미사가 움찔했다.

"진짜 미사처럼…… 어른처럼 보이고 싶었어요."

미사가 울 것 같은 목소리로 말했다.

"뭐?"

"아저씨가 절 너무 어린애로만 보는 게 싫어서……."

윤하는 기가 막혔다. 그러면 아예 작정하고 이런 짓을 했다는 소리 아닌가. 급격하게 화가 치밀어 올랐다.

"내가 널 왜 어린애로 보는지 알아?"

윤하는 잔뜩 주눅이 든 미사를 노려보며 위협적으로 말했다.

"이런 말도 안 되는 짓을 저지르니까 어린애라는 거야."

"아저씨……!"

"아무리 어린애라도 그렇지, 어떻게 이런 짓을 할 수가 있어!"

순간 미사가 상처받은 얼굴을 했다.

하지만 윤하는 제정신이 아닐 정도로 화가 나 있었다. 그도 그럴 것이, 잠깐 사이에 지옥을 맛봤던 것이다. 트럭에 치이기 직전에 눈앞에서 차가 멈췄다고 해도 이런 기분은 아니리라. 마치 지옥의 밑바닥까지 떨어졌다가 올라온 느낌이었다.

게다가 윤하는 미사가 왜 이런 일을 했는지, 그 이유에 대해서는 전혀 짐작조차 하지 못하고 있었다. 이유를 모르니 놀림당한 꼴밖에 되지 않는다. 그러니까 더욱더 화가 날 수밖에.

"경고하는데, 두 번 다시는 이런 짓 하지 마."

고개를 푹 숙이고 있는 미사에게, 윤하는 내뱉다시피 그렇게 말하고 돌아섰다. 그리고 발소리를 쿵쿵 울리며 자기 방으로 돌아가버렸다.

"……."

너무 화가 난 나머지, 주방 바닥에 미사의 눈물이 떨어지는 것조차 미처 보지 못하고 그냥 지나쳐버린 윤하였다.

싸늘하게 식어버린 음식들은 그대로 쓰레기통에 버려졌다. 서투르지만 태어나서 처음으로, 누군가를 위해 정성껏 만든 음식이었는데.

뒷정리를 하면서 미사는 내내 소리죽여 울었다. 소리 내어 울면 잠든 윤하가 깰까 봐.

「오늘 하루만이라도 어른스럽게 꾸며보자. 그래야 남친이 다시 여자로 볼 거 아냐?」

예지는 그렇게 말하고는 하루 종일 미사를 끌고 다녔다. 백화점에 가서 어른스러운 느낌의 원피스도 골라주고, 화장과 머리 손질도 직접 해주었다.

「언니 너무 예쁘다! 남친이 보면 홀딱 반하겠어!」

손뼉을 치며 만족스러워하는 예지와 헤어져서, 미사는 근처 마트에 가서 장을 보았다. 저녁 준비를 할 셈이었다. 이왕 어른스럽게 보이는 거, 제대로 하고 싶었다. 늘 밥을 챙겨줘야 하는 어린애가 아니라, 식사 준비를 마쳐놓고 남편을 기다리는 아내의 모습을 보여주고 싶었다.

「민호 오빠, 아저씨 촬영 언제 끝나요?」

「확실하진 않지만 아마 9시쯤. 근데 왜?」

「그냥요. 참, 제가 전화했다고 아저씨한텐 말하지 마세요! 알았죠?」

민호와 통화하고 나서 미사는 윤하의 귀가 시간에 맞춰서 음식을 준비하기 시작했다.

스테이크는 고기만 구우면 되고, 샐러드는 야채 씻어서 드레싱만 뿌리면 되니까.

나름대로 머리를 굴려서 고른 메뉴였는데 실제로 해보자 그리 쉽지 않았다. 스마트폰으로 조리법을 찾아가면서 했는데도 결국 하나는 너무 타고 또 하나는 덜 익었다. 팬에 고기를 굽다가 엄지손가락을 데기도 했지만, 그래도 미사는 콧노래가 절로 나올 정도로 즐거웠다.

좋아하는 사람을 위해서 식사를 준비한다는 것이 이렇게 행복한 일인 줄 몰랐다. 여자들이 이래서 결혼을 하는 거구나, 하는 생각도 했다.

비록 만들어진 음식은 형편없었지만 윤하라면 군말 없이 먹어주리라고 미사는 믿었다. 아저씨는 무뚝뚝해 보여도 마음은 따뜻한 사람이니까, 맛보다도, 모양새보다도 음식을 만든 정성을 먼저 봐줄 거라고.

윤하가 돌아올 시간이 가까워질수록 미사는 가슴이 뛰었다. 이렇게 예쁘게 화장하고 차려입은 자신을 보고 윤하는 어떤 표정을 할까. 예지 말처럼, 다시 여자로 봐줄까.

'네가 내 아내라는 걸 깜빡 잊고 있었어.'

상상 속에서 윤하는 홀린 듯한 눈으로 미사를 쳐다보았다.

'사랑해, 미사.'

고백과 동시에 뜨겁게 다가오는 입술. 그 이상은 너무 두근거려서 감히 상상조차 할 수 없었다.

그런데 현실은 상상과는 너무나도 달랐다. 귀가한 윤하는 미사에게 무섭도록 화를 냈다.

「아무리 어린애라도 그렇지, 어떻게 이런 짓을 할 수가 있어!」

늘 조용하고 침착한 윤하가 그렇게까지 격렬하게 화를 내는 모습은 처음 보았다. 슬프고도 민망했다. 하루 종일 노력한 자신이 부끄러웠다.

'내가 그렇게 잘못한 걸까.'

윤하가 미사의 마음을 모르듯, 미사 역시 윤하의 마음을 전혀 모르고 있었다. 그래서 대체 왜 윤하가 그렇게까지 화를 냈는지 도저히 알 수가 없었다. 그저 좀 어른스럽게 꾸며본 것뿐인데, 원래는 윤하 씨라고 불렀다고 하니까 그렇게 불러본 것뿐인데 그게 뭐 큰 잘못이라고.

고민 끝에 생각이 닿은 것이 있었다.

'혹시…… 내가 진짜 미사 흉내를 내서 기분이 나빴던 걸까?'

아무래도 그 이유밖에 없는 것 같았다. 그렇게 생각하자 미사는 더욱더 울적해졌다. 정말 그렇다면 윤하는 기억을 잃기 전의 자신과 지금의 자신을 아예 다른 사람으로 생각하고 있다는 뜻이었다.

그러면 자신이 무슨 짓을 하든 여자로 봐줄 리가 없다. 기억을 되찾지 않는 한.

'나는 아저씨에게 있어서 도대체 뭘까.'

대답은 금방 나왔다. 그냥 어린애, 단순히 사랑하는 아내의 얼굴을 한.

예지에게 상처받고 와서 무척 울었던 날, 윤하가 해주었던 말이 떠올랐다.

「귀찮다고 생각하지 않아.」

그건 그냥 마음에도 없는 말이었던 걸까.

문득 의문이 들었다. 나라는 존재는 대체 왜 여기 오게 된 걸까. 남편에게조차 환영받지 못하는데, 대체 어째서 이 세계에 떨어져 버린 걸까. 원래도 고아였는데 이제는 완벽하게 고아가 된 느낌이었다. 남편에게도 사랑받지 못하는 자기 자신이 가엾고, 그의 사랑을 남김없이 모두 차지해버린 또 다른 자신이 미웠다.

'나는 어쩌면 여기 있지 말아야 하는 게 아닐까.'

처음으로, 미사는 그렇게 생각하게 되었다.

자기 방으로 돌아와도 좀처럼 진정이 되지 않았다.

아직도 미칠 듯이 불안하게 뛰고 있는 심장을 손으로 꽉 눌러 애써 가라앉히며, 윤하는 방문을 닫고 그대로 문에 등을 기댔다.

언젠가 TV에서 선배 여배우가 예능 프로그램에 나와서 말하는 것을 들은 적이 있다. 사람 많은 곳에 갔다가 아이를 잃어버렸는데, 그 순간 눈앞이 안 보이더라고. 다행히 5분 만에 찾았는데 자기 인생에서 가장 길고도 끔찍한 5분이었다고. 그때는 그게 대체 어떤 기분일까, 하고 생각했었는데 오늘 비로소 알았다.

「……윤하 씨.」

아까 미사가 그렇게 말하는 순간, 윤하는 온 세상이 한꺼번에 캄캄해지는 것 같은 기분을 느꼈다. 분명 눈을 뜨고 있는데도 아무것도 보이지 않았다.

두 번 다시는 느끼고 싶지 않은 끔찍한 감정이었다. 하지만 문제는 언젠가는 반드시 겪게 될 일이라는 것이었다.

아까 집에 돌아오면서 윤하는 그렇게 결심했었다. 부디 그녀가 기억을 되찾는 것이 오늘만 아니기를. 그러면 내일은 더 욕심 부리지 않겠다고.

하지만 막상 실제로 겪어보니 결심 따위는 아무 도움도 되지 않았다. 그게 내일이라 해도, 내일 모레라 해도 자신은 또 똑같이 아까와 같은 지옥에 떨어지고 말 것이었다. 도저히 미사를 보낼 자신이 없다. ……설령 그녀가 기억을 되찾는다 해도.

하물며 때가 되면 제 입으로 스스로 진실을 고백하고 보내줄 자신은 더더욱 없다.

'너무 멀리 와버렸어.'

그저 함께 있는 게 즐거워서, 곁에 있는 게 행복해서. 그래서 하루만 이렇게 더, 조금만 더, 하고 생각했을 뿐인데. 그러는 사이에 자신도 모르게 너무 멀리까지 와버렸다.

이제 자신은 단순한 보호자일 뿐이라고 하기 힘들어졌다. 이런 마음을 품고 어떻게 보호자를 자처한단 말인가. 이런 식이면 미사의 기억이 돌아왔을 때, 너를 위한 일이었다고 당당하게 말할 수가 없다.

'이래서는 안 돼.'

미사는 다른 사람의 약혼녀다. 얼마 후면 남의 아내가 된다.

그 사실을 억지로 되새기고 또 되새기며, 윤하는 피가 나도록 입술을 깨물었다.

07 / 좋아해요, 아저씨

다음 날 아침, 식탁에 앉은 미사의 눈은 빨갛게 부어 있었다. 밤 새 운 것 같았다. 화낼 만한 일이었다고는 생각하면서도 미사의 얼 굴을 보자 윤하는 마음이 아팠다. 아무리 그래도 너무 심하게 화를 냈나, 하는 생각이 뒤늦게 들었다.

'어제는 내가 미안했어.'

그렇게 달래주고 싶은 마음을 윤하는 꾹 눌러 참았다. 이제라도 미사와 거리를 두어야 한다고, 어젯밤에 천 번도 더 다짐했다. 그 러니 다정한 말 같은 것도 건네서는 안 된다.

"부탁이 있어요."

평소처럼 재잘거리지 않고 묵묵히 밥을 먹고 있던 미사가 불쑥 입을 열었다. 윤하는 대답 대신에 시선을 들어 미사를 바라보았다.

"저 음식 할 수 있게 해주세요. ……불 안 낼 테니까요."

윤하는 잠시 생각에 잠겼다. 불이야 어차피 농담 삼아 둘러댄 핑 계에 불과했다. 사실은 미사가 요리를 하게 되면 자신이 밥을 차려 준다는 핑계로 집에 얼굴을 보러 올 수가 없어지니까 못 하게 했던 거였는데.

하지만 이제 촬영도 이제 거의 끝나간다. 게다가 그렇지 않아도

252

미사와는 거리를 두어야 하는 입장이었다. 얼굴 보고 싶어서 밥 핑계로 집에 오고, 그런 어리석은 짓은 이제 그만둬야 한다.

즉 더는 못 하게 할 이유가 없었다.

"그렇게 해."

윤하는 짧게 대꾸하고 다시 미사에게서 시선을 거뒀다.

"고맙습니다."

미사도 더 이상 말을 걸지 않고 식사를 계속했다.

식사를 마치자마자 윤하는 나갈 채비를 서둘렀다. 사실 아직 한두 시간쯤 더 있다 나가도 괜찮았지만, 미사와 집에 함께 있는 시간을 최대한 줄이고 싶었다.

누군가가 말했다. 늦었다고 생각할 때는 정말 늦은 거라고, 그러니까 지금이라도 당장 시작해야 한다고.

"조심해서 다녀오세요, 아저씨."

그래서 윤하는 집을 나서면서, 현관까지 배웅을 나온 미사의 얼굴조차 똑바로 쳐다보지 않았다.

꾸꾸꾸

미사는 천성이 낙천적이었다. 아마 원래 그런 성격이 아니었더라면 지금까지 버텨오지도 못했을지 모른다.

특유의 긍정적인 면이 이번에도 발휘되었다. 어젯밤에는 울다 지쳐 새벽녘에 잠이 들었지만, 아침에 일어났을 때는 힘내자는 생각부터 들었다. 이미 좋아해버린 것은 어쩔 수 없다고 미사는 생각했다. 아내가 남편을 좋아하는 게 나쁜 일도 아니고.

그래, 윤하가 어떻게 생각하든 간에 자신은 그의 아내가 틀림없지 않은가. 그러니까 서두를 필요 없다. 시간을 들여서 조금씩 이 집에서 아내로서의 자리를 되찾아 가자. 아저씨가 조금씩 나를 아내로 받아들일 수 있게 하자. 그러는 동안에 기억이 돌아올 수도 있는 거고.

'당분간은 짝사랑하는 셈 치지 뭐!'

아침을 먹으러 내려가기 전에 이미 미사는 그렇게 결심했다. 아침 식탁에서 요리를 할 수 있게 허락해달라고 한 것도 그래서였다. 하지만 식사 도중은 물론이고 집을 나설 때까지도 끝내 자신의 얼굴조차 거들떠보지 않는 윤하의 태도에는 역시나 상처를 받지 않을 수 없었다.

'아직도 화가 안 풀렸나 봐.'

윤하가 집을 나가고 혼자 남자 한숨이 절로 나왔다.

주방으로 돌아와 아침식사의 뒷정리를 하는데, 예지에게서 메시지가 왔다.

− 예지♡ : 어젯밤에 남친 만났음? 어떻게 됐음? −

− 하루아침에 여자로 보기는 힘든가 봐. −

조금 고민하다 그렇게 답장을 보내자 예지다운 대답이 돌아왔다.

− 예지♡ : 헐, 그 오빠 완전 철벽 치네. 매력 쩌는데? −

메시지를 보면서 미사는 웃었다. 그러고 보면 그게 저 아저씨 매력인가?

254

– 예지♡ : 철벽은 무너뜨려주는 게 또 제 맛이지. 앞으로 재밌겠네! –

예지가 그렇게 말해주니 한결 기분이 가벼워졌다. 그래, 정윤하가 주변에 단단히 둘러치고 있는 철벽을 녹이는 것도 나름 재미있을지 모른다.

"힘내자!"

미사는 새롭게 결심을 다졌다.

예지를 만난 지 이틀이 지났다. 그 이틀 동안 민호의 상사병은 점점 더 심해져만 가고 있었다.

눈을 감으면 생긋 웃는 예지의 얼굴이 선했다.

「도 매니저!」

자신을 부르는 발랄한 목소리도.

거짓말 안 보태고 민호가 보기에는 예지가 전지현보다 열 배 정도는 예뻤다.

예지와 전화번호를 교환한 후로 민호는 거의 휴대폰을 손에서 떼어놓지 않은 채로 살았다. 화장실 갈 때도, 심지어 목욕을 할 때까지 욕실에 휴대폰을 가지고 들어갔다. 혹시나 예지에게서 연락이 오지 않을까 싶어서.

하지만 예지에게서는 이틀이 지나도록 연락이 없었다. 견디다 못해 민호는 용기를 쥐어짜내서 먼저 전화를 걸었다. 윤하가 촬영하고 있는 틈을 타서.

신호음이 가는 동안 민호의 심장은 터질 듯이 뛰었다.

잠시 후 예지가 전화를 받았다.

― 우와! 도 매니저?

너무나 반가운 목소리가 들려왔다. 민호는 안도감에 하마터면 눈물이 찔끔 날 뻔했다. 예지 씨가 내 전화를 받아줬어!

"예, 예지 씨. 저 도민호입니다. 안녕하셨어요?"

― 와, 말투 봐. 안녕하셨어요, 래.

갑자기 예지가 까르르 웃었다.

― 그냥 반말해도 돼요, 도 매니저!

하지만 민호는 차마 반말이 나오지 않았다. 그래서 우물쭈물 거리고 있는데, 예지가 물었다.

― 근데 저한테 무슨 일로 전화하신 거예요?

보고 싶어서, 목소리가 듣고 싶어서 전화했습니다. 물론 그렇게 말할 수 있을 리가 없었다.

"아니 뭐, 저 그냥…… 잘 지내시나 해서……."

― 마침 잘됐어요. 그렇지 않아도 저 부탁하고 싶은 거 있었는데.

"예? 저한테요? 부탁이요?"

민호는 깜짝 놀라 되물었다. 예지 씨가 나한테 부탁이라니! 가슴이 마구 뛰었다.

물론 뭔지 말을 듣기도 전에 이미 결심했다, 그게 뭐든지 간에 목숨 바쳐 들어주겠다고.

"부, 부탁이 뭡니까?"

- 있잖아요오.

예지가 말끝을 길게 뽑았다.

- 저 윤하 오빠 집에 한 번만 놀러 가게 해주시면 안 돼요?

"예?"

예상 밖의 부탁에 민호는 당황했다.

- 저희 언니가 거기서 일하잖아요. 그래서 집안에 한 번만 들어
가서 구경하게 해달라고 했더니 집주인이 싫어한다면서 절대 안
된다고 하더라고요, 자기 짤린다고. 그래서 도 매니저가 한번 윤하
오빠한테 얘기해봐 줄 수 없을까 싶어서요.

"저어, 그건 좀……."

민호는 대답을 망설였다. 윤하가 쉬이 허락해주지 않을 것 같아
서였다.

그때그때 연기력을 발휘해서 대처하고 있을 뿐이지, 실제 정윤
하는 낯가림이 무척 심한 사람이었다. 하물며 자기 집에 그렇게 외
부인을 쉽게 들이려 할 리가 있을까.

- 도 매니저 부탁이라면 윤하 오빠도 들어주지 않을까요? 둘이
친형제 같은 사이라면서요.

"그렇긴 하지만……."

하지만 예지는 끈질겼다.

- 아앙, 도 매니저어어! 한번 말이라도 해봐 줘요오오오. 네?

예지의 애교에 민호는 영혼까지 흐물흐물 녹아내리고 말았다.

"알겠습니다. 그럼 제가 윤하 형한테 한번 얘기해보겠습니다."

- 우와! 정말요? 도 매니저 최고!

예지는 뛸 듯이 기뻐했다.

– 그럼 허락 받으면 전화해요, 알았죠?

마지막에는 휴대폰에 대고 쪽, 하는 소리까지 들렸다.

"……."

전화를 끊은 민호의 가슴속에서 뜨거운 것이 끓어올랐다.

민호는 주먹을 불끈 쥐었다. 내가 오늘 허락을 받아내지 못하면 남자가 아니다!

세상일이라는 것은 참으로 얄궂기 짝이 없다.

빨리 일을 끝내고 집에 가고 싶어서 몸이 달았을 때는 툭하면 촬영이 지연되기 일쑤더니, 별로 집에 안 가고 싶어지자 이번엔 웬일로 몇 시간 만에 칼같이 제 분량이 끝나버렸다. 아직 그 뒤는 대본이 나오지를 않았다나. 촬영을 다 마치자 겨우 저녁 6시였다. 어이가 없을 지경이었다.

일찍 끝났다 해도 딱히 갈 곳도 없다. 원래 미사와 살기 전부터도 윤하는 집과 일터를 오가는 것밖에는 모르는 타입이었다. 어쩔 수 없이 윤하는 민호와 함께 귀갓길에 올랐다.

'집에 도착하면 어떻게 해야 하지.'

다녀왔다고 인사만 하고 그냥 곧장 방에 틀어박혀야 하나. 윤하가 그렇게 고민을 하고 있는데, 운전하던 민호가 갑자기 엉뚱한 소리를 했다.

"윤하 형. 형한테 있어 저는 뭔가요?"

뭐라는 거야. 윤하는 조용히 눈살을 찌푸렸다.

"뭐 잘못 먹었어?"

하지만 공포스럽게도 민호는 진심이었다.

"형하고 같은 거 먹었거든요?"

그렇게 대꾸하더니 다시 심각한 표정으로 묻는 것이 아닌가.

"형한테 있어서 제가 뭐냐고요."

윤하는 할 말을 잃었다. 덩치는 커다란 녀석이, 진지한 얼굴로 저런 징그러운 질문을 해 올 때는 뭔가 이유가 있어도 단단히 있다.

가만있자, 뭘 사달란 소린가?

"오토바이는 안 돼."

윤하가 딱 잘라 말하자 민호가 억울하다는 듯이 목소리를 높였다.

"아 진짜! 형은 제가 무슨 어린앤 줄 알아요?"

"그럼 갑자기 왜 헛소리야?"

"그게……."

민호가 갑자기 우물쭈물 기렸다. 분위기로 봐서 이만저만 비싼 게 아닌 모양이라고 윤하는 짐작했다.

"됐으니까 말을 해봐."

뭔지 몰라도 웬만한 거면 들어줄 생각이었다.

그런데 민호는 한참을 뜸을 들이다가 불쑥 말했다.

"형, 왜 예지 씨 있잖아요."

"예지 씨?"

무심코 되묻고 난 후에야 떠올랐다. 아, 그 미사 동생이라는 꼬맹이. 무슨 고등학생한테 씨를 붙여서 말하나, 하고 생각하며 윤하는 다시 물었다.

"걔가 왜?"

"한번 집에 놀러 오고 싶다고 해서요. 구경하고 싶은가 봐요."

"집? 누구 집?"

"형 집이요."

순간적으로 윤하는 어이를 상실하고 말았다. 그는 즉시 표정을 굳히고 대꾸했다.

"설마 그걸 내가 허락할 거라고 생각하고 묻는 건 아니겠지?"

"알아요. 아는데, 이건 들어줘야 돼요, 형."

"미사가 내 집에서 가정부로 일하는 줄 알고 있다며? 그게 아니라는 걸 들키면 어쩔 거야?"

미사의 존재를 숨기려는 게 아니다. 그녀가 진짜로 자신의 아내라면 그 누구에게라도 당당하게 말할 수 있다. 9시 뉴스에 나가서, 전 국민을 상대로도 얘기할 수 있다. ……하지만 자신은 진짜 남편이 아니니까.

"하여튼 말도 안 되는 소리 집어 치워."

윤하는 더 얘기할 것도 없다는 듯이 딱 잘라 말했다. 보통 이쯤 말하면 알아듣기 마련인데, 이상하게 민호는 오늘따라 집요했다.

"어차피 형은 미사 누나랑 방 따로 쓰잖아요. 거실에 있는 액자만 잠깐 내리면 돼요, 예?"

"그래도 안 되는 건 안 되는 거야."

"아, 형! 제가 언제 형한테 이런 부탁 한 적 있어요?"

애원하는 민호의 목소리가 전에 없이 애절하게 들렸다. 이쯤 되자 윤하도 심상치 않다는 것을 느낄 수 있었다.

"대체 왜 그래? 너 걔한테 뭐 약점이라도 잡혔어?"

한참만에야 민호는 비장하게 말했다.

"……첫눈에 반했어요."

"뭐?"

윤하는 깜짝 놀라서 앞좌석 룸미러에 비친 민호의 얼굴을 쳐다보았다. 맙소사. 설마, 하면서도 윤하는 시험 삼아 슬쩍 물어보았다.

"그렇다 치고. 근데 그 예지라는 애가 몇 살이더라?"

물론 고등학교 2학년, 열여덟 살이라는 걸 뻔히 알면서 던져본 거였다.

아니나 다를까, 민호는 얼굴을 붉히며 대답했다.

"물어보는 걸 깜빡했는데, 여대생 같던데요. 스물 한두 살 정도 됐겠죠?"

이럴 줄 알았지! 윤하는 골치가 다 지끈거렸다. 이걸 어떻게 말해줘야 하나.

민호는 키가 크고 몸도 좋은데 비해 성격은 무척이나 순진했다. 마음이 여려서 겁도 많고, 눈물도 많은 편이었다. 심지어 연애에 있어서는 아예 모태솔로였다. 그런데 첫눈에 반한 여자가 고딩이라고, 너 지금 아청법이 이놈 하기 직전이라고 어떻게 말을 해준단 말인가. 저 불타는 고구마가 된 얼굴에 대고!

윤하는 차마 말할 수가 없었다. 도저히 못 하겠다.

"하여튼 형, 예지 씨가 저한테 처음으로 한 부탁이라고요. 꼭 들어주고 싶어요. 예?"

민호가 다시금 하소연하듯 말했다.

가만있자, 하고 윤하는 생각했다. 이걸 도저히 제 입으로는 말을 못 하겠고, 차라리 같이 어울리게 해서 예지 본인 입에서 자연스럽게 듣게 하는 게 낫겠다. 그러다 보면 자연스럽게 나이 얘기도 나올 테니까.

그래, 거실에 있는 웨딩사진만 치워두면 괜찮겠지. 미사가 동생처럼 생각하는 아이니까 생판 남인 것도 아니고. 그렇게 생각한 윤하는 마음을 결정했다.

"그럼 언제 나 없을 때 집에 초대해서 구경시켜주고 식사나 해. 너도 같이."

"정말요?"

민호가 뛸 듯이 좋아했다.

"집에 오기 전에 웨딩사진은 꼭 치워놓고."

"진짜 고마워요, 형!"

너무 충격 받지나 말았으면 좋겠는데. 속으로 한숨을 쉬고 나서 윤하는 말을 돌렸다.

"그리고 김준서 콘서트가 다음 주야. 미사 데리고 다녀와."

민호가 거울을 통해 슬쩍 뒤를 쳐다보았다.

"어, 형이 안 가시고요? 김준서 씨가 형이랑 같이 초대해준 건데."

"난 됐어."

그렇게 대꾸하고 윤하는 졸린 체 눈을 감아버렸다.

스테이크의 실패 이후 양식은 도저히 엄두가 안 났다. 그래서 미사는 한식 중에서 초보들도 할 수 있는 쉬운 메뉴를 골라서 도전해보았다.

처음 고른 메뉴는 콩나물밥이었다. 콩나물을 얹어 밥을 하고 쇠고기를 볶아서 넣고, 양념장만 만들면 되는 간단한 음식이지만 워낙 초보다 보니 한 시간도 넘게 걸렸다. 다행히도 이번에는 성공적이었다. 제가 먹어봐도 그럴듯했고, 저녁에 돌아온 윤하도 남기지 않고 그릇을 모두 비웠다.

식사 내내 미사는 윤하와 이런저런 얘기를 나누려고 노력했다. TV에서 본 재미있는 이야기도 하고, 인터넷에서 본 윤하의 기사 얘기도 꺼내고.

하지만 윤하의 태도는 아침과 크게 다를 바가 없었다.

"음."

"글쎄."

"잘 모르겠는데."

이런 식이어서 거의 대화라고 할 수도 없었다.

"잘 먹었어."

식사를 마치자마자 윤하는 식탁에서 일어났다.

"피곤해서 이만 방에 들어가봐야겠어."

모처럼 일찍 돌아온 건데, 같이 거실에서 TV라도 보면 좀 좋아.

섭섭했지만 그래도 미사는 좌절하지 않기로 했다. 철벽을 녹이는 게 그렇게 하루아침에 될 리 없으니까.

"아저씨, 안녕히 주무세요!"

윤하의 등 뒤에 대고 애써 명랑하게 외치고, 미사는 대강 뒷정리를 마치고 나서 제 방으로 올라갔다. 씻고 옷을 갈아입으려는데 마침 휴대폰이 울렸다. 누군가 하고 보니 민호였다.

"어, 민호 오빠!"

반갑게 전화를 받자 조금 어색한 듯한 반말이 돌아왔다.

— 그, 그래 미사야.

"근데 오빠가 웬일이에요?"

— 다음 주 토요일이 김준서 콘서트인 거, 잊지 않았지?

"어, 벌써 그렇게 됐어요?"

그러고 보니 이런저런 일들이 겹치는 바람에 깜빡 잊고 있었다. 미사는 가슴이 마구 뛰기 시작했다. 그토록 꿈이었던 콘서트에 드디어 가게 되는 것이다. 게다가 준서 오빠하고 직접 인사까지 나눌 수 있다니! 상상만 해도 현기증이 났다.

— 사람 많은 데라 윤하 형이 가긴 좀 곤란하니까 내가 데려가줄게. 그날 형 혼자 집에 놔두기가 좀 그렇긴 한데…….

민호의 말투가 왠지 마음에 걸렸다.

"왜요, 오빠? 그날 뭐 있어요?"

— 아니, 뭐 별건 아니고.

별게 아닌 게 아닌 것 같은데. 미사는 다시 물었다.

"그러지 말고요, 오빠. 뭔데요, 네?"

— 나도 깜빡하고 있었는데, 오늘 다시 보니까 그날이…….

미사가 몇 번이나 캐물은 끝에야 민호는 곤란한 듯이 겨우 입을 열었다.

— 윤하 형 생일이더라고.

미사는 놀라서 되물었다.

"어, 전 아저씨한테 그런 말 못 들었는데요?"

— 얘기 안 했겠지. 너 콘서트 가는데 괜히 마음만 불편하게 뭐 하러 그런 말을 해. ……나도 괜히 말했다 싶은데.

민호가 길게 한숨을 쉬었다.

— 형이 가족이 있기를 해, 친척이 있기를 해. 그래서 내가 매년 생일 챙겨줬거든. 그래 봤자 미역국이나 끓이고 불고기 사다 볶는 게 다였지만.

그 순간 미사는 스스로도 놀랄 만한 생각을 떠올렸다.

'콘서트, 가지 말까?'

얼마 전만 해도 상상조차 못 했을 일이었다. 그토록 꿈꿨던 콘서트에 초대받았는데, 그것도 직접 인사도 나눌 수 있다는데 그걸 포기하다니.

'나중에 정말 후회하지 않을까?'

그런 생각도 들었다. 윤하의 생일이야 매년 오는 거지만 이건 평생에 단 한 번 있을까 말까 한 기회가 아닐까. 김준서 콘서트라면 티켓 오픈되자마자 서버가 다운됐다느니 몇 분 만에 매진이라느니 하면서 매번 기사가 뜰 정도로 가기 힘든 공연인데. 게다가 기껏 초

대해줬는데도 안 가면, 준서 오빠가 두 번 다시 같은 기회를 주지는 않을 것 같았다.

'하지만, 아저씨 생일인데.'

이러지도 저러지도 못하고 망설이고 있는데, 민호가 이어서 말했다.

– 그런데 올해는 생일날 집에 혼자 있게 놔둘 생각을 하니까 짠하네.

그 순간 미사의 머릿속에 떠오른 장면이 있었다.

생일날 이 커다란 집에서 혼자 우두커니 시간을 보내고 있을 윤하의 모습.

가슴 한구석이 아릿해오는 것과 동시에 입이 저절로 움직였다.

"저 콘서트 안 갈래요."

– 뭐?

민호가 놀란 목소리를 냈다.

– 에이, 그건 아니지! 어휴, 이놈의 주둥이. 괜히 쓸데없는 소리를 해가지고.

"아녜요, 오빠. 모르고 그냥 갔다 왔으면 저 나중에 정말 후회했을 거예요."

– 그럴 필요 없다니까. 너 이거 콘서트 엄청 기대하고 있었을 거 아냐?

물론 기대했다. 윤하에게서 티켓을 받은 날부터, 몇 번이나 다시 꺼내보며 설렜는지 모른다.

하지만 어떡해, 지금은 김준서보다 정윤하가 더 좋은걸. 아저씨가 생일날 집에 혼자 있을 생각을 하면, 준서 오빠 노래도 즐겁게 들을 수 없을 것만 같은걸.

"그래도 아저씨 생일 팽개치고 갈 정도는 아니에요."

미사가 단호하게 말하자 이제는 오히려 민호가 거꾸로 설득하려고 들었다.

─ 진짜 그러지 마. 기억이 돌아온 후에도 두고두고 후회한다, 너? 10년 지난 지금까지도 너 김준서 팬이었단 말이야.

스물여덟 살의 미사가 돌아왔을 때 이걸 알게 되면 후회할까. 자신이 내린 결정을 바보 같다고 생각할까. 하지만 상관없다고 미사는 생각했다. 어쨌든 지금 이 순간, 여기 있는 건 열여덟 살의 나니까.

"후회해도 상관없어요."

더없이 가벼운 마음으로 미사는 말했다.

─ 아, 미치겠네. 윤하 형이 쓸데없는 소리 했다고 되게 화낼 텐데…….

"아저씨한텐 그때까지 비밀로 하면 되잖아요. 제가 생일상 차릴 테니까 우리 그날 다 같이 깜짝 생일파티 해요."

─ 진짜 내가 윤하 형 손에 죽는 꼴 보고 싶어?

민호가 펄쩍 뛰었다.

─ 정 콘서트에 안 가겠다면야 그건 네 자유지만, 나한테 음모에 가담까지 하라고 하진 마. 제발 부탁이다. 난 패스.

결심이 확고해 보였다. 어쩔 수 없이 미사는 민호를 포기했다.

"오빠, 근데요. 혹시 아저씨가 제일 좋아하는 음식이 뭐예요?"

이왕 생일상 차리는 거, 좋아하는 음식으로 만들어주고 싶었다. 물론 요리라곤 할 줄 모르지만 아직 시간이 좀 있으니까 그동안에 연습하면 되겠지.

– 음…….

잠시 생각하는 듯하더니 의외의 대답이 돌아왔다.

– 탕수육?

미사는 조금 곤란해졌다. 탕수육이라면 으레 시켜 먹는 거지, 집에서 해 먹을 음식은 아니라고 생각했으니까. 특히나 생일상에 올리기는 어울리지 않는 것 같았다.

"그거 말곤 없어요?"

– 뭐 싫어하는 거 빼곤 다 잘 먹는 편인데.

"싫어하는 건 뭔데요?"

– 짜장면. 냄새도 맡기 싫어해.

미사는 놀랐다. 하필 자신이 세상에서 제일 좋아하는 음식을 싫어하다니! 그러고 보니 기억을 잃은 후 윤하를 처음 만났던 날, 그가 자기 몫의 짜장면에 손도 안 대고 있었던 게 기억났다. 짜장면이 딱 질색이라고 말했던 것도.

"대체 이유가 뭐예요?"

미사로서는 도저히 이해가 안 가서 묻지 않고는 견딜 수가 없었다.

– 한 1년 넘게 매일매일 짜장면만 먹었거든. 그러니까 끔찍하지.

"그럼 짜장면 말고 다른 걸 시키면 됐잖아요?"

– 시켜 먹은 게 아냐. 형이 옛날에 중국집에서 배달 일 했었거

든.

순간 미사는 가슴이 덜컥 내려앉았다. 전혀 몰랐던 사실이었다. 아저씨가 그런 일도 했었구나.

— 거기 사장이 진짜 악질이었어. 짬뽕이나 볶음밥이라도 가끔 주면 덜 물렸을걸, 짬뽕은 국물이 뜨거워서 먹는 데 오래 걸리고 볶음밥은 만들기 귀찮다고 늘 짜장면만 줬던 거지. 그나마도 배달 실수라도 하는 날은 욕하면서 아예 굶기기도 했고.

미사는 도대체 뭐라고 대꾸를 해야 할지 알 수 없었다.

— 그때 윤하 형 눈에 세상에서 제일 맛있어 보였던 게 탕수육이었대. 눈에는 늘 보이는데 통 먹어볼 수가 없으니까. 형은 그때 나이도 아직 어렸는데, 그거 한두 점 좀 주면 어때서…… 나쁜 새끼.

민호가 낮게 욕설을 뱉었다.

— 학교도 못 다니고 일했는데 미성년자라고 월급까지 몇 달 치나 떼어먹고, 아주 쓰레기였어.

어떻게, 무슨 말을 하고 전화를 끊었는지 모르겠다. 미사는 한참을 멍하니 앉아만 있었다.

"……"

마음이 너무 아파서 눈물조차 나오지 않았다.

어릴 때 가정환경이 불우했었다는 얘기는 전에 윤하에게서 직접 들었다. 하지만 학교도 못 다니고 일을 해야 할 정도로 심했을 줄은 미처 몰랐다.

자신은 비록 고아지만 그래도 학교는 제대로 다녔다. 일을 하지도, 밥을 굶지도, 같은 음식만 계속 강요당하지도 않았다.

세상에서 자신만큼 불행한 사람이 있을까, 하고 미사는 가끔 생각했었다.

그런데 훨씬 더 아픈 삶을 살아온 사람이 있었다. 그리고 그게 하필이면 자신이 좋아하는 사람이었다니.

학교 급식에 가끔 나왔던 탕수육을 빼면, 미사도 여태 살면서 탕수육을 먹어본 게 다섯 손가락 안에 꼽히는 일이었다. 그래서 갓 튀겨낸 탕수육이 얼마나 맛있어 보이는지 너무 잘 안다. 그걸 매일같이 눈앞에서 보면서 속으로 늘 군침만 삼켰을 어린 윤하를 떠올리자 가슴이 아파서 숨쉬기조차 힘들어졌다.

'탕수육, 한번 만들어보자.'

미사는 그렇게 결심했다. 그가 제일 좋아하는 음식을 만들어서 생일을 축하해주고 싶었다.

생일상에 탕수육은 올리면 안 된다고 법으로 정해져 있는 것도 아니잖아?

다행히 탕수육이란 건 의외로 집에서도 해 먹을 수 있는 요리였나 보다. 휴대폰으로 검색을 해보자 조리법을 소개한 블로그가 수도 없이 떠서 미사는 일단 안심했다.

하지만 금세 곤란해졌다. 재료도 만드는 방법도 저마다 다 달랐던 것이다. 진짜 맛있는 탕수육을 만들어주고 싶은데, 이 중에 대체 어느 걸 따라 만들어야 되는지 알 수가 있어야지.

수많은 검색 결과를 앞에 두고 미사는 고민에 빠졌다.

'잠깐……?'

불현듯 떠오른 생각이 있었다.

'그러고 보니 탕수육 잘할 것 같은 사람이 있잖아!'

─ 그러니까, 남친 생일날 만들어주려고 탕수육을 직접 배우시겠다?

"응, 들어줄지는 모르겠지만 가서 부탁은 해보려고."

예지가 질렸다는 듯이 말했다.

─ 아무리 남친이 좋아도 그건 오바지! 하여튼 언니도 밀당 진짜 못한다.

"밀당이 뭔데?"

─ 밀고 당기기 말이야.

가끔 미사는 감탄할 때가 있었다. 예지는 아직 고2일 뿐인데, 게다가 다니는 학교도 여고인데 어쩜 이런 것들을 다 알고 있을까.

"언제는 나더러 철벽을 무너뜨려보라며?"

─ 어휴, 바보야. 그것도 기술이 있어야지, 무작정 잘해주면 남잔 도망간다?

"근데 어떡해, 무작정 잘해주고만 싶은걸."

미사는 솔직하게 말했다.

"밀당 그런 거 몰라, 안 할래. 그냥 내가 해줄 수 있는 건 뭐든지 다 해주고 싶어."

정윤하가 좋다. 배우 정윤하를 좋아했던 것과는 비교도 안 될 정도로, 진짜 정윤하가 좋다. 늘 무뚝뚝한 그 사람의 얼굴에 잠깐이라도 미소가 떠오르는 걸 볼 수만 있다면 미사는 아무리 힘든 일이라도 즐겁게 할 수 있을 것 같았다.

예지가 전화 저편에서 한숨을 쉬었다.

─ 그 오빠, 누군지 몰라도 아주 복이 터졌네. 요즘 세상에 이런 여자가 어딨어?

한숨을 쉬면서도 더는 바보라고 탓하지 않는 게 고마웠다. 예지는 늘 이런 식이었다. 처음에는 핀잔을 주더라도 결국에는 제 편이 되어준다.

─ 근데 언니, 음식 할 줄 몰라서 정윤하네 집에서도 청소랑 빨래일만 한다며. 생일상에 탕수육 하나만 달랑 올리게?

그렇지 않아도 그게 걱정이긴 했다. 미사는 자신 없이 대답했다.

"어떻게 인터넷에서 찾아서 만들어봐야지 뭐."

─ 그럼 혹시 울 엄마한테 가르쳐달라고 해볼까? 울 엄마 식당 하잖아, 음식 솜씨 완전 짱인데.

"가르쳐주실까?"

미사는 귀가 번쩍 뜨여 물었다.

─ 응, 그렇지 않아도 엄마가 오랜만에 언니 보고 싶다고 했었거든. 부탁하면 가르쳐줄걸?

그러고 보니 기억을 잃기 전에 자신은 예지의 엄마와 만난 적이 있다고 했었다. 예지 몰래 가끔씩 연락을 하고 있었다고도.

"그럼 좀 부탁드려봐 줄래? 저기, 나 기억상실이란 얘긴 웬만하면 좀 빼고."

괜히 이상한 눈으로 볼까 봐 걱정이 되었다. 쉽게 믿어줄 것 같지도 않고.

　－ 알았어. 그럼 내가 엄마한테 물어봐서 전화해줄게.

　예지가 활기차게 외쳤다.

　－ 참, 언니! 그리고 나 아까 도 매니저한테 전화 왔었다?

　"도 매니저? 민호 오빠 말이야?"

　미사는 얼굴을 찌푸렸다.

　"너 아무리 그래도 그 오빠는 어른인데 버릇없게 도 매니저가 뭐야?"

　－ 어휴, 하여튼 누가 과거에서 온 그대 아니랄까 봐 이렇게 티를 팍팍 내요.

　예지가 혀를 찼다.

　"무슨 소리야?"

　－ 됐고, 나 윤하 오빠가 집에 놀러 와도 된다고 했대!

　"뭐?"

　－ 내가 도 매니저한테 부탁했거든, 윤하 오빠한테 말해봐 달라고. 그랬더니 허락해줬대.

　미사는 깜짝 놀랐다. 윤하는 낯가림이 무척이나 심한 사람이다. 그래서 생판 남을 대할 때는 연기까지 해야 할 정도로. 그런 그가 자기 집에 호락호락 남을 들이다니?

　－ 자기 없을 때 오라고는 했다는데, 이왕 가는 거 있을 때 가야 대박 아니겠어?

　그러면 그렇지, 하고 미사가 생각한 순간 예지가 졸랐다.

　－ 언니, 정윤하 집에 있을 때 나한테 슬쩍 얘기 좀 해주라, 응?

하지만 절대 안 될 일이었다.

"그 사람 요즘 너무 바빠서 집에도 못 들어오는걸. 나도 얼굴 거의 못 봐."

― 에이, 드라마 이제 곧 끝나잖아. 그럼 한가해지겠지 뭐.

"아냐, 바로 다음 작품 들어가서 또 정신없대. 어? 나 전화 들어온다, 끊을게!"

얼른 전화를 끊어버리고 가슴을 쓸어내리는 미사였다.

지금까지도 충분히 하드한 스케줄이었지만, 마지막에는 거의 인간의 한계를 넘어설 정도가 되었다. 최근 사흘간 윤하가 집에 돌아갈 수 있었던 것은 딱 한 번. 그것도 씻고 옷 갈아입고 필요한 물건만 챙겨서 도로 나와야 했다.

물론 몸은 힘들었지만 차라리 다행이라는 생각이 들었다. 그만큼 미사와 함께 있는 시간을 줄일 수 있으니까.

집에 잠깐 들렀다 나가는 자신을 보며 미사는 안타까워 어쩔 줄 몰랐다.

「아저씨, 그러다 쓰러지시겠어요!」

진심으로 걱정해주는 말이 얼마나 달콤하게 들리는지 몰랐다.

덕분에 윤하는 대꾸는커녕 미사의 얼굴조차 똑바로 쳐다볼 수 없었다. 그랬다가는 자칫 무너질 것 같아서.

이 직업이라는 게 바쁠 때는 미칠 듯이 바쁘지만 쉴 때는 완전히 백수나 마찬가지다. 촬영이 다 끝나면 그때부터는 하루 종일 미사와 둘이 집에 함께 있어야 하는데 어떡하나, 하고 걱정이 됐다. 영화든 드라마든 뭐든 좋으니 최대한 빨리 들어갈 수 있는 걸로 차기작을 잡아달라고 회사에 말해야겠다고, 윤하는 결심했다.

이제 며칠 후면 마지막 촬영이 끝난다. 그리고 그날은 공교롭게도 자신의 생일이기도 했다. 사실은 낮에 스튜디오 촬영 몇 시간만 마치면 끝이지만, 미사에게는 이렇게 말해두었다.

「나는 늦게까지 일이 있으니까 콘서트는 민호랑 같이 다녀와.」

미사는 별로 서운한 기색도 없이 대답했다.

「네, 그렇지 않아도 민호 오빠한테 미리 얘기 들었어요.」

그날이 자신의 생일이라는 얘기는 물론 하지 않았다. 할 필요도 없고, 어차피 한다 해도 미사가 김준서의 콘서트를 포기할 리 없으니까.

미사는 기억을 잃기 전에도 자신을 사랑하지는 않았다. 하물며 지금은 말할 것도 없다. 지금의 미사에게 있어 자신은 아마도 열다섯 살이나 많은, 재미없는 아저씨 정도겠지. 심하면 꼰대라고 생각할 수도 있고. 그러니 그런 아저씨 생일 때문에 그토록 좋아하는 가수의 콘서트를 포기할 리 없지 않은가.

당연하다고 생각하면서도 자신의 생일날 미사가 김준서를 만나 즐거워하고 있을 생각을 하니 슬그머니 질투가 났다.

그런 자신이 문득 한심해져서 윤하는 쓰게 웃었다. ……난 대체 무슨 생각을 하고 있는 거지. 거리를 두자고 그토록 결심해놓고.

그러면서도 은근히 자신도 연기가 아니라 노래에 재능이 있었더라면, 하는 생각이 드는 것은 어쩔 수가 없었다.

예지 어머니에게서는 흔쾌히 허락이 떨어졌다.

미사는 예지가 학교에 가 있는 낮 시간 동안에 예지의 집에 찾아 가서 음식을 배우기로 했다. 혼자 가기가 걱정이 되긴 했지만, 그렇다고 예지더러 학교를 빼먹으라고 할 수도 없었으니까.

"어서 와요, 미사 씨! 오랜만이에요."

반갑게 맞아주는 예지의 양어머니는 사십 대 중반의 상냥하고 고운 인상의 아주머니였다. 물론 미사 입장에서는 생전 처음 보는 거였지만, 편안하게 대해주시는 덕분에 다행히 그리 어색하지 않게 인사를 건넬 수 있었다.

"네, 예지 어머님. 오랜만에 뵙겠습니다."

상대는 자신의 정신연령이 열여덟 살이라는 걸 전혀 모른다. 최대한 어른스러운 말투로 말하려고 미사는 애를 썼다.

차를 내온 예지 어머니가 말했다.

"우리 예지하고 가까이 지내줘서 고마워요. 전에도 한번 얘기했었죠? 제 아빠 돌아가신 후로 애가 도통 마음을 못 잡는다고."

예지 어머니가 한숨을 지었다.

"그게 벌써 5년 전 일인데 여태 마찬가지예요. 대학도 가기 싫다고 하고, 자꾸만 연예인이 되고 싶다고 하고. 이래저래 걱정이었는데 미사 씨랑 다시 연락하면서 그래도 애가 좀 안정을 찾는 것 같아요."

예지가 수업을 빼먹고 놀고 싶어 할 때마다 그러면 안 된다고 말린 보람이 있었구나, 하고 미사는 생각했다.

"앞으로도 우리 예지 잘 부탁할게요. 언니로서 잘 이끌어줘요."

"네, 어머님."

미사는 얌전히 고개를 끄덕였다.

"그나저나 생일상을 차리는 걸 배우고 싶다고요?"

"네."

"바쁠 텐데 굳이 배울 것까지 없이, 내가 좀 이것저것 만들어줘도 괜찮은데."

하지만 미사는 고개를 저었다.

"아녜요, 감사하지만 제가 배워서 직접 만들고 싶어요."

서투르더라도 윤하의 생일상만은 꼭 제 손으로 차려주고 싶었다.

"그럼 그렇게 해요, 내가 열심히 가르쳐줄 테니까. 식당 영업은 저녁부터 하니까 이렇게 낮에 집으로 오면 며칠 정도는 가르쳐줄 수 있어요."

"고맙습니다!"

찻잔을 들어 마시며 예지 어머니가 물었다.

"그래, 전에 통화했을 때 시험 준비 중이라고 하더니 그건 잘돼가나요?"

시험? 무슨 시험? 잠시 당황했지만 미사는 곧 윤하가 말했던 것을 떠올렸다. 아, 임용고시를 준비하고 있다고 했었지.

"네, 열심히는 하고 있어요."

"미사 씨는 워낙 머리가 좋으니까 꼭 붙을 거예요."

자연스럽게 대답하자 예지 어머니가 고개를 끄덕였다.

"……그야 로스쿨 시험이 쉽지는 않겠지만."

낯선 단어가 귀에 걸렸다. 미사는 고개를 갸웃거렸다. 로스쿨이 뭐지?

무슨 뜻인지 잘 모르겠지만 스쿨(school)이 들어가는 걸로 봐서는 교사와 관련된 시험인가 보다, 하고 미사는 생각했다. 임용고시를 그렇게도 부르나 보지 뭐.

"자, 그럼 슬슬 시작해볼까요?"

이윽고 예지 어머니가 소파에서 일어나며 말했다.

'앞으로 일주일 남았으니까, 낮에는 여기서 한식 배우고, 저녁엔 거기로 가면 되겠다. ……근데 그 아저씨, 나 기억하려나 모르겠네?'

이미 미사의 머릿속에서 로스쿨이라는 단어는 저 멀리로 날아가 버리고 말았다.

✦

중화요리 전문점 '원빈'은 사실 한창때 홀 서빙 하는 종업원만도 다섯 명이나 되었던 가게였다. 배달 없이 홀 장사만 고집하는데도 그 정도로 장사가 잘되었던 이유는 순전히 어디까지나 오너 셰프 인 왕대복, a.k.a. 왕 서방의 뛰어난 실력에 있었다.

하지만 2년 전부터는 점점 손님이 줄어들기 시작했다. 채 100미터도 안 되는 거리에 커다란 규모의 중국집인 '황금성'이 오픈을 했는데, 저렴한 가격과 적극적인 마케팅으로 마구 밀어붙이기 시작했던 것이다.

맛이라면 이쪽이 월등하다는 자신이 있었지만 사람들은 더 싸고 깔끔한 새 가게로 우르르 몰렸다. 날이 갈수록 손님이 줄었다. 지역 신문에 광고도 내보고, 할인 행사도 하며 나름대로 대항해봤지만 소용이 없었다.

상대는 한술 더 떠서 치졸한 방법까지 동원해서 왕 서방의 가게를 모함했다. 결국 종업원들도 하나씩 내보내고, 결국에는 주인인 왕 서방 혼자만 남게 되었다.

그래도 왕 서방은 아직 희망을 버리지 않았다. 중국의 옛말에 군자복수 십년불만(君子復讐 十年不晚: 군자의 복수는 10년 후라도 늦지 않다)이라고 했으니까.

언젠가는 꼭 황금성을 타도하고 옛 영광을 되찾고 말리라!

오늘도 그렇게 다짐하며 주방에서 음식에 전념하고 있던 왕 서방을 찾아온 의외의 인물이 있었다.

"왕 서방 아저씨, 저 왔어요!"

활기찬 목소리에 왕 서방은 반색을 하며 뛰어나갔다.

"어? 그 막무가내 아가씨 아니냐 해!"

"헤헤, 잘 지내셨어요?"

미사가 해맑게 생글거렸다.

반가운 것도 반가운 것이었지만 그것보다 더 궁금한 게 있었다.

왕 서방은 다짜고짜 미사를 끌고 구석으로 갔다. 그리고 아무도 없는 가게 안을 괜히 한번 휙 둘러본 후 소리를 낮춰 물었다.

"그런데 진짜 정윤하랑 결혼한 거 맞냐 해?"

그렇지 않아도 궁금해서 숨이 넘어갈 지경이었던 것이다.

"아저씨, 혹시 그거 누구한테 말하셨어요?"

미사는 심각한 얼굴을 했다. 왕 서방은 펄쩍 뛰며 손을 저었다.

"절대 안 했다 해! 아무리 검색을 해봐도 기사 하나 없는데, 나만 미친놈 될 일 있냐 해?"

"아저씨 나이스 샷!"

미사는 안도의 한숨을 내쉬고는 덩달아 가게 안을 휙 둘러보더니 왕 서방의 귀에 대고 소곤거렸다.

"결혼한 거 맞아요. 근데 팬들이 속상해할까 봐 아직 비밀로 하고 있는 거예요."

왕 서방의 눈이 왕방울만 해졌다.

"아저씨 믿고 얘기하는 거니까 꼭 비밀 지켜주셔야 해요. 아셨죠?"

"알았다 해. 우리 사람, 신의를 생명처럼 생각한다 해!"

왕 서방이 주먹으로 가슴을 쾅쾅 쳐 보였다.

"그런데 아가씨가 우리 가게에는 웬일이냐 해? 혼자 짜장면 먹으러 왔냐 해?"

"아뇨. 사실은 아저씨한테 부탁드릴 게 있어서요."

갑자기 미사가 비장한 표정을 하더니 포권(중국식 인사법)을 해 보였다.

"사부님! 저한테 탕수육 비법을 전수해주십시오!"

왕 서방은 당황했다.

"……지금 뭐라고 했냐 해?"

"일주일 후에 탕수육을 만들 일이 있는데요. 세상에서 최고로 맛있는 탕수육이어야만 하거든요? 그래서 아저씨가 딱! 떠올랐어요."

미사가 청산유수처럼 설명했다.

"물론 지난번에 탕수육은 못 먹어봤지만, 짜장면이 그렇게 맛있는 집이라면 탕수육도 당연히 맛있을 거라는 생각이 들었어요. 뭐니 뭐니 해도 중국집의 기본은 짜장면 아니겠어요?"

아부라는 걸 뻔히 알면서도 왕 서방은 들을수록 흡족해졌다. 음식에 대한 그의 자부심을 오랜만에 충족시켜주는 발언이었기 때문이었다.

미사가 조르듯 말했다.

"그러니까 저 탕수육 가르쳐주세요오오오, 네에?"

사실 이미 왕 서방은 미사가 마음에 쏙 든 상태였다. 예쁘게 생긴 아가씨가 하는 말도 예쁘고, 말투도 귀엽고. 어차피 정윤하링 결혼한 여자가 이거 배워가서 중국집 차릴 것도 아닐 텐데, 탕수육 하나쯤 가르쳐준댔자 큰일 날 것도 없다.

하지만 현실적으로 쉬운 일이 아니었다.

"우리 사람 도와주고 싶다 해. 하지만 보다시피 우리 사람 혼자 음식 하고 서빙하고 치우기까지 다 해야 되는데 도저히 뭘 가르쳐줄 겨를까지는 없다 해."

왕 서방은 미안해하며 말했다.

"에이, 그게 뭐가 문제예요? 대신 제가 가게 일 도와드리면 되죠!"

하지만 미사는 실망하기는커녕 눈을 빛내며 말했다.

"아저씨는 저한테 탕수육 가르쳐주시고, 저는 대신에 서빙이나 설거지 같은 거 도와드리고요. 어차피 손님한테 나가야 하니까 탕수육은 만들어야 할 텐데, 그럴 때마다 가르쳐주시면 따로 시간 내실 필요도 없지 않겠어요?"

"……."

왕 서방은 생각에 잠겼다. 사실 미사가 몰라서 저렇게 말하는 거지, 가르치는 데 따로 시간이 들지 않는 것은 아니다. 재료는 가게에서 챙겨준다 해도, 가정에서 만드는 것과 업소에서 만드는 것은 화력도 기구도 모두 다르니까. 게다가 실습도 해보게 해야겠고.

하지만 미사가 제시한 조건은 나쁘지 않았다. 아무리 장사가 안된다고 해도 혼자서 하나부터 열까지 다 하려니 손님이 몰리는 시간에는 그렇지 않아도 힘든 참이었다.

"좋다 해."

결국 치밀한 계산 끝에 왕 서방은 고개를 끄덕였다.

"탕수육, 책임지고 가르쳐주겠다 해!"

"사부님!"

미사의 얼굴이 확 밝아졌다.

계약 성립. 주방으로 향하는 왕 서방의 뒤를, 미사가 졸졸 따랐다.

"그런데요, 사부님! 저 궁금한 게 있는데요."

"뭐냐 해?"

"말 뒤에 자꾸 해, 해는 왜 붙이는 거예요? 그것만 빼면 한국말 엄청 잘하시는데."

갑자기 왕 서방이 걸음을 멈추더니 미사를 돌아보았다.

"사실 이건……."

그러고는 엄청난 비밀이라도 이야기하듯, 귀에 대고 속삭였다.

"……콘셉트다 해!"

내친김에 오늘부터 일을 시작하기로 했다.

요리를 못해서 그렇지 원래부터 청소나 설거지, 정리 같은 건 끝내주게 잘하는 미사였다. 손님이 나가자마자 그릇을 싹 치워 와서는 재빨리 깔끔하게 설거지를 끝내는 미사를 보고 왕 서방은 감탄을 금치 못했다.

"미사, 이디 식당 주방에서 일해봤냐 해?"

"뭐 비슷한 거예요."

그렇게 대답하며 미사는 속으로 웃었다.

한창 바쁜 시간이 지나고 손님이 뜸해지자 드디어 왕 서방의 첫 강의가 시작되었다.

"탕수육은 기본적으로 고기와 소스로 이뤄진다 해. 오늘은 먼저 소스 만드는 법부터 알려주겠다 해."

새하얀 조리복 차림의 왕 서방이 말했다.

"재료는 일단 물 외에 간장과 식초, 설탕, 그리고 전분이 들어간다 해. 재료의 비율은……."

"비율은……."

열심히 수첩에 받아 적는 미사였다.

그로부터 일주일간 미사는 눈코 뜰 새 없이 바쁘게 시간을 보냈다.

낮에는 예지네 집에 가서 생일상에 올릴 음식들을 배우고, 오후에는 '원빈'에 가서 서빙과 설거지를 도우면서 한편으로는 탕수육을 배운다. 물론 배우는 것은 정해진 메뉴들뿐이었지만, 그 과정에서 자연스럽게 각각 한식과 중식의 기본에 대해서도 몸에 익혀 가고 있는 미사였다.

「손맛이라는 건 타고나는 건데, 미사 씨는 타고난 것 같네!」

오늘 낮에 있었던 마지막 수업 때, 미사가 무쳐낸 잡채를 먹어보고 예지 어머니는 흡족한 얼굴을 했다. 미역국과 불고기, 전, 샐러드도 모두 합격점을 받았다.

단 일주일뿐이었는데 이렇게까지 빨리 음식을 배운 게 미사 스스로도 신기했다.

물론 예지 어머니도 잘 가르쳐주셨지만, 미처 머리로 생각하기도 전에 손이 자연스럽게 움직이는 느낌이 들 때도 있었다. 마치 몸이 기억하고 있는 것처럼. 아마도 기억을 잃기 전의 자신은 꽤 음식을 잘하지 않았을까, 하고 미사는 생각해보았다.

어쨌든 이걸로 다른 메뉴는 모두 마스터했다. 이제 메인 메뉴인 탕수육만이 남아 있었다.

"……."

엄숙한 표정을 한 왕 서방이 노릇노릇하게 잘 튀겨진 고기 위에 김이 모락모락 나는 황금빛 탕수육 소스를 조심스럽게 부었다.

이윽고 진한 소스가 뚝뚝 떨어지는 고기 한 점이 왕 서방의 입속으로 자취를 감췄다.

"흐음……."

천천히 탕수육을 음미하는 왕 서방의 눈이 스르르 감겼다.

그런데 한참을 기다려도 반응이 없다. 미사는 불안한 마음으로 조심스럽게 물었다.

"어때요, 사부님?"

그 순간, 엄지손가락이 미사의 눈앞에 척 하고 내밀어졌다.

"탕수육 전문점 차려도 되겠다 해!"

"와아!"

미사는 겨우 마음이 놓여 활짝 웃었다.

지난 일주일 동안 미사는 왕 서방의 가게에서 일을 도우며 탕수육을 배웠다. 그리고 오늘이 마지막 수업이자 실습이었는데, 다행히도 멋지게 성공한 것이었다.

"고맙습니다, 사부님. 다 사부님 덕분이에요!"

몇 번이나 고개를 숙이는 미사에게, 왕 서방이 은근히 물었다.

"근데 미사, 탕수육은 잘하는 가게에서 시켜 먹어도 되는데 왜 굳이 직접 만들려고 하냐 해?"

"사실은 내일이…… 저, 저희 남편 생일인데요."

그렇게 말하는 미사의 얼굴이 금세 빨개졌다. 저희 남편. 그러고 보니 지금껏 누구 앞에서도 해보지 못한 말이었다.

"그 사람이 제일 좋아하는 음식이 탕수육이거든요."

중화요리에 자부심이 대단한 왕 서방이 기쁜 듯이 고개를 끄덕였다.

"오오, 역시 정윤하 씨, 뭘 좀 아는 사람이다 해!"

"그래서 생일날 제가 직접 만들어주고 싶었어요. 한번 배워두면 집에서 가끔 만들어줄 수도 있잖아요."

왕 서방이 감동한 얼굴을 했다.

"미사는 정윤하 씨를 엄청 많이 좋아하는구나 해."

순간 미사는 가슴이 뭉클해졌다. 아직 본인에게도 말해보지 못한 마음을, 남이 먼저 알아주다니.

"네."

왠지 눈물이 날 것 같은 것을 꾹 참고, 미사는 활짝 웃으며 대답했다.

"정말 많이 좋아해요."

돌아갈 때, 왕 서방은 미리 챙겨둔 재료 꾸러미를 건네주었다.

"재료는 가게에서 쓰는 거랑 똑같으니까, 온도하고 시간만 미리 가르쳐준 대로 조절하면 문제없을 거다 해."

이어서 뜬금없이 하얀 봉투가 나왔다.

"그리고 이거, 많이는 못 넣었지만 일주일 동안 일한 일당이다 해."

"아녜요, 괜찮아요!"

미사는 놀라서 손을 내저었다. 그렇지 않아도 손님도 별로 없는 가게인데.

"저 돈 받으려고 일한 거 아녜요, 대신 음식 가르쳐주셨잖아요!"

"우리 사람 성의다 해."

한바탕 실랑이 끝에 결국 미사가 지고 말았다.

"정말 고맙습니다, 사부님. 저 가끔 놀러 와도 되죠?"

"물론이다 해. 다음번엔 볶음밥을 전수해주겠다 해."

"짜장면은 안 돼요?"

"짜장면은 수타면 뽑는 것만 배워도 몇 년 걸린다 해!"

왕 서방은 가게 밖까지 나와서 미사를 배웅해주었다.

"정윤하 씨한테 생일 축하한다고 전해줘라 해!"

이제 언제든지 윤하가 원할 때마다 맛있는 탕수육을 만들어줄 수 있게 됐다. 호탕하고 푸근한, 좋은 친구도 생겼다. 미사는 기쁜 마음으로 가게를 나왔다.

그러고 보니 생전 처음 일해서 번 돈이었다. 이 돈으로 뭘 할지는, 고민할 것도 없었다.

'아저씨 생일선물을 사야지!'

이제 선물만 사면 모든 준비가 다 완벽하게 끝난다. 아침에 미역국이라도 끓여주고 싶은데, 민호에게 전화해보니 윤하는 마지막까지 밤샘촬영이라고 했다. 귀가 예정은 내일 저녁.

드디어 내일이면 윤하의 생일이다. 미사의 가슴은 마구 두근거렸다.

어릴 때부터 늘 외롭게 살아와서일까. 평소에 윤하는 오히려 외로움을 잘 느끼지 못하는 편이었다. 남들은 혼자 앓을 때가 제일 서럽다는데 그것도 별로 아무렇지 않았다. 아플 때는 보통 민호가 챙겨주지만, 어쩌다 민호가 곁에 없어서 혼자 아플 때도 그냥 그러려니 하고 말았다.

그런 윤하가 유독 외로움을 느낄 때가 있다면 바로 작품 하나를 끝낼 때였다. ……바로 오늘처럼.

윤하는 연기할 때가 제일 행복했다. 그때만은 불행한 과거를 가진 자신도, 말주변 없고 사람 대하기를 어려워하는 자신도 모두 벗어던지고 다른 사람의 삶을 살아볼 수 있으니까.

하지만 그 캐릭터와 헤어질 때는 그만큼 한바탕 마음고생을 하곤 했다. 방금 마지막 촬영을 마치고 나온 지금은 유독 마음이 힘들었다. 하필 마지막으로 찍은 장면이 에필로그에 해당하는, 단란한 가족의 모습이었기에 허전함은 더했다.

연기하는 동안에는 사랑하는 아내와 아이들에 둘러싸인 행복한 남자였지만, 카메라가 멈춘 순간 거기에는 오랜 짝사랑에 지친 초라한 남자밖에 남지 않았다.

……미사가 보고 싶다.

직접 운전해서 집으로 돌아가며, 윤하는 간절하게 생각했다.

독하게 마음을 접기로 결심했고, 그러려고 노력하고 있다. 하지만 오늘만은 제발 좀 곁에 있어주었으면, 아니 곁에는 있지 않아도 좋으니까 그냥 집에라도 있어주었으면 하는 생각이 드는 것을 어쩔 수가 없었다.

하지만 지금쯤 미사는 콘서트 장에 가 있을 것이었다. 하필이면 이럴 때 민호도 덩달아 곁에 없는 것을 아쉬워하며, 윤하는 묵묵히 차를 운전해서 집에 도착했다.

온통 불이 꺼져 있는 집을 올려다보자 한숨부터 나왔다.

정말이지 죽도록 들어가기 싫다. 하지만 그렇다고 따로 갈 데가 있는 것도 아니니 어쩔 수 없었다.

'술이라도 먹고 일찍 자야겠다.'

그렇게 생각하며 윤하는 현관문을 열었다.

그리고 캄캄한 거실의 불을 켜는 순간,

"생일 축하합니다!"

갑자기 발랄한 목소리와 함께 펑, 하고 터지는 폭죽 소리가 귓전을 때렸다.

너무 놀라서 그 자리에 굳어져버린 윤하를 향해, 알록달록한 고깔모자를 쓴 미사가 입에 손을 모아 다시 한 번 외쳤다.

"생일 축하해요, 아저씨!"

윤하는 눈을 깜빡이는 것조차 잊고 미사를 쳐다보았다.

"네가 왜 여기에 있는 거지……?"

가까스로 묻자 미사가 도리어 이상하다는 듯이 되물었다.

"제 집이 여긴데 왜 여기 있냐고 물어보면 저 뭐라고 대답해야 돼요?"

"콘서트는 어쩌고?"

"아, 그거요."

미사가 어깨를 으쓱하고는 아무렇지도 않게 대꾸했다.

"사실은 예지도 준서 오빠 팬이거든요. 너무너무 가고 싶어 하길래 친구랑 가라고 그냥 티켓 줘버렸어요."

물론 거짓말이라고 윤하는 생각했다. 미사가 그 티켓을 받았을 때 얼마나 뛸 듯이 기뻐했었던가. 그런데 동생에게 줘버렸다고? 한 장도 아니고 두 장을 몽땅?

자연스럽게 든 생각은 그것이었다.

'설마 내 생일 때문에?'

하지만 그럴 리가 없다는 생각이 곧이어 들었다. 미사가 겨우 자신의 생일 따위 때문에 그토록 좋아하는 김준서를 포기할 리 없지 않은가.

'그럼 대체 왜?'

우두커니 서 있는 윤하의 등을, 미사가 떠밀었다.

"자, 배고프시죠? 우리 이제 밥 먹어요!"

윤하는 영문도 모르는 채 미사에게 떠밀려 주방으로 향했다. 그리고 테이블에 차려져 있는 음식들을 보고 눈을 크게 떴다.

지난번의 처참한 스테이크와는 차원이 다른 음식들이 테이블 가득 놓여 있었다. 김이 모락모락 나는 미역국에 윤기가 자르르 흐르는 쌀밥, 접시마다 예쁘게 담긴 잡채와 불고기, 전, 떡, 김치 같은 음식들과 갓 튀겨낸 듯한 탕수육. 그리고 식탁 중앙에 놓인 생일 케이크.

문득 윤하는 심장이 덜컥 내려앉았다.

"누가 집에 왔었어?"

황급히 주위를 둘러보았지만 집안에 미사 외에 다른 사람의 기척은 느껴지지 않았다.

"아뇨, 제가 왜 집에 다른 사람을 막 들여요?"

"그럼 이건 다 누가 만든 거야?"

"제가요. 아저씨 생일 축하하려고요."

미사가 생긋 웃으며 말했다.

"혼자서?"

"그렇다니까요. 솔직히 떡이랑 김치는 예지네 엄마가 주셨지만, 나머진 진짜 제 작품이에요."

윤하는 다시 테이블 위의 음식들을 살펴보았다. 담아낸 모양이나 장식한 솜씨까지, 아무리 봐도 미사가 만들었다고는 믿어지지 않았다.

"빨리 앉으세요, 탕수육 방금 튀겼는데 식으면 맛없단 말이에요."

윤하는 귀신에라도 홀린 듯한 기분으로 자리에 앉았다.

"아무리 급해도 일단 케이크부터 잘라야죠?"

미사가 성냥을 그어 케이크에 꽂힌 초에 불을 켰다. 그러더니 쪼르르 달려가서는 불을 껐다.

"생일 축하합니다, 생일 축하합니다!"

윤하의 건너편에 도로 와서 앉은 미사가 손뼉을 치며 즐거운 듯이 노래를 부르기 시작했다.

"사랑하는 아저씨, 생일 축하합니다!"

문득 윤하는 가슴이 뭉클해졌다.

「사랑하는.」

별 의미 없이 부른, 그냥 단순히 노래 가사에 불과하다는 걸 안다. 하지만 뻔히 알면서도 윤하의 귀에는 특별하게 들렸다.

혼자 노래를 마치고 짝짝짝, 박수를 치고 난 미사가 윤하를 재촉했다.

"이제 소원 빌고 촛불 끄셔야죠."

……소원이라.

고민할 필요도 없었다. 소원이라고는 예전에도, 지금도, 그리고 앞으로도 단 한 가지뿐이니까. 하지만 빌어서도, 이루어져서도 안 될 소원이라는 것도 잘 알고 있었다.

"……."

끝내 윤하는 마음속으로도 차마 소원을 빌지 못한 채 그대로 촛불을 불어 끄고 말았다.

다시 불이 켜졌을 때, 미사의 손에는 포장된 작은 상자가 들려 있었다.

"이건 생일선물인데요, 나중에 꼭 혼자 뜯어보셔야 돼요. 아셨죠?"

제 손으로 직접 윤하의 주머니에 상자를 넣어주기까지 하더니, 미사는 아예 의자를 윤하 옆으로 옮겨와서 곁에 꼭 붙어 앉았다. 그리고 자기는 먹을 생각도 않은 채 열심히 윤하의 식사 시중을 들어주기 시작했다.

"이 김치는 찢어 먹는 게 맛있대서 일부러 안 잘랐어요. 제가 찢어드릴게요."

"아저씨가 부먹파인지 찍먹파인지 몰라서 따로 놔뒀는데, 그냥 부어버릴까요?"

분명 아까 집에 올 때까지만 해도 제발 오늘만 미사가 곁에 있어주었으면, 하고 바라고 있었다. 하지만 이 정도까지를 원한 것은 결코 아니었다. 기쁘기보다는 그저 얼떨떨했다. 그녀가 이러는 이유를 도저히 알 수가 없어서였다.

대체 왜 미사가 김준서의 콘서트까지 포기하고 내 생일상을 차려주고 있는 것일까. 혼란스러운 채, 윤하는 미사가 재촉하는 대로 탕수육 한 조각을 입에 넣었다.

"맛이 어때요?"

미사가 눈을 반짝이며 물었다. 솔직히 머릿속이 복잡해서 맛을 잘 느끼지 못했지만 윤하는 대답했다.

"맛있어."

그러자 미사가 기쁜 듯이 활짝 웃었다.

"다행이에요!"

그 표정을 보는 순간 윤하는 가슴이 철렁했다. 저런 표정, 잘 알고 있다. 자주 보니까.

그는 연예인이었다. 성격상 어쩔 수 없이 신비주의 노선을 택하고 있기 때문에 팬 미팅 같은 것은 일체 하지 않지만, 그래도 가끔씩 팬을 마주치게 될 때가 있었다.

이쪽으로서는 생전 처음 보는 사람인데, 상대는 너무나도 반가워하며 선물을 건네 온다. 그리고 그저 자신이 받아주는 것만으로도 세상에서 제일 행복하다는 듯이 활짝 웃는다. 그 이상 아무것도 바라지 않는다는 듯이.

그저 순수하게 좋아하는 상대를 바라볼 때의 눈빛. 지금 자신을 보는 미사의 표정이 바로 그것이었다.

'설마.'

그러나 다음 순간 윤하는 스스로를 꾸짖었다. 어리석긴, 미사가 나를 좋아할 리가 없잖아.

하지만 그렇게 생각하면서도 심장은 분명히 빠르게 뛰기 시작했다. 불안감으로, 그리고 또 한편으로는 감출 수 없는 기대감으로.

"……음식은."

윤하는 목소리가 떨리는 것을 감추며 가까스로 말을 꺼냈다.

"언제 이렇게 배운 거야?"

"헤헤, 사실은 일주일 동안 여기저기 다니면서 특훈 받았어요."

미사가 부끄러운 듯이 웃었다.

"멋대로 막 나돌아 다닌 건 죄송해요. 앞으론 안 그럴 테니까 오늘은 화내지 마세요."

물론 그것도 곤란한 일이었지만 지금은 그게 문제가 아니었다.

"콘서트에는 왜 안 갔지?"

윤하는 다그치듯 물었다.

"아까 말했잖아요, 예지가……."

"거짓말은 그만둬."

윤하는 성급하게 미사의 말을 가로막았다.

"그렇게 가고 싶어 했었잖아. 그런데 대체 어째서?"

결국 미사는 우물거리듯 대답했다.

"……아저씨 생일이잖아요."

원하는 대답이 아니다. 윤하는 또다시 다그쳤다.

"그러니까 내 생일인데 네가 왜 콘서트에 안 간 거지?"

"준서 오빠는 거기 저 말고도 팬들이 수만 명이나 있지만, 아저씨
는 혼자잖아요."

점점 가까워진다. 하지만 아직도 원하는 대답은 아니었다.

"내가 혼자인 게 너한테 뭐가 문젠데?"

어느새 윤하는 자신도 모르게 듣고 싶은 대답을 조르고 있었다.

"생일날 혼자 있으면 외롭잖아요."

"내가 외롭든 말든 그게 대체 너하고 무슨 상관이냐고 묻고 있는
거야."

말투는 다그치는 것 같았지만 사실 속으로는 애원하고 있었다.

"아저씨가 외로우면 제가 속상하니까……."

"아니, 똑바로 말해봐."

기어이 윤하는 미사의 팔을 꽉 붙잡고, 매달리듯 묻고 말았다.

"정말로 그게 다야?"

자신의 처지 따위는 어느새 까맣게 잊고 있었다. 그 한마디만 들
을 수 있다면, 지금 이 자리에서 쓰러져 죽어도 좋을 것 같았다.

이윽고 미사가 입술을 깨물었다.

"제가……."

미사는 새빨개진 얼굴로, 하지만 똑똑히 말했다.

"아저씨를 좋아하니까요."

순간 윤하는 벼락에라도 맞은 것 같은 느낌을 받았다.

"……!"

이루어졌다. 마음속으로조차 차마 빌지 못했던 소원이.

'미사가 나를 좋아한다.'

미칠 듯한 기쁨이 혈관을 타고 윤하의 온몸에 서서히 퍼져나갔다. 혹시 이게 꿈은 아닐까, 하고 눈을 감았다가 다시 떠봐도 미사는 여전히 새빨개진 얼굴로 제 앞에서 고개를 푹 숙이고 있었다.

이대로 시간이 멈춰버렸으면 좋겠다고, 윤하는 진심으로 생각했다.

한참 후에야 미사는 고개를 들었다.

"……그런데 아저씨는 저 안 좋아하세요?"

원망스럽다는 듯이 살짝 흘겨보는 눈빛에 숨이 막혔다. 물론 좋아해. 아니, 사랑해. 네가 나를 좋아하기 훨씬 오래 전부터도 나는 그랬어. 그렇게 대답하려 했지만 왠지 목이 메어 쉬이 말이 나오지 않았다.

그리고 윤하가 심호흡을 하고 다시 입을 열려는 순간, 미사가 다시 속상한 듯이 말했다.

"좋아하니까 결혼했을 거 아녜요."

그녀의 입에서 결혼이라는 말이 흘러나오는 순간, 윤하는 그대로 얼어붙었다.

"……!"

순간의 달콤한 마법은 깨지고, 대신에 지독한 죄책감과 함께 당혹감이 그를 휩쌌다.

'이러면 안 되는 거였는데.'

왜 잊고 있었을까. 미사는 어디까지나 지금 기억을 잃은 상태일 뿐이다. 원래 그녀가 사랑하는 건 다른 남자다. 사정상 그녀의 결혼식 전까지 잠시 보호하기 위해 데리고 있었을 뿐이다.

그런데 기억을 잃은 그녀가 자신을 사랑해버리다니! 자신이 저지른 일의 무게를 뒤늦게 깨달은 윤하의 얼굴이 새파랗게 질렸다.

너무 늦었다. 그렇게 다짐하고 또 다짐했는데, 결국 말도 안 되는 일을 저지르고 말았다. 미사가 기억을 찾은 후에 이걸 알게 되면, 대체 얼마나 자신을 경멸할까.

하지만 일이 이렇게 된 와중에도 한 가지 다행인 것은, 직업이 배우라는 것이었다.

윤하는 으스러져라 이를 악물었다.

"……네가 아니야."

"네?"

의아한 표정을 하는 미사의 얼굴에 대고, 윤하는 싸늘하게 말했다.

"물론 좋아하니까 결혼했어. 하지만 그게 너는 아니란 말이야."

"……!"

미사의 눈동자가 충격을 받은 듯이 커다래졌다.

"분명히 말했을 텐데. 기억이 돌아올 때까지는, 나를 남편이라고 생각하지 말라고."

"아저씨……?"

"나 역시 너 같은 어린애를 아내로 생각한 적 없어."

사랑하는 여자의 얼굴이 눈앞에서 새하얗게 질려 간다. 그 얼굴에 대고 또다시 잔인한 말을 내뱉는 데는, 혼신의 연기력을 다 끌어모아야 했다.

"그러니까 나한테 딴마음은 품지 말아줬으면 좋겠는데."

윤하는 차디찬 얼굴로 말했다.

"굉장히 불쾌하니까."

좋아하지만, 사실 좋아한다고 입 밖에 내서 말할 생각은 없었다.

열여덟 살 미사에게는 이게 첫사랑이었다. 아무리 상대가 남편이라지만 그런 말을 입 밖으로 내기 쉽지 않았다. 쉽지 않으니까 그외의 방법으로 열심히 제 마음을 표현한 거였다. 좋아하는 가수의 콘서트를 포기하고, 끓는 기름에 손가락을 데가면서 열심히 생일상을 차려서.

그렇게라도 제 마음을 알아줬으면 했다. 말로 하려던 생각은 결코 없었다.

「아니, 똑바로 말해봐.」

자신의 양팔을 꽉 붙잡고, 매달리듯이 물어 온 쪽은 오히려 윤하였다.

「정말로 그게 다야?」

애원하는 듯한 눈빛을 보는 순간, 미사는 그가 대답을 듣고 싶어하고 있다고 느꼈다. 그래서 저도 모르게 불쑥 고백해버렸다. 좋아한다고.

하지만 윤하의 태도는 그다음 순간 돌변했다.

「너 같은 어린애를 아내로 생각한 적 없어.」

물론 진작부터 그렇다는 것을 알고는 있었다. 하지만 본인의 입에서 직접 대놓고 듣는 것은 크나큰 충격이었다. 심지어 딴마음 품지 말라고, 불쾌하다는 말까지 듣다니.

'그럴 거면 왜 그렇게 나한테 대답하라고 다그쳤던 거야?'

고백하면 받아줄 것도 아니면서 대체 왜.

'역시 나는 여기 있으면 안 되는 거였어.'

미사는 울면서 그렇게 생각했다.

스물여덟 살의 미사와 윤하는 서로 사랑하는 사이다. 그 사이를 가로막고 있는 건 자신이었다. 이 세계에 존재하지 말아야 할 자신이 여기 있는 바람에 모든 것이 엉망이 된 것이다.

'기억을 되찾고 싶어.'

미사는 간절하게 생각했다. 그러면 지금 슬퍼하고 있는 열여덟 살의 자신은 영영 세상에서 사라져버릴 수도 있지만, 그래도 차라리 그 편이 나을 것 같았다. 남편조차도 원하지 않는 존재라는 건 너무 슬프지 않은가.

빨리 진짜 미사가 돌아와줬으면 좋겠다. 그래서 윤하가 행복해졌으면 좋겠다. 그 순간, 가짜에 불과한 자신은 거품처럼 사라져버린다 해도.

하지만 기억을 잃고 싶어 잃은 것이 아니듯, 되찾고 싶다고 되찾을 수도 없는 것이었다.

미사에게 잔인한 말을 퍼부은 후, 윤하는 도망치듯 집을 나왔다. 그리고 차에 올라 정신없이 운전대를 잡았다. 어디로 향하는지조차 모른 채 무작정 차를 몰았다. 집에서 멀어질 수만 있으면 그걸로 족했다. 이토록 자신을 철저하게 흔들어놓는 존재가 무서워서, 최대한 멀리 도망치고 싶었다.

그렇게 얼마나 달렸을까. 문득 자동차의 주유등에 경고 표시가 켜진 것을 깨닫고 윤하는 그제야 퍼뜩 제정신으로 돌아왔다.

지갑을 가지고 나왔던가. 길가에 차를 세우고 주머니에 손을 넣자 네모난 물건이 만져졌다. ……아까 미사가 혼자 있을 때 뜯어보라며 주머니에 넣어준 생일선물이었다.

윤하는 떨리는 손으로 포장을 뜯고 잠시 망설이다 상자를 열었다. 안에서 나온 것은 엷은 금빛으로 반짝이는 반지였다.

"……."

반지를 물끄러미 쳐다보고 있다가, 윤하는 문득 상자 안에 쪽지 모양으로 접힌 편지가 함께 들어 있는 것을 발견했다.

[아저씨, 생일 축하해요!]

미사의 편지는 그렇게 시작하고 있었다.

[이건 생일선물이에요. 아저씨는 진짜 미사랑 커플 반지를 끼고 있는 거 아는데, 그래도 손은 하나 더 있는 거니까요. 괜찮으시면 다른 손에 제 것도 껴주세요.]

윤하는 가슴이 쿵 내려앉는 것을 느꼈다. 역시나 미사는 자기와 스물여덟 살의 미사를 다른 사람이라고 생각하고 있었다.

[아저씨가 저를 아내라고 생각하지 않는다는 거 알아요. 하지만 저도 열심히 노력할 테니까, 너무 귀찮아하지는 말아주셨으면 좋겠어요. 진짜 미사가 돌아올 때까지만이라도 말이에요.]

미사는 자신을 좋아한다고 말했다. 이 편지를 쓰면서 과연 그녀가 어떤 마음이었을까를 생각하자 윤하는 미칠 것만 같았다.
그런 게 아닌데. 기억을 잃었다 해도 너는 내게 똑같이 미사인데.

[그럼 아저씨, 다시 한 번 진심으로 생일 축하해요.]

그리고 끝에는 추신이 붙어 있었다.

[p.s. 태어나줘서 고맙습니다!♡]

툭, 하고 기어이 하트 위에 눈물방울이 떨어졌다.

미사의 편지를 손에 쥐고, 윤하는 하염없이 울었다. 너는 나 같은 녀석한테 이렇게 태어나줘서 고맙다고 말해줬는데. 그런 네게 나는 아까 뭐라고 지껄였지?

「좋아하니까 결혼했어. 하지만 그게 너는 아니란 말이야.」

새하얗게 질려 가던 미사의 얼굴이 떠올라서 눈물이 멈추지 않았다. 그게 내 진심이 아니라는 걸 네게 말할 수만 있다면, 얼마나 좋을까.

한참을 울고 나서야 윤하는 겨우 마음을 가라앉혔다.

'도저히 더는 안 되겠어.'

아직 그녀의 결혼식까지는 한 달 정도가 남아 있었다. 하지만 이런 상태로는 하루도 더 버틸 자신이 없었다. 자신도, 미사도 점점 망가져갈 뿐이다.

윤하는 결심했다.

'돌아가서 솔직하게 이야기하자.'

자신이 미사의 남편이 아니라는 것. 사실 그녀는 다른 남자와 곧 결혼을 앞두고 있다는 것. 그리고 자신이 여태껏 그녀를 속이고 데리고 있었던 이유까지, 모두 다.

'털어놓고 미사가 스스로 결정하게 하자.'

자꾸만 약해지려는 마음을 다잡기 위해, 윤하는 미사가 준 반지를 손가락에 꼈다. 그리고 다시 시동을 걸고 집을 향해 차를 돌렸다.

윤하가 집에 다시 돌아왔을 때는 이미 시간이 꽤나 늦어져 있었다. 밖에서 올려다보니 2층에 있는 미사의 방에는 불이 꺼져 있었다. 방문을 노크해봤지만 이미 잠든 모양인지 대답이 없었다. 소리 내어 불러도 마찬가지였다.

그냥 자게 놔둘까, 싶었지만 윤하는 곧 생각을 고쳐먹었다. 이왕 마음을 먹었으니 지금 이야기하는 게 낫다. 내일이면 또 마음이 약해져서 하루만 더, 하고 생각하게 될지도 모르니까.

"들어갈게."

그렇게 말하고 윤하는 방문을 열었다. 문은 잠겨 있지 않았다.

불을 켜자 주위가 확 밝아졌다. 하지만 미사의 모습은 어디에도 보이지 않았다.

"미사?"

당황해서 방 안을 둘러보던 윤하의 눈에, 문득 화장대 위에 놓인 쪽지가 들어왔다.

[그동안 귀찮게 해서 정말 미안했어요, 아저씨.]

첫 문장을 읽기도 전에 이미 심장이 뚝 떨어지는 듯한 느낌이 들었다.

[기억이 돌아올 때까지는 다시 눈앞에 나타나지 않을게요.]

"……!"
윤하의 손에서 쪽지가 떨어졌다.

윤하가 사준 비싼 옷들은 모두 놔두고 원래 자신이 갖고 있던 옷
들만 챙겼다. 그중에서도 어차피 안 입을 정장 스타일의 옷들을 제
외하니까 몇 벌 남지도 않았다. 화장을 하는 것도 아니고, 귀중품
이 있는 것도 아니고. 즉 짐이라고 할 게 없었다.
　결국 집을 나올 때 미사의 손에는 겨우 커다란 가방 하나만 달랑
들려 있었다.
　'안녕, 그동안 고마웠어.'
　내 집이 되기에는 처음부터 너무 과분했던 집. 생전 처음으로 가
져보았던 내 방. 하얀 커튼이 드리워진 2층 제 방 창문을 올려다보
며 미사는 입속으로 가만히 작별인사를 중얼거렸다.
　'있잖아, 다음에 내가 다시 돌아오면 그땐 혹시 내가 아닐지도 몰
라.'
　무작정 집을 나오긴 했는데 갈 곳을 모르겠다. 그저 막막하기만
했다.
　보육원에 있었을 때, 잠자리에 들면 늘 습관처럼 하던 걱정이 있
었다. 성인이 되면 최소한의 지원금만 들고 보육원을 나와야 하는

데, 혼자 맨몸으로 세상에 팽개쳐지면 그때부터는 어떻게 살아가야 할까.

그런데 그 상황이 이렇게 하루아침에 와버릴 줄은 미처 몰랐다.

통장에 들어 있는 돈은 백만 원 남짓. 왕 서방에게 받은 돈은 윤하의 생일선물을 사느라 다 써버렸으니 그 백만 원이 미사의 전 재산이었다.

'그거면 일단 고시원 들어갈 정도는 되겠지.'

하지만 가진 돈으로는 얼마 버틸 수 없을 것이 뻔했다. 빨리 일자리를 구해야겠다고 미사는 생각했다.

'공장? 편의점? 아니면 식당에서 설거지라도 해야 하나?'

제일 먼저 떠오른 것은 왕 서방의 가게였다. 일을 한 것은 겨우 일주일 남짓이었지만, 무척 도움이 되었다며 아쉬워했으니까. 문제는 가게 사정이 별로 좋지 않아서 직원도 못 쓰고 있는 상황이라는 게 마음에 걸렸다.

'가서 시급 조금만 받겠다고 말하면 써줄지도 몰라.'

돈을 반만 받는 한이 있더라도 아는 사람 밑에서 일하고 싶었다. 이 세계에서 자신이 아는 사람이라고는 겨우 손가락에 꼽을 정도뿐인데, 윤하에게서조차 외면당한 지금은 그 하나하나가 더욱더 소중하게 느껴졌다.

'안녕, 아저씨.'

불 꺼진 집을 마지막으로 한번 돌아본 후, 미사는 가방 하나만 든 채 어두워진 거리로 뛰어들었다.

이미 영업은 끝난 듯, 간판에는 불이 꺼져 있었지만 다행히 아직 왕 서방은 가게에 있었다.

"아니, 제자! 이 시간에 웬일이냐 해?"

주방에서 설거지를 하던 왕 서방이 얼른 고무장갑을 벗으며 뛰쳐 나왔다.

"오늘 정윤하 씨 생일파티 하는 거 아니었냐 해?"

"그게……."

뭐라고 대답해야 좋을지 몰라서 미사는 말끝을 흐렸다. 미사의 표정을 살핀 왕 서방이 조심스럽게 물었다.

"……혹시 남편이랑 싸웠냐 해?"

진심으로 걱정스러워하는 표정에 왈칵 눈물부터 솟았다.

"사부님!"

미사가 왈칵 눈물을 흘리자 왕 서방은 어쩔 줄을 몰랐다.

"누가 우리 제자를 울렸냐 해, 응? 우리 사람 혼내줄 테니 울지 마라 해."

서투르게 등을 토닥여주는 손길이 더없이 따뜻하게 느껴져서 더욱더 눈물이 났다. 만약에 나한테도 아빠가 있었다면 사부님 같은

306

느낌이 아니었을까, 생각해보는 미사였다.

미사는 왕 서방에게 모든 이야기를 털어놓았다. 기억을 잃었다는 것도, 윤하와의 관계도.

"잘 안 믿어지시죠?"

얘기를 끝내고 난 미사가 조심스럽게 물었다. 예지 이외에는 처음으로 다른 사람에게 얘기해보는 거였다. 그리 쉽게 믿어주리라고 기대하지는 않았다.

하지만 의외로 왕 서방은 단호하게 고개를 저었다.

"아니, 우리 사람 믿는다 해."

"정말요?"

"물론이다 해. 사부한테 거짓말을 하는 제자는 세상에 없다 해."

"사부님!"

미사는 감격한 나머지 또다시 눈시울이 왈칵 뜨거워졌다.

"그래서, 짐 싸서 집을 나왔다는 얘기냐 해?"

"네. 그렇게까지 제가 싫다는데 계속 얹혀 있는 것도 민폐잖아요."

미사가 씁쓸하게 말했다.

"그래도 그렇게 불쑥 나와버리면 걱정하지 않겠냐 해?"

그럴 수도 있겠다는 생각은 들었다. 아저씨는 다정한 사람이니까. 아마 자신이 집을 나간 걸 알면 너무 심한 말을 했다고 후회할지도 모른다.

하지만 그의 다정함에 더 이상 기댈 생각은 들지 않았다. 사랑하는 신혼의 아내 대신에 철없는 어린애가 집에 있는 꼴이니 그동안 윤하도 얼마나 심란했을까. 그걸 뻔히 알면서 더 이상 성가시게 만들고 싶지 않았다.

좋아하니까. 그가 좋아하는 건 비록 내가 아닌 진짜 미사라도, 나는 아저씨를 좋아하니까.

"그래서, 갈 데는 있는 거냐 해?"

"일단 가진 돈이 얼마 없어서 고시원에 들어가려고요. 일자리도 찾아볼 거고요."

그렇게 말하고 미사는 왕 서방의 눈치를 보았다.

"그래서 말인데요, 사부님. 혹시 저 여기서 계속 일할 수 없을까요? 어려우시면 시급은 절반만 주셔도 괜찮으니까요."

"정말이냐 해?"

왕 서방이 확 반가운 얼굴을 했다. 그러나 다음 순간 얼른 고개를 저었다.

"말은 고맙지만 그건 제자한테 미안해서 안 되겠다 해."

"아녜요, 제가 사부님 밑에서 일하고 싶어서 그러는데요 뭐."

"그래도 어떻게⋯⋯."

못내 미안해하던 왕 서방이 갑자기 손가락을 딱 튕겼다.

"아! 그럼 대신에 숙식 제공은 어떠냐 해?"

"숙식 제공이요? 저 잘 데 있어요?"

미사가 깜짝 놀라 묻자 왕 서방이 손가락으로 2층을 가리켰다.

"원래는 가게가 2층까지 있다 해. 그런데 지금은 손님이 없어서 1층만 사용 중이다 해. 2층에 방이 여러 개 있으니까 그중 하나를 쓰면 된다 해."

"정말 그래도 돼요?"

"그렇다 해. 우리 사람도 1층에 있는 방에서 살고 있는데, 샤워실이 따로 없어서 동네 목욕탕 가야 되는 것만 빼면 꽤 지낼 만하다 해."

미사는 안도의 한숨을 쉬었다. 좀 불편하더라도 사부님 곁에서 지내는 게 고시원에 들어가는 것보다는 훨씬 나을 것 같았다. 무엇보다 돈도 안 들고.

왕 서방은 미사를 데리고 2층으로 올라갔다. 그리고 손님용으로 꾸며진 여러 개의 방 중에서도 의자가 아니라 온돌이 깔린 좌식 방으로 안내해주었다.

"자, 여기서 지내면 되겠다 해. 좀 썰렁하지만 금세 따뜻해질 거다 해."

방을 보고 미사는 속으로 쓴웃음을 지었다. 이 가게 자체가 원래 자신이 자란 보육원, 사랑의 집이 있던 건물이다. 게다가 하필이면 이 방은 원래 미사가 지내던 방이 있던 바로 그 자리였다. 물론 그때는 대여섯 명이 한방을 같이 썼지만.

'결국 여기로 다시 돌아올 운명이었던 걸까.'

복잡한 생각이 들었지만 미사는 내색하지 않고 활짝 웃었다.

"그럼 사부님, 저 오늘부터 신세 좀 지겠습니다!"

가방을 내려놓고 꾸벅 인사를 하자 왕 서방이 안쓰러운 표정을 했다.

"얼마든지 마음 편하게 있어도 된다 해."

이불에 세면도구까지 챙겨다 주고 나서 왕 서방은 도로 1층으로 내려갔다. 혹시 불편한 것이 있으면 내려와서 자신을 부르라면서.

"……."

난방을 넣었는지 방은 금세 훈훈해지기 시작했다. 아직 자기에는 좀 이른 시간이었지만 미사는 피곤한 나머지 몸이 축축 늘어졌다. 오늘 오전부터 윤하의 선물을 사러 가랴, 음식 준비를 하랴 하루가 무척이나 분주했던 것이다.

미사는 씻는 것도 생략하고 일찌감치 불을 끄고 자리에 누웠다.

'아저씨는 지금쯤 내가 집을 나갔다는 걸 알았을까.'

알았다면 어쩌고 있을까. 아마도 걱정하며 돌아오기를 기다리고 있겠지, 아저씨는 좋은 사람이니까. 그러면서도 마음 한편으로는 은근히 후련해할 수도 있다는 생각을 하자 왈칵 슬퍼졌다.

……나는 벌써부터 이렇게 보고 싶은데.

우는 소리가 1층에 들리지 않도록, 미사는 이불을 뒤집어쓰고 소리죽여 울었다.

미사가 울면서 잠자리에 든 그 시각, 윤하는 거의 미쳐가고 있었다. 미사의 휴대폰에 서른 번도 더 전화를 해봤지만 그때마다 같은 안내 메시지만이 흘러나왔다.

– 고객님의 전화기가 꺼져 있어…….

"젠장!"

안절부절못하는 윤하를 보고, 곁에 있던 민호가 제 딴에는 달랜답시고 한마디 했다.

"좀 진정해요, 형. 열여덟 살이면 아주 어린애도 아니고……."

하지만 곧바로 윤하가 죽일 듯이 노려보는 바람에 찔끔해서 입을 다물고 말았다.

"넌 그걸 지금 말이라고 해?"

윤하가 무섭게 다그쳤다.

"세상 물정이라고는 모르는 애야. 가족도 친구도, 심지어 가진 돈도 얼마 없다고!"

하다못해 돈이라도 가지고 있었으면 좀 걱정이 덜 될 텐데, 미사는 자신이 주었던 신용카드를 쪽지와 함께 화장대 위에 곱게 올려놓고 갔다.

그러니 지금 가진 돈이라고는 원래 자기 통장에 들어 있던 것뿐일 텐데, 잔고가 얼마인지 확실히는 모르지만 거의 제로 상태에 가까울 게 틀림없었다. 미사는 늘 지출이 많아서 힘들어하곤 했었으니까.

4월이 됐다고는 하지만 아직 밤공기는 꽤나 쌀쌀했다. 지금의 세상에 대해서는 무지하다시피 한 열여덟 살 소녀가, 가진 돈도 얼마 없는 채로 차디찬 밤거리로 내팽개쳐졌다. 그리고 그 내팽개치다시피 한 장본인이 바로 자신이라는 생각을 하자 윤하는 곧 미쳐버릴 것만 같았다.

"예지한테 다시 전화해봐."

초조하게 재촉하자 민호가 한숨을 쉬었다.

"아까 전화한 지 겨우 5분 됐어요, 형. 혹시 연락 오면 알려주겠다잖아요."

벌써 민호가 몇 번이나 전화를 해보았다. 하지만 미사는 예지에게조차 별말이 없었다고 했다.

「미사 언니요? 오늘 남친 생일이라 만나서 파티 해준다고 하던데요?」

태평한 말투로 그렇게 대꾸할 뿐이었다. 그러나 계속해서 전화를 하니까 예지도 뭔가 이상하다는 낌새를 챈 모양이었다.

「근데 남친이랑 놀다 보면 좀 늦을 수도 있는 거지 왜 자꾸 찾는데요?」

속사정을 모르는 예지에게 다 털어놓고 말할 수도 없어서, 민호는 그냥 미사가 말도 없이 짐을 챙겨서 집에서 나갔다고만 대답했다.

「어, 진짜요? 언니 나한테 그런 말 없었는데! 갑자기 왜 그랬지?」

예지도 황당해했다. 결국 민호는 미사에게서 연락이 오거든 꼭 알려달라고 말하고 전화를 끊을 수밖에 없었다.

윤하는 걱정과 죄책감에 휩싸여 제정신이 아니었다. 현재 이 세상에서 자신과 민호를 제외하면, 미사가 아는 사람이라고는 오로지 예지뿐이다. 그런데 예지도 모른다면 대체 어디 가서 찾아야 한단 말인가.

그렇다고 경찰에 실종신고를 낼 수도 없는 입장이었다. 낸다면 약혼자인 서현우가 벌써 냈겠지!

"근데 형. 주방에 저거 설마, 다 누나가 차린 거예요?"

테이블에는 미사가 준비한 음식들과 케이크가 여태 그대로 남아 있었다. 아까 저녁 때 거의 손도 대지 않았으니까.

"그래."

윤하가 대꾸하자 민호는 놀란 얼굴을 했다.

"우와, 엄청 고생했겠네. ……근데 대체 형이 뭐라고 했기에 누나가 집을 나갔어요?"

눈치를 보며 묻는 민호에게, 윤하는 조용히 대꾸했다.

"내가 사랑한 건 다른 미사라고 했어. 너 같은 어린애를 아내로 생각한 적 없다고, 불쾌하다고."

민호가 조금 욱하는 표정을 했다.

"그건 형이 너무했네요. 미사 누나는 형 생일에 차마 혼자 둘 수 없다고 김준서 콘서트까지 포기했는데!"

"알아. 그래서 그랬어."

윤하가 괴롭게 말했다.

"……미사가, 나를 좋아한다고 했거든."

"네에?"

민호의 눈이 화등잔만 해졌다.

"잠깐만, 형! 그럼 이거 잘된 거 아니에요? 그럼 서현우 그 자식이랑 파혼하고 형한테 올 수도 있는……."

"착각하지 마."

윤하의 목소리는 칼날처럼 살벌했다.

"어디까지나 기억을 잃은 동안 생긴 감정일 뿐이야. 기억이 돌아오면 사라질 감정이라고."

"그건 모르는 거잖아요!"

민호가 반박했다.

"기억이 돌아와서도 여전히 형이 더 좋을 수도 있는 거 아닌가? 안 그래요, 예?"

"말도 안 되는 소리."

윤하는 이를 악물고 말했다.

"이제 와서 나를 봐줄 거였다면 처음부터 다른 남자와 결혼하려 하지도 않았을 거야."

민호에게 하는 말이 아니라 자기 자신에게 하는 말이었다. 마음 깊은 곳에서는 그 역시 민호와 똑같은 생각을 하고 있었다. 혹시나, 내게 와줄 수도 있지 않을까.

그런 자기 자신을 향해, 윤하는 더욱더 차가운 말을 입에 담았다.

"게다가 진짜 기억이 돌아오게 되면 지금의 기억은 완전히 사라져버릴 수도 있다고."

그렇게 되면 정윤하를 좋아했던 윤미사라는 건 아예 세상에 존재하지도 않게 된다.

"······듣고 보니 그렇기도 한데요."

민호가 씁쓸한 얼굴을 했다.

"그래서, 만약에 누나가 돌아오든지 찾든지 하면 이제 어떻게 할 건데요?"

"사실대로 다 얘기할 거야."

"정말 괜찮겠어요, 형? 누나 결혼식 때까진 기억이 돌아오길 기다려보겠다고 했잖아요. 아직 시간이 남았는데……."

"아니, 이젠 됐어."

윤하가 단호하게 대답했다. 마음속에 남는 일말의 미련조차 싹둑 잘라버리듯.

이제는 미사가 무사하기만 하다면 그 외의 것은 모두 아무래도 상관없을 것만 같았다. 기억을 되찾아서 멋대로 행동한 자신을 탓해도 좋고, 현우에게 돌아가서 그와 결혼해도 좋다.

제발, 무사히 돌아만 와준다면!

윤하는 초조하게 입술을 깨물었다.

'제발 부탁이니까 무사하기만 해.'

어느덧 4월에 들어섰다. 결혼식은 5월 초니까 앞으로 한 달 남짓밖에 남지 않았는데 아직도 미사는 돌아오지 않은 채였다.

행방이 아예 묘연한 것도 아니다. 카드 사용 내역을 추적해서 계속 뒤를 쫓고 있다. 잡을 뻔한 적도 몇 번이나 있었다. 하지만 미사는 그때마다 아슬아슬하게 추적자들의 손아귀를 빠져나가버리는 것이었다. 감탄이 나올 정도로 귀신같은 솜씨였다.

시간이 지날수록 현우는 점점 초조해지고 있었다. 그녀가 남겨놓고 간 쪽지에는 결혼식 전까지는 돌아오겠다고 쓰여 있었지만, 그걸 어떻게 믿는단 말인가. 그렇다고 결혼식을 취소하거나 미룬다는 것은 상상조차 할 수 없는 일이었다. 이미 정, 재계의 모든 인사들에게 청첩장을 돌린 지가 한참이었으니까.

결혼식은 하루하루 다가오는데 신부가 없다. 일조차 손에 잡히지 않아서 착잡해하고 있던 어느 날, 현우는 한 통의 전화를 받았다.

바로 어릴 때부터 집안끼리 알고 지낸 동생, 정다솜이었다.

– 현우 오빠, 잘 지내셨어요?

현우는 착잡한 마음을 감추고 상냥한 목소리로 전화를 받았다.

"그래, 다솜아. 오랜만이네. 넌 잘 지냈니?"

– 네, 오빠.

다솜이 대답했다.

– 미사는 잘 있고요?

"그럼, 잘 지내고 있지."

현우는 한 치의 망설임도 없이 웃으며 대꾸했다. 예비신부가 잠적했다는 사실은 철저하게 비밀로 하고 있었다. 다솜에게라고 예외일 수 없다.

"결혼식 다가오니까 이것저것 준비할 게 많아서 정신없이 지내고 있어. 내가 일이 바쁘다 보니 미사한테만 맡겨둬서 미안하지 뭐."

– 미사도 이해할 거예요, 오빠 얼마나 바쁜 사람인데.

그렇게 말하더니 다솜은 조심스럽게 다른 말을 꺼냈다.

– 근데 오빠. 혹시 미사가 오빠한테 제 얘기 안 해요?

다솜이 미사와 고등학교 동창이라는 것은 진작 알고 있었다. 하지만 미사가 다솜에 대해 특별히 자신에게 따로 이야기한 적은 없었다. 그래서 현우는 둘이 서로 잘 아는 사이는 아니었나 보다, 하고 생각하고 있었다.

"글쎄, 딱히 별말은 없었는데……. 그런데 그건 왜?"

— 그냥요, 고등학교 때 친구니까 혹시 제 흉이나 안 보나 싶어서요.

"에이, 우리 다솜이가 어디 흉볼 거나 있나."

현우는 웃으며 대꾸했다.

"결혼하면 신혼집에도 가끔 놀러 오고 그래. 미사하고도 좀 친해져야지."

— 그러게요. 마침 미사랑은 취미도 같은데.

"취미? 무슨 취미?"

— 아, 제가 정윤하 팬이거든요. 미사도 팬인 거 같던데 오빠 모르셨어요?

다솜의 입에서 정윤하의 이름이 나오는 순간, 현우의 얼굴이 싸늘하게 굳었다.

"당연히 알지. 팬이라기보다 원래 미사가 그 사람이랑 좀 아는 사이거든."

하지만 목소리만은 어디까지나 평온함을 가장했다.

— 어머, 진짜요? 어떻게요?

"글쎄, 그 얘기는 나중에 미사한테 직접 듣는 게 좋을 것 같은데. 사실은 내가 지금 업무 중이라서."

부드럽게 거절하자 다솜이 당황한 듯이 말했다.

- 죄송해요, 오빠. 바쁘신데 제가 방해했나 봐요.

"아냐, 오랜만에 통화해서 반가웠어. 그럼 다음에 미사랑 같이 한번 보자."

전화를 끊고 난 현우는 또다시 고민하기 시작했다.

'이젠 정말 흥신소라도 동원해야 하는 건가.'

아버지 서 의원이 알면 노발대발할 것 같아 여태 그것만은 참고 있었다. 하지만 점점 선택의 여지가 없어지는 느낌이었다.

"뭐야, 알고 있었잖아?"

전화를 끊은 다솜이 혼잣말로 투덜거렸다.

어떻게든 지난번의 분풀이를 해야겠다 싶어 궁리를 하다가 불현듯 떠오른 것이 있었다. 아무리 봐도 정윤하가 미사와 꽤나 가까이 지내는 눈치던데, 약혼자인 현우가 과연 그걸 알고 있을까 하는 점이었다. 만약에 모르고 있다면 충분히 일러바치기 좋은 건이었다. 자기 약혼녀가 미남 배우와 친하게 지내는 걸 좋아하는 남자는 세상에 없을 테니까.

잘하면 미사와 현우 사이를 안 좋게 만들 수 있겠다고 다솜은 생각했다. 어쩌면 미사가 더 이상 정윤하와 연락하지 못하게 될 수도 있고. 혹시 양쪽 다면 더 좋고.

하지만 전화해서 은근슬쩍 이야기를 꺼내자 현우는 의외로 이미 알고 있다고 대답했다. 다솜으로서는 매우 김새는 일이 아닐 수 없었다.

'그나저나 둘이 대체 어떻게 아는 사이라는 거야?'

궁금해서 딱 죽을 지경이었다. 대체 저런 촌스러운 계집애가 어떻게 정윤하랑 아는 사이씩이나 된다는 걸까.

"하여튼 짜증나게 만든다니까!"

아랫입술을 신경질적으로 씹으며 다솜은 중얼거렸다. 가슴속에서 미사에 대한 질투가 눈덩이처럼 커져만 갔다.

스스로도 모르고 있었지만 요즘 여기저기 음식 배우러 다니느라 많이 지쳐 있던 모양이었다. 중국집 '원빈'의 2층에서 자게 된 첫날 밤, 미사는 늦게까지 달게 잤다.

해가 중천에 떠서야 화들짝 놀라 일어나서 세수만 겨우 하고 1층으로 내려가보니 이미 왕 서방은 가게 청소를 다 해놓고 아침밥까지 차려놓은 상태였다.

"죄송합니다, 사부님! 내일부터는 일찍 일어나서 일할게요!"

"아니다 해, 푹 잤다니 다행이다 해."

새하얀 조리복 차림의 왕 서방이 푸근하게 웃으며 미사를 맞아주었다.

"얼른 와서 아침 먹자 해."

아침 메뉴는 간단하게 청경채 볶음과 쌀밥, 계란탕 정도였는데 하나하나가 다 혀가 녹아내릴 정도로 맛있었다. 어젯밤에는 그토록 슬퍼서 펑펑 울다 잠들었는데, 푹 자고 일어나서 맛있는 음식을 먹고 배가 부르자 기분이 한결 밝아졌다.

"우와, 사부님. 혹시 여기 마약 탔어요?"

평범한 재료로 만든 음식이 어떻게 이렇게나 맛있을까 싶어서 한 농담이었다. 그런데 왕 서방은 과하다 싶을 정도로 놀라며 펄쩍 뛰었다.

"그게 무슨 소리냐 해? 우리 사람 음식에 절대 이상한 거 타지 않는다 해!"

너무 정색을 하는 바람에 미사는 그만 민망해졌다.

"그냥 너무 맛있어서 해본 말이었는데…… 나쁜 뜻은 아니었어요. 죄송해요, 사부님."

미사가 솔직하게 사과하자 왕 서방이 한숨을 쉬었다.

"제자 마음 안다 해. 괜히 흥분해서 미안하다 해."

"……혹시 무슨 일이라도 있었던 거예요?"

왕 서방은 대답 대신에 되물었다.

"우리 사람 가게에 이렇게 손님이 없는 이유를 아냐 해?"

"네. 근처에 황금성인가, 큰 중국집이 생겨서 손님을 많이 뺏겼다고 하셨잖아요?"

"그게 다가 아니다 해."

문득 왕 서방의 얼굴에 분한 기색이 어렸다.

"황금성 주인장 아주 나쁜 사람이다 해. 사람 시켜서 우리 사람 가게 음식에 몰래 머리카락이랑 파리 집어넣었다 해."

"네?"

"중국 사람이라고, 그래서 더럽게 음식 한다고 온 동네에 소문 퍼뜨렸다 해."

왕 서방이 억울한 듯이 말했다.

"그 후로 정말 손님이 뚝 끊긴 거다 해."

탕수육 만들기를 배우는 동안 보아온 왕 서방은 절대 그런 사람이 아니었다. 그는 늘 하얗게 빛나는 깨끗한 조리복을 입고 머리도 짧게 다듬고 늘 모자도 쓰고 있었다. 어찌나 깔끔하게 관리하는지, 주방에도 벌레는커녕 먼지 하나 보이지 않을 지경이었다.

그런데 비열하게 국적까지 들먹여가며 모함을 하다니!

"와, 진짜 못돼 처먹은 사람이네요!"

미사는 화가 나서 어쩔 줄 몰랐다.

왕 서방은 미사에게 있어 은인 같은 사람이었다. 갈 데 없는 자신에게 흔쾌히 잘 곳도, 일자리도 주었다. 도저히 가만히 있을 수가 없었다.

"사부님!"

미사는 젓가락을 탁 내려놓으며 비장하게 말했다.

"우리 복수해요!"

왕 서방이 놀란 얼굴을 했다.

"무슨 복수 말이냐 해?"

"황금성에 빼앗긴 손님을 다시 우리 원빈으로 되찾아오잔 말이에요!"

미사는 의욕에 불타고 있었지만 왕 서방은 회의적인 모양이었다.

"우리 사람도 이 방법 저 방법 안 써본 것 아니다 해. 반값 할인도 해보고, 빚내서 신문광고도 내보고……. 하지만 뭘 해도 소용이 없었다 해."

"포기하면 안 돼요, 포기하는 순간이 바로 시합 종료라고요!"

미사는 열변을 토했다.

"사부님, 음식 하나는 자신 있으시잖아요? 찾아보면 분명히 방법이 있을 거예요!"

물론 왕 서방을 순수하게 돕고 싶은 마음에서 한 말이었다. 하지만 뭐든지 열심히 매달릴 수 있는 일을 찾고 싶은 마음도 컸다. ……그러면, 아저씨에 대해서도 조금은 덜 생각할 수 있을 것 같아서.

어젯밤 미사는 윤하 생각에 울다 지쳐 잠들었다. 그리고 오늘 아침에 눈을 뜨자마자 제일 먼저 떠오른 것은 역시 윤하였다. 세수를 하는 동안에도, 밥을 먹는 동안에도 계속 머릿속 어딘가에는 윤하에 대한 생각이 자리하고 있었다.

아저씨는 지금쯤 일어났을까. 혼자 아침밥을 먹고 있을까, 아니면 내가 없어서 그냥 걸렀을까. 이제 드라마 촬영도 끝났는데 오늘부턴 뭘 하고 지내려나.

그렇게 계속 생각하고 있는 것도 괴로워서 조금이라도 관심을 다른 곳으로 돌릴 수 있는 일을 찾고 싶었던 것이다.

"우리 한번 해봐요, 사부님! 밑져야 본전 아니겠어요?"

미사는 주먹을 부르쥐고 외쳤다. 그런 미사를 한참 바라보다, 왕 서방은 이윽고 고개를 끄덕였다.

"좋다 해. 이판사판 공사판이다 해!"

도원결의를 하듯, 두 사람은 탁자 위로 손을 굳게 마주 잡았다.

"아니 도대체 미사 언니는 나한테 말도 안 하고 어딜 가버린 거야?"

학교에 있는 예지는 수업시간 내내 안절부절못하고 있었다.

미사가 계속 연락이 되지 않으니 걱정이 되기도 하고, 한편으로는 정윤하네 집 가정부 일을 그만뒀다니까 은근히 아쉽기도 했다. 기껏 정윤하가 집에 놀러 와도 된다고 했는데, 이러면 무효가 되는 거 아냐?

하지만 시간이 지날수록 점점 걱정스러운 마음 쪽이 더 커졌다. 미사는 정신연령이 자신과 동갑이라고는 하지만 사실은 그 이하나 마찬가지였다. 순수하기도 하고, 세상물정도 모르고.

'이 언니가 설마 이상한 업소나 다단계 같은 데 속아서 끌려간 건 아니겠지?'

이런 식으로 하루 종일 얼마나 걱정을 했는지 모른다. 그래서 결국 그날 저녁 늦게 미사에게서 연락이 왔을 때는 다짜고짜 울화통부터 터뜨리고 말았다.

"이제 전화를 하면 어떡해! 아오 진짜, 내가 얼마나 걱정을 했는지 알아!"

예지는 전화통에 대고 고래고래 고함을 질렀다.

"집을 나가면 나간다고 나한테는 미리 말을 했어야 할 거 아냐, 이 멍청한 언니야!"

미사가 놀란 듯이 물었다.

— 너 그거 어떻게 알았어?

"도 매니저가 어젯밤부터 오늘까지 나한테 백번도 더 전화했거든? 언니한테서 연락 없었냐고!"

백번은 솔직히 거짓말이고 서른 번은 족히 되는 것 같다. 나중에는 질려서 휴대폰을 꺼놓기까지 했다.

— 그랬구나, 미안해.

"지금 어디야? 이 전화번호는 또 뭔데? 언니 폰은 어디다 팔아먹고?"

— ……그냥, 내가 지내는 곳 전화야. 휴대폰은 당분간 꺼둘 거니까, 혹시 나한테 할 얘기 있으면 이쪽으로 전화하면 돼.

예지는 기가 막혔다.

"헐. 나한테도 어디 있는지 말을 안 하시겠다?"

— 미안해, 예지야. 좀 상황이 안정되면 그때 얘기해줄게.

"이게 대체 무슨 일이래……."

예지는 길게 한숨을 쉬었다.

"갑자기 무슨 일이 있었던 거야? 그 좋은 일자리를 왜 때려쳐?"

— 별일은 없었어. 그냥, 일이 나랑 안 맞는 거 같아서.

"그럼 말을 하고 그만두든지 하지 왜 개념 없이 그냥 나가는데?"

— 집주인이 워낙 바쁘잖아. 말할 겨를도 없겠다 싶어서 그냥 편지만 써놓고 나왔지 뭐.

"하여튼 나도 어리지만 언니 진짜 철없다. 매니저 시켜서 나한테 까지 계속 전화하는 거 보면, 윤하 오빠가 엄청 걱정하는 거 같던데!"

부러움 섞어 예지는 혀를 찼다. 그만둘 거면 그 가정부 자리, 나나 주든가.

"그나저나 참, 남친 생일파티 해준다던 건 어떻게 됐어?"

─ 아, 그거…… 실패했어.

예지는 놀라서 물었다.

"뭐? 아니, 언니가 그렇게 고생해서 직접 생일상 차리고 선물 준비하고 난리를 쳤는데, 감동을 안 먹었다고? 진짜?"

─ 응, 하나도 안 기뻐하더라. 거의 먹지도 않았어.

"헐, 진짜 개 어이없네! 대체 뭐 하는 인간이야? 지가 무슨 어디 왕자님이라도 돼?"

흥분하는 예지를, 오히려 미사가 달래듯 말했다.

─ 그래도 아주 헛일은 아니었어. 덕분에 그 사람이 무슨 생각을 하는지 알았거든.

"뭔 생각? 대체 무슨 생각을 어떻게 하면 남의 정성을 그렇게 무시할 수가 있는데? 어?"

─ 날 보기가 괴로운 것 같아.

미사가 씁쓸하게 말했다.

─ 그 사람이 사랑했던 건 예전의 나거든. 그래서 어린애가 된 내 모습을 보는 게 힘든가 봐.

단순하고 솔직한 예지였다. 미사가 무슨 말을 하는지 알 것도 같

325

앉지만, 그건 말도 안 된다고 생각했다.

"헛소리하고 자빠지셨네! 기억을 잃었다고 다른 사람이 돼? 언니는 언니지."

─ 그 사람이 보기엔 아닌가 봐.

"인생 겁나 피곤하게 사네. 좋으면 좋고 아니면 아닌 거지 뭘 같은 사람을 가지고 굳이 이것저것 구분을 하고 난리래. 됐고, 언니! 그냥 때려치워. 언니가 훨 아까워."

예지는 진심이었다. 상대가 누구인지는 모르겠지만, 아니 누가 됐더라도 제 언니가 훨씬 아깝다고 생각했다.

「밀당 그런 거 몰라, 안 할래. 그냥 내가 해줄 수 있는 건 뭐든지 다 해주고 싶어.」

그런 마음을 가진 여자한테 겨우 이렇게밖에 못 하는 남자라니, 그건 그냥 쓰레기다.

미사는 한참 대답이 없었다. 그러더니 불쑥 말했다.

─ 이거 전화 너무 오래 쓰면 안 되거든. 내가 나중에 다시 전화할게.

끊으려는 기색에 예지는 놀라서 목소리를 높였다.

"미사 언니!"

─ 참, 민호 오빠한테는 나한테서 연락 왔다고 말하지 마, 알았지? 부탁이야.

"언니, 언니? 잠깐만! 야!"

황급히 소리를 질렀지만 전화는 이미 끊겨 있었다. 휴대폰을 흘겨보며 예지는 투덜거렸다.

"배신자, 나한테는 좀 말해주면 어때서!"

휴대폰에는 방금 미사가 전화를 걸었던 전화번호가 남아 있었다. 휴대폰이 아닌 일반전화였다.

"02인 걸 보니까 서울인데…… 서울 어디지?"

중얼거리며 예지는 전화번호를 인터넷에 검색해보았다. 공중전화나 집 전화라도 있는 지역 정도는 대충 알 수 있지 않을까 싶어서.

"엥?"

그런데 웬걸. 지역이 아니라 아예 특정 상호가 둥 하고 떴다. 예지는 어이가 없었다. 하여튼 이 언니, 세상물정 모르기로는 둘째가라면 서럽다. 인터넷에 전화번호만 쳐봐도 나오는 세상인데, 그걸 굳이 숨긴답시고 말을 안 해줘?

"그나저나 중화요리 원빈이면 중국집 아냐?"

예지는 고개를 갸웃거렸다.

미사가 집을 나간 지 꼬박 하루가 지났다. 그 스물네 시간 동안 윤하는 먹지도, 자지도, 심지어 눕지도 않았다. 그렇다고 따로 뭔가를 하고 있는 것도 아니었다. 민호를 시켜 예지에게 연락하는 것 이외에는 전혀 할 수 있는 게 없었으니까.

그냥 거실 소파에 조각상처럼 우두커니 앉아만 있을 뿐이었다.

「형, 이러지 말고 뭐라도 좀 먹고 잠깐 눈 좀 붙여요, 예? 이러다 쓰러져요!」

그런 윤하를 설득하다 결국 민호도 지쳐서 초저녁쯤 되자 방에 들어가 쓰러져 잠들고 말았다.

"......"

민호가 자는 동안에도 윤하는 꿈쩍도 않고 그대로 앉아 있었다. 해가 져서 거실이 점점 어두워지고, 결국은 칠흑같이 어두컴컴해졌지만 불을 켜려고 몸을 일으키지도 않았다.

주위가 어둡다는 것조차 느끼지 못했다. 졸린 것도, 배고픈 것도 몰랐다. 머릿속에는 오로지 미사에 대한 생각뿐이었다. 지금쯤 어디서 뭘 하고 있을까. 굶은 채로 차디찬 거리를 헤매고 있지는 않을까. 남편이라고 믿고 있는 나를, 얼마나 원망하고 있을까.

마음이 괴로워서 미칠 것만 같았다. 그저 숨을 쉬고 있는 것만으로도 힘겨웠다. 그렇게 윤하가 1초 1초 지옥 같은 시간을 보내고 있는데, 문득 거실 테이블에 놓인 전화벨이 울렸다.

윤하는 심장이 멈추는 듯한 기분을 느꼈다. 집전화가 있기는 하지만 번호를 아는 사람은 거의 없다. 그래서 가끔 걸려오는 광고전화 외에는 전화가 오는 일도 거의 없었다.

그런데 이 시간에 전화할 만한 사람이라면…… 윤하는 떨리는 손으로 수화기를 들었다.

– 여보세요……?

망설이듯, 조심스러운 여자의 목소리에 온몸에 전율이 흘렀다.

"지금 어디 있어?"

윤하는 심하게 떨리는 목소리로 물었다.

"내가, 지금 그리로 데리러 갈게."

– …….

전화 저편에서는 대답이 없었다. 윤하는 미칠 것만 같았다.

"어디 있는지 그것만 말해줘. 제발 부탁이니까, 응?"

그래도 아무 반응이 없었다. 이러다가 전화가 뚝 끊겨버리면 어떡하지. 윤하는 미칠 지경이 되었다. 급한 마음에 눈물까지 나려고 했다.

"말하기 싫으면 말하지 않아도 돼. 제발 끊지만 말고 그냥 듣기만 이라도 해."

윤하는 두 손으로 수화기를 붙들고 애원하다시피 말했다.

"내가 다 잘못했어. 어제 했던 말, 하나도 진심이 아니었어. 그 건…….."

필사적으로 변명을 계속하려고 하는 순간, 상대가 그제야 당황한 듯이 말했다.

– 저기…… 죄송하지만 제가 전화를 잘못 걸었나 봐요.

순간 윤하는 온몸의 피가 다 얼어붙는 것 같았다.

미사가 아니었어!

더 생각할 겨를도 없이 윤하는 수화기를 그대로 내려놓아버렸다.

"뭐야, 방금 그건?"

다솜이 팔딱대는 가슴에 손을 갖다 대며 중얼거렸다.

상대는 분명 정윤하였다. 목소리만 들었지만 천 퍼센트 틀림없다.

"아니, 왜 그 계집애한테 전화를 했는데 정윤하가 받아?"

태생이 궁금한 것은 못 참는 성격이었다. 현우에게서 미사와 정윤하가 원래 아는 사이라는 얘기를 듣고 나자 더 안달이 났다. 대체 어떻게 알게 됐는지, 정확히 어느 정도 사인지.

어떻게든 미사를 졸라서 대답을 들어야겠는데, 문제는 바뀐 전화번호를 몰랐다. 생각이 미친 것은 어쩌면 경찰서에 미사가 남겨둔 전화번호가 있을지도 모른다는 것이었다. 그때, 미사도 참고인으로 함께 조사받았었으니까.

물론 전화해서 묻는다고 경찰이 알려줄 것 같지 않았다. 그래서 다솜은 제 아버지의 경찰 쪽 인맥을 이용해서 미사의 전화번호를 빼냈다. 휴대폰이 아니라 집 전화였다. 그래서 당연히 미사의 집 전화라고 생각하고 전화했는데, 받은 것은 놀랍게도 정윤하였던 것이다.

그뿐인가. 내용이 또한 충격이었다.

「말하기 싫으면 말하지 않아도 돼. 제발 끊지만 말고 그냥 듣기만이라도 해.」

팬으로서 지금껏 정윤하의 연기를 수없이 보아왔지만, 그토록 애절한 목소리는 처음 들어보았다. 당황한 와중에도 다솜은 설레기까지 했다.

전화를 끊고 나자 본격적으로 질투가 끓어오르기 시작했다. 대체 누구지, 천하의 정윤하에게 저렇게까지 말하게 만드는 여자는?

모르겠다, 왜 미사에게 전화를 걸었는데 정윤하가 받은 건지는. 어쩌면 미사가 정윤하의 집 전화번호를 남긴 걸 수도 있고, 아니면 정윤하가 미사의 집에 와 있는 걸 수도 있겠지. 둘 중 어느 쪽이라도 수상하기는 마찬가지였다. 최소한 현우가 말한 것처럼 '그냥 좀 아는 사이'라고는 할 수 없을 것 같다.

그뿐인가. 이름까지는 듣지 못했지만 아무래도 느낌이 이상했다. 여자로서의 직감 같은 거랄까. 왠지 아까 정윤하가 그토록 매달리던 상대가 바로 미사일 것 같은 생각이 강하게 들었다.

정말 그렇다면 이건 보통 일이 아니다. 그 계집애는 이제 결혼을 한 달여 남겨둔 예비신부인데!

아무래도 어마어마한 걸 알게 된 것 같았다.

'일단은 좀 더 알아봐야겠어.'

다솜은 결심했다.

도대체 '원빈'의 경영이 왜 이렇게까지 어려운 건지 솔직히 미사는 잘 이해가 가지 않았다. 아무리 근처에 잘되는 집이 있다 해도 이렇게 음식이 맛있고, 가게도 깨끗한 데다가 손님이 아주 없는 것도 아닌데.

그리고 원빈에서 정식으로 일하기로 한 첫날 저녁에 드디어 그 이유를 깨달았다.

첫날, 미사는 서빙과 설거지를 맡았다. 그리고 저녁 장사까지 마치고 문을 닫자 왕 서방은 신이 나서 음식 준비를 시작했다.

"전 대충 짜장면이면 돼요, 사부님."

"무슨 소리냐 해? 우리 제자하고 같이 일하게 됐는데 축하를 해야지!"

그리고 한 시간 후, 눈앞에 진수성찬이 가득 차려져 나왔다.

"이게 다 뭐예요?"

미사는 놀라서 물었다. 제일 좋아하는 짜장면은 물론이고 요리만 해도 몇 가지인지 몰랐다.

"이건 동파육, 저쪽은 깐쇼새우, 그리고 가운데 이건 전가복이다 해. 전복이랑 각종 해산물, 송이버섯도 듬뿍 넣었다 해."

왕 서방이 자랑스럽게 말했다.

"그 비싼 재료를 우리가 먹어버리면 어떡해요, 팔아야죠!"

미사는 아까워서 발을 동동 굴렀지만 왕 서방은 태연했다.

"아까워할 거 없다 해. 어차피 안 먹으면 버려야 된다 해."

"네? 재료를 버린다고요?"

미사가 깜짝 놀라 묻자 왕 서방은 당연하다는 듯이 대답했다.

"우리 사람 냉동 재료는 절대 안 쓴다 해. 그러니 선도가 떨어지면 버릴 수밖에 없다 해."

기억을 더듬어보니 서빙할 때 본 음식의 대부분이 짜장면 아니면 짬뽕이었다. 요리 종류는 거의 탕수육, 가끔 깐풍기. 그 외에 본 건 마파두부나 고추잡채 한두 번이 다였다.

"이런 요리들을 시키는 사람이 있긴 해요?"

혹시 있는데 내가 못 본 건가, 싶어서 미사는 물었다.

"가끔 있다 해. 일주일이나 열흘에 한 번 정도?"

"그 일주일이나 열흘에 한 번 때문에 늘 모든 재료를 다 갖추고 있다고요? 그러다 상하면 매번 죄다 버리고요?"

"주문한 손님을 실망시킬 수는 없지 않냐 해?"

너무나 태연한 대답이 돌아와서 미사는 잠시 말문이 막히고 말았다. 어쩐지, 아무리 손님이 없어도 서빙 알바 하나 못 쓸 정도까지는 아닌 것 같은데 왜 그렇게 어려운가 했더니 이유는 따로 있었던 것이다. 재료값이 어마어마하게 들어가는 거였어!

"저어, 사부님. 혹시 메뉴를 줄일 생각은 안 해보셨어요?"

"물론이다 해. 우리 사람 짜장면, 짬뽕 팔려고 장사하는 거 아니다 해!"

왕 서방은 단호했다. 이유도 나름 확고했다. 자신이 하고 싶은 건 어디까지나 정통 중화요리고, 짜장면이나 짬뽕 같은 메뉴는 그냥 구색 맞추기에 불과하다는 거였다.

그런데 매출의 90퍼센트가 그 구색 맞추기 메뉴라는 게 문제지. 잘 팔리는 음식 몇 가지만 남기고 나머진 다 없애버리면 훨씬 사정이 나아질 텐데, 하고 미사는 생각했지만 차마 더는 말을 꺼낼 수가 없었다. 사부의 장인정신도 이해했기 때문에.

결국 그날은 왕 서방과 둘이서 배를 두들기며 호화 요리를 먹어 치웠다. 그리고 다음 날, 바쁜 점심시간이 지났을 때쯤 미사는 옷을 갈아입고 왕 서방에게 말했다.

"사부님, 저 황금성에 좀 다녀올게요."

"제자가 거긴 무슨 일이냐 해?"

"메뉴도 좀 살펴보고, 간 김에 음식 맛도 좀 볼까 해서요. 지피지 기면 백전백승이라고 하잖아요?"

미사가 문자를 들먹이자 왕 서방은 오오, 하고 감탄하는 표정을 했다. 그러더니 있다고 극구 사양하는데도 굳이 돈까지 쥐여주었다.

"잘 다녀와라 해!"

황금성은 원빈과 골목 하나를 사이에 두고 있을 정도로 가까운 거리에 있었다.

"어서 오십쇼! 2층으로 올라가시죠."

가게 안에 들어서자 오십 대쯤 되어 보이는 주인이 친절하게 맞이했다. 웃는 얼굴이 제법 호감이어서 미사는 속으로 좀 당황했다. 그렇게 나쁜 아저씨 같진 않은데?

자리에 앉아 메뉴를 훑어보자 단순하기 그지없었다. 짜장면, 짜장밥, 짬뽕, 짬뽕밥, 그 외에는 탕수육과 군만두가 전부였다.

'이러면 재료값도 많이 안 들고, 음식 준비도 빠르겠어.'

짜장면과 작은 사이즈의 탕수육을 주문하고 나서 미사는 가게 안을 살피기 시작했다. 점심시간이 훌쩍 지나서 그런지 여기도 손님이 드물었다.

음식이 나오는 동안 1층도 슬쩍 둘러볼까 해서 계단을 내려가는데, 마침 고등학생쯤 되어 보이는 소년이 헬멧을 벗으며 들어오는 것이 보였다. 배달에서 돌아오는 모양이었다.

"다녀왔습니다."

4월 초 치고는 이상기온이라고 뉴스에서 말할 정도로 유난히 날이 쌀쌀했다. 그래서인지 소년은 뺨이 빨개져 있었다.

"어, 수고했다. 너도 점심 먹어야지. 날 추운데 얼큰하게 짬뽕이나 한 그릇 줄까?"

주방장인 듯한 남자가 말하자 소년은 주저하는 얼굴을 했다.

"사장님이 먹는 데 오래 걸린다고, 짬뽕은 먹지 말라고……."

"괜찮아, 괜찮아. 사장님 방금 스크린골프 간다고 나가셨으니까 저녁때나 돼야 오실 거야. 바쁠 시간도 지났으니까 맘 놓고 먹어."

본의 아니게 대화를 듣게 된 미사는 깜짝 놀랐다. 민호에게 들었던 윤하의 옛날 얘기가 떠올랐던 것이다. 저런 악덕사장이 또 있었구나!

이윽고 주방장이 커다란 그릇에 짬뽕을 갖다 주었다. 소년은 구석의 테이블에 앉아서 김이 모락모락 나는 짬뽕을 먹기 시작했다.

기껏해야 열일곱, 열여덟 살 정도밖에 안 돼 보이는데. 소년이 기쁜 듯한 얼굴로 짬뽕을 먹고 있는 모습을 보고 있자니 미사는 괜히 코끝이 찡해졌다. 오늘은 평일인데 저 애, 학교도 안 다니는 걸까.

'아저씨가 중국집에서 일할 때 탕수육이 그토록 먹고 싶었다고 했지.'

저 애도 마찬가지일 것 같았다. 짬뽕도 안 주는 마당이니 탕수육은 더 말할 필요도 없겠지. 문득 미사는 제가 주문한 탕수육을 저쪽에 갖다 주고 싶어졌다. 이거 먹고 일 열심히 하라고.

하지만 선뜻 용기가 나지 않아서 속으로 망설이고 있는데, 갑자기 호통 소리가 들려왔다.

"내 이럴 줄 알았지!"

깜짝 놀라 처다보니 스크린골프를 하러 갔던 주인이 어느새 돌아와 가게 안으로 들어서고 있었다.

"야 인마, 내가 짜장면 말고는 주지 말라고 몇 번을 말해?"

당황해서 나온 주방장에게 주인이 무섭게 면박을 주었다. 1층에 손님이 아무도 없어서인지, 아까 미사를 맞이할 때의 사람 좋은 웃음은 온데간데없었다.

"그게, 날이 너무 추워가지고⋯⋯."

"날이 추우면 배달이 줄어드냐? 어? 바빠 죽겠는데 어느 세월에 짬뽕을 처먹고 있어!"

주인이 주방장을 야단치는 동안 소년은 그 옆에서 새빨개진 얼굴로 죄지은 사람처럼 어쩔 줄 몰라 하고 있었다.

"주는 놈이나, 준다고 처먹는 놈이나. 에잉, 쯧쯧쯧."

채 얼마 먹지도 못한 짬뽕을, 주인은 꼴도 보기 싫다는 듯이 턱짓으로 가리켰다.

"빨리 갖다 안 치우냐?"

보고 있던 미사는 속에서 무언가가 울컥하고 치미는 것을 느꼈다. 세상에 어떻게 저렇게 못돼 처먹은 인간이 있을 수 있을까!

미사가 등 뒤에서 노려보고 있는 것도 모르고, 주인은 혀를 차며 TV를 켰다. 마침 윤하가 출연한 커피 광고가 나오고 있었다.

"저거저거, 쟤 볼 때마다 꼭 그 자식이 생각난단 말이야."

"누구 말씀이세요?"

그릇을 치우던 주방장이 물었다.

"있어, 내가 십몇 년 전에 다른 데서 가게 할 때 배달하던 어린놈. 그 새끼 이름도 무슨 윤하인가 그랬거든. 생긴 것도 곱상하니 꼭 저거 비슷하게 생겼고."

주인이 고개를 갸웃거리며 말했다.

"……!"

미사는 깜짝 놀라서 심장이 멈출 뻔했다.

"어, 그럼 혹시 그게 진짜 정윤하 아니에요?"

"말이 되는 소리를 좀 해라."

주인이 말도 안 된다는 듯이 말했다.

"그놈은 비쩍 말라가지고 멸치가 형님 하게 생겼었다고. 쟤는 저번에 드라마에서 웃통 깐 거 보니까 아주 몸이 장난이 아니던데?"

"에이, 연기하려고 키웠을 수도 있죠."

"하루 이틀 운동해서 만든 몸이 아니던데 뭘. 그리고 결정적으로……."

뭐가 그렇게 우스운지, 주인이 낄낄거렸다.

"그 자식은 말을 무지하게 더듬었거든. 말더듬이가 어떻게 연기를 하냐? 어림 반 푼어치도 없지."

미사는 피가 나도록 입술을 깨물었다. 틀림없다. 황금성 주인이 말하는 그 배달부가 바로 정윤하다.

'아저씨가 어릴 때 말도 더듬었었구나.'

미처 몰랐던 사실이 더욱더 아프게 가슴을 찔렀다.

아버지에게 학대당하고, 어머니는 집을 나가고, 친구들에게서는 괴롭힘 당한 끝에 학교도 제대로 다니지 못했던 가엾은 아이.

"사, 사, 사, 사장님, 짜, 짜, 짜, 짬뽕이요. 이랬다니까?"

그 아이의 흉내를 내면서 재미있어 죽겠다는 듯이 웃고 있는 남자가, 미사의 눈에는 더 이상 사람으로 보이지 않았다. 저건 사람이 아니라 괴물이다. 분노를 넘어서서 구역질이 치밀어 올랐다. 더는 1초도 여기 있기 싫었다. 미사의 발이 저절로 문 쪽으로 향했다.

"어, 손님? 이제 곧 음식 나올 건데 어딜……."

놀라서 제지하는 주인을, 얼굴도 보지 않은 채 확 밀쳐내고 미사는 도망치듯 밖으로 나왔다.

"손님, 손님!"

뒤에서 외쳐 부르는 목소리가 들렸다. 미사는 그대로 뛰기 시작했다.

'보고 싶어.'

억지로 누르고 있었던 감정이 한순간에 치밀어 올라서 순식간에 눈앞이 흐려졌다. 그 무뚝뚝한 목소리가, 조용한 얼굴이 미치도록 그리웠다.

예지는 민호가 자신을 무척 찾았다고 했다. 그렇다는 것은 윤하가 찾고 있다는 뜻이다. 최소한 걱정은 하고 있다는 뜻인데, 그냥 이쯤에서 못 이긴 척 집에 도로 들어갈까 하는 생각도 들었다.

'두 번 다시 이런 바보 같은 짓 하지 마.'

아저씨라면 퉁명스럽게 그렇게 한마디 하고 말겠지, 기껏해야.

돌아가고 싶다. 하지만 그러면 안 된다는 것도 미사는 알고 있었다. 알면서도 사랑하는 마음이 멈춰지지 않았다. 만나서 그냥 윤하를 꼭 안아주고 싶었다. 얼마나 힘들었어요, 이젠 내가 곁에 있어요, 하고.

하지만 정작 그 사람이 곁에 있어주길 바라는 건 자신이 아니다. 진짜 미사다. 윤하의 사랑을 받는 그 여자, 스물여덟 살의 자신이 너무 부럽고 슬퍼서 가슴이 터질 것만 같았다. 미사는 저도 모르는 사이에 소리 내어 울면서 길을 걷고 있었다.

"아니, 제자!"

미사가 울면서 돌아오자 왕 서방은 크게 놀란 모양이었다.

"무슨 일이냐 해! 설마 첩자라는 걸 들킨 거냐 해?"

"아니에요."

달래주는 사람이 있는 걸 핑계로 미사는 목 놓아 울었다. 그리고 더 이상 흘릴 눈물도 없을 정도로 실컷 울고 나서야 고개를 번쩍 들었다.

"사부님, 이 제자 소원이 있습니다!"

대체 무슨 일인지 몰라 숨이 넘어갈 지경이었던 왕 서방이 얼른 고개를 끄덕였다.

"제자 말해라 해. 사부 듣는다 해."

미사는 주먹으로 눈물을 훔치고 비장하게 말했다.

"황금성에 꼭 복수해야겠어요. 제발 도와주세요."

"복수?"

"네. 이기는 것만으로는 분이 안 풀려요. 아주 폭삭 망하는 꼴을 제 눈으로 봐야만 하겠어요."

"어째서냐 해?"

설명하자니 윤하의 아픈 과거다. 아무리 사부님이라도 쉽게 이야기하기 꺼려졌다. 그래서 미사는 얼마 전에 왕 서방에게서 배운 한자성어를 써먹었다.

"자세하게 말하긴 어렵고요. 쉽게 말해서 황금성 주인이랑 저는 불구대천의 원수라고 생각하시면 돼요!"

영문을 몰라 하면서도 왕 서방은 고개를 끄덕여주었다.

"알았다 해. 사부가 제자의 복수를 하는 것은 강호의 의리다 해!"

미사의 눈물이 효과가 있었던 걸까. 왕 서방은 그토록 고집하던 음식 종류를 확 줄이는 데 결국 동의했다. 단지, 마파두부나 고추잡채처럼 비싼 재료가 들어가지 않는 요리들은 남기는 걸로.

"그럼 메뉴는 이 정도면 됐고요, 세트 메뉴도 만들었으면 좋겠어요."

당분간은 인생의 목표를 황금성 타도로 잡은 미사는 전력으로 일에 매달렸다.

"짬짜면은 너무 흔하고, 탕수육을 넣어보면 어떻겠냐 해?"

처음에는 세트 메뉴 따위는 정통 중화요리집이 갈 길이 아니라며 꺼리더니, 한번 양보하기 시작하자 왕 서방도 점점 적극적이 되어 갔다. 수단 방법 가리지 말고 일단 황금성부터 타도하고, 그 후에 본격적으로 자신의 요리 세계를 추구하자는 속셈인 것 같았다.

"그것도 흔한걸요. 좀 더 특이한 걸 만들어봐야죠."

그렇게 두 사람이 머리를 맞대고 황금성에 대한 복수의 의지를 활활 불태우고 있을 때, 갑자기 가게에 불쑥 손님 한 명이 들어왔다.

"어서 오세······!"

활기차게 인사하던 미사는, 손님의 얼굴을 보고 화들짝 놀랐다.

"예지야! 너 여긴 어떻게 알고 왔어?"

"조사하면 다 나오거든? 흥, 안 가르쳐주면 누가 모를까 봐."

가게 안으로 들어서며 예지가 미사를 한껏 흘겨보았다.

"탕수육 배우러 다닌다더니 그게 여기였구나, 서빙 일 하는 거?"

반가운 마음도 들었지만 그보다도 불안함이 앞섰다.

"너 혹시 나 여기 있는 거 아저······ 아니, 민호 오빠한테 말했어?"

"안 했거든? 사람을 뭘로 보고."

예지가 입술을 삐죽거렸다.

"언니가 연락 왔었다고 말하지 말라며. 그렇지 않아도 맨날 전화 와서 귀찮아 죽겠는데 나도 모른다고 딱 쌩 까고 있어."

"고마워, 예지야."

미사는 그제야 안도의 한숨을 내쉬었다.

"사부님! 얘는 예지라고, 저랑 같이 자란 동생이에요."

"반갑다 해. 우리 사람 왕대복이라고 한다 해!"

"우와, 아저씨 중국 사람이에요? 저 나중에 한류 스타 될 거니깐 중국어 좀 가르쳐주세요!"

"맡겨만 달라 해!"

왕 서방에게 예지를 소개시키고 나서, 미사는 예지와 테이블에

마주 앉았다. 미사의 얼굴을 자세히 들여다보더니 예지가 마음 아
픈 표정을 했다.

"본 지 며칠 됐다고 아주 얼굴이 반쪽이네. 얼마나 마음고생을 했
으면…… 나쁜 새끼."

아무리 윤하인 줄 모르고 욕하는 거라지만, 그래도 예지가 윤하
를 욕하는 게 듣기 싫어서 미사는 딴 소리를 했다.

"근데 너 밥은 먹고 왔어? 뭐 좀 먹을래? 짜장면 맛있는데."

"지금 뭘 먹고 자시고 할 때가 아냐."

갑자기 예지가 심각한 얼굴을 했다.

"언니, 나랑 좀 갈 데가 있어."

"어디?"

"그냥 닥치고 따라와보면 알아. 오래 안 걸려."

"뭔지 모르겠지만 안 돼, 일요일이라 가게 바쁘단 말이야."

"닥치고 무조건 가야 돼. 안 가면 나중에 땅을 치고 후회한다?"

"미안한데 예지야, 나 여기서 일하면서 얹혀 있는 처지인데 그렇
게 내 마음대로 못 해."

미사가 끝내 거절하자 예지는 한숨을 쉬었다. 그러더니 곧바로
주방으로 가서 왕 서방에게 다짜고짜 말했다.

"아저씨! 제가요, 나중에 스타 되면 이 가게 광고 공짜로 해드릴
게요."

"조건은 뭐냐 해?"

"와아, 눈치 대박 빠르시네. 우리 언니 오늘 한나절만 일 좀 빼주
시면 안 돼요?"

"무슨 일이라도 있냐 해?"

"언니가 요즘 쫌 인생 암울하거든요. 데리고 나가서 기분전환 좀 시켜줄라고요."

예지가 당돌하게 말하자 왕 서방은 쌍수를 들고 환영했다.

"그런 거면 얼마든지 가라 해! 당장 데려가라 해!"

당황한 것은 미사였다.

"아녜요, 사부님! 일요일인데 제가 어떻게 자리 비워요?"

"제자 없을 때도 혼자서 장사 다 했다 해. 우리 사람 알아서 할 테니까 걱정 말고 가라 해."

결국 미사는 예지에게 이끌리고 왕 서방에게 떠밀려 가게를 나오고 말았다.

"대체 어디를 가는 건데 그래?"

그러고 보니 예지의 차림이 심상찮았다. 옷도 그냥 사복이 아니라 각별히 신경 써서 차려입은 티가 났다. 물론 예쁘게 화장도 하고 있었다.

그에 비해 미사는 늘 입는 후드 티셔츠에 청바지, 운동화 차림. 일하다 말고 앞치마만 겨우 벗고 그대로 나왔으니 당연한 일이었지만 눈부시게 예쁜 예지 옆에 있자니 괜히 기가 죽었다.

"가보면 알아. 너무 좋아서 까무러치지나 마."

미사를 끌고 버스에 타며 예지가 대꾸했다.

버스는 어딘가를 향해 달리기 시작했다. 가는 내내 미사가 몇 번이나 물었지만 예지는 끝내 조개처럼 입을 다물었다. 나중엔 미사도 지쳐서 더 묻기를 포기하고 말았다.

30분쯤 달렸을까. 예지는 미사를 데리고 버스에서 내렸다. 그러고는 근처에 있는 커다란 백화점으로 들어갔다.

"쇼핑하자고? 너 돈 있어?"

미사는 놀라서 물었다. 예지는 아직 고등학생인데 이런 비싼 곳에 오다니.

"쇼핑보다 훨씬 좋은 게 있어."

예지가 의미심장한 웃음을 물고 대꾸했다.

대체 어디로 가는 건지도 모른 채 미사는 예지에게 이끌려 엘리베이터에 탔다. 그리고 엘리베이터에서 내린 순간, 눈앞에 세워져 있는 커다란 안내판이 눈에 들어왔다.

[영화 '프로젝트S' 500만 관객 돌파 기념 주연배우 팬 미팅]

제목이 왠지 눈에 익었다. 어디서 봤더라, 하고 고개를 갸웃거리며 안내판을 지나치려던 미사는, 다음 순간 무언가를 떠올리고 그 자리에 얼어붙고 말았다.

프로젝트S. 바로 얼마 전 개봉해서 무대인사를 보러 갔었던 영화였다.

그리고 그 영화의 주연은……!

미사가 집을 나간 지 나흘째. 그동안 내내 윤하는 생으로 굶다시피 하고 있었다. 민호가 죽을 사와서 거의 강제로 입에 밀어넣긴 했지만 한두 숟가락 이상은 넘어가지 않았다. 속에서 도저히 받지를 않았던 것이다.

너무 피곤하면 기절하듯 잠깐씩 소파에 쓰러져 잠이 들기도 했지만 그것도 겨우 30분 이상을 넘기지 못했다. 잠에만 들면 미사가 여러 가지 모습으로 꿈에 나타나서였다. 꿈속의 미사는 반쯤 벗은 거나 다름없는 옷을 입고 울며 겨자 먹기로 남자들에게 술을 따르고 있었다. 납치를 당해서 어딘가로 끌려가고 있기도 했다. 혹은 맨발로 거리를 헤매고 있었다.

그때마다 윤하는 몸서리를 치며 잠에서 깨어났다.

거의 먹지도 자지도 못하는 윤하를 곁에서 지켜보며 민호는 안타까워 어쩔 줄을 몰랐다.

"명색이 배우라는 사람이, 예? 몸 관리를 이따위로 하면 어떡해요!"

매니저로서 울화통을 터뜨리기도 했다.

"다행히 드라마 촬영이라도 다 끝났기 망정이지!"

다행은 다행이라고 윤하도 생각했다. 만약에 드라마 촬영 중이었더라면 큰일이었을 거다. 그야 자신도 프로니까 촬영을 펑크 내는 짓까지는 안 했겠지만, 이렇게 수척한 모습으로 카메라 앞에 서면 분명 시청자들도 이상한 낌새를 챘을 것이다. 아니, 그전에 제대로 연기를 할 자신도 없고.

어쨌든 드라마가 끝났으니 일 쪽은 아예 걱정도 하지 않고 있었는데, 문제는 생각지도 못한 스케줄이 갑자기 생겨버렸다. 바로 얼마 전에 개봉한 영화, '프로젝트S'가 눈 깜짝할 사이에 500만 관객을 돌파해버린 것이었다. 500만을 돌파하면 주연배우들이 모두 모여서 팬 미팅을 열겠다는 게 개봉 전 공약이었는데, 그걸 깜빡 잊고 있었다.

"어떻게 할 거예요, 형?"

민호의 물음에 윤하는 가겠다고 대답했다. 사전공약은 관객과의 약속이다. 그걸 어기면 안 된다는 정도의 프로의식은 그에게도 있었다. 연기 외에는 재주라고는 없는, 사실 알고 보면 그저 재미없는 아저씨에 불과한 자신을 이토록 좋아해주는 팬에 대한 고마움도.

그런 팬들을 실망시키고 싶지 않다. 이 심정으로는 도저히 웃기 힘들 것 같지만, 그냥 잠깐 인사하는 정도라면 할 수 있겠지, 하고 윤하는 생각했다.

물론, 그 팬들 사이에 그토록 찾고 있는 여자가 있을 거라고는 꿈에도 생각하지 못하고 있었다.

⁂

"언니도 윤하 오빠 팬이잖아. 전에 무대인사 간다고 꽃단장 할 때부터 다 눈치챘으니까 이제 와서 오리발 내밀 생각 마."

행사장 앞에 대문짝만 하게 걸린 영화 포스터를 가리키며 예지가 자랑스럽게 말했다. 그리고 주위에 구름처럼 모여 있는 팬들을 둘러보며, 목소리를 낮춰 속삭였다.

"이거 원래 추첨으로 딱 백 명 한정만 올 수 있는 거라서 경쟁률 피 튀겼거든? 근데 내가 민호 오빠한테 부탁해서 티켓 두 장 얻었지롱. 어때, 나 완전 고맙지? 기특하지?"

그 와중에 당부까지 잊지 않았다.

"구남친 그딴 개 쓰레기는 잊어버리고 나랑 같이 윤하 오빠 팬질이나 하자, 언니."

"아, 안 돼."

행사장 입구에서 미사는 뒷걸음질 쳤다.

"나, 난 못 들어가."

"왜? 윤하 오빠도 언니 보면 되게 반가워할 텐데. 말도 안 하고 갑자기 일 그만둬서 엄청 걱정하는 눈치였단 말이야."

예지가 이상하다는 듯이 물었다. 그러더니 갑자기 헉, 하는 얼굴을 했다.

"아니면 혹시 언니 윤하 오빠네 집 나올 때 뭐 훔쳤어? 그래서 그렇게 찾고 난리가 난 거야?"

"아니야!"

"그럼 도대체 뭐가 문젠데?"

사실대로 설명할 수가 없다. 미사가 어쩔 줄 몰라 하고 있는데 갑자기 관계자로 보이는 사람이 외쳤다.

"입장 시작합니다!"

순간 사람들이 한꺼번에 우르르 입구로 몰렸다. 하필 입구 바로 앞에 서 있던 미사와 예지는 인파에 떠밀리듯 행사장 안으로 들어가고 말았다. 아수라장 속에서 겨우 정신을 차렸을 때는 이미 입장이 다 끝나고, 행사장 문이 단단히 닫혀버리고 난 후였다.

미사는 황급히 입구 쪽으로 도로 달려갔다.

"아저씨, 죄송한데 문 좀 열어주세요, 저 나가야 해요!"

그러나 진행 요원은 말을 들어주지 않았다.

"한번 나가면 다시 못 들어와요. 곧 행사 시작하니까 자리에 가서 앉으세요."

"괜찮으니까 저 좀 내보내주세요!"

하지만 뒤를 쫓아온 예지가 금세 눈을 부라리며 손목을 잡아끌었다.

"미쳤어? 이게 어떻게 얻은 푠데. 아저씨 죄송해요, 언니가 헛소리한 거예요!"

결국 미사는 예지에게 강제로 끌려가서 자리에 앉고 말았다. 이러지도 저러지도 못하는 사이에 이윽고 실내의 불이 꺼지고 대신에 무대 쪽의 조명이 켜졌다. 배우들이 등장한 것이었다.

"꺄아아악!"

주연배우 네 사람이 하나하나 등장할 때마다 환성이 터졌다. 특히나 마지막에 정윤하가 등장할 때는 함성이 거의 행사장 전체를 뒤흔들었다. 백 명 중에 최소 팔십 명 이상은 윤하의 팬인 것 같았다.

배우들이 하나하나 인사를 하는 동안 미사는 최대한 고개를 푹 숙이고 있었다.

"안녕하세요, 서준형 역의 정윤하입니다."

특유의 조용한 목소리를 듣는 순간 심장이 터져 나올 듯이 반응했다.

"쳐다보지 마, 내 얼굴 닳아."

별안간 흘러나온 싸늘한 말투에 다시 한 번 팬들 사이에서 환성이 터졌다.

이건 사실 극중 주인공인 서준형 특유의 말투였다. 즉 윤하가 팬서비스 겸 농담을 한 것에 불과했다. 하지만 그날 다솜과 한바탕 소동이 있던 바람에 영화를 보지 못한 미사는 미처 그 사실을 몰랐다. 그래서 깜짝 놀라 반사적으로 고개를 들어 무대를 쳐다보고 말았다.

그리고 윤하를 본 순간, 미사는 고개를 도로 숙이는 것도 잊어버렸다.

"……!"

그러고 보니 정윤하의 '일하는' 모습을 보는 것은 오늘이 처음이다. 그날, 그 모습이 보고 싶어서 무대인사를 보러 간 거였는데 그것도 결국 보지 못했으니까.

무대 위에 서서 팬들을 향해 미소 짓고 있는 윤하는 눈이 부셨다. 틀림없이 바로 눈앞에 서 있는데도, 저 민 곳 어딘가 다른 세상에 있는 사람처럼 느껴졌다.

'아…….'

미사는 넋을 잃고 윤하를 바라보았다. 그저 윤하가 눈앞에 있는 것만으로도 기뻤다. 아내로서 인정해주는 것도, 하물며 사랑해주는 것도 바라지 않으니까 그냥 이렇게 계속 바라볼 수만 있어도 좋겠다는 생각이 들었다.

윤하가 눈앞에 있는 지금, 그동안 자신이 그를 얼마나 보고 싶어 했는지를 미사는 절실하게 깨달았다.

그렇게 눈을 깜빡이는 것조차도 잊고 무대 위를 바라보고 있는데,

"저희 영화 많이 사랑해주셔서 감사합니다. 앞으로 500만 넘어……."

갑자기 윤하가 시선을 돌려 객석을 훑어보는 바람에 그만 정통으로 시선이 마주치고 말았다.

"……!"

순간, 윤하의 표정이 경악에 물드는 것이 시야에 들어왔다.

미사는 숨을 멈췄다.

"500만 넘어……."

인사말을 하며 관객을 둘러보던 윤하는 중간에 말을 멈췄다. 관객들 가운데에 절대 여기 있을 리 없는 얼굴이 보였던 것이다.

제일 먼저 든 생각은 이러면 안 돼, 하는 거였다. 거의 먹지도 자지도 못해서 몸이 극도로 쇠약해져 있는 탓에 헛것이 보이는 모양인데, 자칫 공식 행사 도중에 쓰러지기라도 하면 큰일이었다.

"천만까지 계속 잘 부탁드리고……."

윤하는 쓰고 있는 가면을 어떻게든 유지하려 애쓰며 말을 이으려 했다. 하지만 아무리 정신을 똑바로 차리려 노력해도 눈앞의 미사

는 사라지지 않았다. 심지어 무척 당황한 표정을 하며 그에게서 시선을 돌리기까지 했다.

이건 헛것 치고는 너무 리얼한 것 같은데.

윤하는 마이크를 든 손을 내렸다. 그리고 뚫어져라 미사의 환영을 쳐다보았다.

한 번, 두 번, 세 번. 눈을 몇 번이나 되풀이해서 깜빡여도 환영은 사라지지 않았다. 그리고 그것이 환영이 아니라 진짜 미사라는 것을 안 순간, 윤하는 하마터면 고함을 지를 뻔했다.

"……!"

무대에서 뛰어내리기 위해 몸을 날리려는 바로 그 순간, 갑자기 누군가가 윤하의 팔을 세차게 잡아채서 객석을 등지게 했다.

"지금 뭐 하려는 건지 알아요."

언제 무대 위로 올라왔는지, 민호가 윤하의 양 팔을 꽉 붙잡고는 귀에 대고 말했다. 곁에서 놀란 듯이 쳐다보는 동료배우들에게도 들리지 않게.

"근데 지금 여기 기자들이 수십 명이 와 있어요. 그건 형도 알죠?"

기자들 따위 알 바 아니라고 윤하는 생각했다. 사진을 찍든 기사를 내든 멋대로들 하라지. 인기가 떨어져도 상관없다. 더는 배우생활을 못 하게 돼도 좋다. 지금 이 순간, 그녀를 잡지 못하면 그게 다 무슨 소용인가!

이거 놔, 하듯이 윤하는 민호의 팔을 힘껏 뿌리치려 했다. 하지만 민호는 더욱더 세차게 윤하를 붙잡아 제지하며 다시금 꾸짖듯이 말했다.

"미사 누나에 대해서 기사가 뜨면 서현우가 알게 될 거라고요!"

서현우. 그 이름 석 자에 윤하는 흠칫 굳어졌다.

"어차피 누나 제자리로 돌려보낼 거라면서요. 그 집안이 어떤 집안인데, 형하고 스캔들 나면 누나가 제대로 결혼할 수 있을 것 같아요? 예?"

머리끝부터 찬물을 확 뒤집어쓴 것 같은 느낌이었다.

'이렇게 어리석을 수가.'

윤하는 믿을 수가 없었다. 민호가 뛰어들어 말리지 않았더라면, 방금 자신은 하마터면 미사의 인생을 망쳐버릴 뻔했다!

민호를 뿌리치려던 팔에서 서서히 힘이 빠져나갔다. 표정을 보고, 민호는 그가 알아들었다는 것을 눈치챈 모양이었다.

"제가 미사 누나 잡아 둘게요. 저 믿고 계속해요, 형."

윤하는 하얗게 질린 얼굴로 고개를 끄덕였다.

하지만 민호는 그래도 여전히 윤하의 팔을 놓아주지 않았다. 대신에 눈을 똑바로 쳐다보며 강하게 말했다.

"웃어요, 형!"

아, 가면. 윤하는 필사적으로 마음속을 뒤져 어울리는 가면을 찾았다.

웃는 표정의 가면으로, 당혹과 슬픔으로 엉망이 된 진짜 얼굴을 완벽하게 가린다. 그리고 관객을 향해 돌아서는 순간, 그는 다시 톱스타 정윤하로 돌아와 있었다.

"매니저가 저한테 혼자만 인사말이 너무 길다고 말리러 올라왔군요."

배우 정윤하는 웃었다.

"그럼 이제, 조승아 역의 한유민 씨한테 마이크 넘기겠습니다."

분명히 눈이 마주쳤다. 틀림없이 그는 자신을 보았다. 놀란 표정이 그 증거였다.

하지만 뛰어올라온 매니저와 잠시 몇 마디 하더니 윤하는 금세 아무렇지도 않은 표정으로 돌아와서 관객을 향해 웃으며 말했다.

"그럼 이제, 조승아 역의 한유민 씨한테 마이크 넘기겠습니다."

그는 더 이상 이쪽을 보고 있지도 않았다.

……무시당했다.

미사는 온몸의 피가 싸늘하게 식는 것을 느꼈다.

영화나 드라마에서처럼 자신을 보고 뛰어내려와 손잡아주기를 원했던 건 아니다. 주위가 모두 팬과 기자들인데, 도저히 알은체할 수 없는 상황이라는 것도 안다. 하지만 이렇게까지 완벽하게 무시당할 줄은 몰랐다. 걱정했다는 의미의 눈빛조차 한번 보내주지 않고 저렇게 고개를 돌려버릴 줄은.

대체 나는 왜 여기 와 있는 걸까. 저 사람에게 있어 나는, 집에서 기르던 강아지만도 못한데. 더 이상 자리에 앉아 있기가 민망하고 부끄러워서 도저히 견딜 수가 없었다.

"언니, 언니! 방금 봤어? 윤하 오빠가 눈 크게 뜨고 나 쳐다보는 거?"

발을 동동 구르고 난리가 난 예지를 남겨두고 미사는 자리에서 일어났다. 그리고 도망치듯 행사장을 빠져나왔다.

행사가 끝나고 둘만 남자마자 윤하는 제일 먼저 미사의 행방을 물었다. 하지만 돌아온 것은 어이없게도 놓쳤다는 대답이었다.

"뭐? 중간에 나가는 걸 보고도 못 잡았다고?"

"주위에 팬들이 너무 많아서 어쩔 수가 없었어요. 미안해요, 형."

맙소사. 윤하는 다리에 힘이 탁 풀렸다. 겨우 만났는데!

"하지만 찾을 수 있어요."

절망에 빠지려는 윤하를, 민호가 얼른 달래듯 말했다.

"미사 누나 옆에 예지 씨가 있었어요. 둘이 같이 온 거예요."

"뭐?"

윤하는 귀가 번쩍 뜨였다. 미사를 보자마자 넋이 나가는 바람에 그 옆에 예지가 앉아 있다는 건 여태 까맣게 모르고 있었다.

"예지 씨가 처음부터 저한테 티켓 두 장 부탁했거든요. 친구랑 온 대서 그런 줄 알았는데, 누나 얘기였나 봐요. 그러니까 누나가 어디 있는지도 분명히 알고 있을 거예요. 어쩌면 같이 지내고 있는지도 모르고요. 그러니까 제가 예지 씨한테 연락해서 물어보면……."

"전화."

중간에 윤하가 말을 가로막았다.

"내가 직접 전화할 테니까 휴대폰 이리 줘."

지금 그에게는 단 한 점의 인내심도 남아 있지 않았다. 민호를 통해서 전화를 하고, 또 대답을 전해 듣고 어쩌고 할 만한 여유가 없었다.

직접 전화해서, 직접 묻겠다.

윤하의 기세에 질렸는지, 민호는 순순히 휴대폰을 바쳤다.

– 여보세요, 도 매니저?

발랄한 목소리가 귓가를 직격했다.

"미사는 어디 있지?"

다짜고짜 용건을 묻자 예지가 놀란 듯이 되물었다.

– 설마…… 윤하 오빠예요?

윤하는 긍정도 부정도 하지 않았다. 그의 머릿속에는 오로지 미사의 행방을 묻는 일밖에 없었다. 하물며 이 당돌한 꼬맹이가 자신의 말투를 어떻게 받아들일까 하는 것 따위를 고려할 여유는 남아 있지 않았다.

"미사 어디 있냐고 물었잖아."

대꾸 대신에 다시금 나그쳐 묻자 예지가 당돌하게 되물었다.

– 그걸 왜 저한테 물으시는데요?

"아까 행사장에서 같이 있었던 거 알고 있어."

– 어머, 진짜요? 제 옆에 미사 언니가 있었다고요? 난 왜 못 봤지?

예지가 딱 잡아떼는 바람에 윤하는 울화통이 치밀었다. 이쪽은 가슴이 다 타들어가서 재가 될 지경인데, 이 맹랑한 꼬맹이가 남의 속도 모르고!

옆에 있었더라면 어깨라도 붙잡고 짤짤 흔들었을 거다. 윤하는 이를 악물고 위협하듯 낮게 말했다.

"좋은 말로 할 때 얘기해, 꼬마."

옆에서 듣고 있던 민호가 뜨악한 표정을 했다.

"형!"

하지만 윤하의 귀에는 들리지도 않았다. 가뜩이나 없는 말주변이 하필 이럴 때 안 좋은 쪽으로 진가를 발휘하고 있다는 걸, 윤하 자신만 까맣게 모르고 있었다.

– 몇 번을 물으셔도 전 모르니까, 딴 데 가서 알아보시구요.

잠시 후, 화난 듯한 예지의 목소리가 돌아왔다.

– 윤하 오빠, 정말 실망했어요!

동시에 전화가 뚝 끊겨버리고 말았다.

"……!"

얼굴이 잔뜩 굳어져서는 휴대폰을 노려보는 윤하에게, 민호가 대신 항의하듯 말했다.

"형, 아무리 그래도 예지 씨한테 꼬마는 너무 심했잖아요."

그러고 보니 민호는 여태 예지가 고등학생이라는 것도 모르고 있다.

"너, 걔가 올해 몇 살인지나 알아?"

윤하는 다짜고짜 말했다. 보통 때 같았으면 민호가 받을 충격을 고려해서 좀 더 돌려 말하든지 했겠지만, 미사 때문에 한껏 초조해져 있는 지금은 그런 것까지 신경쓸 여유가 없었다.

"예? 아직 나이는 안 물어봤는데……."

"열여덟 살이야."

"네?"

당황하는 민호의 얼굴에 대고, 윤하는 다시 한 번 말했다.

"고등학교 2학년. 미성년자란 말이야."

"……!"

그제야 말뜻을 알아들은 민호의 얼굴에 서서히 경악이 퍼져갔다.

09 / 넌 나만 보고 있어

　다음 날인 월요일 아침, 등교하는 예지의 발걸음은 무겁기 짝이
없었다.
　'정윤하, 나쁜 자식.'
　어제 팬 미팅 행사 중에 정윤하가 무대 위에서 이쪽을 쳐다보는
순간 예지는 심장이 멈출 뻔했다. 그가 놀란 눈으로 뚫어져라 쳐다
보는 상대가 자신이 틀림없다고 생각했기 때문에.
　'혹시 경찰서에서 날 봤을 때 반한 거 아냐?'
　그런 생각도 들었다. 중학교 때는 아무래도 너무 어렸으니까 반
하기는 일렀겠지.
　너무 설렌 나머지 예지는 옆에 앉아 있던 미사가 나가버린 것도
한참 동안이나 모르고 있었다. 나중에 알아채긴 했지만, 행사 한창
도중이라 따라 나가지도 못했다. 이게 어떻게 얻은 표인데 윤하 오
빠를 눈앞에 두고 중간에 나가?
　결국 예지는 혼자 남아서 끝까지 행사를 다 보고 나왔다. 그리고
밖에 나오자마자 민호의 휴대폰으로 전화가 온 거였다. 그리고 전
화를 걸어온 상대가 민호가 아니라 윤하라는 걸 알았을 때, 예지는
정말로 쓰러질 뻔했다.

'어떡해, 윤하 오빠가 정말로 나한테 반했나 봐!'

지극히 소녀다운 상상력이 바야흐로 현실이 되려는 순간이었다. 그러나 달콤한 꿈도 잠시, 정윤하는 다짜고짜 찬물을 끼얹었다.

「미사는 어디 있지?」

예지는 크게 실망하고 말았다. 좋아하는 스타에게 전화를 받고 모처럼 설렜는데, 정작 그 스타가 묻는 건 제 언니의 얘기라니. 그 것도 좋은 말투로 물은 것도 아니다. 마치 심문하는 것처럼 퉁명스 럽기 짝이 없었다.

「미사 어디 있냐고 물었잖아.」

저도 모르게 심술이 나서 그만 모른다고 오리발을 내밀어버렸 다.

물론 미사가 말하지 말라고 신신당부한 것도 있었지만, 그게 아 니라도 대답해주기 싫은 말투였다.

그리고 정윤하의 마지막 말이 예지에게 결정타를 먹였다.

「좋은 말로 할 때 얘기해, 꼬마.」

위협적인 말투보다도 맨 마지막 단어가 훨씬 더 충격적이었다. 꼬마라니!

그대로 예지는 전화를 끊어버리고, 휴대폰의 전원도 꺼버렸다. 다시 전화가 와서 또 야단맞을까 봐 무서웠던 것이다.

어른에게 야단맞는 자체가 무서운 게 아니다. 똑같이 어른인 다 솜도 대걸레로 두들겨 팼는데 그쯤 두려워할 예지가 아니었다. 단 지, 좋아하는 사람에게 더 이상 상처받기 싫었다.

그리고 다음 날 아침인 지금까지도 여태 예지는 휴대폰을 다시

켜지 못했다. 행사 도중에 가버린 미사가 궁금하기는 했지만, 알아서 잘 들어갔으려니 하고 생각했다.

'대체 왜 그렇게 미사 언니를 찾는 거야.'

터벅터벅, 무거운 걸음으로 교문을 향해 걸으며 예지가 시무룩하게 생각했을 때였다.

"저기, 예지 와요!"

갑자기 누군가의 흥분한 목소리가 들려왔다. 뭔가 하고 쳐다보니 교문 앞에 구름떼처럼 학생들이 몰려나와 있었다. 전교생의 족히 반은 되는 것 같다. 그리고 아마도 담임의 제지로 뛰쳐나오지 못한 것 같은 나머지 반 정도는, 모조리 창문에 매달려 이쪽을 쳐다보고 있었다!

이게 대체 무슨 일이래? 예지는 놀라서 다시 눈을 크게 뜨고 둘러보았다.

학생들이 몰려 있는 쪽 한구석에 커다란 밴이 세워져 있는 게 눈에 들어왔다. 조금 떨어진 곳에서 카메라로 이쪽을 찍고 있는 것 같은 사람도 보였다. 자세히 보니 낯익은 사람이다.

'뭐야, 도 매니저잖아?'

예지의 가슴이 쿵 하고 내려앉는 것과 동시에 수많은 여고생들로 이루어진 인파가 모세의 기적처럼 양쪽으로 쫙 갈라졌다.

그리고 그사이로 한 사람이 성큼성큼 걸어 나왔다.

몸에 꼭 맞는 슈트를 멋지게 차려입은 미모의 남자. ……정윤하였다.

놀란 예지의 앞에서 걸음을 멈추고, 이윽고 윤하가 입을 열었다.

"어제 실수한 거, 사과하러 왔어."

조용한 목소리였지만, 여고생들은 개에 준하는 청력을 발휘하여 귀신같이 알아들었다.

"꺄아아아악!"

"들었어? 들었어? 어떡해! 사과하러 왔대!"

부러움과 질투에 다 죽어가는 목소리들이 여기저기서 터져 나왔다.

"내가 잘못했어."

윤하는 예지를 향해 고개까지 숙여 보였다.

"꺄아아아악!"

또다시 돌고래 초음파 뺨치는 소리가 작렬했다.

예지는 생각했다. 아, 이게 바로 웃프다는 거구나.

지금 이 상황은 바로 그거였다. 모든 여자들이 소녀시절에 한 번쯤은 꿈꾸는 장면. 누구나 동경하는 멋진 남자가 내 앞에 무릎 꿇고 달콤한 말을 속삭이는 그런 상황. 하다못해 주위 친구들이 부러워서 숨이 꼴딱꼴딱 넘어가고 있는 것까지도 완벽했다.

문제는 이게 너희들이 생각하는 것처럼 그렇게 로맨틱한 이유가 아니라는 거지.

예지는 그만 울고 싶어졌다. 왜 미사 언니 때문에 나한테 고개까지 숙이고 있는 거야?

"전 모른다고 했잖아요."

예지는 눈물이 나려는 것을 꾹 참고 대들 듯이 말했다.

"아니, 네가 알고 있는 거 알아."

하지만 윤하는 어제와는 달리 어디까지나 차분했다.

"제발 가르쳐줘."

"대체 왜 이렇게까지 하시는 거예요?"

사실 예지는 전혀 둔하지 않았다. 오히려 눈치가 무척 빠른 편이었다.

지금까지도 가끔씩 이상하다는 느낌을 받지 않은 게 아니었다. 문득문득 설마, 하는 생각이 들 때도 여러 번 있었다. 애초에 미사처럼 젊은 여자가 톱스타의 집에서 가정부 일을 하다니, 그것부터가 이상하지 않은가. 로맨틱 코미디 드라마면 모를까 그런 일은 현실에 없다.

하지만 예지는 그렇게 의심이 들 때마다 에이, 나도 참, 하고 애써 웃어넘기곤 했다. 왜냐하면 미사가 친언니나 다름없는 존재였기 때문에.

좋아하는 스타가 열애설만 나도 밥을 굶고 우는 나이다. 그런데 하물며 그 상대가 친언니 같은 미사라면 그건 너무 슬프지 않은가. 상상만 해도 끔찍하다. 그래서 여태 애써 그쪽으로는 생각하지 않으려 했다. 하지만, 이제 더는 피할 수가 없었다.

예지는 입술을 떨며 물었다.

"대체 무슨 사이인 거냐고요."

윤하가 예지의 눈을 물끄러미 바라보았다. 그리고 고백하듯 조용히 말했다.

"내가…… 사랑해."

그 순간, 가장 큰 괴성이 하늘과 땅을 뒤흔들었다.

"꺄아아아아악!"

그 앞에 오간 말들은 아무도 신경 쓰지 않았다. 어차피 무슨 내용인지 알아듣지도 못했고, 중요하지도 않았다. 중요한 건 오직 정윤하의 입에서 사랑한다는 말이 나왔다는 거였다. 교복 입은 여학생을 상대로!

"……."

예지의 눈에 어느덧 눈물이 맺혔다.

열여덟 살에, 전교생 앞에서, 좋아하는 스타에게…… 실연을 당했다.

상처투성이가 된 소녀의 마음을 전혀 모르는 무정한 톱스타는, 애원하듯 한술 더 떴다.

"그러니까 제발 가르쳐줘. 부탁이야."

예지는 입술을 꼭 깨물었다.

"순 나쁜 자식."

윤하가 흠칫 놀란 얼굴을 했다.

"언니가 탕수육 배우러 다니다가 손가락 덴 거 알아요? 그 반지, 언니가 처음 번 돈으로 산 건데 전혀 몰랐죠?"

메고 있는 책가방의 끈을 두 손으로 붙잡고, 예지는 뒷걸음질 치며 말했다.

"오빠 생일 때문에 김준서 콘서트 포기한 거는요?"

예지는 이를 악물고 내뱉다시피 말했다.

"당신 완전 쓰레기야. ……우리 언니 절대 못 줘."

그렇게 말하고, 예지는 뒤돌아서 무작정 뛰기 시작했다.

"잠깐만!"

윤하가 외쳐 부르는 소리가 들렸다.

"하하하, 여러분! 많이들 놀랐죠? 티저 영상 촬영입니다, 티저 영상 촬영!"

카메라를 든 민호가 필사적으로 외치는 소리도 어렴풋이 들려왔다.

예지는 양손으로 귀를 막고 뛰었다.

'이건 절대 내가 당신을 좋아해서가 아니야. 당신 따위한테 주기엔 우리 언니가 아까워서야.'

하지만 눈앞이 자꾸 흐려지는 것만은 어쩔 수가 없었다.

⁂

아침부터 날씨가 잔뜩 흐리더니 가게 문을 열 때쯤에는 기어이 빗방울이 떨어지기 시작했다.

"사부님, 우리 오늘도 파이팅해요!"

어제 일로 계속 마음이 어지러웠지만 미사는 왕 서방 앞에서는 애써 웃으려고 노력했다. 사부님이 기껏 기분 전환 하라고 외출도 시켜줬는데 시무룩한 모습을 보이고 싶지는 않았다.

비가 오면 배달하는 가게는 부쩍 바빠지지만 원빈처럼 홀 중심인 가게는 그 반대인 법이다. 오늘따라 손님이 아예 없는 바람에 미사의 기분은 자꾸 가라앉기만 했다.

그리고 겨우 나타난 오늘의 첫 손님은 바로 교복 차림으로 들어

온 예지였다.

"너, 학교는 어쩌고 여기 왔어?"

놀라서 묻자 물에 빠진 생쥐 꼴이 된 예지가 씩 웃었다.

"언니."

왠지 힘없는 미소였다.

학교를 빠지고 온 게 틀림없었지만 지금은 그걸 따지고 있을 때가 아니다. 미사는 얼른 마른 수건을 가지고 와서 예지의 젖은 머리와 얼굴을 닦아주었다.

"우산은 어쩌고 이러고 돌아다녀? 감기 걸리면 어쩌려고!"

핀잔을 주자 미사가 해주는 대로 가만히 있던 예지가 불쑥 중얼거렸다.

"감기, 걸렸으면 좋겠다."

"뭐라고?"

어이가 없어서 묻자 예지가 픽 하고 웃었다.

"옛날에 언니가 나 감기 걸렸을 때 초콜릿 사다 줬던 거 기억나?"

기억난다. 그때만 해도 예지는 몸이 약해서 곧잘 병치레를 했다. 뭔가 해주고 싶은데 해줄 세 없어서, 평소에 예지가 좋아했던 초콜릿을 사다 줬었다.

"그리고 차비 없어서 이틀 동안 학교에서 걸어왔었잖아. 그래서 늦게 다닌다고 원장한테 혼나고."

"원장 얘긴 뭐하러 꺼내? 듣기만 해도 짜증이다."

괜히 코끝이 찡해서 일부러 미사는 면박을 주듯 퉁명스럽게 말했다.

"언니."

"아, 왜 자꾸 부르는데."

"있잖아, 그 남친 아직도 좋아해?"

예지의 머리를 수건으로 문지르던 미사의 손이 멈췄다.

"뭐, 뭐라는 거야, 자꾸 쓸데없이."

"좋아하냐니까. 응?"

예지는 이상할 정도로 끈질기게 물었다. 왠지 눈빛이 진지해서, 차마 거짓말을 할 수 없었다. 미사는 시선을 다른 데로 돌리며 조그맣게 대꾸했다.

"……좋아해."

예지가 고개를 끄덕였다.

"그렇구나."

그리고 또 한 번, 같은 말을 혼잣말처럼 중얼거렸다. 그렇구나. 그러더니 다음 순간, 갑자기 활짝 웃었다.

"잘됐으면 좋겠다!"

잠시 후, 예지는 머리도 채 덜 말랐는데 가겠다고 일어섰다. 따뜻한 거라도 좀 먹고 가라고 붙들었지만 막무가내였다.

"언니 어제 말도 없이 가서 걱정돼서 와본 거야. 나 빨리 학교 안 가면 담임한테 죽음이야."

학교에 가겠다는데 더 붙잡을 수도 없었다.

예지가 돌아간 후에도 미사는 계속해서 예지의 태도가 평소와 사뭇 달랐던 것이 마음에 걸렸다. 아무래도 그냥 걱정돼서 와본 건 아니었던 것 같은데, 대체 뭘까.

어제 일도 그렇고, 이래저래 개운치 못한 마음으로 미사는 오전 시간을 보냈다. 그리고 오후가 되자 빗줄기는 한층 더 굵어졌다.

"오늘 장사는 망했다 해."

왕 서방이 한숨을 쉬었다. 역시나 오후 내내 손님이 거의 없었다. 몸이 한가하니 자꾸만 딴생각을 하게 된다. 그리고 그 생각이란 물론 윤하에 대한 것이었다.

분명히 자신을 발견하고도 모른 체 외면하고 태연하게 웃던 얼굴이 머릿속에서 떠나지 않았다. 그래도 걱정은 하고 있는 줄 알았는데, 그렇지도 않았던 걸까. 나는 계속 아저씨 생각만 했는데. 보고 싶어서 밤마다 울다가 잠들었는데.

오후 내내 미사는 윤하 생각에 마음이 울적했다. 하필이면 비가 와서 더 그랬다.

종일 손님이 없다시피 하다가 거의 저녁시간이 다 되었을 때쯤에야 손님 하나가 비를 뚫고 가게에 들어왔다. 레인코트를 입고 커다란 검정 우산을 든 남자였다.

깜짝 놀라는 미사를 바라보며, 남자는 물이 뚝뚝 떨어지는 우산을 접어 내려놓았다.

"……미사."

상대는 바로 어제, 자신을 보고도 외면했던 그 남자였다.

"아저씨. 여긴 어떻게……?"

미사는 떨리는 목소리로 물었다. 하지만 윤하는 미사의 말이 채 끝나기도 전에 성급하게 말했다.

"꼭 해야 할 말이 있어."

필사적인 말투였다. 마치 지금 당장 말하지 않으면 영원히 말할 수 없을 것 같다는 듯이.

"그동안 계속 네게 거짓말을 했어. 나는 사실……."

괴로운 듯이 눈을 잠시 감았다가 뜨고 나서, 윤하는 고백하듯 힘겹게 말했다.

"……네 남편이 아니야."

반응을 기다리듯 두려움 섞인 시선이 미사를 응시했다. 하지만 미사는 대체 뭐라고 대답해야 할지 몰랐다. 왜냐하면 말의 뜻이 잘 파악되지 않았기 때문에.

"그러니까, 진짜 미사의 남편이지 제 남편은 아니라는 뜻이에요……?"

"아니, 그런 말이 아니야."

윤하가 세차게 고개를 저었다.

"네가 기억을 잃은 걸 이용해서 내가 거짓말을 한 거야. 우리는 애초에 결혼한 적이 없어."

그제야 미사는 윤하의 말뜻을 제대로 이해했다.

'아저씨가, 내 남편이 아니라고……?'

다리에 힘이 풀려 제대로 서 있기조차 힘들었다. 비틀거리며 의자에 앉는 미사를, 윤하가 안타까운 눈으로 바라보았다.

"말도 안 돼."

미사는 멍하니 중얼거렸다. 꿈에도 상상하지 못했던 일이었다. 이제 와서 남편이 아니라니, 이게 말이나 되는 얘긴가.

"우리, 결혼식은 안 했지만 혼인신고는 했잖아요. 그럼 그 서류는 뭐예요?"

"민호한테 만들어 오게 한 가짜야."

윤하가 대답했다. 하지만 미사는 여전히 납득할 수 없었다.

"그럼 거실에 있는 웨딩사진은요? 그 사진은 뭐예요?"

대답 대신에 윤하는 코트 안주머니에서 뭔가를 꺼내서 내밀었다. 떨리는 손으로 받아서 펼쳐보니 잡지에서 찢어낸 듯한 페이지였다. 그리고 그 페이지에 실려 있는 사진은…….

"작년에 찍었던 웨딩화보야."

분명 윤하의 집 거실에 걸려 있는 액자 속 웨딩사진이 맞는데, 신부가 달랐다. 신랑인 윤하는 그대로였지만 신부는 자신이 아니라 모델처럼 보이는 예쁜 여자였다.

"여기에 네 사진을 합성해서 만든 거였어."

이럴 수가. 미사의 얼굴이 하얗게 질렸다.

"그 사진."

미사는 입술을 떨면서 물었다.

"아저씨 지갑 속에 있던 제 드레스 사진 말이에요. 그럼 그것도 가짜란 말이에요?"

그날, 윤하는 병원에서 도망친 자신의 뒤를 금세 쫓아왔다. 도저히 중간에 가짜 사진까지 만들어 지갑에 넣어둘 여유가 있었을 리 없다.

생각대로 윤하는 고개를 저었다.

"아니, 그건 진짜. 결혼 준비를 위해서 드레스를 고르러 갔던 날 찍은 거야."

369

아아, 놀래라. 미사는 그제야 조금 웃을 수 있었다.

"그럼 어쨌든 결혼 준비는 하고 있었다는 거잖아요. 전 또 뭐라고……."

"내가 아니야."

윤하가 미사의 말을 가로막았다.

"너와 결혼할 예정인 남자는, 내가 아니었어."

"네……?"

윤하의 얼굴에 괴로움이 번졌다. 시선을 내리깔며, 그는 중얼거렸다.

"너는, 한 번도 나를 사랑한 적이 없었어."

정신을 차려보니 홀에 딸린 객실에 들어와 윤하와 마주 앉아 있었다. 그를 처음 만났던 날, 마주 앉아서 짜장면을 먹으며 얘기했던 바로 그 방.

"네 진짜 약혼자는 서현우라는 사람이야."

그리고 맞은편에 앉아 있는 남자는 그날과는 전혀 반대의 이야기를 하고 있었다.

"서현우……."

미사는 윤하의 말을 따라서 중얼거려보았다. 이름을 말할 때의 혀의 움직임조차도 낯설었다. 물론 생각나는 것도, 느껴지는 것도 전혀 없다.

"그러니까 제가 그 서현우…… 라는 분하고 5월 초에 결혼할 예정이라고요?"

"그래."

그렇다면 이제 겨우 한 달밖에 남지 않았다.

"그럼 그 사람은 왜 절 찾지 않는 건데요?"

"무척 찾고 있어. 단지 내가 쉽게 찾지 못하도록 손을 써두었을 뿐이야."

그제야 알 것 같았다. 자신이 혼자 밖에 나가는 걸 윤하가 그토록 싫어했던 이유를.

"그럼 아저씨가 절 납치한 거나 마찬가지네요?"

"맞아."

미사가 무슨 말을 하든 윤하는 화난 기색도 없이 수긍했다.

"대체 왜 그런 짓을 한 거예요? 남편이라고 거짓말까지 하면서?"

어이가 없어서 헛웃음이 다 나왔다.

"설마 절 좋아해서? 그래서 결혼 못 하게 하려고 그랬던 거예요?"

"그렇지 않아."

처음으로 윤하의 입에서 부정이 나왔다.

"맹세코 그럴 생각은 없었어. 결혼식 전까지는 네 진짜 약혼자 곁으로 돌려보내려고 했어."

"그럼 그때까지는 왜 붙잡아두려고 했던 건데요!"

저도 모르게 미사의 목소리가 커졌다.

윤하가 미웠다. 왜 그런 쓸데없는 짓을 해서 이렇게 사람을 힘들게 만든 걸까. 그냥 처음부터 사실대로 말하고 있어야 할 곳으로 돌려보내줬으면 이렇게 좋아할 일도, 또 마음 아파할 일도 없었을 텐데.

하지만 윤하의 입에서는 놀라운 대답이 나왔다.

"네가 결혼하지 않겠다고 했으니까."

"제가 그랬다고요?"

"그래."

윤하가 고개를 끄덕였다.

"사고가 나기 전날 밤에, 네가 나한테 갑자기 전화를 했어. 그리고……."

「윤하 씨.」

윤하의 귓가에, 미사의 떨리는 목소리가 되살아났다.

「저 이 결혼, 안 할 거예요!」

⁂

윤하는 오래전부터 미사를 사랑하고 있었다. 하지만 미사가 사랑한 것은 그녀의 대학 선배이자 후원자, 그리고 오랜 연인인 서현우였다. 미사에게 있어 윤하는 기껏해야 힘들 때 기댈 수 있는 친오빠 같은 사람. 겨우 그 정도에 불과했다.

윤하는 그걸로 만족하기로 했다. 미사가 사랑하는 사람과 행복해진다면, 그게 자신의 행복이기도 하다고 생각하려고 애썼다.

그러나 결혼을 두 달쯤 앞둔 어느 날 밤, 미사가 갑자기 전화를 해 왔다.

　－ 윤하 씨. 저 이 결혼, 안 할 거예요.

목소리는 뭔가를 두려워하듯 심하게 떨리고 있었다. 한편으로는 결심에 차 있는 것같이도 들렸다.

"무슨 일 있었어?"

　－ 현우 선배랑은 파혼할 거예요. 할 수 있어요.

그녀는 힘주어 중얼거렸다. 마치 자기 자신에게 다짐하듯.

"좀 알아듣게 말해봐. 무슨 일이 있었던 거야?"

윤하는 걱정이 돼서 어쩔 줄을 몰랐지만 미사는 그 이상 정확하게 말하려 하지 않았다.

　－ 의논할 게 있으니까 자세한 건 내일 직접 만나서 이야기해요. 꼭 시간 내줘야 해요.

그날 밤, 윤하는 잠을 이루지 못했다. 결혼을 두 달여 앞둔 신부가 갑자기 파혼을 입에 담다니, 대체 무슨 일일까. 무척 걱정이 되면서도 한편으로는 은근히 기대감이 드는 것도 사실이었다. 만약에 그녀가 서현우와 결혼하지 않는다면, 혹시나……. 비겁한 생각이라고 스스로를 꾸짖으면서도 어쩔 수 없었다.

그다음 날, 윤하는 스케줄을 겨우 빼서 미사를 만나러 나갔다. 그리고 약속장소 근처에서, 그 사고가 일어났다.

미사는 무척이나 서두르고 있었다. 이유는 모르겠지만 불안한 표정으로 계속 주위를 경계하고 있는 것처럼도 보였다. 그러다 길 건너편에 서 있는 자신을 보고는 순간적으로 마음이 급해져서 미처 다른 것들은 눈에 보이지 않았던 모양이었다.

그녀는 저편에서 달려오는 차를 보지 못하고 윤하를 향해 길을 건넜다.

"안 돼!"

놀라서 소리쳤지만 이미 때는 늦어 있었다. 미사는 그대로 차에 치여 쓰러졌다.

윤하는 정신을 잃은 미사를 업고 무작정 가까운 병원으로 뛰었다.

"대체 누구신데 이러시냐고요!"

······그리고 의식을 되찾았을 때, 그녀는 더 이상 자신을 알아보지 못했다.

윤하가 이야기를 마치고 나서도 미사는 한참 동안이나 할 말을 잃고 있었다.

"······."

무엇보다도 자기 자신에 대한 놀라움이 가장 컸다. 대체 기억을 잃기 전의 나는 어떻게 생겨먹은 여자였던 걸까. 약혼자는 따로 있고, 그러면서 자신을 좋아하는 남자를 오빠랍시고 곁에 두면서 괴롭게 만들고. 소위 말하는 어장관리녀, 그 이상도 이하도 아니지 않은가.

전부터 스물여덟 살의 미사가 별로 괜찮은 사람은 아니지 않을까, 하는 생각은 어렴풋이 하고 있었다. 그 나이에 전 재산이 겨우 백만 원밖에 되지 않는 것도 그렇고, 정다솜 따위와 가깝게 지내고 있었던 것도 그렇고.

무엇보다 가장 이해가 가지 않는 것은 왜 정윤하를 사랑하지 않았는가, 하는 점이었다.

약혼자인 서현우란 남자가 어떤 사람인지는 모르겠다. 하지만 상대가 그 누구라도, 당연히 정윤하를 사랑하는 게 맞지 않은가. 어떻게 저 사람을 사랑하지 않을 수가 있었을까.

충격에 빠져 있는 미사에게, 다시금 윤하가 입을 열었다.

"너는 분명히 결혼하지 않겠다고 말했어. 그런데 기억을 잃은 상태로 원래 있던 자리로 돌려보냈으면, 네 약혼자는 예정대로 결혼을 강행했을 거야. 그러면 기억이 돌아온 후에는 이미 늦었을 거고. 차마 네가 나중에 후회하는 모습을 볼 수는 없었어."

그래서 중간에 끼어들어 남편이라고 거짓말을 하고 자신을 약혼자에게서 빼돌린 거였다. 거기까지는 미사도 이해했다.

"그럼 결혼식 전까지만 데리고 있다가 돌려보내려고 했다는 건 어째서 그런 거예요?"

찻잔을 들어 한 모금 마시고, 미사는 여전히 석연치 않은 점을 지적했다.

"돌려보내면 결국 결혼은 하게 될 거 아녜요. 그럼 나중에 제가 기억을 찾은 후에 아저씨를 원망할 수도 있잖아요? 분명히 난 파혼하겠다고 했는데 왜 끝까지 말리지 않았냐고요."

"이유를 모르니까."

윤하가 이를 악물고 말했다.

"그날 밤, 네가 전화로 파혼하겠다고 말한 건 사실이야. 하지만 왜 그런 말을 했는지는 전혀 모른다고. 정말로 결혼을 깨야 할 정도로 큰일이 있었던 건지, 아니면 단순히 그냥 결혼 준비하다가 싸워서 홧김에 한 말인지 나는 몰라."

문득 윤하가 시선을 들어 미사의 얼굴을 똑바로 바라보았다.

"전자라면 괜찮아. 하지만 만약에 후자라면? 그냥 단순한 사랑싸움이었을 뿐인데 내가 확대해석해서 네 결혼을 아예 망쳐버리는 거라면?"

"……."

"그래서 어쩔 수 없이 결론을 내렸어. 결혼식 전까지만 기억이 돌아오길 기다리면서 널 데리고 있자고. 그리고 만약에 그때까지 기억을 되찾지 못하면, 내 입으로 사실을 얘기해주자고. 얘기를 듣고 네가 서현우에게 돌아가서 예정대로 결혼식을 올리든, 아니면 기억이 돌아올 때까지 식을 미루든, 그건 너와 네 약혼자 둘이서 결정할 일이라고."

매달리듯, 윤하는 말했다.

"아무리 생각해도 그 방법뿐이었어. 그 이상 내가 뭘 더 어떻게 했어야 하지?"

듣고 나니 미사도 이해할 수 있을 것 같았다. 파혼하겠다는 이유를 모르는 상태에서, 자신이 생각해도 그 이상의 방법은 떠오르지 않았다.

"아저씨는 잘못하지 않았어요. 그게 최선이었다고 생각해요."

위로하듯 말하자 윤하의 어깨에서 힘이 빠져나가는 게 눈에 보였다.

"그런데요. 5월 초라면 아직 한 달은 남았는데 왜 벌써 이야기해 주시는 거예요?"

미사는 안타까움을 드러내지 않으려고 애쓰며 물었다. 말하지 않았다면, 우리는 앞으로 한 달은 더 함께 있을 수 있었잖아요.

"네가 날 좋아해버렸으니까."

윤하가 입술을 깨물었다.

"예상 밖의 일이었어. 나로서는 너한테 상처를 주더라도 밀어낼 수밖에 없었어."

아, 그래서 아저씨가 그때 그렇게 나한테 잔인한 말을 했던 거였구나. 그게 진심은 아니었구나. 이 와중에 미사는 조금 마음이 놓였다.

"하지만 나도 네게 더 이상 상처 입히고 싶지 않아."

윤하가 호소하듯 말했다.

"나는 얼마든지 힘들어도 괜찮아, 원래부터 그랬으니까. 하지만 네가 앞으로 한 달 동안이나 더 내 곁에서 상처받는 걸 보고만 있을 수는 없어."

아까보다 조금 더 기뻐졌다.

윤하를 좋아해서 상처받고 있었던 것은 스물여덟 살의 미사가 아니다. 지금, 여기, 눈앞에 있는 열여덟 살의 자신이다. 그리고 윤하는 그 열여덟 살의 자신이 상처받는 게 싫다고 말하고 있었다.

그렇다면, 하고 미사는 초조하게 입술을 깨물었다. 나한테도 가능성이 있다는 거 아닐까. 어쩌면……

"이제 내가 할 수 있는 이야기는 모두 했어."

문득, 윤하가 결심한 듯이 허리를 곧게 폈다.

"그러니까 이제는 네가 결정하면 돼."

윤하가 무언가를 꺼내서 테이블 위에 올려놓았다. 휴대폰이었다. 처음 보는 물건이지만 감이 왔다.

"제 거예요?"

"그래."

사고가 났을 때 산산조각이 나서 버렸다던 바로 그것이 눈앞에 멀쩡히 놓여 있었다.

"그 안에 네가 아는 모든 사람의 연락처와 정보가 들어 있어. 물론…… 네 약혼자 것도."

하지만 미사는 휴대폰을 집어 들려고 하지 않고 한참을 그저 물끄러미 바라보기만 했다.

"켜봐."

윤하가 재촉하듯 말했을 때에야 미사는 입을 열었다.

"아저씨는 제가 그 서현우라는 사람한테 전화했으면 좋겠어요?"

순간적으로 표정에 미세하게 동요가 이는 것이 보였다. 하지만 윤하는 곧 조용한 얼굴로 돌아가서 말했다.

"내 의견은 중요하지 않아."

이미 결심한 듯한 목소리였다.

"있잖아요. 아저씨가 좋아하는 건 어느 쪽이에요?"

윤하의 눈동자를 똑바로 바라보며 미사는 다시 물었다.

"원래 좋아하는 건 진짜 미사잖아요. 하지만 저한테도, 조금은 좋아하는 마음이 있나요?"

아무렇지도 않게 보이려고 노력하고 있었지만 속으로는 무척이나 떨렸다. 열여덟 살 나이에, 좋아하는 남자에게 대놓고 할 수 있는 종류의 질문이 아니었다.

"진짜라든지 가짜라든지, 그렇게 생각해본 적 한 번도 없어."

한참 후, 윤하가 떨리는 목소리로 털어놓기 시작했다.

"너는 예전의 너를 기억하지 못하니까 그렇게 생각할 수도 있겠지. 하지만 나는 그렇지 않아. 일부러 내 감정을 억누르기 위해서 다른 사람이라고, 그냥 어린애라고 생각하려고 노력도 해봤지만 죄다 헛일이었어."

미사의 심장이 점점 빠르게 뛰었다.

"너는 전에도 미사였고, 지금도 기억을 잃었을 뿐이지 내게는 똑같이 미사야. 그러니까……."

입매가 미세하게 떨리는 것이 눈에 보였다. 이 말을 해야 하나 말아야 하나, 하고 망설이고 있는 것 같았다.

치열한 고뇌 끝에, 결국 윤하는 고백하듯 말했다.

"……그때나 지금이나, 똑같이 사랑해."

미사는 웃었다. 웃지 않으면 어린애처럼 엉엉 울어버릴 것만 같아서.

"됐어요. 그 말이 듣고 싶었어요."

휴대폰을 향해 손을 뻗으며, 미사는 말했다.

"그리고 이제 들었으니까 됐어요."

미사가 휴대폰을 집어 드는 순간 윤하의 표정이 흠칫 굳어졌다.

저럴 거면서, 나한테 진짜 약혼자에게 전화하라고 말했지. 정말로 하면 엄청 슬퍼할 거면서.

참 정윤하답다고 생각하면서, 미사는 휴대폰을 미련 없이 뚝 떨어뜨렸다.

촤악! 휴대폰이 찻잔 속에 빠지며 담겨 있던 차가 밖으로 넘쳐흘렀다.

"저한테 결정하라고 하셨죠?"

"……!"

놀라서 커다래진 눈을 바라보며, 미사는 생긋 웃었다.

"이렇게 할래요."

윤하가 믿을 수 없다는 듯이 미사와 찻잔에 빠진 휴대폰을 번갈아 쳐다보았다.

"대체 이게 무슨 짓이야……?"

미사는 어깨를 으쓱했다.

"돌아가지 않겠다는 뜻이에요. 그 서현우라는 분한테요."

"한 달 후면 네 결혼식이라고 말했잖아."

"들었어요. 하지만 그 결혼, 안 한다고 했다면서요? 제가."

미사가 태연하게 대꾸하자 윤하는 울컥하는 표정을 했다.

"이유는 모른다고 했잖아. 그러니까 가서 약혼자하고 제대로 얘기를 해봐야 해. 혹시나 정말 단순한 사랑싸움이었을 수도…….."

"그게 아니라는 거, 아저씨도 아시잖아요."

미사가 말을 가로막았다.

"대화로 해결할 정도로 단순한 일은 아니라고 생각했으니까, 절 그 사람한테 보내지 않고 여태 데리고 있었던 거잖아요. 그렇지 않아요?"

정곡을 찌른 모양이었다. 윤하의 기세가 한풀 꺾였다. 하지만 그는 여전히 고집을 부리듯 말했다.

"나는 그렇게 느꼈어. 하지만 내 생각이 확실한 거라곤 말할 수 없어."

"아니, 아저씨가 느낀 게 맞을 거예요."

미사는 확신에 차 있었다.

"저 좋아한다면서요. 좋아하는 사람에 대한 일인데 잘못 느낄 리가 있어요?"

"하지만, 그래도 만에 하나 내 생각이 틀렸다면?"

윤하는 필사적으로 설득하듯 말했다.

"그러면 너는 내가 한 말 때문에 네 인생을 망쳐버리게 되는 거야."

"아니, 그건 아저씨가 아니라 제가 한 말이죠."

미사는 그의 말을 정정해주었다.

"그 말을 이렇게 이해할지 결정한 것도 저고요. 그러니까 기억이 돌아오더라도 아저씨를 원망할 일은 절대 없을 거예요."

힘주어 말하고, 미사는 고개를 똑바로 들고 선언했다.

"지금 제가 좋아하는 사람은 아저씨예요. 그러니까 아저씨 곁에 있을래요."

충격을 받은 윤하의 표정이 굳어졌다.

"언제 돌아올지도 모르는 기억 때문에 지금 슬퍼하고 싶지 않아요. 지금은 그냥 지금의 제 마음을 따라가고 싶어요."

"그러면 안 돼."

윤하는 이를 악물고 말했다.

"왜 안 돼요? 아까 그랬잖아요. 저 역시 미사라고, 가짜가 아니라고요!"

"너는 아직 어려. 인생을 결정할 수 있는 나이가 아니야."

하지만 윤하의 말에는 힘이 하나도 없었다. 그가 자신의 마음과 필사적으로 싸우고 있다는 것을 미사는 알았다.

"아저씨도 제가 곁에 있어줬으면 좋겠다고 생각하잖아요. 아니라고 할 수 있어요? 네?"

매달리듯 말했지만 윤하는 미사의 눈을 피해 시선을 돌렸다.

"얘기는 끝났어."

윤하가 자리를 박차고 일어났다.

"내가 할 수 있는 얘기는 모두 했어. 그러니까 난 이만 가겠어."

"아저씨!"

미사는 엉겁결에 따라 일어나서 그의 팔을 붙잡았다. 하지만 깜짝 놀랄 정도로 싸늘하게 뿌리쳐졌다.

"약혼자에게 돌아가든지 말든지 그건 네 마음대로야. 하지만 내 곁에 있게 할 순 없어."

"대체 왜요!"

"어린 너를 유혹해서 결혼을 방해하려고 널 데리고 있었던 게 아니니까."

미사를 쳐다보지도 않고 윤하는 내뱉듯이 말했다. 그리고 뒤도 돌아보지 않고 도망치듯 잰걸음으로 가게를 나가버렸다.

"……."

윤하가 나간 후, 미사는 잠깐 멍하니 그 자리에 서 있었다. 그리고 문득 깨달은 것은 그가 우산을 가져가지 않았다는 것이었다. 열려 있는 문밖으로 장대같이 비가 쏟아지고 있는 것이 보였다. 다음 순간, 미사는 우산을 들고 가게를 뛰쳐나갔다.

황급히 사방을 둘러보았다. 저만치에 비를 그대로 맞으며 걸어가고 있는 윤하의 뒷모습이 보였다. 미사는 전속력으로 달려가서 순식간에 윤하를 따라잡았다.

"겁쟁이."

앞을 가로막고 울먹이며 노려보자 윤하가 걸음을 멈췄다.

"비겁하게 도망이나 치고!"

이미 그는 머리끝부터 흠뻑 젖어버린 후였다. 미사는 우산을 땅바닥에 내동댕이쳐버렸다.

"약혼자고 선배고 나는 그 사람 몰라, 모른다고요! 그런데 왜 자꾸 나더러 가래? 아저씨도 내가 가면 슬퍼할 거면서!"

미사는 울면서 소리쳤다.

"나 좋아한다고 했잖아요!"

"그래, 좋아해."

비와 눈물로 잔뜩 흐려진 시야 속으로, 윤하가 입술을 깨무는 것이 보였다.

"그러니까 네가 나중에 후회할 일을 만들고 싶지 않은 거야."

"제발 좀 나중이 아니라 지금을 보면 안 돼요?"

미사가 발을 쾅 하고 구르자 빗물이 사방으로 튀었다.

"지금 눈앞에 있는 내가 아저씨 좋다고 하잖아요! 나도 진짜라면서? 말은 그렇게 해놓고 왜 자꾸 가짜 취급해요!"

슬프고 안타깝고 답답해서 가슴이 터질 것만 같았다.

"나중에 내가 후회할 것만 걱정되고, 지금 여기 있는 나는 상처받든 말든 아무상관 없다는 거예요?"

서러움이 북받쳤다. 이렇게 좋아하는데, 왜 나는 안 되는 거야!

절망과 함께 미사는 별안간 강한 충동을 느꼈다. 어차피 지금의 나로는 아무리 좋아해도, 아무리 애원해도 돌아봐주지 않는다. 그러니까 차라리 빨리 기억을 되찾아서, 이런 나 따위는 물거품처럼 사라져버렸으면 좋겠어.

문득 저편에서 차들이 빗길에 천천히 달려오고 있는 것이 눈에 들어왔다. 생각할 틈도 없이 미사는 도로를 향해 뛰어들었다.

"이게 무슨 짓이야!"

하지만 사색이 된 윤하가 곧바로 미사의 팔을 잡고 끌어냈다.

"이거 놔요!"

미사는 윤하의 팔을 뿌리치려 애를 썼다.

"죽으려는 거 아니에요. 나도 죽긴 싫어요. 그냥, 기억만 되찾고 싶다고요."

"말이 되는 소리를 해!"

"아저씨도 그러길 원하잖아요!"

미사가 온 힘을 다해 뿌리치려 들자 결국 윤하는 미사를 움직이지 못하게 품에 가두듯 꽉 끌어안아버렸다. 빠져나오려고 몸부림을 쳤지만 도저히 힘으로는 이길 수가 없었다. 결국 미사는 저항을 포기하고 말았다.

"제발, 저한테 가라고 하지 마세요."

윤하의 품 안에서 미사가 서럽게 울음을 터뜨렸다.

"아저씨 옆에 있고 싶어요……!"

그런 미사를, 윤하는 말없이 껴안고 있었다.

"그러면 하나만 알아둬."

한참 후에야 윤하는 떨리는 목소리로 말했다.

"언젠가 기억이 다시 돌아와서 네가 약혼자 곁으로 돌아가겠다고, 나더러 보내달라고 하는 날이 와도……."

꼭 남의 얘기를 하는 것만 같았다. 오기는 올까, 그런 날이. 내가 이 사람의 곁을 떠나려고 할 리가 있을까.

"웃으면서 순순히 보내줄 자신, 난 없어."

처음으로 윤하가 날것 그대로의 욕심을 드러냈다. 이런 마음을, 이 사람은 어떻게 지금껏 숨기고, 참고, 억누르고 있었을까. 미사의 마음이 설렜다.

"그래도 괜찮아?"

마지막으로 기회를 주겠다는 듯이 윤하는 물었다. 마치 자신에게서 도망치려면 지금이라는 것처럼.

"혹시 제가 가겠다고 해도 꼭 붙잡고 놔주지 마세요."

팔을 뻗어 윤하를 마주 껴안으며, 미사는 대답했다.

"지금처럼 이렇게 말이에요."

그런 미사를, 윤하가 더욱더 힘주어 끌어안았다.

비를 맞고 있어도 윤하의 품속은 이상할 정도로 따뜻하고 아늑했다. 마치 당연히 있어야 할 곳에 이제야 겨우 돌아온 것 같은, 그런 느낌.

근거는 없지만 막연히 그런 생각이 들었다.

……어쩌면 나는, 기억을 잃기 전에도 아저씨를 좋아했던 건 아닐까.

흠뻑 젖은 채 손을 꼭 잡고 나란히 가게로 돌아오자 왕 서방은 눈이 튀어나올 것 같은 얼굴을 했다.

"대체 이게 무슨 일이냐 해!"

그렇지 않아도 아까 윤하가 가게에서 미사와 얘기하는 동안에도 계속 안절부절못하고 있었던 왕 서방이었다.

젊은 시절부터 요리 한길에 매진하느라 여태 결혼도 못 하고, 가족도 없이 혼자 외롭게 살고 있는 왕 서방에게 미사는 마치 딸처럼 느껴졌다. 물론 미사가 스물여덟 살이고 왕 서방이 겨우 사십 대 중반이니까 진짜 딸이라기에는 무리가 있지만, 미사는 지금 정신적으로 열여덟 살이니까.

어쨌든 그런 미사를 속상하게 해서 집까지 나오게 한 정윤하를, 왕 서방은 은근히 속으로 탐탁지 않게 여기고 있었다. 아까도 대화 내용은 잘 들리지 않았지만 뭔가 미사가 무척이나 속상해하는 것 같았다. 끼어들 분위기가 아닌 것 같아서 차마 참견하지는 않았지만.

그런데 이렇게 비까지 쫄딱 맞게 만들어?

"그렇게 안 봤는데 정윤하 씨, 사람 참 나쁘다 해."

왕 서방은 얼굴을 굳히고 야단치듯 말했다.

"대체 제자가 뭘 잘못했다고 이렇게 마음고생을 시키는 거냐 해?"

"다 제 잘못입니다."

윤하가 고개를 숙였다.

"그동안 미사를 돌봐주셔서 감사합니다. 이제 제가 데려가겠습니다."

왕 서방을 대하는 윤하는 평소의 모습 그대로였다. 미소를 짓지도, 부드럽게 말하지도 않았다. 즉, 가면을 쓰고 있지 않다는 것을 미사는 알아차렸다. 진심으로 대하고 있는 것이다.

하지만 왕 서방이 그걸 알 리 없었다. 드라마에서 볼 때는 웃기만 잘하더니, 실제로 보니까 무뚝뚝하게 구는 게 더욱더 마음에 안 들었다.

"그렇게 제자 속상하게 할 거면 그냥 계속 여기 있게 놔둬라 해!"

이건 안 되겠다 싶어서 미사는 얼른 끼어들었다.

"사부님, 어떡해요? 저 비 맞았더니 막 열이 오르는 것 같아요."

왕 서방이 펄쩍 뛰었다.

"요즘 감기가 독하다는데 큰일이다 해! 약 사올까 해?"

"아뇨, 저 얼큰한 짬뽕 국물 먹으면 괜찮아질 것 같은데…….."

"알았다 해! 조금만 기다려라 해!"

왕 서방이 부리나케 달려가서 짬뽕을 준비하는 동안, 미사는 수건을 두 개 가지고 나와서 윤하에게 하나를 건넸다. 닦으라는 뜻이었는데 윤하는 제 몸은 닦을 생각도 않고 미사의 머리를 말려주기 시작했다.

"제가 할게요, 아저씨부터 얼른 닦으세요!"

놀라서 사양했지만 윤하는 들은 체도 않았다.

"해줄 때 가만히 있어."

다정함이라고는 조금도 느껴지지 않는, 무뚝뚝한 말투. 그러면서도 머리의 물기를 닦아주고 있는 손길은 무척이나 조심스러웠다. 마치 부서지기 쉬운 무언가를 다루는 것처럼.

……그래, 이게 아저씨지.

이제야 윤하의 곁에 돌아왔다는 게 실감이 나서 미사는 혼자 쿡쿡 웃었다. 그러다 또 갑자기 눈물이 핑 돌아서 두 손으로 얼굴을 감싸고 말았다.

"왜 그래, 응?"

웃다가 갑자기 우는 미사를, 윤하는 어쩔 줄 몰라 하다 결국 달래듯 끌어안았다.

⁂

왕 서방이 특별히 해물을 듬뿍 넣어 끓여준 짬뽕은 눈물이 나도록 맛있었다. 제일 좋아하는 음식을 짜장면에서 짬뽕으로 바꿀까, 하는 생각이 들 정도였다.

윤하 역시 지난번에 짜장면에 손도 안 댔던 것과는 달리 무척 맛있게 먹었다. 그 모습을 보고 있자 황금성에서 짬뽕을 먹고 있던 배달 소년이 떠올라서 미사는 가슴이 뭉클해졌다.

식사를 마치고 나서 미사는 2층에 올라가 짐을 챙기고, 그사이에 윤하는 근처에 세워둔 차를 가지러 갔다.

왕 서방은 섭섭한 마음을 감추지 못했다.

"제자, 자주 놀러 와야 한다 해!"

"당연하죠! 아직 복수는 시작도 못 했는데요?"

집으로 돌아가게 되기는 했지만 황금성 타도에 대한 의지는 조금도 꺾이지 않았다. 무슨 일이 있어도 미사는 그 못된 주인이 망하는 꼴을 보고야 말 셈이었다.

"그럼 사부님! 그동안 감사했습니다!"

작별인사를 나누고 나자 이윽고 윤하가 가게 앞까지 차를 가지고 왔다. 미사는 윤하의 차에 타고 함께 집으로 출발했다.

윤하가 미리 히터를 켜 두어서 차 안은 훈훈해져 있었다. 아직도 물기가 덜 가신 몸이 이제야 제대로 마르는 것 같았다. 무엇보다 곁에 윤하가 있으니 마음이 한결 포근해지는 것을 미사는 느꼈다.

조금 여유가 생기고 나니 문득 궁금해지는 것이 있었다.

"참, 있잖아요. 저 원빈에 있는 거 어떻게 알고 온 거예요?"

"네 동생이라는 꼬마가 알려줬어."

"예지 말이에요?"

미사는 기겁을 했다.

"저어, 아저씨. 설마 우리 사이…… 예지한테 얘기한 건 아니죠?"

불안에 떨면서 묻자 윤하는 아무렇지도 않게 대꾸했다.

"말했는데. 내가 좋아한다고."

맙소사! 미사는 하마터면 펄쩍 뛸 뻔했다.

"그 말을 하면 어떡해요!"

"왜 안 되는데?"

"예지가 아저씨 팬이란 말이에요, 얼마나 좋아하는데! 그래서 여태 저도 말을 못 했다고요!"

미사가 앉은 채로 발을 동동 굴렀지만 윤하는 여전히 태연했다.

"팬인 거하고 이게 무슨 상관이야."

미사는 머리가 다 아팠다. 전에도 생각했지만 이 아저씨는 정말로 연예인 실격이다! 가수와는 달리 배우는 덕후로 먹고사는 직업은 아니라서 그런 걸까. 열여덟 살 소녀에게 좋아하는 연예인이라는 게 어떤 존재인지 전혀 모르고 있지 않은가.

지금이야 윤하가 있으니까 좀 다르지만, 만약에 한 달 전에 김준서에게 좋아하는 여자가 있다는 걸 알았더라면 아마 미사도 식음을 전폐하고 괴로워했을 것이다. 심지어 그게 친언니처럼 따르는 언니라면? 생각만 해도 끔찍하다!

'잠깐. 그래서 아까……?'

오전에 예지가 비에 흠뻑 젖어 가게에 왔던 게 떠올라 미사는 가슴이 철렁했다. 어쩐지 태도가 평소와는 다르다 했더니, 그런 거였어!

"어떡해요, 예지가 엄청 상처받았을 거예요!"

예지가 얼마나 배신감을 느꼈을까. 제 편을 들다가 고소까지 당할 뻔 했던 동생에게 상처를 주고 말았다는 생각에 미사는 어쩔 줄을 몰랐다.

"그럼, 그만둘까?"

핸들을 잡은 윤하가 불쑥 말했다.

"네?"

"그렇게 동생한테 미안해 죽겠으면 그냥 여기서 그만둘까, 하고 묻는 거야."

미사는 가슴이 철렁해서 윤하를 쳐다보았다.

"아니요, 그런 뜻이 아니라……."

"그만둘 게 아니면, 나만 보고 있어."

윤하가 중간에 말을 가로챘다.

"다른 건 아무것도 보지 마."

"아저씨……."

"앞으로 골치 아픈 일들이 많을 거야. 겨우 동생 일 정도에 흔들려서는 같이 있을 수 없어."

미사는 생각에 잠겼다. 자신은 5월에 결혼을 앞두고 있는 몸이다. 약혼자를 만나서 파혼해달라고 얘기를 해야 할 텐데, 대체 뭐라고 말해야 좋을까. 다른 남자를 좋아하게 됐다고 얘기하면 과연 그쪽이 이해해주기는 할까?

설령 일이 잘 해결되더라도 문제는 또 있었다. 정윤하는 전 국민이 사랑하는 톱스타다. 그런 사람과의 연애가 결코 쉬울 리 없었다. 보통은 그것만으로도 드라마 한 편은 찍고도 남을 텐데, 게다가 자신은 기억을 잃은 상태이기까지 했다.

그러고 보니까 정말 앞으로 헤쳐나가야 할 문제가 한두 가지가 아니구나……. 미사의 입에서 저도 모르게 깊은 한숨이 흘러나왔다.

문득 손을 잡혔다. 흠칫 놀라 쳐다보니 윤하가 왼손으로 핸들을 잡은 채 오른손을 뻗어 제 손을 잡은 것이었다.

"나만 보고 있으면 돼."

미사가 무슨 생각을 하는지 꿰뚫어 본 것처럼, 윤하는 아까와 같은 말을 다시 한 번 되풀이했다.

"……나도 그럴 테니까."

조용하고도 단호한 목소리에 미사는 깨달았다. 참, 그렇지. 아저씨도 내 손을 잡기까지는 큰 결심이 필요했겠지.

남의 약혼녀인 여자. 그것도 정신적으로 자신보다 열다섯 살이나 어린 여자. 기억이 돌아오면 언제라도 자신을 버리고 원래 있던 자리로 돌아갈지도 모르는 여자. 그런 자신을 윤하는 어떤 마음으로 받아들였을까.

"이제 뒤는 돌아보지 않을 거야."

그대로 앞을 응시한 채 운전을 계속하며 윤하는 말했다. 대답 대신에 미사는 제 손을 잡고 있는 윤하의 손을 힘주어 마주 잡았다.

저도 그럴 거예요.

이윽고 두 사람이 탄 차가 집에 도착했다.

대문 앞에 서서, 미사는 처음 윤하와 함께 이 집안으로 들어서던 순간을 떠올렸다. 사실 크게 상황이 달라지는 않았다. 자신은 여전히 기억을 되찾지 못하고 있는 데다, 알 수 없는 앞날에 불안해하고 있는 것도 마찬가지였다.

단지, 그때와 다른 것이 있다면 지금은 윤하의 손을 꼭 잡고 있다는 것.

"들어가자."

윤하의 손을 꼭 잡고, 미사는 활짝 열린 대문 안을 향해 한 걸음 성큼 앞으로 내딛었다.

그 순간부터, 가짜 결혼생활이 끝나고 진짜 연애가 시작되었다.

10 / 파혼

집에 도착하자마자 윤하가 제일 먼저 한 일은 거실에 걸려 있는 가짜 웨딩사진을 내리는 것이었다.

"허전하네요."

빈 벽을 올려다보며 미사는 중얼거렸다. 공간이 허전해 보인다는 뜻도 있었지만 마음이 허전하기도 했다. 비록 합성해서 만든 거지만, 그래도 우리 둘의 사진인데.

"언젠가 여기에 진짜 사진을 걸자."

액자를 보이지 않게 치워버리고 나서 윤하가 말했다. 그랬으면 좋겠다고 미사 역시 생각했지만, 그전에 먼저 해결해야 할 것이 있었다.

"서현우 씨를 만나야겠어요."

말하자마자 연락처가 없다는 사실이 뒤이어 떠올랐다. 윤하에게 돌려받은 휴대폰은 아까 제 손으로 찻잔에 떨어뜨리는 바람에 고장나버렸으니까.

"그런데 어쩌죠? 그분 전화번호를 모르는데……."

하지만 윤하는 간단하게 대꾸했다.

"내가 알고 있어."

"어떻게요? 설마 둘이 아는 사이예요?"

미사는 놀라서 물었다.

"만난 적도 있고 얼마 전에는 잠깐 통화도 했어. 그쪽이 날 별로 좋아하지 않지."

물론 나도 마찬가지지만, 하고 윤하는 웃지도 않고 덧붙였다.

즉 사랑의 경쟁자 같은 거였다는 뜻일까. 미사는 문득 서현우라는 남자가 궁금해졌다. 아까 윤하는 그가 자신의 대학 선배이자 후원자였다고만 말했다. 대체 서현우는 어떤 사람이기에 자신이 정윤하 같은 사람을 두고도 그쪽을 사랑했는지, 궁금하지 않을 수 없었다.

한번 생각하기 시작하자 궁금한 것이 꼬리에 꼬리를 물었다. 자신이 현우와 사귀는 사이였다면 윤하와는 어떻게 만난 거였을까. 아니면 사귀기 전에 벌써 윤하와 아는 사이였던 걸까?

"있잖아요, 우리 처음 만났던 때 얘기. 그거 정말 아니죠?"

전에 한번 물었을 때 윤하가 해준 이야기가 있었다. 피시방에서 아르바이트를 하다가 만났다는. 그때도 말투가 꼭 남의 얘기를 하는 것 같다고 생각했지만 그러려니 하고 넘겼는데, 지금 생각하면 아무래도 꾸며낸 얘기 같았다.

"마침 그때 나한테 들어왔던 영화 시나리오에서 읽은 얘기야."

역시나 윤하는 고개를 끄덕였다.

"어쩐지, 그럴 것 같았어요. 그럼……."

진짜 어떻게 만났었는지에 대해 물으려다가 미사는 문득 말을 멈췄다. 윤하가 했던 말이 떠올라서였다.

「너는, 한 번도 나를 사랑한 적이 없었어.」

물론 무척 궁금했다. 윤하와 처음에 어떻게 만났는지, 그동안 자신과의 사이에 어떤 일들이 있었는지. 하지만 섣불리 묻기가 꺼려졌다. 사랑하는 사이가 아니었다면 지난 일은 별로 말하고 싶지 않을지도 모른다는 생각이 들어서였다.

'언젠가 얘기를 들을 날이 있겠지.'

그렇게 생각하고 미사는 일단 나중으로 미뤘다.

시계를 보자 벌써 밤 10시가 다 되어가고 있었다. 누군가에게 전화하기에는 너무 늦은 시간이다. 특히 상대가 파혼을 통보할 예정인 약혼자라면 더더욱.

"오늘은 너무 늦었으니까, 서현우 씨한테는 내일 연락해서 만날게요."

어차피 파혼할 거라면 하루라도 빨리 정리해야 한다고 생각했다. 하지만 윤하는 조금 곤란한 표정을 했다.

"아니, 그게 생각보다 좀 일이 복잡해."

"네?"

"얘기가 길어. 자세한 건 내일 이야기하지."

그렇게 말하며 윤하는 아직도 조금 촉촉한 미사의 머리칼을 살짝 쓰다듬었다.

"오늘은 이래저래 피곤할 텐데 이만 씻고 자도록 해."

미사는 내심 서운해졌다. 난 아직 좀 더 같이 얘기하고 싶은데, 아저씨는 그렇지 않은 걸까. 하지만 윤하 역시 비도 많이 맞았고, 여기까지 운전하고 오느라 피곤할 거라는 생각이 들어서 꾹 참았다.

"그렇게 할게요."

윤하는 미사를 2층까지 데려다 주었다. 그리고 미사의 방문 앞에서, 아무렇지도 않게 평소와 똑같이 밤 인사를 건넸다.

"그럼 잘 자."

아까보다 조금 더 섭섭해졌다. 이제는 연인 사인데, 데면데면하기는 예전과 다를 바가 없지 않은가. 한번 꼭 껴안아준다든가, 하다못해 이마에 키스 정도는 해줘도 되는 거 아닐까.

"안녕히 주무세요."

하지만 그런 미사의 마음을 까맣게 모르는지, 윤하는 고개만 끄덕이고는 뒤돌아서 계단을 내려갔다.

'차차 나아지겠지 뭐.'

서운한 마음을 꾹 누르고, 미사가 방문을 열고 안으로 들어가려고 했을 때였다.

"아."

등 뒤에서 깜빡 잊었다는 듯한 목소리가 들려왔다. 돌아보자 윤하가 계단 중간에 서서 말했다.

"오늘부터는 방문 꼭 잠그고 자."

"바쁘신데 시간 빼앗아서 미안해요, 오빠."

"뭘, 오랜만에 다솜이 얼굴 보니까 나도 반가운데."

현우의 회사 근처 커피숍. 현우가 다솜 앞에 커피 잔을 내려놓으며 미소 지었다.

"그런데 무슨 일로 날 다 보자고 한 거야?"

"그냥, 결혼 준비는 잘돼가시나 해서요."

현우는 슬그머니 짜증이 나는 것을 느꼈다. 바쁘다고 해도 꼭 만나서 할 말이 있다고 막무가내로 조르기에 억지로 나왔더니 겨우 그런 얘기였나.

"근데 미사는 왜 같이 안 나왔어요? 같이 얼굴 보면 좋았을 텐데."

게다가 곤란하게시리 미사는 왜 자꾸 같이 보자고 하는지 모를 일이었다. 별로 친하지도 않은 사이인 것 같은데. 현우는 짜증을 감추며 웃어 보였다.

"그러게, 시간 되면 좀 나오라고 얘기는 했는데 역시 안 되겠다고 하네. 미사도 요즘 많이 바빠서 그러니까 다솜이 네가 이해 좀 해 줘."

"그래요? 걔는 대체 뭘 하느라 그렇게 바쁘다는데요?"

다솜의 말에 이상하게 가시가 돋쳐 있다는 것을 현우는 느꼈다. 그러고 보니 원래 그런 아이가 아닌데 지난번부터 이상하게 집요하게 구는 것도 그렇고, 아무래도 뭔가가 있는 것 같다.

현우는 커피 잔을 내려놓고 얼굴에서 미소를 지웠다.

"다솜아. 혹시 미사한테 뭐 화난 거라도 있니?"

"그런 건 없는데요. ……그냥, 전 좀 이해가 안 가서 그래요."

"그러니까 뭐가?"

"이걸 오빠한테 말해도 되는 건지 모르겠어서……."

다솜이 말을 꺼내려다 말고 뜸을 들였다. 현우는 속이 탔다. 분명 얘가 뭔가를 알고 있는 게 틀림없는데.

"대체 뭔데 그래?"

몇 번이나 재촉을 하고 나서야 다솜은 조심스럽게 입을 열었다.

"이걸 말을 해야 되나, 저도 몇 번이나 망설였는데요. 아무래도 오빠도 알고는 계셔야 할 것 같아서요."

"말해봐."

"왜 미사가 그 배우 정윤하 씨랑 아는 사이라고 하셨잖아요, 오빠가."

다솜이 윤하의 이름을 꺼내는 순간 현우의 눈이 커졌다. 그는 애써 동요하는 기색을 감추고 아무렇지도 않게 대꾸했다.

"그래, 그런데?"

"근데 아무리 봐도 그냥 아는 사이 정돈 아닌 것 같아서요."

"그게 무슨 뜻이야?"

현우의 심장이 마구 뛰기 시작했다.

"사실은 얼마 전에 제가 미사 집에 전화를 걸었었거든요. 그런데 정윤하 씨가 받았어요."

"뭐라고?"

현우는 제 귀를 의심했다.

"전화를 받아서는 막 매달리듯이 자기가 다 잘못했다고, 제발 화 풀고 돌아오라고 빌더라고요. 꼭 사귀는 여자한테 하듯이 말이에요."

"확실한 거니? 잘못 들은 건 아니고?"

"그럼요. 제가 정윤하 씨 데뷔 때부터 팬인걸요."

현우의 머릿속이 복잡해졌다. 미사의 집은 지금 비어 있을 텐데, 거기 정윤하가 왜 가 있었단 말인가?

"그것뿐만이 아니에요."

미간을 찌푸리고 있는 현우에게, 다솜이 이어서 말했다.

"제 단골 숍이 있거든요. 얼마 전에 거기 정윤하 씨가 사촌 여동생을 데리고 옷 사주러 왔었다는 얘기를 들었어요."

"그래서?"

"그땐 그냥 그런가 보다 하고 말았는데, 혹시나 싶어서 어제 다시 가서 확인해보니까 그 사촌동생이라는 여자가 바로 미사지 뭐예요."

다솜이 차마 입에 담기 민망하다는 듯이 말했다.

"곧 결혼할 여자가 다른 남자한테 수백만 원어치나 옷을 선물받다니, 제 상식으로는 도저히 이해가 가지 않아서요. 게다가 오빠 아버님 큰일 앞두고 계신데, 괜히 추문이라도 돌면 어쩌려고 행실을 그렇게……."

"그게 언제 일이지?"

현우는 다솜의 말을 가로채고 물었다.

"2주 전 월요일이에요. 그날 저도 거기 갔었으니까 틀림없어요."

심장이 세차게 뛰기 시작했다. 미사가 쪽지를 남기고 사라져버린 것은 한 달 전이니까, 2주 전이라면 분명히 그 후의 일이다.

'잠깐만……?'

그러다 문득 떠오르는 게 있었다. 2주 전 월요일이라면 미사가 전주 한옥마을 쪽에서 카드를 쓰는 바람에 비서들이 그쪽으로 쫓아갔다가 죄다 허탕을 치고 온 날이었다. 마침 그 와중에 회사일로 잠시 홍콩에 출장을 다녀와야 했기 때문에 날짜를 똑똑히 기억하고 있다.

"그 디자이너 숍이 혹시 전주에 있니?"

"설마요! 당연히 강남이죠."

그럼 말이 안 된다. 어떻게 사람이 전주와 서울에 동시에 존재한단 말인가.

현우는 즉시 표정을 굳혔다.

"다솜이 너, 없는 말 지어내고 하면 못써."

다솜은 어릴 때부터 자신을 유독 따랐다. 은근히 제게 마음이 있다는 것도 현우는 진작 눈치채고 있었다. 물론 어릴 때부터 봐서인지 여자로 느껴지지도 않았고, 집안으로 따져도 저쪽이 훨씬 기울었기 때문에 지금껏 모른 체해왔지만.

"내가 알기로 그날 미사는 다른 데 있었는데, 강남에서 쇼핑이라니 말이나 돼?"

미사를 질투한 다솜이 거짓말을 꾸며낸 게 틀림없다고 현우는 생각했다.

"아니에요, 정말 틀림없어요! 제 눈으로 CCTV도 확인했는걸요?"

야단치듯 말하자 다솜이 억울한 표정을 했다.

"혹시나 싶어서 영상 받아 왔으니까 정 못 믿으시겠으면 오빠 눈

401

으로 직접 보시든가요."

다솜은 그 자리에서 노트북을 꺼내서 펼쳐 보이기까지 했다.

곧이어 다솜이 재생시킨 영상을 본 현우의 눈이 커다래졌다. 매장 입구에서 찍힌 것 같은 영상이었다. 주머니에 손을 찔러 넣고 천천히 걸어 나가고 있는 키 큰 남자는 틀림없이 정윤하. 그리고 그 옆에서 즐거운 듯이 가벼운 걸음걸이로 따라 나가는 여자는…… 꼭 미사처럼 보였다.

영상에 찍혀 있는 날짜와 시간은 정확히 다솜이 말한 것과 일치했다.

'말도 안 돼.'

현우는 속으로 중얼거렸다. 자신의 기억이 틀리지 않았다면, 그날 그 시간에 분명 미사는 전주 한옥마을에 있었다. 분신술을 쓴 게 아니라면 한쪽이 미사가 아니라는 뜻이다.

'어느 쪽이지?'

당혹스러운 마음으로 현우는 눈앞의 영상을 다시금 돌려보았다. 얼굴이 백 퍼센트 또렷하게 찍혀 있지는 않지만 아무리 봐도 미사라고밖에 보이지 않았다.

'잠깐, 그럼……?'

문득 현우는 가슴이 철렁하는 것을 느꼈다.

그러고 보니 지금까지 비서들이 가져온 미사의 영상들 중에는 얼굴이 제대로 나온 것이 하나도 없었다. 죄다 모자를 써서 얼굴이 잘 안 보이거나, 고개를 돌린 각도 때문에 제대로 안 찍혀 있거나, 아니면 CCTV 자체의 화질 문제 때문에 흐릿하게 보이는 것들뿐이었다. 하지만 미사의 카드를 썼고, 미사의 옷을 입고 있었고, 헤어스타일과 실루엣까지 모두 미사같이 보이니까 당연히 미사일 거라고만 생각했다.

그런데 그게 미사 행세를 하고 있는 다른 사람이었다면?

"……!"

현우가 으스러져라 주먹을 쥐었다.

"전 그냥 오빠가 너무 걱정돼서 말씀드린 것뿐이에요."

다솜이 속상한 얼굴로 눈물을 글썽였다.

"절대 두 사람 사이가 나빠지는 건 바라지 않는다고요. 제가 왜 그러겠어요?"

하지만 다솜이 뭐라고 지껄이든 현우의 귀에는 들리지도 않았다.

'그럼 미사가 정윤하 그 자식하고 짜고 여태 날 속였다는 거야?'

믿을 수가 없었다. 현우는 무시무시한 분노와 굴욕감에 휩싸였다.

"오빠, 괜찮으세요?"

다솜이 조심스럽게 물었다. 그제야 현우는 퍼뜩 제정신으로 돌아왔다.

"얘기해줘서 고마워. 난 일이 좀 남아서 이만 회사 들어가볼게."

자리를 박차고 일어나자 다솜이 당황해서 따라 일어났다.

"오빠?"

"미안해, 다솜아. 다음에 다시 이야기하자."

현우는 뒤도 안 돌아보고 뛰다시피 커피숍을 빠져나왔다. 그리고 나오자마자 전화를 꺼내서 자신의 개인비서에게 전화를 걸었다.

"당장 사람 알아봐."

비서가 전화를 받자마자 현우는 지시했다.

"전과자든 살인범이든 상관없으니까 무조건 잘하는 사람으로 구해서 일 맡겨."

– 하지만 의원님께서 아시면…….

비서의 말을 단칼에 잘라버리고, 현우는 싸늘하게 말했다.

"지금부터는 수단 방법 가리지 말고 최대한 빠르게 윤미사 찾아내서 내 앞에 데려다 놓도록."

「오늘부터는 방문 꼭 잠그고 자.」

그날 밤, 미사는 윤하의 말이 무슨 뜻인지 늦게까지 생각했다. 대체 새삼스럽게 그게 무슨 소릴까.

아마 스물여덟 살의 미사였다면 무슨 뜻인지 정확히 알아들었을 터다. 하지만 미사는 지금 정신적으로 겨우 열여덟 살이었다. 아직 거기까지 생각이 미칠 만한 나이가 아니다. 게다가 그 말을 할 때, 윤하의 표정이 너무 덤덤하기도 했고.

결국 미사는 이렇게 결론을 내리고 말았다.

'나 없는 사이에 집에 도둑이라도 들었나 보지 뭐!'

그리고 말 그대로 방문을 꼭꼭 걸어 잠그고 잤다.

다음 날 아침, 윤하는 일찍 일어나서 밥을 다 차려놓고 나서 미사를 깨우러 올라왔다.

"제가 하려고 했는데!"

뒤늦게 일어난 미사는 분해서 어쩔 줄 몰랐다. 예지 엄마와 왕 서방에게 음식을 배우면서 요리 실력이 확 늘었다. 그래서 모처럼 집에 돌아온 기념으로 멋지게 아침식사를 만들어서 솜씨를 뽐내고 싶었는데, 그만 선수를 빼앗겨버린 게 아닌가.

"식사 담당은 나잖아."

앞치마를 두른 윤하가 아무렇지도 않게 대꾸했다.

"그때는 요리를 할 줄 몰랐으니까 그랬고요!"

윤하를 따라 1층으로 내려가며 미사는 조르듯이 말했다.

"앞으로는 음식도 제가 만들게요, 네? 아저씨 바쁘잖아요."

"바쁠 거 하나도 없어. 드라마 끝났으니까."

"그래도요!"

테이블에 마주 앉아 윤하가 준비한 아침을 먹었다. 언제나 그랬듯이 윤하는 식사 내내 별로 말이 없었지만 오히려 미사는 그래서 더 마음이 놓였다. 이제야 진짜로 집에 돌아온 기분이 들어서.

생각해보면 신기한 일이었다. 기껏해야 한 달 정도밖에 지내지 않은 이 집을, 어느새 자연스럽게 내 집이라고 느끼고 있다니. 오히려 원빈의 2층, 그러니까 예전에 '사랑의 집'에서 지내던 방에 돌아갔을 때는 전혀 느끼지 못했던 기분이었다. 거기야말로 평생을 살아오다시피 한 곳인데도.

사실 건물 자체로 따지면 이 집은 절대 편안한 느낌이라고 하기 힘들었다. 내 집이라기에는 너무 넓고 너무 고급이어서 지금도 괜히 한 번씩 어깨가 움츠러들 때가 있으니까.

그러면서도 결국 여기가 내 집이라고 느껴지는 이유는 단 하나뿐이었다.

"……."

지금 맞은편에서 조용히 숟가락을 움직이고 있는 저 남자. 바로, 정윤하의 곁이니까.

새삼 미사는 자신이 윤하를 얼마나 좋아하는지를 깨달았다. 언제까지나 그의 곁에 있고 싶다. 가능하다면 기억을 되찾은 후에도 계속. 하지만 그러려면 무엇보다 빨리 다른 남자와의 약혼 상태에서 벗어나야 했다.

기억을 잃기 전의 자신도 파혼을 원하고 있었다는데, 망설일 이유가 조금도 없다. 그래서 식사를 끝내고 숟가락을 내려놓자마자 미사는 어제 하다 만 얘기부터 꺼냈다.

"서현우 씨 말이에요. 대체 무슨 일이 복잡하다는 거예요?"

윤하는 우선 미사를 데리고 거실로 나가 소파에 앉히고 자신도 곁에 앉았다. 그리고 본격적으로 이야기를 시작했다.

"우선 결혼식 전까지 네 약혼자가 널 찾지 못하게 해야 했어. 그러면서도 그동안 네가 나와 함께 있었다는 사실은 모르게 해야 했고. 만약에 네 약혼자가 그걸 알게 되면 네 결혼에 방해가 될 테니까."

"그래서 어떻게 했는데요?"

"대역을 썼어."

윤하가 설명했다.

"너하고 나이와 신체 조건이 다 비슷한 여자를 고용했어. 그 여자가 지금 네 옷을 입고 너처럼 꾸민 채로 전국을 돌아다니는 중이야. 네 신용카드를 갖고."

어쩐지, 하고 미사는 생각했다. 아무리 그래도 옷이 없어도 너무 없더라니.

"명목은 여행이지만, 실제로는 도망을 다니는 거지. 서현우가 보낸 비서들이 계속 뒤를 쫓고 있으니까."

"비서들이요?"

미사는 놀라서 되물었다.

"뭐 하는 사람인데 비서가 다 있는데요?"

"본인은 그냥 회사원이야. 단지, 집안이 대단하지. 아버지가 4선 국회의원이야. 차기 대선 주자라고 요즘도 여론조사 결과에 늘 이름이 나오더군."

"차기 뭐라고요?"

잘못 들었나 싶어 되묻자 윤하가 쉬운 말로 다시 말해주었다.

"그러니까, 대통령 후보."

"대통령이요?"

미사의 목소리가 저도 모르게 커졌다.

"아니, 그렇게 대단한 집안 아드님이 왜 저하고 결혼을 해요?"

도저히 믿어지지 않았다. 정윤하가 아니라 다른 사람이 말했다면 새빨간 거짓말이라고 생각했을 것이다.

"너하고 서현우는 대학교 선후배였고, 그때부터 사귀는 사이였어.”

윤하가 담담하게 말했다.

“너를 대학에 보내준 것도 서현우였다고 알고 있어.”

순간, 미사의 머릿속에 퍼뜩 떠오른 것이 있었다.

“아……!”

예지가 전에 말한 적이 있었다. 수학여행 때 교통사고를 냈던 사람이 미사를 대학에 보내주기로 했었다고. 그리고 이런 말도 했었다.

「처음 보는 잘생긴 젊은 남자가 언니한테 꽃다발을 주면서 얘기하고 있었어.」

그게 바로 서현우였던 것이다!

이제야 퍼즐의 조각이 맞춰지는 것 같았다. 그때의 사고를 계기로 현우가 자신의 후원자가 돼서 대학에 보내주게 되었고, 대학 입학 후에 사귀게 돼서 약혼까지 하게 된 거겠지.

‘대체 어떤 사람일까?’

또다시 서현우에 대해 궁금증이 일었지만 미사는 금세 생각을 고쳐먹었다. 그가 어떤 사람인지 알아서 뭘 한단 말인가. 기억을 잃기 전에도 자신은 이미 파혼을 결심했었고, 게다가 지금은 윤하를 사랑하는데.

“어쨌든 그래서, 그럼 제 대역이 지금도 도망 다니는 중이라는 거예요?”

본론으로 돌아가서 묻자 윤하가 고개를 끄덕였다.

“그래. 몇 번인가 잡힐 뻔도 했지만 잘 빠져나간 모양이야.”

"언제까지 그러고 있을 건데요?"

"원래는 네 결혼식 직전, 그러니까 널 제자리로 돌려보낼 때까지 여행시킬 셈이었지."

설명을 듣고 나니 이해가 갔다. 그러니까, 두 달 동안 단순히 혼자서 여기저기 여행을 다니다가 돌아온 걸로 만들려고 했던 거다.

"좋아요."

미사는 고개를 끄덕였다.

"그분한테 이제 그만 도망 다녀도 된다고 해주세요. 제가 서현우 씨한테 연락해서 만나자고 할 테니까요."

결심은 했지만 아무래도 마음에 걸리는 것이 있었다. 다른 남자를 사랑하게 됐다고, 그러니까 파혼해달라고 말하면 상대가 얼마나 충격을 받을까. 미안한 마음이 들지 않을 수 없었다.

미사는 조심스럽게 윤하의 눈치를 살피며 물었다.

"저어…… 그분, 많이 상처받을까요?"

윤하는 왠지 차가운 얼굴을 했다.

"상처받기보다는 화를 내겠지."

"네……?"

"서현우가 널 진심으로 사랑하는 것 같진 않았으니까."

내뱉다시피, 윤하가 말했다.

미사는 놀랐다. 그렇다면 대체 왜 결혼하려 했던 걸까. 사랑이라는 이유조차 아니라면, 그렇게 대단한 집안의 도련님이 고아 출신인 나랑 어째서? 의문이 일었지만 자신과 현우 둘 사이의 일을 윤하에게 물을 수도 없었다.

"……."

잠시 망설이고 있는데, 별안간 윤하가 팔을 뻗어 미사를 확 품 안으로 끌어당겼다.

"아저씨?"

갑자기 끌어안기는 바람에 깜짝 놀란 미사가 파닥거렸다. 하지만 윤하는 미사를 움직이지도 못하게 더욱더 꽉 껴안고 말했다.

"벌써 잊어버렸나?"

낮은 목소리는 어딘가 화난 것처럼 들렸다.

"나 외에 다른 건 아무것도 신경 쓰지 말라고 했을 텐데."

미사는 뒤늦게 가슴이 철렁했다. 자신이 현우에게 미안해하는 것이 윤하의 심기를 건드릴 줄은 미처 몰랐다.

"죄송해요, 아저씨 마음 상하게 하려던 건 아니었어요."

솔직하게 사과하자 윤하가 깊게 한숨을 쉬었다.

"이해는 하겠는데, 그쪽에 미안해할 필요는 없어."

미사를 그대로 끌어안은 채, 윤하가 말했다.

"그 자식은 늘 너를 힘들게만 했었어. 도저히 사랑하는 것처럼은 보이지 않아, 내 눈엔."

윤하는 이를 악물고 말했다.

"네가 그토록 좋아하지만 않았다면 어떻게든 내가 결혼하지 못하게 말렸을 거야."

머릿속이 어지러워졌다. 그렇다면 나는 대체 그런 사람을 왜 그렇게 좋아했던 걸까. 정윤하 같은 사람이 곁에 있었는데도.

윤하의 말이 사실이든, 아니면 그저 오해에 불과하든 간에 어찌

410

됐든 미안한 것은 미안한 것이었다. 다른 사람을 좋아하게 돼서 일방적으로 파혼 선언을 하게 되는 건 이쪽의 잘못이니까.

하지만 이기적이라도, 미안해도 어쩔 수 없다. 이제는 윤하만 바라보겠다고 미사는 다시 한 번 결심했다.

"서현우 씨를 만나서 사실대로 다 얘기할래요. 물론 파혼하자는 말도요."

윤하의 가슴에 얼굴을 기대고, 미사가 말했다.

"그렇게 순순히 파혼해주지는 않을 거야."

하지만 윤하는 무슨 생각인지, 안고 있던 미사를 잠시 품에서 떼어놓고는 심각한 얼굴을 했다.

"네가 기억을 잃었다는 걸 알면 더 그럴걸. 결혼식을 강행하든지, 아니면 기억을 되찾을 때까지 기다려보자고 하겠지."

"하지만 전 기억을 잃기 전에도 이미 파혼하려고 했는걸요?"

"그건 내가 한 얘기잖아. 아마 내가 없는 말을 꾸며냈다고 생각하겠지."

그럴 수도 있겠다고 미사는 생각했다. 그렇지 않아도 두 남자 사이가 좋지 않다니까.

"그럼 어쩌면 좋죠?"

"글쎄……."

윤하가 그렇게 중얼거렸을 때였다. 갑자기 현관문이 벌컥 열리는 소리가 나더니 누군가가 다급하게 거실로 뛰어 들어왔다.

"윤하 형!"

바로 민호였다.

"뭐야? 말도 없이 갑자기."

윤하가 조금 눈썹을 찌푸렸다.

"형이 전화를 안 받으니까 그렇죠!"

민호가 가쁜 숨을 몰아쉬며 소리를 버럭 질렀다.

"휴대폰을 방에 놔둬서 몰랐어."

"그럼 집 전화는 왜 안 받는데요!"

"코드 뽑아버렸는데. 지난번에 누가 장난전화를 했길래."

태연하게 대꾸하는 윤하를 보고, 민호가 답답해 죽겠다는 듯이 제 가슴을 쾅쾅 쳤다.

"하여튼 형도 진짜!"

"대체 무슨 일인데?"

"미사 누나 대역한테서 급하게 연락이 왔어요."

윤하의 안색이 삽시간에 변했다. 미사도 깜짝 놀랐다.

"지금 완전히 궁지에 몰렸대요."

민호가 빠르게 말했다.

"전에는 계속 카드 사용 기록만 보고 추적하는 것 같았는데 갑자기 이상하게 바짝 따라붙는대요. 가는 데마다 곧바로 알고 들이닥친다고, 방금도 하마터면 잡힐 뻔했다가 겨우 빠져나왔대요."

"지금은 어디라는데?"

"대전이요. 이래서는 오늘 하루도 버틸지 모르겠대요."

미사가 끼어들었다.

"이젠 들켜도 상관없지 않아요? 어차피 전 그 사람하고 결혼할 생각 전혀 없으니까요."

하지만 민호가 정색을 했다.

"미사 넌 몰라서 그래. 그 집안이 어떤 집안인가 하면, 무려 국회의원을 네 번이나······."

"그리고 다음 대통령 선거에 출마할 거라면서요?"

미사가 중간에 말을 가로채듯 말했다.

"잘 아네. 그럼 그런 집안 며느리가 될 여자를 정윤하가 빼돌려서 데리고 있었다, 그것도 대역까지 동원해가면서. 그걸 알면 그 집에서 가만히 있겠어?"

민호가 제 목을 손날로 긋는 시늉을 해 보였다.

"배우 나부랭이 하나쯤이야 매장시키고도 남을걸?"

미사는 가슴이 철렁했다.

"그러니까 파혼하자는 말을 하더라도 윤하 형 때문이라고는 절대 말하면 안 돼. 알겠지?"

윤하의 매니저다운 걱정이었지만 미사는 답답하기만 했다.

"그럼 전 아예 앞으로 아저씨랑 같이 있지도 말아야겠네요. 나중에라도 서현우 씨가 알게 되면 곤란할 거 아녜요. 아저씨랑 같이 있고 싶어서 파혼하는 건데, 그럼 무슨 의미가 있어요?"

"그건······."

민호는 그만 말문이 막혀버린 모양이었다.

"그쪽에 대해서 좀 들은 게 있기는 한데."

그때, 곁에서 가만히 듣고 있던 윤하가 입을 열었다.

"무슨 소리예요, 형?"

민호가 다급히 물었다.

"전에 미사가 그런 얘기를 했었어. 서현우의 아버지가 위험한 청탁을 들어주는 대신에 몰래 정치자금을 받은 게 있는데, 알고 보니까 그 상대가 자기 고등학교 때 친구 아버지더라고."

"제 친구 아버지요? 그 친구가 누구래요?"

미사도 놀라서 물었다.

"글쎄, 그것까지는 네가 말해주지 않았는데."

윤하가 어깨를 으쓱했다. 나라는 애는 도대체, 제대로 말한 게 뭐야? 미사가 크게 실망할 뻔한 순간, 그가 다시 말했다.

"아버지가 무슨 건설회사 사장이라고는 했어."

건설회사 사장? 다음 순간, 미사는 저도 모르게 외치고 있었다.

"정다솜이에요!"

틀림없다. 자신이 기억하는 한, 고등학교 때 친구들 중 아버지가 건설회사 사장인 아이는 정다솜뿐이었다.

서현우와 정다솜 사이에 연결고리가 생겼다. 퍼뜩, 미사는 영화관 화장실에서 다솜이 했던 말을 떠올렸다.

「미사 너도 영화 보러 왔구나? 근데 오빠는, 밖에 있어?」

당시에는 그게 윤하일 거라고만 생각했었다. 하지만 이제는 알겠다. 다솜이 말한 오빠라는 건, 바로 서현우였던 것이다!

미사의 두뇌가 무서운 속도로 회전했다. 그렇다면 스물여덟 살의 자신이 그 치 떨리는 아이와 상종하고 있었던 것도 이해가 간다. 친구여서가 아니라, 다솜이 약혼자인 현우와 관계가 있기 때문이었을 테지.

"틀림없어요. 아버지들끼리 관계가 있으니까 걔가 서현우 씨를 오빠라고 불렀던 걸 거예요.”

미사의 말에 윤하가 고개를 끄덕였다.

“어쨌든 네 말투로 봤을 때 밖에 알려지면 꽤 위험해질 수 있는 건 같았어. 무엇보다 그쪽은 내년에 대선을 앞두고 있으니까 작은 일이라도 치명타가 될 수 있을 거야.”

“우와! 그럼 그걸 빌미로 내세워서 파혼해달라고 할 수 있겠네요?”

민호가 반색을 했지만 미사는 울상을 지었다.

“어떻게 그래요? 증거도 없고, 자세한 내용은 모두 잊어버렸는걸요.”

잃어버린 기억이 새삼 안타깝기 그지없었다. 그러나 윤하는 담담하게 대꾸했다.

“네가 기억을 잃었다는 걸, 그쪽은 아직 모르잖아?”

그제야 미사는 어렴풋이 윤하의 의도를 깨달았다. 설마……!

“아까, 서현우를 만나겠다고 했지?”

“네.”

“만나도록 해.”

놀라움에 커지는 미사의 눈동자를 지그시 들여다보며, 윤하가 말했다.

“……기억을 잃었다는 건 숨기고 말이야.”

역시 전문가는 달랐다.

비서들이 한 달 넘게 추적해도 못 잡았던 것을, 거액을 주고 새로 고용한 해결사는 불법과 합법을 모두 동원해서 단 한나절 만에 소재를 정확히 파악해냈다.

"아직 초저녁인데 벌써 잘까요?

객실 문 앞에서, 현우의 비서가 목소리를 낮춰 물었다.

"무척 피곤해 보였으니까 아마 그럴 거 같은데요."

모텔 주인이 겁먹은 표정으로 대답했다. 해결사가 가짜 경찰 신분증을 내밀며 살인사건의 용의자가 이 모텔에 투숙했으니 수사에 협조하라고 말했기 때문에 순순히 따르고 있는 것이었다.

"협조해주셔서 고맙습니다. 지금부터는 저희들이 알아서 할 테니 내려가 계십시오."

해결사는 그렇게 말하고 모텔 주인을 돌려보냈다.

아무렇지도 않게 경찰을 사칭하고 있는 현장을 곁에서 지켜보는 비서들은 얼굴이 하얘졌다 파래졌다 했다. 큰도련님인 현우가 시킨 일이라 하고 있기는 하지만, 만에 하나 이런 자와 함께 일했다는 걸 서 의원이 알게 되면 최소한 모가지다.

"그러니까, 진짜 찾는 여자는 또 따로 있다, 이거죠? 이 안에 있는 여자 말고."

해결사가 방문을 손가락으로 가리키며 확인하듯 물었다.

"그렇습니다."

여러 비서들 중 현우의 개인비서가 대답했다.

"일단 이 여자부터 잡아서, 진짜는 어디 있는지 알아내라고 하셨습니다.”

현우가 그렇게 지시했던 것이다. 알아내는 데 수단방법 가리지 말라고도.

“알겠습니다.”

해결사는 고개를 끄덕였다. 그리고 기습적으로 문을 확 열고 방 안으로 들어갔다. 비서들도 우르르 그 뒤를 따랐다.

“……!”

생각했던 것과는 달리 방 안에는 불이 환하게 켜져 있었다. 그리고 침대 위에는 젊은 여자 한 명이 앉아서 불청객들을 똑바로 바라보고 있었다.

여자의 얼굴을 보고, 현우가 보낸 비서들은 모두 놀라서 눈이 커다래졌다.

“미사 아가씨……?”

등을 곧게 펴고 바른 자세로 앉아서 서늘한 눈빛으로 이쪽을 바라보고 있는 여자는 다름 아닌 미사 본인이었다.

“노크하는 법을 다시 배우셔야겠네요, 비서님들.”

미사가 말했다. 조용히 책망하는 듯한 말투에 비서들은 등골에 식은땀이 촉촉하게 배어나오는 것을 느꼈다. 이럴 리가 없는데. 현우 도련님께서 분명히 다른 여자일 거라고 했는데!

“아, 아가씨……!”

“현우 선배한테 연락해주세요.”

이윽고 미사가 침대에서 몸을 일으켰다. 그리고 겉옷을 걸쳐 입으며 말했다.

"내가 만나자고 한다고요."

현우의 비서가 운전하는 차에 타고 서울로 올라왔을 때는 이미 밤 10시가 넘은 시각이었다. 현우와는 미리 연락을 해두었는지, 비서는 늦게까지 영업하는 커피숍에 미사를 내려주고는 자리를 떴다.

"도련님께서 곧 오시겠다고 하셨습니다. 조금만 기다리시지요."

도련님이라니. 드라마에서면 모를까, 실제로 그런 단어를 사용하는 걸 제 눈으로 보기는 처음이었다.

그러고 보니 아까부터 비서들은 자신에 대해서도 계속 미사 아가씨라고 불렀다. 대체 서현우라는 사람은 어떤 인물일까. 미사는 새삼 긴장이 되었다.

오늘 낮에 미사는 대전으로 내려가서 궁지에 몰려 있던 대역과 바꿔치기를 하는 데 성공했다. 물론 그전에 스물여덟 살의 미사의 말투에서 표정에 이르기까지, 윤하와 민호에게 미리 체크를 받았다. 민호는 완벽하다고 했지만 윤하는 영 만족하는 눈치가 아니었다.

어쨌든 비서들은 어떻게든 속여 넘기는 데 성공한 것 같았다. 하지만 약혼자인 서현우가 과연 이상한 낌새를 채지 않을까? 너무 긴장한 나머지 미사는 손끝까지 벌벌 떨리기 시작했다.

그리고 잠시 후, 커피숍에 회사원 같은 차림의 남자 하나가 들어왔다.

엘리트 이미지에 부드러운 인상의 젊은 남자. 분명 낯선 얼굴인데도 불구하고 심장이 먼저 쿵 하고 내려앉았다. 잠시 커피숍 안을 두리번거리던 남자는, 아니나 다를까 미사를 보더니 곧장 이쪽으로 다가와서 말을 걸었다.

"……미사."

바로 그가 자신의 약혼자였다.

심장이 목구멍으로 튀어나올 것같이 두근거렸다. 현기증이 이는 바람에 쓰러질 것 같았지만 미사는 이를 악물고 버텼다. 자신이 상대를 모른다는 걸 들켜서는 안 된다.

"오랜만이에요, 현우 선배."

미사는 동요를 감추고 조용히 현우를 바라보며 말했다.

처음 만나는 약혼자는, 늘 윤하를 곁에서 봐서 높아질 대로 높아진 눈으로 보아도 상당히 잘생긴 남자였다. 오히려 윤하 쪽은 미모가 지나친 나머지 현실감이 떨어지는 면이 있는데, 이쪽은 훨씬 더 현실적인 미남에 가까웠다.

현우는 금세 자리에 앉지 않고 선 채로 미사를 지그시 내려다보았다. 이야기를 시작하기 전에 먼저 마음을 가라앉히려는 것처럼 보였다.

잠시 후에야 현우는 한숨을 내쉬며 자리에 앉았다.

"대체 어떻게 된 거야?"

목소리는 의외로 부드러웠다. 따져 묻는다기보다는 걱정했다는 식으로 들렸다.

"미안해요. 그냥, 여기저기 다니면서 생각을 좀 정리하고 싶었어요."

미사는 최대한 차분한 말투로 말했다. 스물여덟 살의 미사는 이런 식으로 말한다고 했으니까.

"주문하시겠습니까?"

종업원이 다가와서 물었다.

"아메리카노로 부탁해요."

현우가 그렇게 말하고 미사를 쳐다보았다. 주문하라는 듯한 눈치여서 미사는 별생각 없이 자연스럽게,

"저는 코……."

하다가 얼른 입을 다물었다.

'큰일 날 뻔했어!'

가슴이 마구 뛰었다. 애도 아니고, 스물여덟씩이나 된 여자가 커피숍에 와서 코코아를 주문할 리 없는데.

"저도 아메리카노로 하겠어요."

당황한 기색을 감추며 미사는 그렇게 말했다.

이윽고 종업원이 물러가자 현우가 다시 본론을 꺼냈다.

"그래서, 생각 정리는 좀 됐어?"

미사는 고개를 끄덕였다.

"많이 생각한 끝에 결정했어요."

그리고 준비해 왔던 말을 입에 담았다.

"이 결혼, 부디 없던 일로 해줬으면 해요."

순간 현우의 얼굴이 굳었다. 그나마 유지하고 있던 부드러운 표

정도 싹 가시고 말았다.

"정윤하, 그 녀석 때문인가?"

현우가 이를 악물고 묻는 바람에 미사는 가슴이 철렁했다.

대역과는 멋지게 바꿔치기에 성공했다. 그러니까 여태 윤하가 자신을 숨기고 있었다는 것도 들키지 않았을 텐데, 왜 다짜고짜 그의 이름부터 나오는 걸까.

"그래요. 저, 그 사람을 사랑하게 되었어요."

무척이나 떨렸지만 미사는 애써 침착하게 말했다.

"내 멋대로 굴어서 선배한테는 미안하게 생각해요. 하지만 다른 사람을 사랑하는 마음을 가진 채로 속이고 결혼할 수는 없어요. 오히려 그게 더 미안한 짓이라고 생각했어요."

어디까지나 진심이었다. 미사는 고개를 숙여 보였다.

"정말 미안해요."

"……미안할 것 없어."

현우가 대꾸했다.

"네가 뭐라고 하든, 나는 너와 결혼할 거니까."

미사는 고개를 들었다. 현우는 무척이나 격앙된 표정을 하고 있었다.

"내 인생에 여자는 오로지 미사 너 하나뿐이야. 너 외에 다른 여자는 상상할 수도 없다고."

"현우 씨."

"네가 정 그 자식을 사랑한다면 그거야 나도 어쩔 수 없어. 하지만, 파혼만은 절대 안 돼."

미사는 혼란스러워졌다. 분명 윤하는 서현우가 그다지 자신을 사랑하지 않는 눈치였다고 했는데 왜 이러는 걸까. 이렇게 다른 사람을 좋아하게 됐다고 대놓고 말하는데도 파혼만은 안 된다니.

"우리는 예정대로 다음 달 초에 결혼할 거야."

현우가 못을 박듯이 말했다.

"그러니까 더는 나를 화나게 하지 마."

예상은 했었다. 순순히 파혼해주지 않을 거라고 윤하도 말했었고. 하지만 웬만하면 대화로 좋게 해결했으면 했는데…… 결국 미사는 자신이 가진 유일한 카드를 내밀 수밖에 없었다.

"그럼 어쩔 수 없네요."

지독하게 맛이 없는 물 탄 커피를 자연스럽게 한 모금 마시고, 미사는 단호하게 말했다.

"제가 알게 된 사실을 언론에 이야기할 수밖에요."

⚘

한 달여 만에 다시 만난 미사는 예전과는 어딘가 달라져 있었다.

겉모습이야 달라진 게 없으니 처음에는 전혀 눈치채지 못했다. 그러다가 현우가 처음으로 이상한 낌새를 챈 것은 음료를 주문할 때였다. 미사가 커피를 주문한 것이었다. 그것도 아메리카노를!

유난히 단것을 좋아하는 미사였다. 그래서 카페에 가면 늘 초콜릿 종류의 음료나 과일주스 등을 마시곤 했다. 그녀가 고등학생이었던 시절부터 보아왔지만, 일부러 커피를 주문까지 해서 마시는 건 한 번도 본 기억이 없었다. 게다가 카페 모카 같은 것도 아니고, 단맛이라고는 전혀 없는 아메리카노를 주문하다니.

물론 커피 정도야 그냥 오늘따라 변덕이 일었을 수도 있다. 현우가 진짜로 이상하다는 것을 느낀 것은 미사가 파혼을 선언했을 때였다.

「이 결혼, 없던 일로 해줬으면 해요.」

너무나 당당하게 말하는 바람에 오히려 이쪽이 당황했다. 왜냐하면, 미사가 그 말을 해 온 것이 이번이 처음이 아니기 때문에.

예전에도 미사는 같은 말을 했던 적이 있었다. 이유도 이번과 똑같았다. 정윤하를 사랑하게 되었으니까 이제 그만 놔달라는 거였다. 다른 게 있다면 그때는 지금처럼 미안해하지도 않았었다는 것.

「어차피 선배는 날 사랑하지도 않잖아요?」

미사가 마치 자신의 속을 꿰뚫어 본 것처럼 그렇게 말하는 바람에 속으로 반성도 했던 기억이 난다. 아, 그래도 나름대로 잘하려고 노력한 줄 알았는데 그렇게 티가 났었나?

물론 그렇다고 미사의 요구를 들어주지는 않았다. 현우는 정윤하를 연예계에서 매장시켜버리겠다고 협박해서 결혼을 강제로 진행시켰다. 그 후 미사도 두 번 다시 파혼 얘기를 꺼내지 않아서, 안심하고 있었는데.

문제는 이미 한 번 시도했다가 처참하게 실패한 파혼 얘기를, 이제 와서 왜 새삼 다시 꺼내는가 하는 점이었다. 그것도 저렇게 당당하게 말하는 걸 보면 뭔가 믿는 구석이 있다는 얘긴데.

'설마 진짜로 내 약점이라도 잡은 건가?'

현우는 바짝 긴장했다. 그리고 불안감은 잠시 후 현실이 되어 눈앞에 나타났다.

"그럼 어쩔 수 없네요."

미사가 자신을 협박해 온 것이었다.

"제가 알게 된 걸 언론에 얘기할 수밖에요."

맙소사! 현우는 뒤통수를 힘껏 얻어맞은 것 같은 충격에 빠졌다. 역시나 미사가 자신의 비밀을 알아버린 거였다. 이제 자신은 파멸이다!

제일 먼저 떠오른 것은 격노한 아버지, 서 의원의 얼굴이었다.

'이 멍청한 자식이!'

정치가가 으레 그렇듯이, 서 의원 역시 털어서 먼지 안 나는 종류의 인간은 아니었다. 재계 인사들로부터 돈을 받고 청탁을 들어준 일만 해도 부지기수였다. 정치에는 으레 돈이 필요하기 마련이니까.

하지만 이건 그 정도의 시시한 스캔들이 아니었다. 만약에 이 일이 밝혀지면 자신은 평생 감옥에서 썩게 될 테고, 나아가서는 아버지 역시 무사할 수 없었다. 정계 은퇴는 당연한 일이고.

충격 속에서도 현우는 겨우 정신을 가다듬고 머리를 굴리기 시작했다.

미사가 원하는 것은 파혼이다. 물론 그 말을 들어주면 자신이 오랫동안 세워왔던 계획은 물거품이 되고 말지만, 어쨌든 지금 당장은 다른 선택지가 없었다. 평생 감옥에서 썩을 수는 없지 않은가.

'일단은 들어주는 수밖에.'

현우는 어렵게 결단을 내렸다. 물론, 그렇다고 아주 포기한 것은 아니었다. 인생을 걸고 시작한 일인데 여기까지 와서 호락호락 물러날 수는 없었다. 일단은 원하는 대로 파혼해주어서 안심시켜놓고, 뒷일은 차차 해결해가자고 현우는 생각했다. 분명 잘 생각해보면 뭔가 방법이 있을 것이다. 미사로 하여금 입을 다물게 만들면서, 그녀를 다시 손에 넣을 방법이.

"좋아."

현우는 심호흡을 하고 말했다.

"결혼은 취소하는 걸로 하지."

물론, 지금 미사가 들먹이고 있는 약점이라는 게 기껏해야 뇌물 수수에 불과하다는 사실은 꿈에도 상상하지 못하고 있었다.

"결혼은 취소하는 걸로 하지."

현우가 그렇게 말한 순간, 미사는 마음속에서 여러 가지 감정이 교차하는 것을 느꼈다.

제일 먼저 느낀 것은 해방감이었다. 이제 자신은 누구의 약혼녀도 아니다. 당당하게 윤하를 사랑할 수 있다!

그다음으로 밀려온 것은 씁쓸함이었다. 비록 파혼을 원하고 있었다고는 하지만, 이 사람과도 한때는 사랑하는 사이였을 텐데. 이렇게 협박까지 동원해서 강제로 관계를 끝내게 되다니.

"정말 미안해요."

그 말밖에는 할 수 있는 말이 없었다. 설령 윤하의 말대로 현우가 자신을 사랑하지 않았다 해도, 역시 미안한 것은 미안한 것이다. 변심한 것은 이쪽이니까.

"앞으로 더는 네게 상관하지 않겠어. 물론, 정윤하와의 사이도."

연방 미안하다는 말을 계속하는 미사에게, 현우는 굳은 얼굴로 말했다.

"대신에 그 일만은 무덤까지 가져가겠다고 약속해줘야겠어."

미사는 현우의 신경이 파혼보다도 자신이 했던 협박에 훨씬 더 쏠려 있다는 것을 느꼈다.

역시나 이 사람은 날 사랑했던 건 아니었나 봐. 한편으로 씁쓸하기도 했지만 미사는 금세 마음을 고쳐먹었다. 섭섭할 이유가 없잖아, 나 역시 다른 사람을 사랑하고 있는데.

"약속하겠어요. 절대 누구에게도 말하지 않을 테니까 걱정하지 않아도 돼요."

진심이었다. 어차피 그 일의 자세한 내용조차 기억이 안 나는 데다, 현우에게는 그렇지 않아도 미안한 마음인데 더 이상 불안하게 만들고 싶지도 않았다.

하지만 현우는 쉽게 믿는 것 같지 않았다.

"만약에 약속을 어기게 되면 내 쪽도 절대 가만히 있지 않을 거야."

마치 궁지에 몰린 쥐가 고양이를 물듯, 그는 이를 악물고 목소리를 낮춰 으르렁거리듯 말했다.

"무슨 뜻인지는 너도 잘 알겠지?"

물론 모른다. 다 잊어버렸으니까! 하지만 모른다고 곧이곧대로 말할 수는 없었다.

"물론 알고 있어요."

미사는 고개를 끄덕였다.

현우는 잠시 미사를 뚫어져라 쳐다보았다. 그리고 갑자기 자리를 박차고 일어서더니, 인사도 없이 그대로 등을 돌려 커피숍을 나가버렸다.

집에서 미사를 기다리는 윤하는 걱정이 되어서 안절부절못하고 있었다.

「오오, 완벽해! 미사 누나랑 똑같아!」

기억을 잃지 않은 척, 스물여덟 살의 미사 흉내를 내는 미사를 보고 민호는 손뼉을 쳤지만 윤하가 보기에는 아무래도 달랐다. 무엇보다 어린 미사에게는 결정적으로 중요한 면이 결여되어 있었다.

윤하가 미사를 처음 만났던 것은 그녀가 갓 스무 살, 대학교 신입생이었을 시절이었다. 당시에는 지금의 어린 미사와 많이 다르지는 않았던 것 같다. 똑같이 발랄하고, 순수했다.

하지만 세월이 흐르면서 그녀는 확실히 변했다. 타고난 밝고 긍정적인 성격은 그대로였지만 한편으로 점점 강하고 단호한 무언가가 생겼다. 강단이라고 할까, 결기라고 할까.

나이를 먹었기 때문인지, 혹은 연인인 서현우 때문에 마음고생을 많이 해서인지, 아니면 그 외의 이유 때문인지는 잘 모르겠다. 하지만 스물여덟 살의 미사가 처음 만났을 무렵과는 확연히 달라져 있었던 것만은 사실이다.

오늘 미사가 눈앞에서 흉내를 내는 것을 보면서, 윤하는 그것을 뼈저리게 깨달았다. 문제는 자신도 느끼는 그런 부분을, 약혼자인 서현우가 과연 눈치채지 못할 것인가 하는 것이었다.

만약에 미사가 기억을 잃었다는 사실을 서현우가 알아챘다면? 파혼은커녕 그대로 사람을 시켜서 미사를 강제로 데리고 가버릴 수도 있었다. 서현우에겐 충분히 그럴 만한 힘도 있으니까.

'아니, 나야 미사가 기억을 잃은 걸 알고 있으니까 다르다는 걸 눈치챈 거지.'

자꾸만 불안해지는 마음을, 윤하는 그렇게 생각하며 억지로 달랬다. 기억상실로 10년이나 어려지다니, 보통 사람은 상상조차 못 할 일이 아닌가. 영화나 책 속의 일이면 또 모를까.

그러니 서현우 역시 혹여 미사의 태도가 평소와는 좀 다르다는 것을 느끼더라도, 그녀가 설마 열여덟 살이 되어 있으리라는 생각까지는 못 할 것 같았다.

'그러니까 괜찮을 거야.'

하지만 걱정은 그것뿐만이 아니었다. 오히려 더 불안한 부분은 따로 있었다.

「윤하 씨. 저 이 결혼, 안 할 거예요.」

기억을 잃기 전날, 미사가 왜 그렇게 말했는지는 모르겠다. 하지만 확실한 것은 어쨌든 미사는 그때까지 오랜 세월 동안 서현우를 무척 사랑하고 있었다는 점이었다. 자신 따위는 한 번도 돌아봐주지 않았을 정도로.

만약에 서현우의 얼굴을 보는 순간 기억이 돌아오기라도 한다면? 그리고 그 순간, 나를 사랑한 한 달 간의 기억 따위는 깨끗이 날아가버린다면?

물론 미사를 위해서는 기억을 찾는 편이 훨씬 좋은 일일지도 모른다. 하지만 윤하에게 있어서는 달랐다. 이제야 겨우 용기를 내서 미사의 손을 잡았는데.

사랑이라는 것은 마치 편도 티켓과도 같은 것이었다. 사랑하는 사람에게 사랑받는 기쁨을 한번 알고 난 후에는, 다시는 그전으로 돌아갈 수가 없다. 전에는 현우를 사랑하는 미사를 평생이라도 묵묵히 바라보며 살 수 있을 것 같았는데, 이제는 도저히 그럴 자신이 없었다.

이제 와서 미사가 기억을 되찾았다며, 그땐 단순히 결혼 준비를 하다가 좀 싸웠을 뿐이라며 역시 현우의 곁으로 돌아가고 싶다고 말한다면, 대체 어떻게 보내줘야 할지 윤하는 알 수가 없었다. 보내준다 해도 그 후의 삶을 상상힐 수조차 없는데.

그래서 윤하는 미사가 현우를 만나러 가 있는 동안 계속 불안감에 시달리고 있었다.

제발, 무사히 내 곁으로 돌아와줘.

하지만 미사는 좀처럼 돌아오지 않았다. 민호가 대전까지 데려다 준 것이 오늘 낮의 일이었는데, 밤 12시가 다 되어가도록 아직 연락이 없다. 그렇다고 섣불리 먼저 연락해볼 수도 없었다. 혹시 만나고 있는 중인지도 모르니까.

결국 윤하가 할 수 있는 거라고는 계속 기다리는 것뿐이었다. 1분, 또 1분. 시간이 지나갈수록 윤하의 마음은 점점 지옥이 되어갔다. 불길한 상상이 점점 현실처럼 느껴졌다.

지금쯤 기억을 되찾았다는 감격에 서현우와 함께 기뻐하고 있는 건 아닐까. 나 같은 건 깨끗이 잊어버린 거나 아닐까.

「다녀올게요, 아저씨. 잘 얘기하고 올 테니까 걱정 마세요!」

자신을 안심시키듯 씩씩하게 말하고 생긋 웃고 나갔던 그 얼굴이, 실은 마지막이 아니었을까. 생각할수록 꼭 그럴 것만 같아서 윤하는 미칠 것만 같았다.

그리고 겨우 현관문이 열린 것은, 날짜가 다음 날로 넘어가기 바로 직전이었다.

"미사!"

윤하는 앉아 있던 소파에서 튕기듯 일어나서 달려갔다.

낮에 집을 나갔던 모습 그대로 어른스러운 차림에 화장을 한 미사가, 현관에 선 채로 물끄러미 윤하를 바라보았다. 차분한 눈빛에 설마, 하고 순간적으로 가슴이 철렁한 다음 순간. 미사가 입을 열었다.

"아저씨."

그 한마디에 그제야 미칠 듯한 안도감이 몰려왔다.

너구나. 나를 사랑하는 네가 맞구나.

윤하는 대답 대신에 미사를 와락 끌어안았다.

"저, 이젠 누구의 약혼녀도 아니에요."

윤하의 품 안에서, 미사가 가만히 중얼거렸다.

"앞으로는 아저씨만 사랑해도 괜찮아요."

그토록 오랫동안 사랑해왔던 여자가, 지금 이 순간 제 품 안에 온전히 안겨 있다.

울컥, 윤하는 목 안에서 묵직한 무언가가 아프게 치밀어 오르는 것을 느꼈다. 황급히 꿀꺽 삼키려고 했지만 이미 눈시울이 뜨거워지면서 시야가 흐려지고 있었다.

"……!"

윤하는 미사를 더욱더 세게 끌어안았다. 울고 있는 흉한 제 얼굴을 그녀가 보지 못하도록. 하지만 아무리 소리 내어 울지 않으려고 목이 아프도록 참고 또 참아도, 흐트러지는 숨결은, 떨리는 어깨까지는 감출 수가 없었다.

"이제 아저씨 곁이 아니면 갈 데가 없어요."

미사의 목소리도 떨리고 있었다.

"그러니까 저한테 가라고 하지 마세요."

"아무 데도 가지 마."

목이 메었다. 윤하는 울면시 겨우 대답했디.

"가려면 차라리 나를 죽이고 가."

가느다란 두 팔이 살며시 윤하를 마주 끌어안았다. 그리고 위로하듯 등을 가만히 토닥여 왔다. 울어도 괜찮아요, 하고 말하듯이.

"미사……!"

그제야 윤하는 소리 내어 마음껏 울었다. 어른스러운 어린 연인의 품에 안겨서.

"오랫동안 마음 아프게 만들어서 미안해요. 진작 좋아해주지 못해서, 너무 미안해요."

윤하의 눈물의 의미를 이해한 것일까. 미사도 울먹이며 말했다.

"앞으로 정말 많이 사랑해줄게요. 그러니까 예전에 내가 했던 나쁜 짓은 다 잊어버려 주세요."

윤하는 미사가 크게 오해를 하고 있다는 것을 알았다. 그것만은 풀어야겠다는 생각이 들었다.

"그렇지 않아. 너만큼 내게 잘해준 사람은 내 인생에 없었어."

"하지만 사랑하지 않았다면서요."

"널 멋대로 사랑해버린 건 내 쪽이야. 네가 날 사랑해야 할 의무는 없었어."

윤하는 미사를 품에서 조금 떼어놓았다. 그리고 눈을 똑바로 들여다보며 말했다.

"네가 아니었더라면 지금의 나도 없어."

미사의 눈동자가 흔들렸다. 그녀는 떨리는 목소리로 물었다.

"대체 우리는 어떤 사이였던 거예요?"

"선생님이라고 불렀었어."

윤하는 천천히 눈을 감았다.

"……내가, 너를."

미사를 처음 만났던 그날이 마치 영화의 한 장면처럼 눈앞에 떠오르기 시작했다.

- 2권에서 계속.